DOCUMENTS

Relatifs à la Vie économique de la Révolution Française

Comité du Calvados

CAHIERS DE DOLÉANCES

DU

BAILLIAGE DE HONFLEUR

POUR

LES ÉTATS GÉNÉRAUX DE 1789

PUBLIÉS

PAR Albert BLOSSIER

CAEN

IMPRIMERIE E. ADELINE, G. POISSON ET Cⁱᵉ, SUCCCESSEURS

16, Rue Froide, 16

1913

CAHIERS DE DOLÉANCES

DU

BAILLIAGE DE HONFLEUR

POUR

LES ÉTATS GÉNÉRAUX DE 1789

DOCUMENTS

Relatifs à la Vie économique de la Révolution Française

Comité du Calvados

CAHIERS DE DOLÉANCES

DU

BAILLIAGE DE HONFLEUR

POUR

LES ÉTATS GÉNÉRAUX DE 1789

PUBLIÉS

Par Albert BLOSSIER

CAEN

Imprimerie E. Adeline, G. Poisson et Cie, Succcesseurs

16, Rue Froide, 16

1913

AVANT-PROPOS

A côté des publications importantes de Cahiers, suscitées et dirigées par la *Commission centrale pour la recherche et la publication de documents relatifs à l'histoire économique de la Révolution, le Comité du Calvados* a pensé que l'on pourrait placer l'édition des Cahiers du bailliage de Honfleur.

Ce bailliage était, sans doute, l'un des moins étendus ; mais les doléances de ses paroisses apportent une contribution utile à l'histoire économique de la France au commencement de la Révolution. Bien qu'un certain nombre d'articles soient communs à plusieurs cahiers la plupart de ces documents offrent assez d'originalité pour s'imposer à l'attention des érudits ; il en est même qui, de l'avis de personnes autorisées, offrent un grand intérêt.

Inséparables des cahiers de doléances, de nombreux documents éclairent la conduite des agents du duc d'Orléans dans son apanage d'Auge ; ils les montrent essayant de diriger les doléances de la ville et du bailliage et attaquant les prérogatives des officiers municipaux de Honfleur. Mais en même temps ils permettent de juger de l'énergie du corps municipal pour conserver au tiers état la libre expression de ses revendications et de ses vœux.

Suivant l'exemple de récents éditeurs de Cahiers nous avons fourni, dans l'introduction, les renseignements nécessaires pour faire comprendre la situation économique du bailliage et pour éclairer les doléances ; pour chaque paroisse nous donnons aussi une notice aussi complète que possible, nous appliquant surtout à mettre en lumière la personnalité, la situation sociale des comparants et de tous ceux qui ont joué un rôle dans la convocation.

La table porte tous ces noms et contient en outre le détail de revendications par l'objet auquel elles s'appliquent.

M. Prentout, professeur d'Histoire de Normandie à l'Université de Caen et secrétaire du Comité du Calvados, m'a fait l'honneur de proposer à ce Comité la publication des *Cahiers du Bailliage de*

Honfleur que j'avais préparée. Je le remercie profondément de cette marque de confiance ainsi que des conseils affectueux qu'il m'a donnés.

Je suis également très reconnaissant à M. Besnier, archiviste du Calvados, du concours aimable, dévoué, qu'il m'a prêté pour mener à bien cette publication. Elle présentait des lacunes que j'ai pu combler grâce aux sources qu'il m'a indiquées.

Mon ami et collègue, M. Vintras, m'a rendu le service de collationner les textes des cahiers et de m'indiquer des documents utiles.

A. B.

Le 16 Novembre 1912.

INTRODUCTION

I. — GÉOGRAPHIE DU BAILLIAGE

Étendue. — Le bailliage de Honfleur comprenait d'abord une bande alluviale sur la rive sud de la Seine et sur le littoral de la Manche. Assez exactement limitée à l'est par l'embouchure de la Morelle et à l'ouest par celle de la Touques, tantôt elle s'élargit et permet la plantation de ces « cours », qui font particulièrement la beauté et la richesse de Fiquefleur et de la Rivière-Saint-Sauveur, tantôt elle se rétrécit au point que la mer vient baigner le pied de la falaise.

C'est là qu'était située la paroisse de Fiquefleur, celles d'Ableville et d'Ablon, en partie, le hameau de la Rivière, la ville de Honfleur ; puis à l'ouest, Vasouy, Pennedepie, Barneville, Cricquebœuf, Villerville, Hennequeville, Trouville, Touques et, au nord-est de celle ci, en remontant vers la forêt, la petite paroisse de Daubœuf : tous ces noms, à l'exception d'un seul, se retrouvent dans ceux des communes actuelles.

Sur le plateau, extrémité septentrionale du Lieuvin, qui vient se terminer sur la Seine et la Manche, s'étendait la plus grande partie du bailliage. Sa surface est assez unie, ainsi que l'on peut s'en rendre compte en suivant la route de Honfleur à Pont-l'Evèque, jusqu'à la Griserie, et celle de Trouville à Beuzeville jusqu'à Quetteville. Quelques vallées assez courtes entaillent ce plateau, se développant dans la direction générale du nord.

La limite de cette partie du bailliage était, à l'est, exactement marquée par le cours de la Morelle ; (seule, la paroisse de Fiquefleur était sur la rive droite, près de l'embouchure) ; puis, à peu près de Quetteville à Saint-Benoît-d'Hébertot, par la route de Beuzeville à Pont-l'Évêque. Au sud-sud-ouest, le bailliage s'arrêtait à l'endroit où le plateau s'abaisse parfois brusquement vers la Calonne et la Touques, suivant une ligne qui joindrait Saint-Benoît-d'Hébertot à Touques. D'abord limitrophe du bailliage de Pont-Audemer, le bailliage de Honfleur était ensuite borné par celui d'Auge.

Quatorze paroisses étaient réparties sur le plateau, en plus grand nombre dans la partie orientale parce que, moins boisée que l'autre, offrant plus de terres cultivables, elle était plus peuplée (1). Presque toutes se trouvaient sur le pourtour du plateau : Ablon, Ableville, Genneville, Saint-Martin-le-Vieux, Quetteville, Tontuit (ou Tonnetuit), Saint-Benoît-d'Hébertot, Saint-Gatien-des-Bois, Equemauville et Gonneville-sur-Honfleur. A l'intérieur : Fourneville, Le Theil et Herbigny seulement (2).

Des vingt-trois paroisses quelques-unes ont disparu depuis 1789. Fiquefleur a été réunie à Équainville ; Crémanville et Ableville à Ablon (décret du 13 octobre 1809) ; Saint-Martin-le-Vieux à Genneville (arrêté préfectoral du 1er septembre 1813) ; Tontuit à Saint-Benoît-d'Hébertot (ordonnance du 14 octobre 1827) ; Herbigny à Saint-Gatien-des-Bois, Daubœuf à Touques et Hennequeville à Trouville (1826). Par contre, le hameau de la Rivière qui avait, en 1789, son syndic, mais dépendait de la paroisse de Saint-Léonard de Honfleur, est devenu, réuni à Saint-Sauveur, sous le nom de la Rivière-Saint-Sauveur, une commune, la plus importante du canton après Honfleur.

Si l'on compare l'étendue de ce canton à celle de l'ancien bailliage, on remarquera que ce dernier avait naturellement une plus grande superficie. Fiquefleur qui était du ressort de la justice de Honfleur, mais dépendait de l'élection de Pont-Audemer, est aujourd'hui du canton de Beuzeville (Eure) ; Saint-Benoît-d'Hébertot dépend de celui de Pont-l'Évêque.

Mais la partie la plus importante détachée de la circonscription de l'ancien bailliage est à l'ouest : Trouville, maintenant chef-lieu de canton, avec Saint-Thomas de Touques, Hennequeville et Villerville.

En 1789, le bailliage de Honfleur, secondaire de Rouen, dépendait de la généralité de Rouen, des élections de Pont-l'Évêque et de Pont-Audemer (3). Avec la division de la France en

---

(1) La direction de la route actuelle de Honfleur à Pont-l'Évêque pourrait être considérée comme séparant assez bien la partie occidentale et la partie orientale de l'ancien bailliage.

(2) Aux paroisses nommées dans l'*Atlas des bailliages*, de M. BRETTE (feuille n° 20), il convient donc d'ajouter : Ableville, Saint-Martin-le-Vieux, Tontuit, Daubœuf et Herbigny.

(3) De l'élection de Pont-l'Évêque dépendaient : Honfleur, Saint-Benoît-d'Hébertot, Cricquebœuf, Villerville, Pennedepie, Hennequeville, Daubœuf, Trouville, Saint-Thomas de Touques, le hameau de la Rivière, Vasouy, Équemauville, le Theil, Saint-Gatien et Barneville.

De celle de *Pont-Audemer* : Fiquefleur, Quetteville, Genneville, Ablon, Ableville, Saint-Martin-le-Vieux, Crémanville, Tontuit, Fourneville et Gonneville-sur-Honfleur.

départements, le canton de Honfleur est incorporé au Calvados et compris dans le district de Pont-l'Évêque. La vie administrative et judiciaire est désormais orientée dans une autre direction, ce qui n'est pas sans causer, à l'origine au moins, une certaine perturbation dans les habitudes prises depuis longtemps et quelques mécontentements. Honfleur n'aura, tout d'abord, avec Caen que les rapports commandés par les lois.

Les paroisses de l'élection de Pont-l'Évêque appartenaient à trois sergenteries qui faisaient partie de la vicomté d'Auge : sergenterie de Honfleur (Honfleur, hameau de la Rivière, Vasouy, Equemauville, le Theil, Saint-Gatien, Barneville); sergenterie de Touques (Cricquebœuf, Villerville, Pennedepie, Hennequeville, Daubœuf, Trouville et Saint-Thomas de Touques); sergenterie de Saint-Julien (Saint-Benoît).

Les paroisses de l'élection de Pont-Audemer appartenaient à deux sergenteries : celle du Mesnil (Fiquefleur, Quetteville, Genneville, Ablon, Ableville, Saint-Martin, Crémanville, Toutuit); sergenterie du petit Moyard : (Fourneville et Gonneville-sur-Honfleur). (1).

Le bailliage de Honfleur avait été créé par l'édit du 7 juin 1749 dont voici les parties essentielles :

Édit du roi portant suppression des vicomtés de Mortain, Saint-Hilaire, Tinchebray et Pont-l'Évêque.

Notre très cher et très aimé oncle, le duc d'Orléans, nous a représenté que, par contrat passé en l'année 1529 entre le roi François Ier et Louise de Bourbon, princesse de la Roche-sur-Yon, en qualité de gardienne noble des princes Louis et Charles de Bourbon, ses enfants mineurs, François Ier céda le comté de Mortain et le vicomté d'Auge, avec tous les droits et dépendances, à la maison de Montpensier et ce en échange des villes de Leuze et de Condé, situées en Flandre, qui avaient été cédées à Charles-Quint en exécution du traité de Cambrai (2).

Art. VII. — Le bailliage d'Auge sera partagé en deux sièges, dont l'un continuera d'être exercé à Pont-l'Évêque par le lieutenant général dudit bailliage et dont l'autre sera établi en la ville de Honfleur pour y être

(1) *Archives de la Seine-Inférieure*, C. 251.
(2) Le contrat d'échange stipulait que, en exécution du traité de Cambrai, François Ier baillerait à Charles Quint les terres « que nos sujets ont ès pays de Flandres, Artois et autres pays d'en bas dudit Empereur... et, ce, en déduction de partie de 505 mille écus que nous sommes tenus de bailler à notre dit frère et cousin l'Empereur, pour notre rançon et délivrance de nos très chers et très aimés enfants... »
Louise de Bourbon jouira du comté de Mortain et de la vicomté d'Auge « avec tous les droits, bois, forêts, juridictions, présentations et collation de tous bénéfices, fiefs et hommages tenus d'icelle, reliefs, rachats, » etc. (*Archives Nationales*, R. 4919, imprimé).

exercé par un lieutenant particulier du bailliage d'Auge, dont les appels ressortiront nuement à notre cour du parlement de Rouen (1).

Honfleur avait un gouverneur et un lieutenant de roi, dont les fonctions purement honorifiques, à la fin du XVIIIᵉ siècle, n'en étaient pas moins rétribuées (2). Il y avait encore, en 1754, un major, des aides-majors, un capitaine des portes et un porte-clefs.

La juridiction du grenier à sel s'étendait sur 46 communes ; celle de l'amirauté, depuis la suppression du siège de Touques (août 1786) de Villers à l'embouchure de la Risle (3).

En outre, pour le dépôt des sels, Honfleur avait un receveur et une brigade avec un capitaine général ; les autres brigades étaient à Villerville, Hennequeville et Trouville (4).

Le directeur et le receveur général des aides résidaient à Rouen ; Pont-l'Évêque avait un directeur pour l'élection ; de

(1) RICHARD-LALLEMENT. *Recueil des édits, déclarations, lettres patentes... registrés en la Cour du Parlement de Normandie, Rouen, 1764.*

Comme vicomte d'Auge, le duc d'Orléans possédait le greffe du bailliage de Honfleur, affermé à Motte, 250 l., en 1786, puis à Le Cerf. Voici ses autres domaines du bailliage, à la même date : le tabellionage, affermé à Mallet, 950 l. ; la sergenterie de Saint-Benoît, à Jean-Baptiste Furet, 40 l. ; la jauge royale des boissons, à Robillard, 2.500 l. ; la coutume de la halle à blé de Honfleur, Adam Selle, 300 l. ; la coutume et le poids le Roi de Honfleur, en régie (pour mémoire) : les deux tiers du grenier à sel de Honfleur, affermés verbalement aux fermiers généraux, 800 l. ; les pailles de la dîme de Saint-Benoît, à Jean Lancelin, 300 l.

(2) État des émoluments de toute nature que perçoivent : 1° le gouverneur ; 2° le lieutenant du Roi :

1° Logement, 200 l. (arrêt de 1716), logement fort étendu et commode avec jardins, les 200 l. sont pour l'entretien du logement qui pourrait être loué 5 à 600 l. ; exemption du droit d'aide par les sous-fermiers : bois, 2.000 de bûches et 1.000 de bourrées (retranché par le duc d'Orléans avec espoir d'en être dédommagé en argent par S. A. S.) : sel, 6 minots portés sur l'état du Roi, 282 : 8 étaux de boucherie à charge de les entretenir, loués ensemble 75 l. ; sur les boissons, exemption des grandes entrées fixée par les fermiers généraux à 6 muids, 70 ou 80 l. ; droit de lever et de baisser la chaîne à l'entrée du port sur chaque vaisseau revenant du banc de Terre-Neuve faire sa décharge dans ce port : 6 poignées de morues, d'un usage immémorial, à 2 l. la poignée, 350 l.

2° Logement 150 l. (depuis 1681) ; exemption du droit d'aide par le sous-fermier, 60 l. ; bois, retranché par le duc d'Orléans avec espoir d'être remplacé en argent pour 1.200 de bûches : sel, un minot porté sur l'état du Roi et non suffisant, 41 l. 10 s. ; sur les boissons, exemption des grandes entrées par les fermiers généraux pour 4 muids de vin, 50 l. ; sur chaque vaisseau venant du banc de Terre-Neuve faire sa décharge en ce port, 2 poignées de morues, d'usage immémorial, droit qui ne se perçoit qu'autant que les vaisseaux font de bons voyages, 116 l. 13 s.

Le Major était logé par la ville, 200 l. ; il recevait 600 bûches, également retranchées et, sur chaque vaisseau revenant de Terre-Neuve, une poignée de morues, 58 l. 6 s. 8 d. : les appointements du porte-clefs étaient de 300 l. (*Archives de Honfleur*).

(3) Ch. BRÉARD : *Les Archives de Honfleur*, 1885, Paris, Alphonse PICARD, pp. L et LVIII.

(4) Brigade de Honfleur : 1 capitaine général, 1 sous-brigadier et 15 gardes ; de Villerville : 1 brigadier, 1 sous-brigadier et 4 gardes ; de Hennequeville : 1 sous-brigadier et 3 gardes ; de Trouville : 1 brigadier, 1 sous-brigadier, 4 gardes et 2 matelots (*Archives de la Seine-Inférieure*, C. 390).

nombreux employés étaient chargés de la perception de cet impôt à Honfleur ; à Touques se trouvait aussi un bureau (1).

Honfleur, le Poudreux, Vasouy, Gonneville, le quai au Coq (Touques) avaient leurs brigades des tabacs avec 32 brigadiers, sous-brigadiers et gardes (2).

La romaine de Honfleur avait son personnel nombreux : receveur, contrôleur, inspecteur du transit, 2 visiteurs-peseurs, un commis aux expéditions, etc.

Quand nous aurons indiqué le bureau du contrôle, dont la circonscription comprenait toutes les paroisses du bailliage et, en outre, Equainville et Manneville-la-Raoul, nous aurons donné une idée à peu près complète de l'importance de Honfleur au point de vue judiciaire et administratif.

Une brigade de maréchaussée était établie dans cette ville en 1771. Composée d'un sous-brigadier et de deux cavaliers son casernement était assuré par la ville qui voulait rejeter sur les campagnes, auxquelles elle était surtout utile, les dépenses occasionnées. Elle fut retirée par l'ordonnance royale du 28 avril 1778, Honfleur étant un des endroits « les moins importants » de la généralité de Rouen (3).

Parfois, des régiments ou des détachements de troupes stationnaient ici soit pour aider aux travaux du port, soit pour contenir la population. La municipalité assure que l'on pourrait fort bien se passer des soldats. Elle écrit le 17 avril 1768 au ministre :

Nous apprenons dans le moment que le régiment de Berwick devait se rendre à Honfleur, le 26 de ce mois, et y rester en garnison. Cette nouvelle a consterné tous les esprits et nous cause les plus vives alarmes. Permettez-nous s'il vous plaît, ...de représenter à votre Grandeur l'impossibilité où se trouverait la ville de loger et de distribuer chez les bourgeois un bataillon entier... La ville peut se passer actuellement de troupes soit pour les travaux du port, soit pour prévenir les émeutes que la cherté du pain pourrait occasionner. L'entrepreneur trouve plus d'ouvriers qu'il n'en a besoin et, en employant des soldats aux ouvrages du port, ce serait retirer aux pauvres journaliers du pays la ressource que ces travaux leur procurent. Les émeutes ou séditions ne sont point à craindre dans ce pays-ci. ...D'ailleurs, au moyen d'une quête qui se fait tous les jours et qui est distribuée par les curés et prêtres de la ville, il n'y a pas un seul pauvre qui soit dans le cas de manquer de pain... (4).

(1) A Honfleur : 1 receveur, 1 contrôleur, 1 jaugeur et 5 commis aux exercices, 2 receveurs et contrôleurs de port et 10 autres receveurs ; à Touques : 1 receveur, 1 commis et 1 buraliste.

(2) *Archives de la Seine-Inférieure*, C. 390.

(3) *Archives de la Seine-Inférieure*, C. 749.

(4) *Archives de Honfleur*, DD.

Malgré l'insistance du corps municipal, à différentes reprises stationnent à Honfleur : en 1771, un détachement du corps des grenadiers de France ; la même année et en 1772, le régiment de Navarre envoie 160 hommes « pour les travaux du nouveau bassin » ; de 1778 à 1783 sont casernés alternativement, dans le magasin de Prémord, de soldats empruntés aux régiments de Besançon, Toul, La Fère, au corps royal d'artillerie, etc. (1).

Enfin, la plupart des communes du bailliage devaient fournir leur contingent à la milice garde-côtes, chargée d'assurer la tranquillité des habitants, « de protéger la commerce, le cabotage et la course, d'assurer la garde et la conservation des côtes. »

D'après l'ordonnance du 13 décembre 1778, la milice dans le bailliage était répartie entre les divisions de Honfleur et de Touques ; celle de Honfleur était elle-même subdivisée en compagnies de Genneville, de Saint-Gatien et d'Equemauville (2).

SITUATION ÉCONOMIQUE. — AGRICULTURE

Le bailliage est essentiellement agricole ; en outre, la pêche et le commerce sont développés sur le littoral.

Il y a de grandes surfaces boisées. De Touques à Saint-Benoît, en passant par Saint-Gatien, sur une largeur variable, s'étend la forêt de Touques ou de Saint-Gatien, avec ses beaux arbres propres à la construction des navires. Il est peu de paroisses du bailliage qui n'aient leur portion plus ou moins grande de cette forêt (3).

Elle appartenait au duc d'Orléans qui paraissait se désintéresser de sa conservation ; à plusieurs reprises la ville de Honfleur déplore que les riverains la saccagent au grand détriment de notre marine : « On a tant coupé, tant défriché dans le pays qu'à peine on peut en (du bois) trouver pour se chauffer » (4).

On cultive les céréales ; mais la surface ensemencée étant

(1) *Archives de Honfleur*, DD.

(2) **La** division de Honfleur comprenait : Quetteville et Tontuit (Cie de Genneville) ; Saint-Gatien, Le Theil, Fourneville, Hennequeville, Villerville, Daubœuf (Cie de Saint-Gatien) ; Équemauville, Gonneville-sur-Honfleur, Barneville, Cricquebœuf, Pennedepie et Vasouy (Cie d'Équemauville). — La division de Touques comprenait une seule Compagnie : Saint-Thomas et Saint-Pierre de Touques, Bonneville-sur-Touques, Trouville-sur-Mer, Saint-Arnoul, Deauville et Pénerville. Le dernier tirage eut lieu en 1782 (au château de Saint-Léger, chef de cette direction, au Plein-Chêne pour Touques ; le commandant de la Cie d'Équemauville était Naguet de Saint-Georges).

(3) **Voir** les rôles des vingtièmes.

(4) *Archives du Calvados*, L. 627.

trop exiguë la production est médiocre et très insuffisante pour l'approvisionnement : c'est ce qu'on peut lire dans les *observations générales* consignées dans les rôles des vingtièmes ; à Barneville, par exemple, il ne se récolte pas « un sixième du blé nécessaire pour la nourriture des habitants ». Le seigle, les pois et vesces sont en général consommés sur place et ne donnent lieu à aucun commerce.

Les cultivateurs des paroisses de Beuzeville, Fatouville, Saint-Pierre-du-Val, Conteville fournissent la halle de Honfleur ; les blatiers font aussi des achats à Montivilliers, Pont-Audemer et Dives.

Il faut également signaler la culture du lin dans les paroisses de l'élection de Pont-Audemer.

D'après les *tarifs* joints aux rôles des vingtièmes (mais pour des années différentes, ce qui peut nuire à la comparaison), le prix du blé variait entre 5 livres le boisseau (Hennequeville et Touques) et 7 livres (Cricquebœuf, Saint Benoît, le Theil, Villerville, Trouville et Daubœuf).

Deux paroisses seulement (Genneville et Gonneville) donnent le prix du méteil, 4 l. 5 s. ; du seigle, 2 l. 10, et de l'orge 7 l. 10 s. la mine (de 4 boisseaux). L'avoine, peu cultivée, vaut environ 3 l. le boisseau.

La région est riche en pâturages où paissent de belles bêtes à cornes (1) ; néanmoins, c'est à Beaumont-en-Auge, bourg important situé près de Pont-l'Evêque, en dehors du bailliage, que s'achètent les bestiaux gras. Pendant neuf mois de l'année, cette localité a un marché des plus importants : « C'est là que le Havre, le pays de Caux, le Roumois, le Lieuvin et tout le pays d'Auge s'approvisionnent en viande. L'affluence des marchands et des vendeurs y est extrême ; il s'y fait plus de cent à cent vingt mille francs de commerce chaque jeudi... » (2)

De belles plantations de pommiers font l'orgueil et la fortune du pays. Chaque maison d'habitation, chaque ferme est d'ordinaire entourée d'un verger, appelé aujourd'hui « cour » et autrefois « masure » où, à côté des pommiers et des poiriers, produisant les plus beaux fruits de toute la région normande, sont plantés

_____

(1) Le prix du foin est assez variable ; le cent de bottes (chacune pesant de 18 à 20 l.) est de 25 à 30 l. dans 5 paroisses ; de 30 à 36 l. dans 3 autres ; dans celles où les herbages ou prairies sont rares, il s'élève même de 36 à 40 l.

(2) *Archives du Calvados*, L. 628.

cerisiers, pruniers qui servent à l'approvisionnement du Havre et de Rouen, comme aujourd'hui de l'Angleterre.

Le cidre, très réputé, est consommé sur place ou exporté au Havre, à Rouen et à Dieppe. Il en est de même de l'eau-de-vie à laquelle on voudrait assurer des débouchés en Angleterre et même dans les régions viticoles (1).

Dans la banlieue de la ville on se livre aux cultures maraîchères. Celle du melon, espèce dite de Honfleur, est très appréciée. Plusieurs lettres, aux Archives de la Seine-Inférieure, montrent que l'intendant de Rouen le goûtait particulièrement.

Je suis flatté, lui écrit Huet, de Honfleur, en 1779, que le melon que j'eus l'honneur de vous adresser le 4 du courant vous ait été rendu ponctuellement... et que vous l'ayez trouvé beau... »

Le subdélégué Le Chevallier est aussi très empressé à satisfaire les goûts de l'intendant, ainsi qu'on le voit par la lettre suivante, du 17 septembre 1782.

« Aussitôt la réception de votre lettre du 4 de ce mois, j'ai encore été ..... dans tous les jardins de cette ville pour tâcher de vous procurer quelques beaux melons : ..... comme j'ai déjà eu l'honneur de vous le marquer... les plus beaux ont pourri sur la plante et ceux qui ont échappé n'étaient pas d'une qualité supérieure, ce qui m'a empêché de vous en envoyer ; dans ma tournée je n'en ai découvert que trois ou quatre que j'ai présumés ne pas être mauvais, je les ai tous arrêtés.

Hier soir, on m'en a apporté deux, l'un pesant 14 et l'autre 10 livres ; je viens de vous les envoyer au Havre pour les mettre à la diligence qui part ce soir ou demain matin pour Rouen. J'espère que vous aurez lieu d'être satisfait (2).

La culture du melon est si développée qu'en 1794, elle provoque des réclamations de la société populaire et de la municipalité qui demandent de substituer au melon, plus nuisible qu'utile, des céréales ou des légumes dont la pénurie se fait vivement sentir (3).

Suivant la nature du sol et les cultures qu'il comporte le revenu de la terre est variable ; il diffère aussi suivant les régions. L'acre de masure est estimée, comme revenu moyen, à 61, 41 et 35 l. ; la terre labourable 30, 25 et 17 l. ; les prairies fauchables, 43, 32 et 27 l. ; l'herbage, 53, 45 et 31 l. On estime le produit des bois taillis à 12, 8 et 6 l. Deux paroisses ont des pâtis (Saint-Benoît et Villerville)

(1) *Archives du Calvados*, L. 627.
(2) *Archives de la Seine-Inférieure*, C. 1080.
(3) *Registre des Délibérations* du Conseil Général de Honfleur, 17 pluviôse an II.

qui rapportent 11, 8 et 5 l. ; enfin Villerville seulement a des bruyères (10, 6 et 5 l.).

C'est à Gonneville que le produit des masures est le plus élevé (75 l.), ; viennent ensuite la Rivière, Saint-Benoît et Barneville (70 l.) ; à Vasouy, Trouville et Daubœuf il est seulement de 50.

L'agriculture souffre particulièrement du tirage de la milice garde-côtes. D'abord par des exemptions habilement demandées et très probablement obtenues il donne lieu à de graves injustices (1).

Il cause surtout le dépeuplement des campagnes et prive les cultivateurs de la main-d'œuvre qui leur est nécessaire. Dans une lettre très intéressante des officiers municipaux de Honfleur aux députés du bureau intermédiaire de Pont-l'Évêque (19 mars 1788) on lit les curieux détails suivants sur le service de la milice et le moyen de corriger les inconvénients qu'il présente :

Nous sommes informés qu'il doit être fait dans le courant du mois de juin un tirage auquel seront assujettis tous les garçons des paroisses voisines de la mer, aux fins de recruter les milices garde-côtes et qu'il doit être pris dans chaque compagnie de cette milice, par voie du sort, dix hommes destinés à être embarqués sur les vaisseaux du roi en qualité ou de matelots ou de canonniers lorsque les circonstances l'exigeront. Ce tirage qui a eu lieu dans le temps de la dernière guerre avait occasionné une dépopulation considérable dans les paroisses qui y étaient sujettes, et il en a résulté peu d'avantage pour la marine puisque la plupart des miliciens matelots a déserté et un grand nombre est mort par suite de chagrin ; enfin, sur trente-quatre hommes levés dans le département de Honfleur, il ne s'en est trouvé que deux qui ont fait leur retour au pays. M. le duc d'Harcourt voulut bien appuyer les différentes représentations qui furent alors adressées à M. le maréchal de Castries et le tirage pour la marine n'a point eu lieu depuis. S'il est renouvelé, comme nous ne pouvons pas en douter, tous les garçons vont abandonner les paroisses sujettes au tirage pour la marine, en sorte qu'il sera impossible aux laboureurs de se procurer, même à des prix excessifs, les domestiques et journaliers dont ils peuvent avoir besoin et il en résultera un grand dommage pour l'agriculture. Le but que le ministre se propose serait plus exactement et plus justement rempli si toutes les milices pour les armées de terre étaient également assujetties au tirage pour la marine et on trouverait même autant de personnes de bonne volonté qu'on en pourrait désirer. Le ministre se persuade sans doute que les habitants des

(1) Comment le subdélégué pourrait-il résister à une demande si spirituellement présentée : « Jean Bouchard, l'un des miliciens garde-côtes de Conteville, marié du mois de septembre dernier, se croit fondé à nous demander la grâce de ne point appartenir tout à la fois à la milice de Bellone et à celle de l'Hymen... ». Et à celle-ci, qui est adressée par une dame : « Je n'ai pu refuser à nos dames religieuses d'avoir l'honneur de vous écrire en faveur de Pierre Ameline... ; je ne lui connais d'autre exemption que d'avoir une jambe fort mal faite » ! D'autres demandes sont présentées d'une manière impérative (*Archives de Honfleur*, R.).

campagnes voisines de la mer sont plus disposés à devenir marins : tous ceux qui ont du goût pour cet état s'embarquent volontairement ; il n'y a que ceux auxquels la mer répugne qui restent à terre et il est bien difficile de vaincre cette répuguance et l'expérience prouve que tout homme qui s'embarque contre son gré meurt bientôt.

Les officiers municipaux invitent les membres de la commission intermédiaire à faire leurs représentations « les plus fortes » au comte de La Luzerne « sur les inconvénients qui résulteraient du tirage pour la marine, fait uniquement dans les paroisses voisines de la mer » (1).

S'adressant aussi à la commission intermédiaire, les membres de l'assemblée municipale de Saint-Gatien écrivent, le 16 juillet 1788 :

Aujourd'hui on éprouve une révolution qui pourrait avoir des suites funestes : nos côtes sont menacées de fournir des hommes pour être employés à faire des canonniers auxiliaires pour la marine ; les jeunes gens, effrayés, désertent de leurs habitations, abandonnant leurs pères et mères, et se réfugient dans les paroisses des terres qui sont exemptes du tirage des côtes pour la marine et on est obligé d'employer des mercenaires pour l'aménagement des terres...

Une autre considération... C'est que quantité d'autres jeunes gens pour se défendre de s'expatrier se marient sans considérer si les nœuds qui se forment leur conviennent et sans examiner s'ils trouveront les moyens de soutenir une famille qui se multiplie chaque jour, puisqu'ils se marient la plupart du temps n'ayant pour toutes ressources et suffisances qu'une poignée de linges et meubles, obligés même très souvent à prendre à crédit les hardes et habits de leur noce. et, leur mariage contracté, se retirent dans un trou de maison ; ce qui fait qu'à la plus petite maladie

(1) Le bureau intermédiaire, dans sa réponse du 18 avril 1788, ne pense pas que l'administration provinciale puisse provoquer les changements demandés. « Cette extension serait pour les paroisses sujettes un très faible allègement et elle porterait dans les autres, qui y deviendraient assujetties, le malheur et la désolation. Une longue habitude et presque la certitude de ne pas quitter ses foyers n'a point encore apprivoisé les esprits avec le tirage de la milice ; que serait-ce s'il s'agissait du service de mer, infiniment plus redouté ?... Nous croyons pouvoir assurer que le projet d'extension ne serait pas plus tôt connu que nos terres deviendraient désertes .. Le service de mer exige une constitution propre à cet élément, ou, au moins, familiarisée avec lui. Cette constitution ne se trouve pas chez tous les habitants des côtes et l'habitude qu'ils ont de la mer ne la leur donne quelquefois pas. Comment espérer la trouver chez l'habitant des terres qui n'a jamais vu cet élément et qui souvent n'en a idée que par les frayeurs qu'on lui en a faites. Le service de mer veut encore un goût décidé et cela est d'expérience : tout embarqué contre son gré est un homme mort : MM. les officiers municipaux de Honfleur l'attestent ; eh bien, sur cent habitants des terres, il n'y en a pas un qui ait le goût de la mer. Forcer par une loi martiale ces habitants à en prendre le service, c'est donc moins servir la patrie et donner des forces à l'État que fournir des victimes à la mort... ». La lettre se termine par le souhait que le tirage n'existe nulle part ; puisque c'est « un mal nécessaire, il faut le souffrir mais ne pas songer à l'étendre... » (Archives du Calvados, C. 8702).

ou à mesure que leur race accroît, ils deviennent à charge à la paroisse, réduits même souvent à mendier... (1)

Pennedepie se plaint que si on compare le nombre des habitants des côtes maritimes à celui des terres il n'y ait « point de proportion égale entres les milices des unes et celles des autres ; que celle de nos côtes est plus onéreuse et, en même temps, plus nombreuse et que par conséquent la culture de nos terres est moins secondée, que même elle languit ».

De plus nous perdons beaucoup d'artisans par le parti que prennent nos jeunes gens de servir sur les navires marchands ; quoique notre communauté ne soit pas considérable, elle en compte actuellement cinq sortis de son sein pour ce service.

... On redoute dans nos quartiers le service sur les navires du roi..., pour ainsi dire autant que la mort, parce que de tous ceux qui y servent on en compte peu qui en reviennent... On s'imagine que les vivres... sont pour l'ordinaire très mauvais...

Pour remédier à cet inconvénient, la municipalité propose d'appliquer le procédé préconisé par M. de Bourmard que l'article 16 (2) du cahier de la paroisse développera longuement (3).

La perception de la gabelle donne lieu à de tels abus que la suppression en est demandée unanimement dans le bailliage, même par la ville. Celle-ci jouit de la franchise mais aux conditions suivantes : les habitants ne peuvent vendre, donner, céder ou échanger le sel qui leur est accordé ; défense à toute personne de prendre ou acheter ledit sel ; obligations à tous chefs de famille, maître ou maîtresse de maisons, de tenir continuellement la provision de sel en un lieu fermant à clef et de garder sur eux cette clef sans la confier à leurs domestiques ; défense à toutes personnes, autres que les employés des gabelles, ayant commission du fermier ou mandement pour le faire, de troubler la tranquillité des habitants en entrant à leur domicile pour faire visite et perquisition de leur sel, à peine d'être extraordinairement procédé contre eux, etc. (4)

D'après cette dernière prescription de l'ordonnance du président du grenier à sel, il ne nous semble pas téméraire d'affirmer que la perception de la gabelle donnait prétexte à des abus d'autorité, à

(1) *Archives du Calvados*, C. 8690.
(2) Voir ci-dessous.
(3) *Archives du Calvados*, C. 8690.
(4) *Archives de Honfleur*, Gabelle.

des usurpations de fonctions. Et s'il en est ainsi à Honfleur sous les yeux des juges du grenier à sel et des commis des fermiers, que doit-il se passer dans les campagnes où les paysans ne sont pas protégés ? Mais nous n'insistons pas sur des abus qui ont été décrits à mainte reprise.

Nous ne devons pas oublier que le produit du sel d'impôt (Honfleur, Touques et Trouville jouissaient du sel de privilège) s'élève à une somme considérable pour le bailliage, à environ 16.700 l. Dans ce chiffre, Saint-Gatien entre pour 1.805 l., Quetteville pour 1.625 l., Fourneville pour 1.440 l., Gonneville pour 1.415 l. (1).

Un autre fléau des campagnes paraît être la mendicité ; il faudrait réprimer les courses désordonnées des mendiants vagabonds qui n'ont ni feu ni lieu. Tandis que les terres restent sans culture, les fainéants se pressent en foule aux portes des seigneurs et des couvents riches : « le jour de la distribution est un jour de fête, l'homme y met bas sa bêche et sa cognée et s'endort dans le sein de la paresse... » Il faudrait contraindre les pauvres à ne pas sortir de leur paroisse, à moins d'autorisation. On leur donnerait à filer et le produit du travail servirait au soulagement de la misère ; dans le même but, chaque gros décimateur « externe » abandonnerait un dixième de ses revenus. (2)

Pour compléter ce tableau, il conviendrait de parler de la dîme sous toutes ses formes, de l'exercice des droits seigneuriaux de garenne, gravage, pêche ; de l'accaparement par le clergé de fermes et herbages... Mais cela n'offre rien de particulier pour le bailliage de Honfleur. (3)

Pêches. — Les pêches très importantes « fournissent abondamment au luxe des tables de la capitale et des provinces et nourrissent le peuple ». Les trois principaux ports de pêche sont Honfleur, Villerville et Trouville.

Honfleur. — Depuis une quarantaine d'années, les pêcheurs se servent du chalut « armé de fers sur les côtés et garni de chaînes dans la partie inférieure de sa gueule »... La pêche avec ce filet traînant a constamment été abondante en beau poisson et de bonne qualité et... jamais il n'a manqué sur les fonds où se pratique cette pêche parce que ce n'est là ni le lieu où il dépose son frai ni où celui du premier âge prend naissance. En effet, les pêcheurs de Honfleur ne font la pêche avec ce filet qu'à deux

---

(1) Ces chiffres, approximatifs, m'ont été aimablement communiqués par M. Besnier, archiviste du Calvados.

(2) *Archives du Calvados*, C. 8680.

(3) Voir particulièrement Edme Champion : *La France d'après les cahiers de 1789.* 1904, Paris, Armand Colin, 1 vol. in-18 jésus.

lieues au moins de terre et, en temps de paix, lorsqu'ils n'ont point de limites prescrites et que l'ennemi ne peut les gêner ils s'en écartent de 8 à 10 lieues. C'est alors que cette pêche est très abondante en toutes espèces de beaux poissons.

Il n'y a aucun danger de détruire le frai et le poisson du premier âge qui se trouvent beaucoup plus près de terre ; les poissons ne se rendent sur les lieux où les pêcheurs de Honfleur pratiquent leur industrie que lorsqu'ils ont acquis « un degré de croissance suffisant pour s'aliter avec les autres... Ce qui vient encore à l'appui de cette assertion c'est que jamais depuis que la pêche au chalut est en usage en ce port les pêcheurs n'ont été obligés de jeter en mer le plus petit poisson ». Ils apportent et vendent ici des raies, morues, turbots, soles, carrelets, vives, etc. et les poissons inférieurs ont toujours plus de 3 pouces entre l'œil et la queue.

Un avantage particulier au chalut employé par les pêcheurs de ce port et des côtes du Calvados est de pêcher une quantité considérable de chiens de mer qui détruisent par leur voracité le poisson de tout âge et qui, quelquefois, sont en si grand nombre qu'ils empêchent les lits de harengs de se rendre et de parcourir les lieux qu'ils fréquentent pendant la saison où ils voyagent sur nos côtes ; cette assertion est prouvée par nombre d'années d'expérience.

Le filet dont se servent les pêcheurs de Honfleur ne diffère que très peu, par la forme et la grandeur de ses mailles, de celui prescrit par l'ordonnance du 31 octobre 1744... mais il n'est pas possible que le chalut soit employé avec avantage sans être armé de fers de chaque bout de sa vergue et sans être garni d'une chaîne à la partie inférieure de sa gueule... (1).

... Les bateaux qui vont à 8, 10 et même 12 lieues en mer sont d'environ 25 tonneaux avec un équipage de 6 à 7 hommes. On compte 8 ou 9 de ces bateaux occupant environ 60 marins. On estime le produit annuel à 50 ou 60.000 livres.

Il est une autre pêche pour laquelle on emploie une sorte de chaloupe plate, de 2 à 4 tonneaux, appelée picoteux ; ces barques montées seulement de 2 ou 3 hommes servent à aller tendre les filets qu'on nomme *picots* ; cette pêche occupe 50 à 60 marins et peut produire 30 à 40.000 livres chaque année.

Pour le filet sédentaire, nommée *guideau*, il se prend une prodigieuse quantité de petit poisson, connu sous le nom de *crado* ou *œillet* qui se vendant à doux prix, fournit au peuple les moyens de se nourrir à fort bon marché. Ce filet prend aussi, pendant l'hiver, le petit coquillage appelé

---

(1) *Archives de Honfleur*, Pêches : Le document que nous venons d'analyser est de 1812, mais les remarques qu'il présente, sous le titre de *Notes d'observations*, embrassent une période assez étendue et intéressent certainement les années qui ont précédé immédiatement la Révolution.

crevette dont la pêche et la consommation se font toute l'année ; mais c'est particulièrement en été qu'il devient abondant, parce qu'alors le pêcheur se mettant à l'eau jusqu'à mi-corps, en ramasse, chaque marée, une prodigieuse quantité à l'aide du filet portatif Cette pêche a le singulier avantage d'être à la portée des femmes et souvent même des vieillards, de sorte qu'elle met dans la belle saison une sorte d'aisance dans les familles ; au moins cent personnes s'en occupent pendant six mois et on peut estimer son produit à 20.000 livres (1)

Enfin, la pêche des moules, sur le « *Radier* », du 1er avril à la fin d'octobre occupe « des gens de tout sexe et de tout âge ; et, quoique ce coquillage se vende à bas prix, l'importance de son produit peut être portée à 40.000 l., en comprenant ce que peuvent gagner hommes, femmes et enfants depuis l'âge de neuf ans » (2).

VILLERVILLE. — La pêche des moules qui y occupe deux à trois cents personnes rapporte environ 80.000 l. « Pour celle de la crevette, de l'œillet, la situation de Villerville est si commode à cet égard qu'on peut remarquer une étendue d'une demi-lieue de rivage occupée par ces filets ». Elle rapporte environ 75.000 livres.

Cent quarante marins vont à la pêche en haute mer, mais ils s'éloignent moins que ceux de Honfleur et de Trouville parce qu'ils ne peuvent employer que des barques plates de deux à quatre et sept à huit hommes, moins propres pour tenir la mer ; cela provient de ce que Villerville ne présente point de port au navigateur, mais seulement une plage... (3).

Vingt-cinq à trente de ces bateaux sont employés pour la pêche en haute mer qui peut produire annuellement 100.000 à 110.000 livres.

TROUVILLE, à l'embouchure de la Touques, présente une retraite sûre pour les bateaux des pêcheurs, pourquoi ceux qu'ils emploient sont du port de trente à trente-cinq tonnes, armés du même nombre d'hommes que ceux de Honfleur, se servant du même filet appelé chalut pour la pêche en haute mer. On compte à Trouville jusqu'à trente-trois de ces bateaux, occupant deux cent vingt à deux cent trente marins : aussi cet endroit peut-il être considéré comme le chef-lieu de la pêche dans ce

---

(1) *Archives du Calvados*, C. 8095. Extrait du registre du bureau du département de Pont-l'Evêque (1er août 1788). Suivant une délibération du Conseil général de Honfleur (29 octobre 1790), il y a 15 ou 20 barques toujours en activité.

(2) *Archives du Calvados*, C. 8095.

(3) *Archives du Calvados*, C. 8095.

département. C'est où se trouve chaque jour la plus grande quantité de poisson, ainsi que le plus beau. C'est là que se rassemblent, de préférence, les pourvoyeurs, marayeurs et tous marchands de poisson qui l'achètent à l'arrivée des barques pour le transporter à Paris et dans les principales villes de province. (1)

Le produit de cette pêche est d'environ 300.000 livres.

De l'estimation de la commission intermédiaire de Pont-l'Évêque, plus de mille individus se livrent à la « pêche du poisson frais ». Mais les pêcheurs chargés d'une nombreuse famille, obligés à de fréquentes réparations de leurs bateaux, de leurs engins, gênés dans la vente de leur poisson par les droits d'entrée à Paris et dans les autres villes, vivent dans la misère. Que les levées de marins pour le service du roi enlèvent les chefs de familles, « alors les bateaux restent sans emploi, faute de conducteurs, les femmes et les enfants sans pain ».

Les habitants de Honfleur, le « principal port de mer de ce département », se livrent à la pêche de la morue sur le grand banc de Terre-Neuve.

..... Chaque année il sort de ce port vingt à vingt-cinq navires de cent à cent cinquante tonneaux armés de dix-sept à dix-huit hommes qui, partant en mars ou avril, se rendent à La Rochelle, ou lieux circonvoisins, pour y prendre leur pleine charge de sel nécessaire .. De là ils se rendent sur le grand banc de Terre-Neuve où, le plus communément, ils arrivent dans le mois de mai. Là ils séjournent plus ou moins suivant que la pêche est plus ou moins abondante et rentrent dans le port depuis août jusqu'en décembre. . (2).

En moyenne, chaque navire rapporte « quinze milliers de morues en nombre, au compte marchand de cent trente-six poissons au cent, lesquels rendent, en supposant vingt-cinq navires, deux cent cinquante milliers payables, à cause du petit poisson de rebut et autres soustractions d'usage », en temps ordinaire, 175 livres le cent, soit 437.500 livres. Un tiers appartient aux équipages. Mais cette pêche est en décadence par suite des pertes subies par les armateurs qui ne la font plus que par habitude et parce qu'ils ne peuvent tirer un autre parti de leurs navires. On signale aussi les exigences « des satellites de la ferme » qui secouent le poisson « pour en détacher le sel inhérent », ce qui nuit

(1) *Archives du Calvados*, C. 8095.

(2) *Archives du Calvados*, C. 8095. Suivant le *copie des lettres* de la municipalité de Honfleur (n° 2, 7 ventôse an III), il y aurait eu, dans les temps de prospérité peut-être, plus de 60 navires armés, à Honfleur, pour la pêche de la morue.

à la conservation du poisson. Et, cependant, la pêche de Terre-Neuve était « la meilleure école pour former de bons marins » (1).

Plus de quatre-vingts navires, des ports de Granville et Saint-Mâlo, venaient apporter leurs cargaisons à Honfleur où ils trouvaient aisément la vente « par la localité de ce port, à l'embouchure de la Seine, qui facilite le transport par eau de toutes les denrées à Paris ». (2).

Se rattachant à la pêche, on peut remarquer à Honfleur des salaisons.

D'une façon générale, les marins sont malheureux. Beaucoup ont de la peine à trouver leur nourriture et celle de leur famille « toujours nombreuse, car ces hommes, par la nature de leurs occupations, sont tous dans l'obligation de se marier et plusieurs causes physiques se réunissent pour rendre chez eux la population prodigieuse » (3).

Communautés d'Arts et Métiers. — La liste en est connue grâce à un état dressé par Le Cerf, greffier du bailliage, le 22 mars 1789 ; il y en a 21 sur lesquelles 13 sont constituées par un seul métier (4), les autres, pour éviter les conflits de concurrence (Ordonnance d'avril 1777), comprennent chacune deux métiers similaires (5).

Sur le nombre des maîtres de chaque corporation il est difficile de se prononcer ; car, bien entendu, les procès-verbaux des assemblées (6) ne donnent que le nombre des présents (et encore quand ils le donnent). Nous avions un moyen de le connaître : consulter le rôle des impositions ordinaires en 1790. La liste ci-dessous présente toute l'exactitude désirable ; elle aura aussi le mérite de faire connaître des métiers qui, bien que n'étant pas constitués en corporations, n'en ont pas moins une certaine importance. Dans le nombre (114) des charpentiers sont compris les *charpentiers de maisons* et les *charpentiers de navires*, le rôle des impositions ne distinguant pas les uns des autres.

A côté du chiffre des maîtres, en 1790, nous plaçons, entre

(1) *Archives du Calvados*, C. 8095.

(2) *Copie de lettres de la municipalité de Honfleur* (n° 2, 7 ventôse an III).

(3) *Archives du Calvados*, C. 8095.

(4) Perruquiers, tailleurs d'habits, épiciers, boulangers, cordonniers, cafetiers, maçons, chaudronniers, charpentiers de maisons, charrons, chapeliers, couteliers et tanneurs.

(5) Merciers et drapiers, tonneliers et menuisiers, traiteurs et aubergistes, maréchaux et serruriers, bouchers et charcutiers, tapissiers et fripiers, horlogers et orfèvres, laboureurs et artisans des écarts.

(6) Ces procès-verbaux sont analysés ci-dessous.

parenthèses, celui qui nous est quelquefois fourni par les *Archives de la Seine-Inférieure* (C. 130), pour les années 1704 et 1750 : On pourra ainsi juger des changements qui se sont produits dans les métiers au XVIII⁰ siècle, suivre leur progrès, leur décadence et quelquefois aussi remarquer leur disparition, pendant que d'autres métiers naîtront.

Armuriers, 2 (en 1704, 10 serruriers arquebusiers ; en 1750, aucun chiffre n'est indiqué).

Aubergistes, 13.

Badestaimiers, 4.

Barbiers, perruquiers, 23 (en 1704, 29 ; 13 en 1750).

Boisselier, 1.

Bouchers, 7 (17 en 1704 ; 5 en 1750).

Boulangers, 45 (108 en 1704 ; 30 en 1750).

Brasseur, 1.

Cabrouettiers, 2.

Cardeur, 1 (44 en 1704 ; 30 en 1750).

Cafetiers et cabaretiers, 31.

Caissier, 1.

Chandeliers, ciriers (45 avec épic. en 1704 ; 31, épic. graissiers, en 1750).

Chapeliers, 5 (5 en 1704).

Charcutiers, 4 (9 en 1704).

Charpentiers, 114 (53 de navires ; 8 de maisons, en 1750).

Charrons, 2.

Chaudronniers, 5 (4 en 1750).

Ciriers (confondus probablement avec les épiciers).

Cloutiers, 3 (1 en 1704).

Confiseurs (confondus probablement avec les épiciers).

Cordiers, 15 (5 en 1704).

Cordonniers, 37 (23 en 1704 ; 17 en 1750).

Corroyeurs, 2 (4 en 1704 ; 7 en 1750).

Couturières, 3.

Couvreurs, 3 (15 couvreurs en tuiles en 1750).

Débitant de tabac, 1.

Doreur, 1.

Drapiers et chaussetiers (10 en 1704).

Ébénistes (confondus probablement avec les menuisiers).

Épiciers, 22 (voir chandeliers en 1704 et en 1750).

« Étaimiers », 1 (5 en 1704).

Ferblantiers, 4.

Fermiers, 18.

Fileur de laine, 1.

Fripiers, 9 (1 en 1704).

Horlogers, } 5.
Orfèvres, }

Jardiniers, 12.

Jaugeur, 1.

Journaliers, 24.

Limonadiers (confondus avec les cafetiers).

Maréchaux-ferrants et forgerons, 11 (24 en 1704 ; 8 en 1750).

Masseur (1 en 1750).

Mégissier, 1 (3 en 1704).

Menuisiers, 26 (16 en 1750).

Merciers, grosseurs, merciers, drapiers, merciers, 9 (37 en 1704 ; 21 en 1750).

Maçons, 14 (7 en 1750).

Meuniers, 3.

Pâtissier, 1.

Peintres, 2.

Plâtriers, 9 (15 en 1750).

Plombeur, 1.

Poulailler, 1.

Poulieurs, 6.

Quincailliers (pas de maîtres).

Scieur de long, 1.

Sculpteur, 1.

Selliers, 4 (1 en 1704).

Serruriers, 8 (9 en 1750).

Sonneurs, 2.

Taillandiers, 3.

Tailleurs, 21 (33 en 1704; 27 en 1750).

Tapissiers, 1.

Tanneurs, 3 (20 en 1704; 10 en 1750).

Teinturier, 1.

Tisserand, 1 (19 en 1704).

Toiliers, 3 (t. lingers, 14 en 1704 ; t. lingers, 14 en 1750). .

Tonneliers, 26 (15 en 1704; 11 en 1750).

Tourneurs, 6 (futailliers tourneurs, 5 en 1704; 4 en 1750).

Traiteurs, 4.

Vitriers, 4 (3 en 1704; 4 en 1750).

Voiliers, 10 (4 en 1704).

Voituriers, 16.

Rôtisseurs (4 en 1704; 4 en 1750).

A défaut des doléances des corporations, en 1789, qui n'ont pas été rédigées, et de renseignements exacts sur leur organisation, à la même date, nous avons puisé, toujours à la même source (1), certains renseignements qui nous paraissent intéressants pour l'histoire des corporations à Honfleur.

Une lettre de Lechevallier, subdélégué, apprend que les différentes communautés de Honfleur n'ont jamais eu de statuts émanés du Conseil ni homologués au parlement de Normandie. Avant 1757,

... chaque aspirant était assujetti aux lois générales de la police qui se bornaient ordinairement à un apprentissage, un chef-d'œuvre et une réception en justice, sur laquelle le juge de police lui faisait expédier une lettre de maîtrise pour la profession à laquelle l'aspirant se destinait. Les aspirants aux professsions qui avaient des statuts particuliers, enregistrés simplement au greffe de la police, étaient assujettis aux formalités prescrites par les mêmes statuts ; mais, aujourd'hui, avant d'ouvrir boutique dans ces professions, l'aspirant se borne à une simple visite de bienséance chez les juges de police.

Nous n'avons dans la ville que les communautés des apothicaires, des épiciers, des tourneurs et des perruquiers qui aient des statuts en règle ... et si les différentes communautés se trouvent comprises dans l'état des maîtrises de 1725, c'est qu'on a présumé alors que les communautés avaient des statuts en règle.

La communauté des perruquiers est composée de 19 maîtres dont 15 ont boutique et les 4 autres n'exercent pas. La dernière place de perruquier qui a été levée a été vendue 100 l. ; les anciennes ont coûté depuis 80 jusqu'à 120 l. « et celles qui ont été vendues par les maîtres depuis la paix, le prix en a été depuis

(1) *Archives de la Seine-Inférieure*, C. 130.

300 jusqu'à 700 l. ; le plus ou le moins a dépendu de la position de la boutique que le vendeur cédait à l'acquéreur ; en sorte que les places n'ont point un prix déterminé, puisque le plus ou le moins de pratiques attachées à une boutique a fait augmenter ou diminuer le prix de ces places ; il y a à présumer que les profits de cette profession ne sont pas bien considérables dans cette ville, vu leur grand nombre, puisqu'il y a 4 maîtres qui restent sans avoir boutique et sans pouvoir trouver à louer leur place ». (1)

En 1750, chaque corporation fait un exposé de situation que l'on peut ainsi résumer :

Drapiers, merciers. — Les statuts établis en 1748, par le juge de police ont été homologués à la cour. « Il ne s'est point fait d'apprentis ni de maîtres depuis longtemps ». Les économies de la corporation ont été « consommées au paiement des taxes auxquelles la communauté a été forcée de satisfaire depuis le joyeux avènement de S. M. à la couronne, et beaucoup au-delà, chacun des maîtres ayant fourni au-delà de ses propres deniers... pour y satisfaire ... »

Ceux qui exercent sans droit ni titres sont les chandeliers, ciriers, épiciers, les toiliers lingers, les tailleurs d'habits, les tabletières, par les rues et nombre d'autres dans l'intérieur de leurs maisons, ce qui anéantit et ruine totalement la profession par la facilité qu'ils ont de tirer de Rouen et de faire venir des marchandises, par leurs parents et amis, maîtres et conducteurs de bateaux, dont presque toutes les femmes font commerce (2).

Cordonniers. — Chaque apprenti paie à la communauté 8 l. 1 s. pour l'entretien de la chapelle ; mais les fils de maîtres sont exempts de cette contribution.

Chaudronniers. — Ils sont « foulés » par les chandeliers qui font plus de moitié de leur commerce, « en poêles à frire, marmites et chaudières qui ne sont point de leur métier » ; par les coureurs, qui sont du dehors et « viennent presque toutes les semaines, et par les revendeuses et fripières » (3).

Maréchaux et Forgerons. — Leurs statuts sont datés du 12 octobre 1602.

Observez, s'il vous plait nos seigneurs, écrivent-ils, que tous les épiciers,

---

(1) Lettres de Le Chevallier, du 17 juillet 1767.
(2) *Archives de la Seine-Inférieure*, C. 130.
(3) *Ibid.*

chandeliers, vendent de toutes sortes de clous et de toutes sortes d'autre ferraille... et fournissent aux étrangers marteaux et tenailles... ce qui rend la profession de maréchal et de forgeron hors... de pouvoir réussir parce que lesdits épiciers, chandeliers ont tout le profit par la quantité du débit de leur marchandise de balle qui est de mauvaise qualité.

Après avoir constaté que les serruriers travaillent pour les bâtiments de mer « ce qui fait que les forgerons ne fournissent que ce que les serruriers ne savent faire », les maîtres ajoutent :

Observez, s'il vous plaît, que tous les clous de balle que fournissent les chandeliers et les autres ouvrages fournis par les serruriers qui se [permettent] de travailler pour les navires qui, très souvent, ne savent ce qu'on leur demande, n'étant pas de leur ministère, expose les navires et le monde au danger de périr ; réflexion, s'il vous plaît : rien au monde n'est plus sérieux que la navigation, vous suppliant, nos seigneurs, d'y avoir égard et nous ferez justice (1).

Épiciers graissiers. — Leurs statuts, donnés par le Conseil, ont été enregistrés au Parlement de Rouen, le 24 avril 1732. Sans aucuns revenus, leurs charges ne consistent d'ailleurs qu'en « frais de délibérations, location d'une chambre à cet effet et en un service qu'ils font faire tous les ans, le jour de leur patron... Tous les maîtres sont obligés de se cotiser chaque année pour remplir les avances... » (2).

Toiliers lingers. — Les deux gardes sont des femmes (Françoise Barbel, fille, et Marie-Anne Louvel, femme Hauzey).

Ce corps de métier est mené par des femmes et des filles qui sont reçues par le juge ; aussi il leur convient mieux qu'à des hommes puisque le plus fort dudit est de travailler de l'aiguille et vendre des coiffes, chemises, draps et serviettes, etc., qu'un pareil métier dans une petite ville n'est pas capable d'occuper un homme et de faire [vivre] une famille ; pourquoi les hommes s'occupent à autre chose (3).

Autrefois, un procès eut lieu entre ce métier et celui des merciers qui vendaient des toiles en détail ; le procès n'a point été vidé, au détriment des toiliers lingers. Les merciers ont continué à vendre des toiles en détail et les toiliers lingers, pour s'indemniser en quelque manière, ont revendu des fracs et des flanelles.

(1) *Archives de la Seine-Inférieure*, C. 130.
(2)   *Ibid.*   C. 130.
(3)   *Ibid.*

Sur l'organisation du métier on a retrouvé la copie d'une sentence du vicomté de Honfleur (7 janvier 1668) qui en donne les statuts.

Les deux premiers articles sont relatifs à une messe dite le jour de la Sainte-Anne, aux frais du métier ; le troisième à l'élection des gardes, le lendemain de cette messe.

... Le 4e que les gardes pourront faire leurs visites tous les jours de chaque semaine, le 5e et le 6e que les gardes et maîtres pourront avoir et vendre en leurs boutiques toutes sortes de toiles fines et grosses, coutil et doublœuvres, comme aussi des étoffes appelées tiretaines ou autres où il y aura du fil, sans qu'aucun autre en puisse faire distribution.

Les articles 7 et 8 concernent les apprentis qui devront faire leur apprentissage chez un maître pendant deux ans ; « ils seront tenus de faire expérience en la présence des gardes et de deux maîtres dudit métier ». Par les articles 9 et 10, celui qui prétend à la maîtrise « paiera aux mains des gardes la somme de 10 livres afin de subvenir aux affaires qui intéressent le dit métier, outre trois livres de cire pour l'entretien du cierge, etc. ». Tout maître ne pourra avoir qu'un apprenti, qui devra se présenter à la justice 15 jours après son arrivée « sous peine d'une livre de cire d'amende », (article 11). Les fils de maîtres sont exempts de l'expérience et des droits (article 12). Après avoir réglé l'élection des maîtres, les derniers articles portent que les maîtres et gardes pourront avoir dans leurs boutiques « toutes sortes d'ouvrages de toile pour en faire la distribution » ; il est interdit à tout autre sous peine de confiscation et d'amende « de vendre en détail aucunes toiles fines ni grosses, coutil et doublœuvre » etc. (1).

Perruquiers. — La communauté ne reçoit rien d'un fils de maître, ni d'un apprenti qui a fait son temps ; il n'y a que le lieutenant, les greffiers et les prévôts, syndics et gardes qui perçoivent à leur bénéfice les sommes portées par les statuts. Ceux-ci ont été accordés par le roi et son premier chirurgien, le 6 février 1725 (2).

Charpentiers. — Cette corporation n'a pas de règlement.

Aucuns de ceux qui exercent le métier ne sont pas même reçus par le juge de police ; chacun y peut faire sa profession quand il en est capable.

(1) *Archives de la Seine-Inférieure*, C. 130.
(2)   *Ibid.*

Les étrangers y viennent travailler sans que ceux du lieu puissent s'y opposer.

Il n'y a pas de comptes d'administration, pas de gardes, point de règle pour l'apprentissage. La marine attire tous ceux qui y ont de l'inclination ; ils préfèrent être charpentiers de navires (1).

Bouchers. — Leurs statuts ont été inspirés par ceux de la communauté de Rouen ; ils remontent à 1666.

Le commerce des bouchers se fait par les bouchers de campagne qui, les jours de marché, apportent leur viande à la ville et l'y débitent, ce qui fait qu'ils ne reçoivent ni apprentis ni maitres dans la profession (2).

Vitriers. — La profession est si modique et dans une telle indigence qu'il y a plus de trente ans qu'il ne s'est fait d'apprenti ni de maitres, et, quand il s'en ferait, l'on n'a jamais rien exigé ni des apprentis ni des maitres; les impositions dont ils sont chargés sont plus que suffisantes pour emporter partie de leurs profits (3).

Tourneurs. — La profession n'a pas de statuts; elle a « toujours été regardée comme main-d'œuvre » (4).

Tonneliers. — Jacques Simon et François Marescot, gardes et maîtres... représentent l'abus qui se fait dans ce corps de métier. Ils se plaignent de plusieurs individus qui emploient des apprentis sans qu'ils aient été reçus en justice. L'un d'eux, « sans aucun droit, titre, ni réception, a boutique ouverte » ; il avait promis de se soumettre aux statuts lorsque la paix serait signée, « de lever la lettre dudit corps de métier » mais il refuse aujourd'hui « quoi qu'il soit bien en état de la prendre » (5).

Plâtriers. — ...La profession est si modique et dans une si grande indigence [qu]'il ne se fait point d'apprenti et l'on n'a jamais rien exigé ni des fils de maitres, ni des apprentis; les impositions dont ils sont chargés sont plus que suffisantes pour emporter la plus grande partie de leur profit (6).

Maçons. — La communauté n'est point formée parce qu'aucuns ne sont reçus maitres ; ils sont de simples journaliers et pour la plupart étrangers, allant et venant.

(1) *Archives de la Seine-Inférieure,* C. 130.
(2) *Ibid.*
(3) *Ibid.*
(4) *Ibid.*
(5) *Ibid.*
(6) *Ibid.*

Soumis aux règlements de police, sans qu'il y en ait de particuliers à leur égard, ils n'ont aucun revenu mais non plus aucune dette en commun. « Il y a plusieurs étrangers qui, comme eux, travaillent à la journée, sans avoir comme eux aucuns titres de maîtres que par usage (1) ».

Menuisiers. — Les menuisiers se plaignent, eux aussi, de la concurrence que leur font les ouvriers étrangers. Ceux-ci « extorquent la meilleure partie de l'ouvrage, sans payer aucuns droits de capitation, ustensile, fourrage, logement des gens de guerre ». Tous les maîtres de la ville « s'aident les uns les autres pendant le temps qu'ils sont occupés pour les navires ; le reste du temps ils font quelque petit meuble dans leur boutique (2).

Serruriers. — Ce métier s'avilit et s'anéantit visiblement depuis quelques années, à mesure que les marchands quincailliers se mettent en vogue pour les ouvrages de forets qu'ils vendent journellement aux bourgeois qui les font appliquer par les menuisiers. D'un autre côté, les maréchaux s'émancipent de faire la plus grande partie des gros fers de bâtiments, quoique très mal, et cette malfaçon même persuade abusivement la plupart des bourgeois qu'ils ont meilleur marché de cette part, quoique ce soit la même chose et très souvent le contraire... Si les choses continuent ainsi, deux maîtres suffiront. . pour la ville de Honfleur, avec chacun un ouvrier seulement, la plupart n'en ayant actuellement aucun, étant prêts à quitter eux-mêmes faute de moyens.

Les fils de maîtres, qui ont appris chez leur père, n'ont pas de droits à payer ;

Les apprentis n'ont payé aucune chose en commençant leur apprentissage, ni lorsqu'ils se sont présentés à la maîtrise, où ils ont été reçus après une légère expérience, payant seulement les frais de justice qui vont à 15 livres. Lorsqu'il s'est présenté des compagnons, on les a reçus avec des expériences plus fortes que celles des apprentis et, sur le rapport des maîtres, ils ont été reçus sans payer autre chose que les frais de justice... (3)

Après l'édit d'avril 1777, les corporations veillèrent d'une manière jalouse à se conserver le privilège de la vente de certains produits.

(1) *Archives de la Seine-Inférieure*, C. 130.
(2) *Ibid.*
(3) *Ibid.*

Ainsi, les merciers de Honfleur veulent interdire aux épiciers-droguistes la vente des objets dont ils faisaient commerce avant cet édit. Tolozan, inspecteur du commerce, rejette leur demande ; « tout ce qu'on peut exiger des épiciers-droguistes, c'est qu'ils se fassent agréger au corps de la mercerie pour pouvoir continuer le débit des objets attribués aux merciers... »

Mais Tolozan donne raison à ceux-ci qui ont fait saisir les marchandises qu'un colporteur débite à Saint-Sauveur, ce hameau étant de Honfleur (1).

En 1786, ce sont les tonneliers et menuisiers qui veulent assujettir deux tonneliers, classés à l'amirauté, « à prendre des lettres de maîtrise » (2).

Chevalier exerçait, avant l'édit de 1779, la profession d'horloger qui, alors, était libre à Honfleur. S'étant présenté depuis pour avoir une lettre de maîtrise dans la nouvelle communauté des maîtres orfèvres, lapidaires et horlogers, elle lui est refusée sur ce que l'article 14 des lettres patentes du 27 juin de la même année, portant réunion des orfèvres et lapidaires aux horlogers, oblige tous les aspirants à faire un chef-d'œuvre ; il en est dispensé par décision ministérielle (3).

Thillaye, chaudronnier, voulant joindre à sa profession celle de ferblantier, est « menacé, avant d'obtenir une lettre de maîtrise, de faire un an d'apprentissage » en exécution de la déclaration du 6 février 1783. Mais lui aussi en est dispensé (4).

Peu à peu le cadre étroit des anciennes corporations tend donc à se rompre au grand profit de la libre concurrence.

Commerce et Industrie. — Honfleur était le débouché de toute une région riche en produits agricoles, s'étendant bien au-delà des limites du bailliage : les bois pour la marine, le beurre, l'eau-de-vie, le cidre, etc., étaient embarqués dans ce port à destination du Havre et de Rouen particulièrement. Trouville n'était encore qu'un village de pêcheurs : les bateaux qui faisaient le commerce sur ce point de la côte devaient remonter jusqu'à Touques, autant que le leur permettait la profondeur insuffisante de la rivière. Le mouvement de navires, nécessité pour l'embarquement des eaux-de-vie, cidres et autres marchandises, est assez important pour que

(1) *Archives de la Seine-Inférieure*, C. 130, février 1784.
(2)   *Ibid.*
(3)   *Ibid.*
(4)   *Ibid.*

l'on agrandisse le port, le quai au Coq ne suffisant plus au commerce (1).

D'abord simple port d'échouage, Honfleur avait été doté de deux bassins à flot, le second terminé en 1774. Les fossés qui, recevaient *la Claire*, formaient une retenue dont l'eau pouvait être lancée dans le bassin du Havre neuf par une écluse qui ne sera supprimée qu'avec le comblement des fossés, au XIXe siècle.

Malgré ces travaux importants l'état du port, vers 1789, cause une assez vive inquiétude à la municipalité et aux armateurs.

Il y a dans toute la baie une masse considérable de gros bancs qui souvent sont portés à un tel degré d'accroissement que la mer ne les couvre que dans les fortes marées de pleine mer et nouvelle lune ; ils se convertissent même en prairies et, comme ils ne sont composés que de vase et de sable, lorsqu'ils ont acquis un certain degré de vétusté, ils deviennent plus tendres et, lorsqu'une fois le cours de la rivière vient frapper au pied, ils s'écroulent et se reportent d'un autre côté et dans le milieu de la baie (2).

... Du nombre des bancs changeants qui obstruent l'embouchure de la Seine et qui en rendent la navigation périlleuse est le banc de Saint-Sauveur dont la dégradation ou l'accroissement facilite ou intercepte alternativement l'accès du port de Honfleur. Les écluses de chasses de ce port sont avantageusement disposées, mais la retenue ne retient qu'un volume d'eau insuffisant pour repousser les dépôts de la mer et elle n'est pas susceptible d'agrandissement .. (3)

Depuis nombre d'années, le peu de fonds qui a été accordé par le gouvernement a été presque entièrement employé en ouvrages neufs qui ne sont point encore achevés, tandis que les anciens sont tombés en dégradation ; d'où il résulte la non-jouissance et des uns et des autres... L'on ne peut attribuer l'état de dépérissement de ce port qu'à la pénurie des fonds destinés à son entretien... (4)

Pour attaquer les bancs on projette de joindre les deux rivières de Fiquefleur et de Saint-Sauveur, de les faire passer l'une et l'autre devant le port et d' « ouvrir à la pointe de la jetée de pierre, le long des quais des bourgeois, un nouveau chenal de quinze toises de large sur quatre cent cinquante toises de long ». (5)

Prémord propose aussi de « fixer le cours de la Seine depuis

(1) *Archives Nationales*, R⁴ 1041.

(2) *Archives de la Seine-Inférieure*, C. 858, septembre 1773.

(3) *Registre du Conseil Général* de la commune de Honfleur, 29 octobre 1790.

(4) *Archives du Calvados*, C. 7605. et *Registre du Conseil Général* de Honfleur, 13 avril 1792.

(5) CHARLES BRÉARD : *Les Archives de Honfleur*, ouvr. cité, p. 219.

cette ville (Rouen) jusqu'à Honfleur, dans un canal ou chenal invariable et qui alors deviendrait profond » (1).

Aucun feu n'éclaire le chenal d'accès du port. De fréquents échouages ou abordages en résultent pour les navires entrant ou sortant, « et cela faute d'un fanal qui pût les amorcer et les mettre à portée de pouvoir diriger leur route pour gagner le port ». (2)

A Honfleur se faisait un grand commerce maritime. De nombreux navires y déchargeaient leur cargaison qui était ensuite transportée à Rouen et à Paris. En 1787, « il fut question d'établir à Honfleur un port franc désiré par les Américains et vivement sollicité tant par les négociants de la ville que par ceux du Havre et de Rouen » (3). Tous les ans dix-huit à vingt navires partaient de Honfleur pour la traite des noirs et « pareil nombre allait en cargaison dans les différentes colonies... Le commerce de la Méditerranée y était dans la plus grande activité, tant pour les huiles et savons que pour les vins et eaux-de-vie venant de Cette et de Barcelone. Il s'y faisait aussi plusieurs armements pour la mer du Nord. Il s'est fait aussi, dans ce port, des armements pour la pêche de la baleine » (4).

L'entrepôt des sels destinés à Paris « donnait lieu à une navigation annuelle d'environ deux cents navires uniquement employés à cet objet ». (5)

Quatre « barques passagères », deux appartenant à l'hospice de Honfleur et deux à celui du Havre, transportaient, entre les deux villes, voyageurs et denrées, celles-ci destinées à l'alimentation des Havrais et des équipages de leurs navires. Le cabotage était prospère.

Les chantiers maritimes de Honfleur avaient une grande réputation. Les Pestels, les Normands (les descendants de ces derniers devaient s'illustrer au Havre dans cette industrie), ne construisaient pas seulement pour les maisons d'armateurs de la ville ; ils recevaient encore des commandes des négociants du Havre. Habiles dans l'art d'approprier les navires aux besoins du commerce, de la guerre, de la course, ils avaient à leur portée les bois que la contrée produit abondamment. Mais le lancement était gêné par l'envasement du port.

(1) *Archives de la Seine-Inférieure*, C. 838.
(2) *Copie de lettres* de la municipalité de Honfleur, n° 1, 30 avril 1793.
(3) *Archives du Calvados*, C. 7605.
(4) *Copie de lettres* de la municipalité de Honfleur, n° 2, 7 ventôse an III.
(5) *Registre du Conseil Général*, 29 octobre 1790.

On fabriquait à Honfleur un biscuit de mer très apprécié des équipages ; « on croit que sa qualité provenait de la pureté de l'eau destinée à humecter la farine de blé » (1). Cette industrie était établie ici depuis longtemps ; divers documents le prouvent ; à la fin du XVIIIᵉ siècle, bien que souffrant de la concurrence, elle était encore prospère ; les boulangers continuaient de produire le « pain biscuit » qu'emportaient les navires qui faisaient le commerce des îles ou se rendaient à Terre-Neuve.

Nous signalerons les ateliers de voiliers, de serruriers, pour la marine. Une manufacture d'acides et de sels minéraux, assez prospère, avait été établie, dans cette ville, par un Anglais, Edouard Chamberlain, à l'activité et à l'intelligence duquel on rend justice (2).

En 1788 ou 1789, Vasse fonda une imprimerie, la première, croit-on, qui fonctionna ici ; de nombreux placards, circulaires, adresses de l'époque révolutionnaire sortirent de ses presses.

Honfleur se livre à la fabrication de la dentelle ; les ateliers paraissent nombreux. Non seulement des ouvrières et des marchands y sont occupés, mais encore des dames de la bourgeoisie (3).

Comme aujourd'hui le marché se tient le samedi. Une seule foire, celle de Sainte-Catherine, le 25 novembre.

Les mesures agraires employées sont l'acre, de 160 perches ; la perche de 22 pieds ; le pied de 12 pouces. Celle des grains : le sac, 6 boisseaux ; la somme, 5, et la mine 4 ; le boisseau de 22 pots de deux pintes, mesure de Paris ; le pot, grande mesure, pour les blé, seigle et orge, pèse 4 livres 2 onces ; pour les grosses fèves, féveroles, pois verts et gris, à peu près le même poids ; pour les petites fèves, haricots et vesces, 4 livres ; pour le chènevis, 2 livres 4 onces. Comme mesures de longueur, l'aune de 42 pouces et le pouce de 12 lignes (4).

Le procureur syndic examinant, le 13 oct. 1788, la situation des routes de la généralité trouve qu'il y en avait « beaucoup d'entreprises et peu de parfaites ».

Celles qui l'étaient demandaient un rechargement considérable pour être mises à l'entretien simple. La raison de cela était que l'ancienne

---

(1) Ch. Bréard : *Vieilles rues et vieilles maisons de Honfleur*, p. 41.
(2) Ch. Bréard : *Vieilles rues..*, p. 165.
(3) Par exemple la femme du notaire Mallet.
(4) *Copie de lettres*, nº 1, 3 juin 1793 ; nº 6, 16 floréal an VI, et *Archives du Calvados*, C. 7430, 7435, 7436.

administration avait pour système de beaucoup entreprendre à la fois et de ne rien faire, de ne faire souvent même les choses qu'à moitié pour les pousser plus loin et présenter... une superficie d'ouvrage plus prolongée.

C'était un ancien usage dans la confection de répandre sur la dernière couche du caillou une portion de gros gravier : cette opération avait l'avantage de fixer le caillou et de le sceller l'un avec l'autre, de rendre les routes plus douces...

Le roulage autrefois assez rare dans le pays est, au moment présent, très multiplié.

Les voitures ici n'ont que deux roues et s'il en paraît à quatre, c'est une sur mille. Ces roues sont fort étroites de jantes... (quelques-unes moins de 3 pouces de largeur) (1).

Deux routes importantes partaient de Honfleur (2). D'abord, celle qui relie cette ville à Rouen est achevée en 1789, du moins jusqu'à la côte de Toutainville. Seul le pont de Saint-Sauveur était en si mauvais état que la ville redoutait l'interruption des communications avec les communes, situées au-delà de Fiquefleur, qui alimentaient la halle. Puis la route de Honfleur à Alençon qui « est de la plus grande utilité » parce que, de Lisieux « elle communique dans le Perche, le Maine et l'Orléanais ».

C'est de la ville d'Honfleur qu'on tire pour la généralité d'Alençon et partie des provinces voisines les provisions de hareng, morue et épiceries de différents genres, nécessaires pour la consommation des habitants, ainsi que beaucoup de charbon de terre pour les usines (3).

Le premier tronçon de cette nouvelle voie est inauguré le 20 novembre 1786 par de Limon, contrôleur des finances du duc d'Orléans. En avril 1788, elle est continuée jusqu'au delà de Manneville. Mais la route est en si mauvais état, particulièrement aux environs de Honfleur et de Pont l'Evêque que, « journellement, les voitures les moins chargées y restent, qu'il faut doubler et tripler les attelées pour les retirer, que souvent on n'y parvient qu'en brisant les équipages et même les voitures... » (4).

Les officiers municipaux écrivent :

... Il n'y a point aucune partie de route plus provisoire que celle qui est ouverte dans la vallée de Saint-Nicol, puisqu'il n'y a point de jour qu'il ne

(1) *Archives du Calvados*, C. 8680.

(2) Aux *Archives du Calvados* fond de la Commission intermédiaire de Pont-l'Évêque, C. 8703 à 8725), il y a de nombreux documents sur les routes, plans, devis, rapports, etc. Voir aussi la série L. 627 : *Archives de la Seine-Inférieure*, C. 906.

(3) *Archives du Calvados*, C. 8709. Lettre de la Commission intermédiaire de la Mayenne, Normandie et du Perche.

(4) *Archives du Calvados*, C. 8709.

parte ou n'arrive à Honfleur plus de deux cents voitures dont plusieurs chargées de dix à douze milliers, et, si elle reste dans la position où elle se trouve il y a tout lieu de craindre que les communications de notre ville avec l'intérieur du pays se trouvent interrompues... (1)

Si légitimes sont ces plaintes que la Commission intermédiaire autorise la ville de Honfleur à établir un atelier de charité afin de réparer « au moins provisoirement », l'ancienne route qui aboutit à la porte du Puits.

Le mauvais état de la nouvelle voie tient à ce que le caillou fait défaut, les agents du duc d'Orléans s'opposant à l'extraction de la pierre dans la « forêt de la Plane ». Menacé d'un procès, le procureur domanial dut, plus tard, lever l'opposition (2)

On pouvait aussi se rendre à Dives et à Caen par la rue Haute et le « chemin de Grève » (3) ; on passait sur une « planche » la rivière de Pennedepie. C'était certainement pittoresque mais peu pratique. Par la Charrière Saint Léonard on se rendait à Gonneville, Saint-Benoît-d'Hébertot et Cormeilles.

Le service de la poste courante comporte les courses suivantes: Honfleur à Pont-Audemer, à Cormeilles, à Pont-l'Évêque et Dives. Il est très utile pour ceux qui se rendent du Havre dans ces localités et « pour tous allants et venants de Basse-Normandie » (4).

Droits de Coutume, Prévôté et Travers de Seine. — Nous ne pouvons terminer l'étude de la situation commerciale de Honfleur à la fin de l'Ancien Régime sans exposer brièvement une contestation qui s'éleva en 1768 entre le duc d'Orléans, seigneur de Honfleur et la municipalité de cette ville (5).

Cette affaire provoqua un long débat où échevins et négociants déployèrent toutes les ressources d'un esprit singulièrement délié. Ils ne se laissèrent émouvoir ni par le crédit du prince, ni par les menaces ou les rodomontades de ses conseillers, tout en évitant avec soin de s'attaquer à ses prérogatives seigneuriales.

L'exemption de la taille avait été rendue aux habitants de Honfleur en 1757: l'occasion était bonne pour le duc de percevoir, dans cette ville, des droits de coutume, prévôté et travers de

---

(1) *Archives du Calvados,* C. 8709.

(2) *Ibid.*

(3) Ch. BRÉARD ; *Vieilles rues et vieilles maisons,* p. 92.

(4) *Archives de la Seine-Inférieure,* C. 632.

(5) Voir dans la *Révolution française,* du 14 octobre 1911, notre article sur cette question.

Seine ; il obtint facilement un arrêt du Conseil confirmant ses prétentions et fondé sur une pancarte de 1527.

D'après cet arrêt étaient affranchis des droits : les bourgeois de Honfleur et les paroissiens de Bonneville-sur-Touques, Canapville et Equemauville, « francs de vendre et d'acheter dans la ville, pour leur user seulement » ; le roi, son fils aîné, la reine et ses enfants, ainsi que toute personne venant prendre livraison de marchandises et vivres pour le souverain ou sa femme, ou agissant pour le besoin de la terre et du pays ; les abbés du Bec-Hellouin et de Fécamp, l'abbesse de Montivilliers « pour sa table », le prieur de Beaumont-en-Auge, les « écoliers de l'Université de Paris « allant et venant aux Écoles », enfin les Espagnols « tant qu'il leur plaira de demeurer en ladite ville ».

Que le sel vienne de mer où se trouve dans un « grenier à détail », il paie un droit au profit du prince. Un tarif spécial est établi pour chaque espèce de poisson importé ou vendu à Honfleur ; la pancarte vise la morue salée, les congres, merlus, harengs, maquereaux, dont elle règle, en outre, les conditions de vente.

Divers matériaux et objets sont soumis à la coutume : la tuile, le plâtre, les douves, cercles, roues, pelles ferrées ou à ferrer, le bois de scie ou de charrette, etc...

Le commerce avec l'Espagne est important car les marchandises qui en viennent sont l'objet d'un chapitre dans la pancarte. Y sont énumérés : les cuirs à poils, veaux, cordouans, basanes, cuirs de moutons, le suif et la cire, l'huile d'olive, la graisse d'écarlate, le savon, l'alun, le poivre, le safran et « tout autres épiceries ».

Le tarif pour le travers de Seine présente des particularités dont nous donnerons quelques exemples : un homme seul doit deux deniers, une femme seule également ; si celle-ci porte un enfant qu'elle allaite, l'enfant ne doit rien ; un homme avec un cheval qui est sien ne paie que deux deniers ; avec un bœuf, un denier ; un juif doit quatre deniers ; une juive également, mais, si elle est enceinte, elle doit huit deniers...

Nous négligeons la coutume des menues denrées : objets d'alimentation, d'habillement, de chauffage et matières premières destinées aux ateliers.

Telle est, en aperçu, la pancarte de 1527, dont l'arrêt de 1768 reproduit la plus grande partie, au risque de ne plus être compris, de donner lieu à de multiples contestations. Le conseil du duc d'Orléans croit, à tort, que ce qui convenait au commencement du XVIe siècle pouvait encore être accepté dans la seconde moitié du

XVIIIe. Ne va-t-il pas jusqu'à reproduire l'article, aussi odieux que ridicule, qui frappe d'une double taxe la femme juive enceinte et qui provoque cette remarque pleine de finesse des échevins : « Il faudra une sage-femme pour vérifier ce droit! ».

Contre l'application de ces droits, la municipalité fit valoir l'interruption de dix ans dans la perception. Un autre argument plus décisif encore, était celui-ci : la coutume et le travers de Seine étaient dûs seulement aux seigneurs qui assuraient le passage des rues et places publiques et faisaient les frais de construction et d'entretien des bassins et quais. Or, la ville de Honfleur avait fait, et chaque année faisait encore, de grosses dépenses auxquelles ne participa jamais le duc d'Orléans comme vicomte d'Auge.

En vain les échevins représentèrent au prince le dommage que causerait au commerce de la ville l'exécution de l'arrêt de 1768. Avec beaucoup de modération ils en demandèrent seulement l'ajournement en attendant que l'on trouvât un moyen de concilier les intérêts en conflit.

Cette requête, très humble, ne fut pas écoutée ; l'amirauté enregistra l'arrêt. Pour suspendre la perception il n'y avait plus qu'à saisir les tribunaux ; c'est ce que firent les négociants en 1771.

Alors, le conseil du prince essaie de reprendre les négociations ; mais les échevins, enhardis par un premier succès, ne paraissent pas pressés de modifier une situation dont le commerce local s'accommode fort bien.

Le duc n'oublie cependant pas l'affaire qu'il rappelle à la municipalité, longtemps après, par une lettre de mars 1790. Mais aucune réponse ne fut faite à cette nouvelle mise en demeure (1).

En définitive, les droits de coutume, prévôté et travers de Seine, perçus jusqu'à 1760 environ, suivant un tarif que nous ne connaissons pas, ne furent pas rétablis malgré l'arrêt du Conseil de 1768.

(1) *Archives de Honfleur.*

II. — CONVOCATION

La convocation donna lieu dans la vicomté d'Auge à des incidents assez nombreux, quelques-uns même violents, provoqués par les agents du duc d'Orléans (1).

Au nombre de ces agents, et comme premier rôle, il convient de placer Jérôme-Joseph-Geoffroy de Limon, contrôleur général des finances du duc d'Orléans à l'évêché de Soissons (2). D'abord, c'est sous sa signature que parut la circulaire (3) adressée, au nom du prince, aux curés des paroisses de l'apanage.

Il avait pris l'engagement à l'égard du tiers état de Villers-Cotterets de ne pas accepter la députation s'il lui faisait l'honneur

(1) Voir notre article sur *Le duc d'Orléans seigneur de Honfleur* (La Révolution française, 14 août 1902).

(2) Dans l'*Appendice* de ses *Notes biographiques sur les députés de la Basse-Auvergne* (Clermont-Ferrand, librairie Thibaud, 1870, un vol. in-8°, 59 pp.), F. MÈGE cite un extrait du *Journal de Voyages et de faits relatifs à la Révolution*, par le comte d'Espinchal, concernant de Limon. En voici l'analyse :

De Limon, dont le nom de famille était Geoffroi, naquit à Châtellerault où son père vivait, dans la médiocrité, d'un emploi dans les aides et gabelles, probablement. Étudiant en droit à Poitiers, le jeune de Limon prononça l'éloge funèbre de la femme de l'intendant de Poitiers, de Blossac.

Pour lui montrer sa gratitude, de Blossac le plaça à Paris chez un payeur de rentes (avec 400 l. de gages). Après s'être initié aux affaires, le jeune homme gagna la confiance de Cromot, surintendant des finances de Monsieur, devint intendant dans cette administration, dont il fut expulsé dans la suite après avoir essayé de supplanter son bienfaiteur.

Sa réputation était cependant assez grande pour que le duc d'Orléans l'employât dans ses services financiers. De Limon avait la prétention d'en être le chef, mais il fut subordonné au comte de la Touche jusqu'à ce que la mort du prince lui fournît l'occasion de montrer son dévouement intelligent et intéressé à la maison : il débrouilla la succession du feu duc, à la grande satisfaction de ses enfants.

Cela lui valut de vivre dans l'intimité du nouveau duc ; il intrigua pour le faire nommer député aux États Généraux. Mais, pendant que son maître se montrait ouvertement du parti démocratique, de Limon affecta les sentiments les plus royalistes. Il n'en continuerait pas moins de vivre aux dépens du prince, et son train de maison était magnifique.

« Il sortit... quelques temps du royaume pour se donner un air de royaliste » ; suspect, cependant, au comte de Provence, celui-ci le fit arrêter à Liège ; il fut bientôt remis en liberté et séjourna à Bruxelles auprès du baron de Breteuil et de l'archiduchesse Christine.

Il rédigea le manifeste du duc de Brunswick et força la porte des princes à Bingen, grâce aux bons offices, à l'insistance même du roi de Prusse. Lorsque les Autrichiens eurent perdu la Belgique, de Limon, obligé de quitter Bruxelles, se rendit à Vienne avec son frère « et y fut accueilli beaucoup mieux que ne l'eût été un honnête homme ».

On lui doit un ouvrage, le *Martyre de Louis XVI*, qui eut un grand succès en Allemagne, mais « fort au-dessous de sa réputation ».

(3) Voir ci-dessous.

de le choisir comme député aux États généraux. Il fut élu et refusa de siéger comme il s'y était engagé.

Propriétaire à Drubec et à Beaumont, dans le vicomté d'Auge, d'un château, de fermes et d'herbages ; maire de Pont-l'Évêque et député de cette ville à l'Assemblée préliminaire du tiers état du bailliage d'Auge, il déclare, pour son propre compte, à l'exemple du duc d'Orléans, consentir « la même égalité d'impositions pour lui et ses successeurs et que, pour se conformer d'avance à la loi générale qui sera établie, il a fait signifier aux paroissiens en général de Drubec et de Beaumont... 1° qu'il consent payer, à compter du 1er janvier prochain, les impositions comme tous les paroissiens ; 2° qu'il renonce pour lui et ses successeurs au droit de banalité, de moulins et au droit de colombier qui lui appartiennent dans ses possessions... ».

Malgré cette déclaration, Quesnel, membre de l'Assemblée, proposa d'exclure de Limon de la liste des députés chargés de représenter le bailliage à Rouen, parce que, attaché au prince, il jouissait des privilèges de la Noblesse et que les députés devaient être pris dans le Tiers-État.

Mécontent de la motion de Quesnel, craignant surtout un échec, de Limon décline toute candidature. Néanmoins il obtient 18 voix (sur 251 votants) et l'élection d'un citoyen, n'ayant pas vingt cinq ans, devant être annulée, il revient sur sa détermination « qui n'était qu'une simple intention » ne pouvant « lier sa volonté, ni l'empêcher ; mieux conseillé », d'accepter la députation, il déclare céder aux sollicitations des habitants de Pont-l'Évêque qui ont fait appel à « son honnêteté » et à la « justice ».

Mais le lieutenant général du bailliage d'Auge laisse au lieutenant général de Rouen le soin de régler cette affaire. L'élection de Limon reste donc douteuse. (1)

A Honfleur le lieutenant particulier du bailliage, Quillet de Fourneville, n'est qu'une personnalité de second plan ; mais le siège appartient « spécialement » au duc d'Orléans, et Quillet se considère comme le principal représentant du prince dans ce bailliage. Il est vraisemblable qu'il a reçu des instructions particulières pour remplir à Honfleur le rôle que de Limon voudrait jouer à Pont-l'Évêque.

Sa prétention de présider l'assemblée générale des habitants va se heurter à la conviction solidement établie des échevins que

(1) *Archives du Calvados*, B.

cette présidence est une des prérogatives de leur charge, et ils sont capables de défendre les droits du corps municipal avec la même fermeté que les intérêts de la ville (1).

De longues discussions s'étaient déjà élevées pendant le XVIII° Siècle, à propos de la présidence de cette assemblée, entre les vicomtes de Honfleur, d'abord, puis les juges du bailliage, d'une part et la municipalité de l'autre.

Un arrêt du Conseil du roi avait réglé le litige à l'avantage du Lieutenant particulier du bailliage.

Mais un autre arrêt du même Conseil (18 juillet 1776) (2) en décidant la réunion à la communauté des offices municipaux, rendait aux Maire et Échevins en exercice tous les honneurs, rangs, séances, privilèges et prérogatives attribués à leurs fonctions par l'édit de novembre 1771. Désormais ils se crurent, avec raison, le droit de présider l'Assemblée de la communauté.

Quillet de Fourneville est d'un autre avis. Il connaît l'hostilité des maire et officiers municipaux contre le corps de judicature ; il veut inspirer le cahier de doléances de la ville et diriger l'élection des députés à l'assemblée du bailliage ; ce qu'il fait pour la paroisse de Fourneville, il voudrait le faire pour Honfleur et, par une conséquence naturelle, pour le bailliage tout entier, qu'il désire enfin, avec ses amis, représenter à Rouen.

Quillet doit savoir que dans un placet adressé au Roi, le 2 décembre 1788, le Maire et les Échevins avaient exposé leurs vues sur les opérations relatives à la convocation ; et, sous une forme respectueuse, ces vues sont hardies. Voici le texte de ce document :

Sire, il a plu à votre Majesté ordonner le rétablissement des États généraux qui ont été suspendus près de deux siècles.

Nous n'entrerons point dans l'examen de la forme de la convocation et de la composition des États qui ont été assemblés aux différentes époques de la monarchie ; elle a nécessairement varié suivant les temps, les circonstances et les divers intérêts de la politique.

Il n'y a ni pacte national, ni loi du souverain, qui ait fixé sur ce point, une forme invariable qu'on puisse invoquer comme constitution.

En vain proposerait-on à votre Majesté de prendre pour règle ce qui s'est pratiqué pour l'Assemblée des États de 1611. Alors, le peuple avili sous le régime féodal, privé de lumières et d'industrie, ne pouvait être appelé aux délibérations nationales. Son ignorance, suite de l'asservisse-

---

(1) Voir ci-dessus, pp. XXXI et suiv.

(2) Voir ci-dessous.

ment auquel il était réduit, le rendait indifférent et incapable de voter sur ses propres intérêts ; mais, aujourd'hui, Sire, ce peuple autant instruit qu'industrieux, doit être compté pour ce qu'il vaut par son nombre, ses lumières et ses richesses.

Le commerce et les arts, appelés et fixés dans votre royaume par les citoyens de cette classe, les mettent à même de développer tous les effets d'un patriotisme éclairé et de subvenir par les puissants moyens aux besoins de l'État.

Leur attachement pour les souverains qui, dans tous temps, a été leur caractère distinctif vous assuré d'ailleurs en eux les plus actifs comme les plus inébranlables soutiens de votre autorité.

Le tiers état devant, à raison de sa population et de sa richesse, contribuer aux charges publiques doit être, dans les Assemblées nationales, représenté au moins en nombre égal aux deux premiers ordres réunis...

Un grand prince, à la tête du Bureau qu'il a présidé dans l'Assemblée des notables, a senti cette vérité : il a soutenu la cause du peuple qui, étant celle de l'humanité, était digne d'avoir un pareil défenseur.

Le droit que réclame le tiers état est non seulement fondé sur la raison et le bon ordre de toutes les sociétés humaines, mais il est imprescriptible parce qu'étant dans la nature, il est inhérent à l'essence de toute société politique dans laquelle tout homme libre et franc apporte en naissant le droit de défendre ses propriétés et de n'en sacrifier que le juste nécessaire à la chose commune, d'après son propre vœu ou celui de ses représentants.

En vain représenterait-on encore à votre Majesté que les États généraux, convoqués et assemblés à l'instar de ceux de 1614, doivent déterminer le mode à adopter pour la convocation et composition actuelle des États de la nation.

Ces États ne pourraient légalement prononcer sur cette grave question, parce que la cause du tiers état ne peut être soumise au jugement d'une Assemblée où il ne serait pas suffisamment représenté.

Cette Assemblée, ainsi composée, n'ayant point égard aux réclamations du tiers état, le plongerait de nouveau dans l'avilissement, obstruerait ainsi tous les canaux de l'industrie et renverserait l'édifice du bonheur public que vous-même, Sire, et vos glorieux prédécesseurs avez eu tant de peine à construire ; elle parviendrait peut-être à renverser la précieuse constitution du gouvernement français en transformant la monarchie en une véritable aristocratie.

A vous seul appartient, Sire, comme souverain législateur, de peser, dans votre sagesse, les réclamations des différents ordres et de déterminer la manière dont chaque ordre doit être représenté dans l'Assemblée nationale, conformément au vœu énoncé par le plus grand nombre des citoyens.

Votre Majesté a, en quelque sorte, jugé d'avance la cause de son peuple par l'établissement et l'organisation des Assemblées provinciales ; elle a prouvé ses vues bienfaisantes pour qu'il fût suffisamment représenté partout où il serait question de délibérer sur ses intérêts. Rien n'est plus fait pour tranquilliser la nombreuse classe de citoyens qui peut craindre d'être indéfendue dans les circonstances actuelles.

C'est dans cette confiance, Sire, que les officiers municipaux de la ville de Honfleur, tant en leur nom qu'en celui des différentes corporations et autres citoyens de leur ordre, osent porter leur vœu aux pieds du trône et supplier très humblement votre Majesté de vouloir bien ordonner :

1° Que, dans la convocation des prochains États généraux, les députés pour la ville de Honfleur et le bailliage d'Auge soient admis en nombre proportionné à la richesse et à la population de leur territoire, relativement à la richesse et à la population des autres districts qui députeront.

2° Que, dans le nombre général des députés qui seront envoyés aux États généraux, ceux qui seront élus pour le tiers état et qui le représenteront soient en égalité de nombre avec les députés des autres ordres réunis.

3° Que les députés qui représenteront le tiers état ne puissent être pris ni élus que parmi les citoyens qui sont véritablement de cet ordre, sans qu'ils puissent être choisis ni parmi les nobles, ni parmi les anoblis, ni parmi ceux qui jouissent des privilèges de la noblesse et de l'exemption d'impôts quelconques.

4° Qu'afin de conserver au tiers état la justice de sa représentation égale qui s'anéantirait, malgré la parité du nombre, si chaque ordre délibérait à part dans l'assemblée des États généraux, il soit statué que les ordres se tiendront réunis, délibéreront en commun et voteront par tête, sauf à l'assemblée à se distribuer en bureaux dans chacun desquels l'égalité des voix serait toujours conservée entre le tiers état et les deux autres ordres et à réunir les bureaux soit par commissaires, soit même en assemblée générale, quand il sera jugé nécessaire, pour former en commun des résultats définitifs.

Puissent les deux premiers ordres de l'État sentir eux-mêmes la justice de notre réclamation et réunir leurs forces aux nôtres pour opérer le bien général et donner au royaume toute la splendeur, toute l'énergie dont il est susceptible.

Puisse le ministre patriote et vertueux que toute la nation a vu, avec tant de plaisir, chargé une seconde fois de la direction de vos finances, remplir longtemps vos vues bienfaisantes (1).

---

(1) *Archives Nationales* B³ 76, liasse 177. Après que fut connu le résultat du Conseil du Roi, du 27 décembre, donnant en partie satisfaction aux vœux de la municipalité, celle-ci écrivit au Roi :

« La commune de votre ville de Honfleur... ose déposer aux pieds de votre Majesté sa respectueuse reconnaissance.

« En accordant au tiers état dans l'Assemblée Nationale un nombre de représentants égal à celui des deux premiers ordres réunis, votre Majesté, avec cette bienfaisance qui la caractérise, rend à son peuple des droits qu'il n'avait pu perdre que par une sorte de désuétude, droits imprescriptibles parce qu'ils sont dans la nature et, dès lors, à l'abri d'être combattus, même par des usages qui auraient introduit un droit positif; ce dernier n'est qu'un fait qui peut changer et, par cela seul qu'il peut être autrement, il reste toujours sous l'empire de la loi naturelle.

« Avec quel attendrissement, Sire, le peuple franc se reporte aujourd'hui aux premiers temps de son établissement dans les Gaules, se rappelle sa constitution primitive et ces assemblées du Champ de Mars où il formait le Conseil de ses souverains.

« Quel citoyen peut ne pas considérer aujourd'hui votre Majesté comme le régénérateur de la nation et ne la compare pas au glorieux monarque, chef de la

Une municipalité qui affirmait avec tant de force les droits du tiers état, qui allait jusqu'à demander l'exclusion des privilégiés de la représentation de cet ordre, ne devait pas diriger les opérations préparatoires à la convocation ! Il fallait surtout lui enlever la présidence de l'assemblée générale de la ville. C'est ce que les juges du bailliage vont tenter de faire.

Le conflit éclate le 16 février 1789 lorsque le procureur du Roi

seconde race de nos Rois, qui, en rappelant ses fidèles communes à l'assemblée des Etats, fixa la paix intérieure et fonda le plus bel empire de l'Europe.

« En vous offrant, Sire, au nom de la commune de Honfleur, son adhésion à tout ce que votre Majesté arrête dans sa sagesse pour fonder le bonheur invariable de la France, nous sommes autorisés à vous assurer que ses vœux ne tendent qu'à l'avantage commun de tous les ordres de l'État.

« En vain aurait-on voulu insinuer à votre Majesté que le tiers état ne bornerait point ses prétentions s'il avait un premier succès dans ses réclamations, chercherait à combattre les privilèges des autres ordres ; son ambition juste et éclairée se renfermera toujours dans les limites constitutionnelles ; l'égalité de la répartition de l'impôt et une représentation proportionnée à son intérêt dans la chose commune sont les seuls vœux qu'il forme.

« Loin de vouloir attaquer la distinction des rangs et les prérogatives honorifiques des deux premiers ordres, nous les respectons comme leur propriété, nous les aimons comme une des bases constitutives de la monarchie.

« Le rang distingué de ces deux ordres, leur prééminence dans l'État, les honneurs dont ils jouissent à juste titre, les préférences qui leur sont acquises pour les dignités et les places, le libre accès du trône, tous ces avantages enfin que nous regardons comme leur patrimoine, loin de nous humilier, n'opéreront en nous qu'un orgueil national quand nous considérerons aux pieds du trône ceux que nous pourrons dorénavant appeler nos frères, comme citoyens réunis au corps de nation.

« Nous sommes assurés que ces ordres distingués, répondant aux vues paternelles de votre Majesté, imbus des maximes de leurs nobles aïeux, n'apporteront dans l'Assemblée Nationale que l'intention du bien-être de la commune patrie. Se réunissant en société d'intérêts, de devoirs et d'engagements nationaux, ces corps respectables répéteront ces belles paroles que proférèrent leurs ancêtres à l'Assemblée des États de Tours, en 1483 : « qu'ils étaient députés aux États Généraux, non pour leur ordre, mais pour la nation ».

« Non, Sire, les Français ne résisteront pas aux tendres efforts d'un roi bienfaisant. Ces mots du sage ministre qui dirige nos finances ont fait une impression profonde dans le cœur des citoyens de tous les ordres : tous s'empresseront de répondre à cette tendre affection pour vos sujets qui ne vous a laissé jusqu'à présent que des instants de bonheur.

« La rareté de ces instants est douloureusement sentie par une nation qui vous chérit

« Vous trouverez votre consolation, Sire, en considérant que les privations de votre cœur ont été des sacrifices pour l'avenir ; en amenant la régénération du peuple français, elles assurent à jamais son bonheur et, dès lors, celui de votre Majesté.

« Ah ! Sire, vous paraissez aujourd'hui à tout Français un père au milieu de ses enfants : chacun voit votre image sous cet aspect bienfaisant, s'en attendrit et se pénètre d'une respectueuse affection qu'il cherche en vain d'exprimer. Tous les ordres, réunis par cet élan de tendresse qu'excite votre Majesté, n'apporteront dans l'auguste Assemblée que vous provoquez, que les sentiments et les vœux de leur père commun, le désir d'opérer le bonheur national.

« Ses très humbles, très obéissants et très fidèles serviteurs et sujets, les officiers municipaux de Honfleur: La Croix Saint-Michel, maire ; G. Guillebert, Picquefeu de Bermon, Goubard, Liétout-Deslandes, échevins ; L. Morin, Rigoult, N. Lion, anciens échevins ; Lacoudrais, Taveau, aides-major ; l'abbé Dalbiac ; Vaquet, Quillet, anciens échevins (Archives Nationales, B^a 76, liasse 177).

dépose sur le bureau de l'hôtel de ville le résultat d'un conseil du duc d'Orléans, tenu le 30 août 1788, et en requiert l'enregistrement.

Sans contester la sagesse de l'administration des maire et échevins en exercice, le conseil avait décidé de les soumettre au renouvellement ; l'un d'eux, installé en 1788 était seul excepté de la mesure. Il fallait permettre aux citoyens honorables d'entrer à l'hôtel de ville ; d'ailleurs les officiers sortants étaient rééligibles. Trois candidats pour chaque fonction seraient désignés par les suffrages des habitants et le duc d'Orléans choisirait parmi eux les nouveaux maire et officiers municipaux. Mais le lieutenant du bailliage était chargé de la présidence de l'assemblée réunie pour l'élection des candidats (1).

Que l'on ait été surpris à Honfleur du retard apporté à l'exécution de l'arrêté du 30 août 1788, c'est très concevable ; on n'aura pas moins été étonné que l'on choisisse, pour le renouvellement du corps municipal, le moment où se prépare la rédaction des doléances. Mais ce qui mécontente surtout les bourgeois, c'est la présidence de l'assemblée générale attribuée au juge du bailliage. Aussi les officiers municipaux font ils les plus expresses réserves sur le résultat qui « tendrait à anéantir les droits et privilèges que sa majesté a accordés à la ville ».

Sur la demande de plusieurs citoyens appartenant à la noblesse, au clergé et à la bourgeoisie, la municipalité convoque une assemblée générale des habitants « pour délibérer sur des affaires intéressant essentiellement la ville ».

Au moment où elle se réunit, le 20 février, se présente à l'hôtel de ville Quillet de Fourneville, assisté de Quesney, procureur du Roi. A la face du maire, des échevins et des bourgeois, évidemment surpris, il prend la présidence de l'assemblée, protestant de l'illégalité de la convocation. Le maire répond en se justifiant par des citations empruntées à des édits et au règlement du 24 janvier 1789, le procureur du Roi intervient : « les prérogatives de la vicomté d'Auge, déclare-t-il, sont fondées sur le contrat d'échange de 1529 (2) où il ne peut être rien innové » ; il déclare, en outre, « se pourvoir au criminel contre certaines démarches tendant à former des cabales et intimider certains et traverser les élections ».

Ces dernières paroles provoquent de vives protestations ; les cris, les huées couvrent la voix des officiers du bailliage ; le

---

(1) Voir ci-dessous, pp. 11 et 12, le texte de la délibération du Corps municipal et du résultat du Conseil du duc d'Orléans.

(2) Voir ci-dessus p. v, note 2.

président est impuissant à dominer le tumulte, et l'assemblée qui avait commencé à deux heures ne se sépare qu'à huit heures, sans qu'aucun des assistants signe le procès-verbal.

Les officiers municipaux, qui avaient déclaré se pourvoir auprès de qui de droit, refusèrent de paraître à l'élection de leurs successeurs. Nombreuses durent être les abstentions des habitants, car, parmi les élus se trouvaient surtout les ennemis du maire et des échevins.

Ce succès des officiers du bailliage fut de courte durée. Le 28 février parvenait à l'hôtel de ville une lettre du Roi rendant au corps municipal la présidence de l'assemblée générale des habitants ; de son côté le comte de La Touche, au nom du duc d'Orléans, suspendait l'élection des nouveaux officiers municipaux. Ces deux lettres furent publiées en ville, à la grande joie des habitants et à la confusion de Quillet de Fourneville et de Quesney.

Gentien Guillebert, tenant le siège en l'absence du lieutenant civil, rendit, le 14 mars 1789, une ordonnance prescrivant la réunion, dans les huit jours au plus tard, du tiers état de la ville et des paroisses et fixant au 2 avril l'assemblée du tiers état du bailliage.

Aux termes de l'art. 26 du règlement du 24 janvier les corporations d'arts et métiers devaient choisir un député à raison de cent individus et au-dessous ; celles des arts libéraux, des négociants, armateurs « et généralement tous les autres citoyens, réunis par l'exercice des mêmes fonctions et formant des assemblées ou des corps autorisés », éliraient deux députés à raison de cent individus et au-dessous.

Les premières furent convoquées séparément et nommèrent leur député comme le prescrivait le règlement royal. Mais la municipalité estima que les autres ne pouvaient jouir de la prérogative portée à l'art. 26 parce qu'elles « n'étaient pas composées d'un assez grand nombre de membres pour former des députations particulières » ; les corps de judicature furent réunis aux commensaux et citoyens vivant noblement et autres qui ne tenaient à aucune corporation. Au lieu que chacun d'eux élise deux représentants, le groupement constitué par leur réunion n'en devait avoir que quatre, et encore y avait-il toute chance que les élus fussent choisis parmi les négociants et les capitaines de navires en nombre bien supérieur aux officiers de justice et avocats.

On voit l'importance de la décision des échevins : l'influence des corps de judicature qui, autrement, eût été prépondérante dans l'assemblée de la ville, allait être annulée. Aussi firent-ils défaut à toutes les réunions préparatoires ; ils adressèrent, en outre, au garde des sceaux une protestation dont les officiers municipaux eurent connaissance et à laquelle ils répondirent.

L'assemblée du tiers état de la ville se tint sans incident de procédure ; mais, à celle du bailliage, le procureur du Roi fit ses réserves sur l'inexécution des art. 26 et 28 du règlement du 24 janvier « par rapport aux différents corps de justice de cette ville, lesquels, au moyen de ladite inexécution, ont été privés d'envoyer leurs députés à l'assemblée générale de l'hôtel de ville... ce qui est un vice radical dans l'opération qui s'est faite en leur absence ».

Cette fois encore le gouvernement donna gain de cause aux officiers municipaux qui paraissent avoir été défendus en haut lieu par Thouret, aussi bien pour cette affaire que pour la première contestation.

L'assemblée de la ville se tint le 27 mars, celles des paroisses les 25, 27 ou 29 mars (1). Le président n'est pas nommé pour celles-ci ; en général le procès-verbal porte : « par devant nous... syndic ». Quillet de Fourneville préside à Fourneville et au Theil : au hameau de la Rivière, c'est Jean-Baptiste Patin, sergent au bailliage ; à Daubœuf, le curé, « pour l'absence du syndic ».

Si l'on essaie d'établir une proportion entre le nombre des feux des paroisses et celui des comparants on constate qu'elle est variable ; dans certaines localités populeuses, moins d'un sixième (2) ; en général elle varie entre un quart et un tiers ; dans une seule paroisse elle dépasse la moitié (3). A Herbigny, Jacques Domin se présente pour la paroisse composée d'un feu, qui, avec la famille et les serviteurs du comparant, comprend trente personnes. Domin désigne, pour le représenter à l'assemblée du bailliage, Demanget, avocat.

Souvent les syndics sont choisis comme députés ; il y a cependant de nombreuses exceptions. On rencontre les noms de Quillet de Fourneville ; de Quillet, seigneur de Cricquebœuf ; de Le Cerf, greffier du bailliage, s'il n'y a pas d'empêchement pour lui ; de Henry, président du grenier à sel de Honfleur et de trois avocats au bailliage. Les « laboureurs » sont donc presque seuls élus dans

(1) Saint-Benoît, Saint-Gatien et Villerville, le 25 ; Abbeville, le 27 ; les autres, le 29.
(2) A Tonques et à Trouville.
(3) A Cricquebœuf.

la campagne, ainsi que le constatera, avec amertume, Quillet de
Fourneville dans une lettre au garde des sceaux (1).

III. — LES CAHIERS

Pour apprécier la valeur, la sincérité du cahier de la ville de
Honfleur et de ceux des paroisses, il faut distinguer les doléances
qui ont un caractère politique des vœux se rapportant à l'agriculture et au commerce.

Les bourgeois de Honfleur sont en général capables de concevoir
les réformes qu'appelle la situation politique de la France. A la
tête de la municipalité, Michel de la Croix Saint-Michel, avocat,
est un esprit cultivé, mûri par la pratique des affaires, les contestations entre la ville de Honfleur et le duc d'Orléans, et des
rapports fréquents avec des jurisconsultes parisiens et rouennais.
Nul doute que, avec l'élite de ses concitoyens, il ait souvent réfléchi,
aux besoins de l'État et qu'il sache bien la portée des réformes
qui seront proposées.

Dans les paroisses du bailliage, il y a çà et là quelques personnalités assez marquantes : Quillet de Fourneville ; Quillet de
Cricquebœuf, peut-être ; Thierry Dupuis, ancien officier de la
Chambre des Comptes ; Henry, président du grenier à sel ; Le Cerf,
greffier du bailliage ; Demanget et Lemonnier avocats, etc. D'autres,
sans avoir une situation officielle ont une instruction étendue,
une opinion assez solidement étayée : par exemple, les rédacteurs
des cahiers de Pennedepie et de Barneville, ce sont probablement
Jacques Delauney et François Delauney ; peut-être conviendrait-il de
joindre à cette liste les citoyens qui seront chargés de rédiger le
cahier du bailliage : Pierre Moulin (Quetteville) ; Le Bouteillier
(Cricquebœuf) ; Toutain (Villerville), et Brunet (Saint-Gatien), etc.
Mais, à l'exception de ces noms, les comparants ne se rendent pas,
ne peuvent se rendre compte de l'importance des vœux politiques
qu'ils émettent ; ils acceptent de confiance et signent ce qu'on leur
présente.

Il n'en est pas de même pour ce qui touche à leurs intérêts
matériels ; sur ce point ils ont une opinion, des vues ; la rédaction
en est pénible, obscure, l'expression incorrecte : c'est une garantie
indiscutable de sincérité.

(1) Voir ci-dessous, l'analyse de cette lettre.

Outre l'influence des personnalités énumérées ci-dessus, influence difficile à apprécier, il convient de signaler celle que tenta d'exercer de Limon.

Par une circulaire (1) aux curés du bailliage, qui devait être lue à la messe paroissiale, de Limon, se conformant aux instructions du prince, signalait comme vœux à émettre : l'inviolabilité du droit de propriété ; l'égalité de tous devant l'impôt ; l'abolition des droits et règlements des capitaineries de chasses, « sans porter néanmoins atteinte à la propriété du droit de chasse attachée aux fiefs ». De Limon déclarait qu'il avait « l'ordre du prince de ne mettre aucun obstacle, relativement à ses droits, aux demandes justes et raisonnables que le tiers état pourrait faire ».

Les assemblées ne se sont pas inspirées de cette circulaire ; d'ailleurs le clergé ne comparaît pas, sauf dans une seule paroisse : en l'absence du syndic, le curé de Daubœuf réunit les habitants au « manoir presbytéral » ; il fait insérer dans le cahier, écrit par Le Cerf, les trois articles indiqués par de Limon en y joignant quelques doléances particulières à la paroisse.

Un projet de cahier, imprimé, sans nom d'auteur ni d'imprimeur, est répandu dans le bailliage et suivi par plusieurs assemblées. Equemauville le reproduit intégralement, utilisant même la formule imprimée ; Cricquebœuf le transcrit ; de même Ableville, sauf le paragraphe IX.

Ces doléances se rapportent à la réforme des abus de l'Etat, à l'établissement d'une Constitution et à la question des impôts. Les besoins de l'agriculture et du commerce ne sont pas indiqués ; rien non plus sur la suppression de la dîme. Ce modèle de cahier ne serait il pas l'œuvre d'un magistrat ou d'un avocat qui a réfléchi sur une meilleure organisation de l'Etat, mais connaît mal les abus dont souffrent les cultivateurs ?

S'il est reproduit intégralement par deux assemblées et à peu près en entier par une troisième, plusieurs autres, tout en empruntant à ce modèle les doléances ayant un caractère politique, ont modifié sérieusement quelques-uns des paragraphes et inséré de nouveaux articles.

Ainsi Fiquefleur fait ses réserves sur les droits de greffe, contrôle et centième denier ; Touques exprime son idée sur le remplacement de la milice, le moyen de diminuer le prix des denrées de première nécessité et demande la liberté de la chasse,

_____
(1) Nous la reproduisons plus loin.

la destruction du gibier et la supression des dîmes ; La Rivière voudrait la suppression des abbayes, le remplacement du « génie des ponts et chaussées » par le génie militaire, l'affranchissement des corvées féodales, l'emprisonnement des banqueroutiers, l'exclusion du clergé, comme troisième ordre, des Etats généraux, etc.

Entre plusieurs paroisses voisines il semble y avoir eu consultation ; peut-être le même individu a-t-il été invité à donner son avis sur les doléances qu'il convenait de formuler, ou simplement sur la forme dans laquelle il fallait les présenter. Toujours est-il que de nombreux articles sont communs aux cahiers d'Ablon, Genneville, Gonneville, Quetteville, Saint-Gatien et le Theil, paroisses limitrophes.

L'*Essai d'un cahier de pouvoirs et instructions...* imprimé avec la *Suite de l'avis des bons Normands*, de Thouret, fut connu dans le bailliage. Visiblement l'assemblée de Honfleur, s'en inspire (1) ; elle y emprunte certaines de ses doléances et adapte d'autres articles aux besoins de la ville.

Les analogies que nous venons de relever n'enlèvent pas aux cahiers une certaine originalité, puisque, en général, les vœux politiques sont accompagnés de doléances sur les abus dont souffre particulièrement la paroisse.

Mais, au point de vue de l'intérêt, les cahiers de Vasouy, Pennedepie, Barneville, Villerville, Hennequeville et Trouville sont supérieurs à tous les autres, même à celui de Honfleur.

Si l'on tient compte seulement des doléances sur la situation économique. Vasouy voudrait, par exemple, la suppression des entraves qui gênent la circulation des denrées et la liberté du commerce, l'exercice modéré des droits de chasse et de pêche, une diminution des impôts pour la paroisse « exposée aux ravages de la mer ». — Pennedepie exprime avec force les vexations des commis des gabelles, demande que les travaux sur les routes soient soumis à la surveillance des municipalités, montre les graves inconvénients que présente le tirage de la milice pour les travaux des champs ; il faudrait que le cultivateur pût disposer à son gré de toutes les liqueurs provenant des terres qu'il fait valoir ; qu'il eût le droit de traiter les pigeons du seigneur comme

---

(1) Cf. : Ernest LEBÈGUE, *Thouret*, Paris, Félix Alcan, 1910, in-8°, pp. 103 et suiv.
Les relations de Thouret avec la municipalité de Honfleur sont d'ailleurs attestées par une lettre de Necker à propos de la réclamation des officiers de justice, voir ci-dessus.

les volailles des voisins quand elles endommagent son grain.
— Villerville propose de lever un impôt sur les abbayes et
communautés séculières « dont les riches revenus ne contribuent
qu'à leur perte » ; chaque citoyen doit pouvoir dire : « Ce que
je possède est à moi, j'en puis faire ce que je voudrai ; je suis
tranquille et maître chez moi, nul ne peut y exercer aucun droit,
j'ai payé le tribut à mon roi ». — Hennequeville s'occupe du
partage des communs entre les propriétaires « en raison de la
valeur des fonds que chacun possède », tout en réservant un tiers
affermé au bénéfice des pauvres ; aux seigneurs des paroisses,
quand ils jouissent des droits de pêche et de gravage, doit échoir
l'entretien des chemins qui descendent de la terre à la mer et des
« planches de passage sur leur rivière tendant à la mer ». — Nous
apprenons, par le cahier de Trouville, l'encombrement de
l'embouchure de la Touques par des bancs de sable et graviers,
« ce qui empêche une partie de la navigation dont elle serait
susceptible... pour l'exportation et l'importation des denrées d'un
pays à l'autre » ; plusieurs articles concernent la situation des
familles de marins et exposent les doléances des pêcheurs et
des cultivateurs, etc.

De ces exemples on peut conclure que les cahiers donnent des
renseignements exacts et d'un grand intérêt sur la situation
économique du bailliage. On peut les consulter, en confiance,
comme l'expression sincère des besoins de l'agriculture et du
commerce. Sur ce point il ne nous paraît pas téméraire d'affirmer
qu'il y a eu collaboration des habitants de chaque paroisse. Que
le rédacteur ait préparé le cahier avant la réunion de l'Assemblée
ou qu'il l'ait écrit en séance, il exprime le vœu des comparants.

Qui connaît le paysan normand sait qu'il a trop d'indépendance
de caractère pour subir, d'une manière passive, une influence, si
considérable soit elle ; il a trop souci de ses intérêts pour ne pas
les défendre dans une occasion propice.

IV. — OBJET ET MÉTHODE DE LA PUBLICATION. SOURCES

Cette publication comporte d'abord le texte des cahiers de la
ville, des vingt-trois paroisses et du hameau de la Rivière. Nous
le faisons précéder d'une notice où sont indiqués : la population,

le montant des impositions ordinaires, de la corvée et des vingtièmes, les principaux propriétaires et les privilégiés ; nous y joignons une analyse des *observations générales*, du *tarif*, et du procès-verbal de l'Assemblée paroissiale où les doléances ont été rédigées, avec le nom du président, des comparants et des députés.

Les Assemblées des corporations de Honfleur n'ont pas rédigé de cahier, et, d'après l'arrêté du corps municipal les convoquant, elles n'avaient pas à le faire. Comme il leur était prescrit elles se sont contenté d'élire leurs députés qui, en se présentant à la réunion du tiers état de la ville, ont remis le procès-verbal de leur élection. Nous en faisons simplement mention en donnant le chiffre des comparants, quand il est indiqué, et le nom de leur représentant.

Comme le différend entre la municipalité de Honfleur et les juges du bailliage intéresse directement la convocation de l'assemblée de la ville et la rédaction de son cahier, il convenait de reproduire les documents officiels qui s'y rapportent : extraits du registre des délibérations de l'hôtel de ville, lettres du roi, du duc d'Orléans et du garde des sceaux. Quelques autres papiers éclairant cette importante question seront indiqués, analysés ou transcrits.

Dans quelle mesure les doléances des paroisses ont-elles été écoutées à l'Assemblée préliminaire du bailliage ? Pour permettre d'en juger nous avons cru devoir insérer, dans cette publication, le cahier général du bailliage, bien qu'il ne soit pas inédit, en le faisant précéder du procès-verbal de l'Assemblée, intéressant, comme nous l'avons déjà exprimé, pour les incidents de procédure,

Voici l'ordre que nous avons suivi.

Dans une première partie on trouvera les doléances de la ville, qui, inspirées par l'*Essai d'un cahier de pouvoirs*, éclairées par les documents relatifs à la présidence, forment un tout.

La seconde partie comprend les cahiers des paroisses, précédées des instructions de Limon, qui paraissent plutôt avoir été adressées à la population rurale.

Ces documents seront répartis en plusieurs séries :

a) Cahier de Fourneville dont l'Assemblée fut présidée par Quillet de Fourneville ;

b) Cahiers d'Equemauville, Ableville, Cricquebœuf, Fiquefleur, la Rivière, Saint-Martin-le-Vieux, Tontuit et Touques qui offrent plus ou moins d'analogie. En tête, contrairement à l'ordre alphabétique, nous plaçons Equemauville qui a utilisé le modèle imprimé, sans le transcrire ; son cahier peut donc être considéré comme le type de cette série.

c) Cahiers ayant de nombreux articles communs : Ablon, Genneville, Gonneville, Quetteville, Saint-Benoît, Le Theil (1) et Saint Gatien.

d) Cette série, la plus intéressante, offrant les documents les plus originaux contient : Herbigny, Vasouy, Pennedepie, Barneville, Villerville, Hennequeville, Trouville et Daubœuf.

Dans la troisième partie seront imprimés le procès-verbal de l'assemblée préliminaire du bailliage et le cahier de doléances qu'elle remit à ses députés.

La méthode suivie ici est celle qui a été prescrite par la *Commission pour la recherche et la publication des documents sur la vie économique de la Révolution* : annotations brèves et seulement pour les articles se référant à des usages ou à des faits locaux ; — emploi de l'orthographe moderne ; — reproduction textuelle des doléances, même dans leur forme incorrecte ; s'il nous arrive d'ajouter un mot ou une expression, ce n'est que dans le cas où ils nous ont paru indispensables au sens ; nous ne le faisons, en général, qu'en nous référant au texte d'un autre cahier et plaçons entre crochets toute interpolation ou correction ; — renvoi aux textes précédemment imprimés pour les articles qui n'en sont que la reproduction littérale.

Nous avons donné un titre identique aux cahiers : cahiers de doléances, en capitales romaines, suivi du titre de l'original en italique.

Pour authentiquer le document il suffisait de donner quelques-unes des signatures ; celles du syndic et des députés ont été choisies de préférence. D'ailleurs tous les comparants n'ont pas toujours signé ; peut-être sont-ils partis avant la fin de l'assemblée ; peut-être même, inscrits avant la réunion, ne se sont ils pas présentés. L'orthographe des signatures est parfois différente de celle des noms portés au procès-verbal ; sans être certain que le comparant a toujours signé son nom avec sa véritable orthographe, nous pensons qu'il y a plus de chances qu'il en soit ainsi ; c'est pourquoi,

---

(1) L'Assemblée du Theil fut présidée par Quillet de Fourneville ; néanmoins les doléances de cette paroisse se rapprochent plutôt de celles d'Ablon que de celles de Fourneville.

en cas de différence, c'est l'orthographe de la signature que nous suivons de préférence.

Sources manuscrites. — Les cahiers, les procès-verbaux et les documents relatifs à la convocation des Etats généraux sont réunis aux Archives communales de Honfleur, série AA.

Cette indication nous dispensera de toute référence quand nous aurons l'occasion de mentionner, d'analyser ou de transcrire un de ces documents dans la publication.

Par quel concours de circonstances, par quel hasard, peut-être, les documents sur la convocation se trouvent-ils dans ce dépôt ? Les registres de la municipalité pour la période révolutionnaire permettent de répondre à cette question.

Une lettre de la municipalité, du 23 frimaire an III, adressée au Comité de législation donne d'utiles éclaircissements. Elle répond au reproche de n'avoir pas observé la loi du 6 mars 1791 (1) et nous apprend que les officiers municipaux se seraient désintéressés des archives de l'ancien bailliage si un citoyen ne s'était présenté pour retirer une pièce mise sous scellés avec les autres papiers. A la date du 10 mars 1791, un commissaire du tribunal de Pont-l'Evêque

se saisit alors de tous les papiers qu'il jugea nécessaires... pour subvenir aux justiciables du ci-devant bailliage et les scellés furent ensuite remis sur le surplus des autres papiers reconnus très anciens, en mauvais état, sans ordre et endommagés par les rats. Les papiers concernant l'adminis-tration de la police furent remis à la municipalité. Ceux relatifs au commerce sont à la disposition du tribunal de commerce.

Les scellés qui avaient été également apposés sur les papiers du citoyen Motte, et autres greffiers de ce même bailliage et prédécesseurs de Le Cerf, furent également levés et trouvés dans une telle confusion qu'on se borna à prendre tous ceux qui furent considérés les plus intéressants et desquels ledit commissaire se saisit pareillement. A l'égard des autres, dont la majeure partie est illisible, ils furent remis sous scellés où ils sont dans un tel désordre qu'il faudrait un temps très considérable pour les arranger et en dresser état, ce qui ne pouvait même se faire contradictoirement avec le greffier, ainsi que le porte l'article 14 de la loi précitée, puisqu'il est parti de cette commune depuis nombre d'années et qu'on ignore le lieu de sa résidence.

Si le tribunal du district veut déléguer un commissaire, ainsi

_____

(1) Cette loi prescrivait le dépôt au Greffe du Tribunal du district des archives des baillaiges.

qu'il l'a fait le 10 mars 1791, la municipalité s'offre à lui faciliter sa tâche, malgré que ce « travail paraisse presque impossible » (1).

Le commisaire ne vint pas ; d'ailleurs le tribunal du district fut supprimé au commencement du Directoire. Les papiers de l'ancien bailliage restèrent, en désordre, dans le local où ils avaient été déposés, un grenier appartenant à Bazire, armurier, rue Brûlée ; toutefois, les scellés avaient été placés sur la porte de ce réduit.

C'est là qu'à deux reprises on avait fait la recherche de documents intéressant des citoyens. Peut-être les archives seraient-elles restées longtemps encore dans le grenier de Bazire, sans que l'on se préoccupât des dangers auxquels elles étaient exposées, si le propriétaire n'avait demandé lui-même à être débarrassé de ce dépôt qu'il considérait comme encombrant.

Bazire présenta, à cet effet, une requête à l'administration du Calvados qui prit un arrêté, le 14 thermidor an V, ordonnant que les archives, après inventaire, seraient enlevées de sa maison. La municipalité nomma deux commissaires pour en surveiller le transport à la maison commune et décida que le ministre de la justice serait prié d'accorder une indemnité à Bazire.

Après des vicissitudes singulières, les archives du bailliage, en grande partie dédaignées par le tribunal du district, furent donc versées aux archives municipales de Honfleur où elles furent en sécurité.

Aux documents provenant de ce fond, et intéressant la convocation nous en avons joint d'autres extraits des registres de l'Hôtel de Ville, que M. Charles Bréard avait déjà analysés dans son ouvrages : *Les Archives de Honfleur.*

Il eût été utile de connaître, pour les paroisses du bailliage, les détails de la convocation ; une visite dans les mairies ne nous a rien fait découvrir d'important ; dans la plupart il n'y a aucun papier datant de 1789 (2).

La géographie administrative et la situation économique du bailliage ont été exposées à l'aide de documents fournis par les *Archives nationales* (3) les *Archives de la Seine-Inférieure* (4) les *Archives du Calvados* (5) et celles *de Honfleur.*

(1) Copie de lettres n° 2.
(2) Il n'y a d'exception que pour Le Theil, Pennedepie et Touques.
(3) R⁴ 919 et 1042.
(4) C. 130, 390, 632, 749, 858, 906 et 1080.
(5) C. 7430, 7435, 7436, 7605, 8095, 8702, 8680, 8690, 8703 à 8725 ; L. 627 et 628.

Les *Archives nationales* (1), contiennent en outre des documents, qui éclairent de la manière la plus heureuse la convocation à Honfleur.

Voici maintenant les sources auxquelles nous avons puisé les renseignements des notices.

Population. — Le nombre des feux est indiqué dans certains rôles des vingtièmes et dans les procès-verbaux des assemblées paroissiales de mars 1789. Nous les donnons tous les deux avec le dénombrement des habitants ressortissants au grenier à sel de Honfleur, certifié le 5 Avril 1789 par le receveur Gallais (*Archives nationales* G¹ 100).

Impositions ordinaires. — A défaut de celles de 1789, que nous n'avons pas trouvées aux *Archives de la Seine-Inférieure*, nous donnons les chiffres de 1790 (*Archives du Calvados*), et pour permettre la comparaison, celles de 1785 (*Archives de la Seine-Inférieure* C. 251), en note. Les *Archives de Honfleur* contiennent le rôle de la corvée en 1783.

Gabelle. — Sel d'impôt : le renseignement est fourni par le rôle de répartement pour 1789, arrêté le 25 novembre 1788 (*Archives de la Seine-Inférieure* C. 610). Il y a lieu de remarquer que le montant, d'une approximation aussi exacte que possible, a été cependant arrondi pour simplifier des calculs qui eussent été très longs ; pour cela nous les plaçons entre crochets ; le prix du minot de cent livres était de 60 l. 3 s. 9 d. — Sel de privilège (ordonnance de mai 1680, titre XIV, art. XXXVIII) : le prix est de 5 l. 2 s. par boisseau, celui ci pesant le quart du minot. Il faut ajouter, pour mémoire, les grosses salaisons et les impôts payés par les privilégiés. — Honfleur payait le sel de franchise 4 l. le minot, Trouville et Touques seulement le sel de privilège.

Rentes seigneuriales payées au duc d'Orléans. L'état en est dressé pour l'année 1753 et se trouve aux *Archives nationales* (R⁴ 920). A l'aide des rôles des vingtièmes nous avons pu établir pour plusieurs paroisses, le chiffre des rentes payées à diverses personnes.

Vingtièmes. — Les rôles qui se trouvent aux *Archives du*

_____

(1) B* 76-477, source indiquée dans l'ouvrage de M. BRETTE : *Recueil de documents relatifs à la convocation des États Généraux.*

Calvados (1) ne sont pas de la même année, les uns dressés en 1773, 1774, d'autres en 1780 et 1782 ; depuis ces dates, jusqu'en 1790, quels qu'aient été les changements dans la propriété, les mutations n'ont pas été faites ; seules les cotes des privilégiés et quelques autres, oubliées jusqu'ici, ont été ajoutées pour 1790. En un mot, les chiffres sont exacts, mais la liste des propriétaires n'est pas à jour.

Avec le chiffre des vingtièmes, nous donnons celle des propriétaires dont le revenu est au moins de 500 l. : cela permettra parfois de curieuses remarques sur l'étendue des propriétés dans les différentes paroisses.

Privilégiés. — La liste en est fournie par le supplément des vingtièmes pour 1790.

Observations générales. — Elles sont empruntées aux mêmes rôles ; dans l'élection de Pont-l'Évêque elles sont assez développées et contiennent souvent des remarques intéressantes ; dans celles de Pont-Audemer, elles sont en général brèves, quelquefois elles manquent complètement.

Les détails intéressants sont transcrits ou du moins analysés ; les autres, communs à tous les rôles, ont été négligés pour être résumés ici : il n'y a ni foire ni marché dans les paroisses (excepté Touques) ; il ne s'y fait aucun commerce ; il n'y a aucune manufacture.

Tarif. — Il est dressé, sous forme de tableau, en tête de chaque rôle de vingtièmes. Les estimations ont été relevées ; seules les mesures ont été négligées puisque la contenance en est donnée ci-dessus.

Contenances des terres. — Elle est également donnée par les rôles des vingtièmes, mais seulement pour quelques paroisses de l'élection de Pont-Audemer.

Procès-verbal de l'Assemblée paroissiale de mars 1789. — Tous les noms qui y figurent sont suivis des cotes des propriétaires et de celles des exploitants, celles-ci soulignées. Nous ne pouvons être sûr que les premières ont été toutes indiquées : on sait que les mutations n'ont pas été faites entre la date où les rôles ont été

_____

(1) Excepté le rôle de Fiquefleur que nous n'avons pas retrouvé ; nous n'avons pas non plus le rôle des impôts ordinaires.

arrêtés et l'année 1790. A côté du nom des comparants nous indiquons, lorsqu'il nous a été possible d'avoir le renseignement, si le citoyen fut membre de l'Assemblée en 1788 (M. A.), maire, officier municipal (O. M.), procureur de la commune, ou notable en 1790 (N.).

Le tableau des municipalités en 1790 se trouve, pour l'élection de Pont-l'Evêque, aux *Archives du Calvados* (C. 8691) ; il est très incomplet pour les paroisses faisant partie de l'élection de Pont-Audemer.

En note, nous donnons le nombre des citoyens éligibles en 1790 et celui des citoyens actifs, ces chiffres sont empruntés aux *Archives du Calvados* (série L., formation des listes électorales).

Parmi les ouvrages imprimés, nous avons consulté ceux qui offrent *un caractère général* :

A. Brette. *Recueil des documents relatifs à la convocation des Etats généraux en 1789*. Paris 1894-1904, 3 vol. avec atlas.

Edme Champion. *La France d'après les cahiers de 1789*, Armand Colin, Paris. 2º éd. un vol. in-18 jésus, 257 p.

Pour la méthode à suivre dans cette publication, nous avons consulté avec profit certaines éditions de cahiers, notamment celle des cahiers du bailliage d'Orléans, par M. Camille Bloch (1).

Monographies, publications locales :

Charles Bréard. *Les Archives de la ville de Honfleur, notes historiques et analyses de documents*, Paris, Alph. Picard, 1885, 1 vol. in-8º, LXIV ; 421 pages.

Ch. Bréard. *Vieilles rues et vieilles maisons* (publication de la Société le *Vieux Honfleur*).

Gaston Ballé. *L'organisation municipale et les finances de Honfleur sous l'Ancien régime*, Paris, 1909, in-8º de 274 pages.

_____

(1) 1906, Orléans, imp. orléanaise, in-8º.

PREMIÈRE PARTIE

VILLE DE HONFLEUR

LA VILLE DE HONFLEUR EN 1789

Bailliage. — Honfleur était le siège d'un bailliage secondaire du ressort du bailliage principal de Rouen.

Grand bailli de Rouen : François Henri duc de Harcourt, pair et garde de l'oriflamme de France, marquis de Beuvron... (1)

Lieutenant civil, criminel et de police du bailliage de Honfleur : Henri-Thomas Quillet de Fourneville, conseiller du Roi et du duc d'Orléans.

Procureur du Roi au bailliage de Honfleur : Adrien-Jean-Baptiste Quesney, conseiller et avocat.

Conseiller : Gentien Guillebert.

Greffier : Jean-Pierre-Marin Le Cerf.

Généralité : Rouen.

Intendant : Etienne-Thomas de Maussion.

Subdélégation : Honfleur.

Subdélégué : Gentien-Nicolas-Charles Lechevallier, écuyer.

Diocèse, paroisses et établissements religieux. — Honfleur dépendait de l'évêché de Lisieux.

Evêque-Comte : Jules-Basile Ferron de la Ferronays.

Honfleur était divisé en quatre paroisses : Saint-Léonard et Notre-Dame ayant pour curé Jean-Baptiste Boudin, bachelier ; Saint-Etienne et Sainte-Catherine dont le curé était Jean-Pierre Allais. Les autres prêtres dont les noms ont été relevés sur les rôles des impositions ordinaires sont : Benoist ; Berthelot l'aîné ; Berthelot le jeune ; Bottentuit ; Charlemaine ; Chemin ; Dom Dalbiac ; Delarue ; Dubosc ; Duhaut ; Huché, vicaire ; Julienne ; Langlois ; Lebroc ; Leduc ; Lefebvre ; Lemonnier ; Mangon ; Normand, l'aîné ; Vassal ; Vastel et Voizard.

---

(1) A. BRETTE : *Recueil de documents relatifs à la convocation des États généraux,* t. I., pp. 391 et 392.

Etablissements religieux : les Capucins qui, outre la prédication, desservaient la chapelle de Grâce ; les Frères des écoles chrétiennes qui tenaient une école dans la maison Saint-Yon ; les Religieuses de la congrégation de Notre-Dame, dont la communauté était place du Puits ; les Sœurs de la Providence qui instruisaient gratuitement les jeunes filles et donnaient des soins aux malades ; enfin les Religieuses hospitalières attachées à l'hospice.

Gouvernement. — Hector-Joseph d'Estampes, marquis de Vallençay, gouverneur de Honfleur (1).

Grenier à sel de Honfleur.

Président, Pierre-Joseph Henry ; contrôleur, Lion ; grainetier, Desclosets ; ancien grainetier, Prémord ; contrôleur, Delasalle-Duclos ; greffier, Demanget.

Amirauté. — Lieutenant général, Bénoit-Philippe-Louis Lemonnier ; procureur, Lion.

Autres juridictions : la haute justice de Grestain qui se tenait dans une chambre de l'auberge du Mont-Saint-Jean et la haute justice de Hennequeville (2).

Gabelle : Gallais, receveur et contrôleur de la franchise du sel.

Dépôt des sels : Vaquet, juge en chef ; Quillet, commis, et Doisen, contrôleur au mesurage.

Officiers de la direction générale des Aides : Robillard, directeur général ; Lemarchant, receveur général ; François Duval, sous receveur ; Ducreux, contrôleur ambulant ; Dieudonné, contrôleur des aides ; Bérard, commis de la direction.

Contrôleur des actes : Jean Deshauvents.

Contrôleur des vingtièmes : Lorcher.

Romaine : Lenormand, receveur ; Dupré, contrôleur ; Le Nayel de Parange, inspecteur du transit ; Langlais, visiteur-peseur ; Fossard, visiteur ; Harel, commis aux expéditions.

Ingénieur des ponts-et-chaussées : Cachin.

Notaire : Mallet (3).

---

(1) Ch. Bréard : *Les Archives de la ville de Honfleur*, p. 24.

(2) Voici la liste des avocats dont les noms sont relevés sur le rôle des impositions ordinaires : Louis Advisse, l'aîné ; Pierre Barbel, de la Croix Saint-Michel, Jean-Baptiste-Joseph Cuvellier, Jacques-Armand Delamare, Thomas-Jacques Delasalle, Jean-Martin-Auguste Demanget, Jacques Duhault, Lion-Dumontry, Lemonnier-Dubuc, Laurent Morin, Charles Thomas, Soulier et Taveau fils.

(3) A ces listes on peut joindre celles-ci, où l'on remarquera certains noms très souvent cités dans les documents de cette époque.
Chirurgiens : Jean-Baptiste-Martial Boussy, Jacques Beaudequin, Jacques Clamare,

Administration municipale : Elle était composée d'un maire et de quatre officiers municipaux nommés par le duc d'Orléans, vicomte d'Auge et baron de Roncheville.

Avant 1771, les bourgeois avaient le droit de présenter, pour chaque office municipal, trois candidats parmi lesquels le prince choisissait. Après l'édit de 1771, celui-ci n'admit plus qu'on lui présentât de candidats. Néanmoins, une décision de son conseil, du 30 août 1788, portait que le renouvellement de la municipalité se ferait dans les anciennes formes. Cette décision ne fut pas appliquée, le renouvellement n'ayant pas eu lieu.

Maire : Michel de la Croix, sieur de Saint-Michel, avocat, en fonctions de 1768 à 1770 et depuis 1776.

Officiers municipaux ou échevins : Gention Guillebert, depuis 1775 ; Jean-Jacques-Guillaume Goubard, depuis 1775 ; Claude Liétout-Deslandes, depuis 1782, et Pierre-Jean-Baptiste-Guillaume Picquefeu de Bermon, nommé en 1788 (1).

Secrétaire-greffier : François-André Pottier.

Receveur : Duperron.

Budget de la ville, au 15 mai 1790 *(Archives de Honfleur)* :

Recettes : fermage de la lieutenance, de l'hôtel du gouvernement, des jardins et du magasin en dépendant, d'un emplacement derrière la halle, de l'ancien corps de garde ; produit des places de boucherie, des droits patrimoniaux (20000 l.) et d'octroi. . . . .   30.040 l. 8 s. 6 d.

Dépenses : vingtième et droit de fouage, charges militaires, charges ordinaires et particulières, charges extraordinaires, rentes viagères dues à divers (5.050 l.), rentes perpétuelles dues à divers (10.419 l. 13 s. 3 d.).   22.433 l. 3 s. 3 d.

Excédent des recettes. . .   7.607 l. 5 s. 3 d.

Écoles : École secondaire libre du sieur Normand, prêtre, rue Boudin. École des frères des écoles chrétiennes, dans le quartier Sainte-Catherine,

Victor-Claude Deschamps, Joseph-Marie Flahaut, Lechevallier, chirurgien de l'Hôpital.

Médecins : François Couronné-Delasalle, Hérault, Hurel, Pécuett.

Apothicaires : Jacques-Michel Delasalle, Guerrier, Jean-Baptiste Hamelin des Essarts, Rebut.

Besnard, officier aux classes ; Gabriel Simon, officier de marine ; Canu, trésorier des Invalides : Quillet-Capet, ancien trésorier.

Courtiers : Guérard fils, Robert Lecomte.

Interprètes : Guillaume Lomosne, Augustin Pellecat.

Maîtres d'école : Brière, Duval, Ve Lebourgeois, Seminel et Villerme.

Directeur de la poste courante : Claude-Morel Beaulieu.

Directeur de la poste aux lettres : Pierre-Michel Vallée.

Entrepreneur des travaux du Roi : Sénécal.

Entreposeur des tabacs : Vaquet l'aîné.

Huissiers : Jean-Jacques Boissel, Jacques-André Dupré.

(1) Cn. Bréard : *Les Archives...*, pp. xxv et xxxviii.

établie en 1788, grâce à la libéralité de l'abbé Lefebvre qui offrait le local ; elle avait seulement deux classes. Il y a aussi plusieurs maîtres d'école. Ecole des sœurs de la Providence (1).

Hôpital : Créé en 1683 par lettres patentes pour recevoir les pauvres de la ville, il est administré, conjointement avec le receveur charitable, par le maire et les officiers municipaux, aux réunions desquels assistent les curés de Saint-Léonard et de Sainte-Catherine. Le receveur est Nicolas Lion de Saint-Thibault.

Au 31 décembre 1791, on compte 188 lits ; étaient alors hospitalisés : 234 pauvres, « infirmes, aveugles, estropiés, imbéciles frénétiques et quantité d'orphelins, y compris 71 enfants trouvés... non compris les externes qui y entraient seulement pour s'y faire traiter, ainsi que les soldats ».

Une communauté composée de 19 religieuses de chœur et de 7 converses... de l'ordre de Saint Augustin, cloîtrées... et qui ont leur demeure attenant à l'hôpital, soignent les pauvres et veillent aux malades ; elles sont aidées par quelques pauvres valides ; un médecin et un chirurgien de la ville donnent leurs soins gratis et viennent régulièrement tous les jours pour la visite des malades.

Les revenus de l'hôpital consistent en 1791 : en rentes foncières (526 l.); hypothèques (969 l. 8 s.); subvention fournie par le trésor royal 1079 l. 1 s.); terre sise à Angoville (4011 l. 3 s. 4 d.) ; revenu des barques qui ont le privilège du passage de Honfleur au Havre (19729 l. 14 s. 2 d.) ; un ponton et une machine servant à abattre les navires en carène et dont l'hôpital a le privilège (2002 l.) ; une filature de coton (1500 l.) ; une fabrique de dentelles (150 l.) ; étoupe pour calfater les navires (591 l. 11 s.) ; quêtes dans les églises et autres aumônes (684 l. 6 s. 8 d.) ; autres aumônes annuelles du duc d'Orléans promises par écrit à l'hôpital (800 l.) ; le privilège de la boucherie pendant le carême (800 l.) ; pensions et autres revenus de divers pauvres (918 l.) ; total, 27176 l. 5 s. 8 d. (2) (*Archives de Honfleur*, Q).

Foires et Marchés : Une seule foire, celle de Sainte-Catherine, 25 no-

---

(1) Voir dans le *Bulletin du Comité des Études historiques* (année 1903), notre article sur l'Enseignement secondaire et primaire à Honfleur avant la Révolution.

(2) L'administration de l'Hôpital signale les pertes suivantes : sur le produit des deux barques passagères (1808 l. 4 s. 3 d.); retenues sur les rentes (514 l. 17 s. 10 d.) ; contribution foncière sur les maisons qui n'avaient jamais été imposées (39 l. 4 s. 4 d.) ; arrérages des rentes dues par la ville de Honfleur, qui a cessé ses paiements (2526 l. 3 s. 11 d.) ; dépenses dans les années 1789, 1790 et 1791, à cause d'un nombre extraordinaire d'enfants trouvés (4655 l. 17 s. 2 d.) ; privation de l'aumône du duc d'Orléans pendant les années 1789, 1790 et 1791 (2.400 l.) ; pertes sur la dernière année du ponton et de la machine à abattre les navires (689 l. 9 s. 4 d.) ; le privilège de la boucherie aboli, perte cette année (800 l.); quêtes et aumônes diminuées en 1791 (370 l. 2 s. 8 d.) ; diminution sur la filature de coton (330 l.) ; sur le produit des étoupes à calfater les navires (200 l.) ; **total des pertes : 14.333 l. 19 s. 5 d.**

vembre, se tenait, pendant trois semaines, sur la place Sainte-Catherine. Le marché, au même endroit, avait lieu le samedi ; les grains étaient vendus le même jour à la halle.

Agriculture, industrie et commerce : Les céréales et les légumes étaient cultivés dans les « écarts » de la ville ; les plantations de pommiers permettaient la fabrication d'un cidre apprécié et d'eau-de-vie.

Les industries consistaient en chantiers de constructions, manufacture de produits chimiques, tanneries, dentelles. On armait pour le commerce sur la côte occidentale d'Afrique, pour la grande pêche et celle du « poisson frais » en rade du Havre et sur la côte française de la Manche.

Quatre bateaux passagers (deux appartenant à l'hôpital de Honfleur et deux à celui du Havre) transportaient, d'un port à l'autre, voyageurs, denrées et marchandises. Le port de Honfleur était le débouché de toute la région ; il était relié avec l'arrière-pays, notamment à Alençon.

Population : En 1767 (d'après le procès-verbal de la commission de la Cour des Aides pour l'établissement de la franchise du sel) on comptait 2.315 feux et 6.472 personnes, plus les enfants au-dessous de 8 ans. En 1790, 9.251 habitants.

Impositions ordinaires en 1790 (*Archives du Calvados*, C. 8.698) :

Taille.	6.150 l. (1)
Imposition accessoire. . . .	3.577 l. 13 s.
Capitation	4.354 l. 14 s. 5 d.
Prestations	1.600 l.

Rentes seigneuriales payées en 1753 au duc d'Orléans. — Châtellenie de Touques : Sainte-Catherine, 14 l. 11 s. 5 d. ; Notre-Dame, 4 l. ; Saint-Léonard, 21 l. 10 s. 10 d. — Baronnie de Roncheville : « Masures en bourgeoisie », 348 l. 18 s. 3 d. ; la maison de ville (les bourgeois de Honfleur), 3 l. ; maison du poids le Roi (Guillaume Fortin), 25 l. ; les moulins de Honfleur (Phil. Milcent), 1.000 l. ; (Françoise Caillot, veuve Marais), 1 l. 10 s. (*Archives nationales*, R¹ 920).

Gabelle : Produit du sel de franchise en 1789 : 1979 l. (2) (*Archives de la Seine-Inférieure*, C. 610).

Privilégiés (*Archives du Calvados*, C. 7.501, 7.502 et 6.503).

Le curé de Saint-Léonard : presbytère et petit jardin (pour mémoire) ; magasin voûté sur la terrasse attenant audit presbytère, loué à

---

(1) La ville de Honfleur avait été affranchie de la taille par un arrêt du Conseil (22 novembre 1757) qui rétablissait les bourgeois « dans les privilèges de franchise et exemption de toutes tailles, subsistances, crues y jointes, même de fourrages et quartiers d'hiver des troupes ». Mais, en 1790, la franchise lui fut retirée.

(2) Ce chiffre a beaucoup varié depuis 1768, jusqu'en 1775, il s'est maintenu au-dessus de 3.000 l. ; mais, depuis cette année, il est presque uniformément resté entre 2 500 et 2.000 l., sans être jamais tombé au-dessous de ce chiffre, sauf en 1789 où la recette fut plus faible qu'elle ne l'avait jamais été.

Louis Gobille, revenu de 60 l. ; dîmes du bénéfice des cures de Saint-Léonard et de N.-D., louées à Jean Leclerc et Jean-Baptiste Quesney, 1.100 l. ; trait de dîmes données par adjudication, 600 l. Total, 1.760 l.

Le curé de Sainte-Catherine : mauvais presbytère et petit jardin (pour mémoire) ; dîmes louées à Robert Dupont, 200 l.

Les religieuses hospitalières : maison qu'elles occupent, jardin et petit enclos d'une demi-vergée, estimés 150 l. : « N° Ces religieuses sont très pauvres, n'ayant qu'un revenu modique : elles se consacrent sans cesse au soin des pauvres de l'hôpital » (1).

L'hôpital d'Honfleur : grande maison qu'il occupe, estimée 260 l.

Les religieuses de la congrégation de Notre-Dame de Honfleur : maison qu'elles occupent, jardin et emplacement planté, le tout de 2 acres, estimé 700 l. (12ᵉ déduit). « Cet emplacement de 2 acres serait d'un produit considérable s'il était loué, attendu sa situation au centre de la ville ; mais les religieuses en tirent un faible revenu » ; différentes maisons rue du Puits, louées à plusieurs locataires, 678 l. ; partie de maison louée 80 l. à J.-B. Lefèvre ; maison, cour et fonds loués à Charles Letourneur, 150 l. ; maison rue Boudin, louée 70 l. à Jeanne Gallais et Marie Rousée ; une ferme à Saint-Léonard louée 917 l. ; total, 2.372 l. (2).

L'abbé Dalbiac, prieur de Saint-Nicol ; une maison, une cour et un jardin d'une acre et demie louée à Marie Sophie Henriette d'Avers, 300 l. ; 160 l. de rente foncière à prendre sur le trésor de sainte-Catherine pour 3 vergées de terre servant de cimetière qu'il a fieffées audit trésor : total 460 l.

Les Capucins : maison grande et jardin, le tout d'une vergée et demie environ, qu'ils occupent, estimé 400 l. (3).

---

(1) **Elles** possèdent aussi à Tourgéville, Saint-Claudec, Saint-Arnould, une ferme louée à Jean-François Thourel, de Tourgéville, moyennant 900 l. en argent, 4 chapons gras et 2 cochons de lait de fermage par an (*Archives de Honfleur*).

(2) **Entre** autres charges pour le preneur, on relève celles-ci : faire chaque année 6 journées d'hommes pour réparations locatives des bâtiments ; fournir et ensemencer chaque année dans ses terres de labour une quarte de graine de chanvre au bénéfice des bailleresses ; leur fournir tous les ans un cheval pour pressurer les fruits de l'enclos de leur couvent et même tous autres fruits nécessaires pour leur provision ; fournir tous les ans deux « bons dindes » ; « souffrir à ces bailleresses la continuation de leur briqueterie et d'y faire briques », etc.

Les religieuses de la congrégation de N.-D. possédaient en dehors de Honfleur : La métairie située à Gonneville, affermée à François Bottentuit, laboureur, aux charges pour le preneur : 1° de fournir et faire employer à ses frais, tous les ans, sur les bâtiments de la ferme, cinquante glanes ; 2° de fournir et apporter en outre gratuitement aux bailleresses 2 sommes de glanes ; 3° d'ensemencer et récolter au bénéfice des demanderesses une quarte de graine de chanvre ; 4° de leur fournir et livrer gratuitement tous les ans deux chapons gras et, en outre, moyennant 500 l. de fermage par an, « indépendamment d'une somme de blé à fournir une fois par an pour vin de bail ».

Une pièce de terre à Équemauville, affermée à Pierre Bias, pour 23 l. une métairie dans la même paroisse, affermée à François Lelièvre, 950 l. (*Archives de Honfleur*).

(3) **Dans** l'estimation faite par la municipalité de Honfleur des biens nationaux de la région, en vue de soumission (*Archives de Honfleur*), on donne la chapelle de Grâce comme un bien de la communauté des Capucins. Voici l'état descriptif qu'on

Le trésor de Saint-Léonard, 40 l.

Le trésor de Sainte-Catherine : 400 l. de rente foncière.

On trouve encore, au rôle des vingtièmes pour 1775, les articles suivants inscrits *pour mémoire* : le duc d'Orléans propriétaire de maisons tenues par le gouverneur ; de plusieurs maisons ; de l'Hôtel de Ville ; du prétoire des juridictions ; de la maison du pont du Roi.

La prison du Roi appartenant au Roi, tenue par le concierge. — Les trois grands magasins servant au dépôt général des sels pour le royaume, appartenant au Roi et entretenus à ses frais, tenus par les fermiers généraux ou leurs commis, lesquels magasins, s'ils étaient loués, rapporteraient 1.000 l. — La maison ou magasin pour les travaux du Roi, servant de logis au concierge derrière les trois magasins bâtie, aux frais du Roi ; si elle était louée elle rapporterait 100 l. — La maison au pied de la lieutenance du Roi. servant à loger l'éclusier, bâtie au frais du Roi, en 1684, si elle était louée. rapporterait 150 l.

lit : « un emplacement inculte planté d'arbres non fruitiers, en genre de promenades, d'un très mauvais fonds et sujet aux éboulements par sa position voisine de la mer, traversé par un grand chemin dans son milieu, sur lequel emplacement est édifié une chapelle avec une habitation à l'usage de deux religieux qui la desservent ; à ce compris, deux jardins, l'un à fleurs et l'autre à légumes ».

OPÉRATIONS DE LA CONVOCATION

I. — Conflit entre le conseil du duc d'Orléans et la municipalité de Honfleur.

1° Le conseil du duc d'Orléans décide le renouvellement de la municipalité de Honfleur et ordonne au lieutenant du bailliage de présider l'assemblée générale des habitants.

La municipalité proteste contre décision dans la lettre suivante aux députés composant la commission intermédiaire de l'assemblée provinciale.

Honfleur. le 7 novembre 1788.

Après avoir rappelé que, nommés d'après le vœu de M. de Bellisle, ancien chancelier du duc d'Orléans, ils se sont acquittés de leurs fonctions de manière à mériter « l'estime et la considération de la plus saine et la plus grande partie » des habitants, les officiers municipaux écrivent que la publication de l'ordonnance du 8 mai dernier a donné lieu à une cabale qui s'est formée contre eux.

Relativement aux dispositions de cette ordonnance, le juge et le procureur du Roi du bailliage, composé seulement de 24 paroisses, ont lieu de craindre que ce siège fût supprimé et réuni à celui de Pont-l'Évêque dont il a été démembré en 1749 (1). Ils se sont persuadés d'ailleurs que si nous étions consultés nous serions d'avis de cette suppression qui, dans le fait, nous aurait débarrassés de l'esprit de forme et de chicane, incompatible avec celui du commerce ; pour enchaîner notre suffrage ils ont fait et fait faire auprès de nous différentes démarches pour nous engager à assembler la communauté aux fins de solliciter l'établissement d'un présidial à Honfleur.

Sur notre refus, ces juges ont pris le parti de rédiger un mémoire tendant à la conservation du siège du bailliage en cette ville et au renouvellement des officiers municipaux.

Ce mémoire scandaleux a été signé par le juge, le procureur du Roi du bailliage, le lieutenant de l'amirauté, cinq à six avocats et par un petit nombre d'autres personnes séduites ou trompées. Il a été adressé à M. de Limon, contrôleur général des finances de S. A. S. Monseigneur le duc d'Orléans.

(1) Voir ci-dessus, p. v.

Nous sommes informés que cet officier du prince doit nous donner ordre de faire assembler la communauté le 23 de ce mois pour élire et présenter trois sujets pour chaque place de maire et échevin, afin qu'il en soit choisi un par S. A. S.

Nous sommes également informés que le juge et le procureur du Roi du bailliage ont le projet de se trouver à cette assemblée et de la présider.

Il est juste que les principaux citoyens remplissent alternativement les offices municipaux ; mais nous avons plusieurs fois proposé notre retraite, et, si nous avons continué nos fonctions, dont la durée n'a point été limitée par l'arrêt dont nous avons l'honneur de vous envoyer copie, ce n'a été qu'à la sollicitation de M. de Bellisle et des principaux habitants.

D'après ces considérations il semble qu'on eût pu prendre pour parvenir au renouvellement total du corps municipal un parti moins violent et plus conforme aux égards que nous croyons mériter.

Quoi qu'il en soit, nous avons encore plus lieu de nous plaindre du droit que les juges du bailliage veulent s'arroger de présider les assemblées générales de la ville, quoiqu'ils n'aient aucuns titres pour y prétendre. En effet l'arrêt de 1776, ci-joint, qui réunit au corps de la communauté de Honfleur les offices municipaux, attribue aux maire et échevins tous les droits, privilèges et prérogatives qui leur sont accordés par les édits de 1771, 1733, 1706, etc. Or, l'édit de 1771 supprime ceux de 1764 et 1766 qui accordaient aux juges la présidence des assemblées générales. Ce même édit de 1771, en exécution de l'édit de 1706, attribue au maire, ou en son absence, au premier échevin, la présidence des assemblées tant particulières que générales. Le juge a tellement reconnu que, depuis 1771, il n'avait plus le droit de présider aucune assemblée, qu'il ne s'y est plus présenté.

D'après les éclaircissements que nous avons pris il n'y a aucuns des lieutenants généraux des bailliages établis dans les villes qui ont réuni les offices municipaux qui aient conservé le droit de présider les assemblées générales des communautés... »

La municipalité réclame la justice des députés pour faire cesser les prétentions du juge et les supplie de donner des ordres avant le 23 de ce mois, jour fixé pour le renouvellement des officiers municipaux.

Nous ne vous dissimulerons pas, Messieurs, que nous avons lieu de croire que la demande de notre destitution et la prétention du juge du bailliage de présider les assemblées générales ont été suggérées par quelques personnes qui, dans les circonstances, ont intérêt de donner aux juges la plus grande influence dans les délibérations publiques.. (Arch. du Calv. C. 8693).

Voici les parties les plus importantes de l'arrêt du Conseil annoncé dans la lettre que nous venons de transcrire ; il est daté du 18 juillet 1776.

Vu par le Roi étant en son Conseil la délibération prise le 7 mars 1776 par les officiers municipaux et principaux habitants de la ville de Honfleur, généralité de Rouen, au sujet de l'édit de novembre 1771 qui a créé et rétabli dans toutes les villes et communautés du royaume les offices suoprimés par les édits de 1746 et 1765, par laquelle délibération les officiers municipaux et principaux habitants offrent une somme de dix mille livres, pour la réunion de tous les offices municipaux créés dans ladite ville de Honfleur, en faisant toutefois un emprunt de cette somme et à la charge de donner à M. le duc d'Orléans ... une somme annuelle qui sera convenue pour tenir lieu de la casualité desdits offices ; au moyen de laquelle réunion la dite ville présentera pour chacune des charges municipales trois sujets, l'un desquels sera nommé et choisi par mon dit Sʳ le duc d'Orléans...

Sa Majesté étant en son Conseil, voulant favorablement traiter les officiers municipaux et principaux habitants de la ville de Honfleur leur a permis et permet d'acquérir les offices de maire, lieutenant de maire, échevins, assesseurs, procureur du roi, secrétaire-greffier, trésoriers, receveurs et leurs contrôleurs ordonnés y être par l'édit de novembre 1771, pour lesdits offices demeurer réunis à la dite communauté... Veut Sa Majesté qu'au moyen de la dite réunion, ils puissent élire et nommer auxdits offices municipaux dans la forme qui sera jugée la plus convenable pour le bien de l'administration de ladite ville et que ceux qui auront été nommés jouissent pendant le temps qu'ils seront en exercice de tous les honneurs, rangs, séances, privilèges et prérogatives attribués auxdits offices par l'édit de novembre 1771 et autres y relatés...

L'énergique protestation des officiers municipaux produisit l'effet espéré : l'exécution de la décision du conseil du prince n'eut pas lieu le 23 novembre ; mais elle n'était que différée.

Le 16 février 1789, devant les officiers municipaux assemblés à l'hôtel de ville, assistés du secrétaire-greffier, se présente Quesney, procureur du Roi au bailliage, lequel, dit le procès-verbal de la séance ...

... a requis qu'il nous plût de lui donner acte de la présentation et de la remise qu'il nous faisait en ce moment, sur ledit bureau, de l'expédition, en parchemin du résultat du Conseil de son Altesse sérénissime, Mgʳ le duc d'Orléans, premier prince du sang, en date du trente août dernier... par lequel sa dite Altesse sérénissime a ordonné qu'il sera procédé par la voie du scrutin à l'élection des officiers municipaux de cette ville, à l'exception du sieur de Bermon, échevin, nouvellement nommé ; ordonner que lecture en soit présentement faite, le bureau séant et que, de suite, il soit registré tout au long sur le registre de cet hôtel de ville pour être exécuté selon sa forme et teneur et y avoir recours en cas de besoin ; desquels lecture et enregistrement sera fait mention sur ledit résultat par le greffier-secrétaire, ce que mon dit Sʳ Quesney a signé après lecture : *Signé*, Quesney.

« D'avis uniforme » les officiers municipaux donnent acte au procureur du roi de la communication qu'il vient de faire et l'invitent, « sous son bon plaisir », à représenter demain, à onze heures, la décision du conseil du prince. Avant ce moment les officiers municipaux se proposent de délibérer sur l'enregistrement requis (1).

II. — PROTESTATION DES OFFICIERS MUNICIPAUX CONTRE LE RÉSULTAT DU CONSEIL DU PRINCE.

Le lendemain, à onze heures, les officiers municipaux arrêtent « d'une voix unanime », que le résultat du conseil du duc d'Orléans sera enregistré sur le registre de l'hôtel de ville...

... déclarant consentir à son exécution pour ce qui concerne une nouvelle élection des maire et échevins actuellement en exercice ; au surplus, pénétrés du profond respect pour le conseil de S. A. S. ils seraient disposés dans toutes les occasions à exécuter les ordres dud. conseil pour tout ce qui peut les intéresser personnellement ; mais ils croiraient manquer à leur serment, et, en outre, à la confiance dont le prince les a honorés, s'ils accédaient aux autres dispositions dud. résultat, lesquelles par suite de la surprise faite à la religion du conseil de S. A. S., tendent à anéantir les droits et privilèges que Sa Majesté a accordés à la ville ; pourquoi mention sera faite du présent arrêté dans l'acte d'enregistrement dont une copie sera incessamment adressée au conseil de S. A. S. ainsi que les très humbles et très respectueuses représentations qu'il sera supplié d'agréer. Ce qui a été signé lecture faite.

Signé: La Croix Saint Michel, G. Guillebert, Goubart, Liétout Deslondes, Picquefeu de Bermon. Pottier, secrétaire.

A ce moment s'est présenté mond. Sʳ Quesny, devant nommé, lequel a, de nouveau, représenté le résultat dont il s'agit, en a requis l'enregistrement et qu'il lui soit incessamment délivré une expédition tant de l'acte du jour d'hier que de celui de ce jour, ce qu'il a signé lecture faite.

Signé: **Quesney.**

Duquel résultat suit la teneur :

Extrait des registres du conseil de Monseigneur le duc d'Orléans, du 30 août 1788.

Sur ce qui a été représenté à Monseigneur le duc d'Orléans, en son conseil, que les officiers municipaux de la ville d'Honfleur, à l'exception du sʳ de Bermon, échevin, nouvellement nommé, ont rempli les places municipales pendant plusieurs années et beaucoup au-delà du terme fixé par les règlements ; que, quelque sage qu'ait pu être leur administration, il y aurait le plus grand inconvénient à les perpétuer dans leurs places et à priver les autres citoyens de l'espoir de parvenir, à leur tour, aux honneurs de la municipalité, qu'il serait décourageant pour les citoyens de voir des officiers dont l'administration doit être limitée, conformément aux règlements, s'y maintenir toute leur vie et que le renouvellement de la municipalité, à des époques fixes, sera d'autant plus avantageux que la

(1) *Registre des Délibérations de l'Hôtel de Ville de Honfleur* (11 avril 1787, 28 janvier 1790).

confirmation des officiers qui, par des services signalés, mériteraient d'être continués dans leurs fonctions, sera une récompense flatteuse de leur patriotisme ; en sorte que les élections qu'il y aura lieu de faire n'écarteront point les anciens officiers et appelleront tous les citoyens instruits, zélés et patriotes ; à quoi voulant pourvoir, ouï le rapport du s^r Geoffroy de Limon, conseiller du roi en ses conseils et au conseil de Monseigneur, contrôleur général et intendant des maison, domaines et finances de S. A. S. (1).

Monseigneur le duc d'Orléans, de l'avis de son conseil, en dérogeant, pour cette fois seulement et sans tirer à conséquence, au droit acquis à S. A. S., de nommer sans délibération, ni présentation préalable aux offices municipaux des villes qui n'ont pas réuni ces offices, a ordonné et ordonne, qu'à la diligence du procureur du Roi et de Monseigneur au bailliage de Honfleur, il sera incessamment convoqué, pour le mardi 24 février prochain, une assemblée générale des habitants, corps et communautés de la ville de Honfleur ayant droit d'y assister, conformément au règlement, et présidée par le s^r lieutenant-général du bailliage, en exécution des édits et déclarations relatifs aux élections municipales, à l'effet d'être procédé par la voie du scrutin à la nomination de trois sujets pour chacune des places de la municipalité de lad. ville, à l'exception toutefois de la place d'échevin aujourd'hui remplie par led s^r de Bermon pour, la délibération rapportée et présentée à S A. S., être par elle fait choix de celui desdits trois sujets qu'elle jugera à propos pour chacune desd. places et auxquels elle fera en conséquence expédier ses brevets ; ordonne S. A. S. que le présent résultat sera registré à la diligence du procureur du Roi et le sien au siège du bailliage et au bureau de la ville de Honfleur pour être exécuté selon sa forme et teneur.

Fait au conseil de Monseigneur le duc d'Orléans, tenu au Palais-Royal à Paris, le trente août mil sept cent quatre-vingt-huit...

Ledit résultat dont copie est ci-dessus transcrite nous ayant été rendu sur-le-champ.

Signé : Quesney. (2)

III. — Discussion entre le lieutenant du bailliage et le maire a propos de la présidence de l'assemblée générale de la ville.

Ce jourd'hui, deux heures après midi, vingtième jour de février mil sept cent quatre vingt-neuf, en l'hôtel de ville de Honfleur devant nous, Henri-Thomas Quillet de Fourneville, conseiller du Roi et de S. A. S. Monseigneur le duc d'Orléans, premier prince du sang, lieutenant civil criminel et de police du bailliage royal de Honfleur ; en présence de Me Adrien-Jean-Baptiste Quesney, conseiller, avocat et procureur du Roi et de son altesse sérénissime, monseigneur le duc d'Orléans aud. bailliage de Honfleur. Sur l'avis à nous donné de la distribution publique d'une infinité de billets signés : La Croix Saint-Michel, maire et Bermon, échevin,

---

(1) Sur le rôle de Geoffroy de Limon, voir ci-dessous, pp. xxxiv et xxxv.
(2) Registre des Délibérations.

en date de ce jour, portant convocation de se trouver en l'hôtel de ville
pour y délibérer dans une assemblée générale qui sera tenue à cet effet
ce dit jour vingt février mil sept cent quatre-vingt-neuf, un desquels billets
est mis présentement sous nos yeux, lequel après avoir été coté et paraphé
par nous sera annexé au présent pour y avoir recours en cas de besoin,
et, sur le son de la cloche qui annonce ordinairement l'assemblée générale
de la ville, nous nous sommes transportés audit hôtel de ville avec le
procureur du Roi, et, y étant arrivés, nous avons trouvé une infinité
de personnes; après quoi avons pris séance et nous sommes placés
pour présider l'assemblée, le procureur du Roi ayant aussi pris séance, et
après que la cloche a cessé de sonner et que chacun a pris sa place
suivant son rang et qualité, nous avons dit au sr Michel de la Croix de
Saint-Michel, maire de cette ville, que nous étions surpris qu'il ait oublié
les dispositions de l'arrêt du Conseil d'État du Roi, rendu le 11 octobre 1727,
qui a terminé les longues discussions qui s'étaient élevées entre les
officiers du siège de Honfleur, appartenant spécialement à S. A. S.
Monseigneur le duc d'Orléans, nos prédécesseurs et les officiers municipaux
leurs prédécesseurs; nous lui avons lu le prononcé dudit arrêt dont une
des dispositions porte (1) que *le vicomte d'Honfleur sera appelé par*
l'huissier, sergent, ou autre ayant commission et commandement d'assembler
le corps commun de la ville aux assemblées et convocations pour y assister
soit à l'audition, examen et clôture des comptes des deniers communs et
patrimoniaux, soit à l'élection des maire et échevins et à toutes autres
assemblées générales seulement et, ce, avec le droit d'y présider en l'absence
des sieurs gouverneur et lieutenant de Roi de Honfleur (2); que cette
conduite, de sa part, est une entreprise sur les droits attachés à notre
office qui appartient spécialement à S. A. S. Monseigneur le duc d'Orléans
que nous entendons conserver; après quoi, avons demandé aud. maire de
nous dire le sujet de la délibération par lui convoquée et pourquoi la
multitude de personnes de différents états, dont nous étions environné,
se trouvait en cet hôtel et nous forçait de nous distraire des opérations
ordonnées par notre sentence du quatorze de ce mois, signifiée auxd.

(1) Voici le texte complet de l'arrêt dont la délibération reproduit seulement une
partie : « ... Le Roi étant à son conseil a maintenu..., conformément à l'avis desdits
commissaires, le sieur Chevalier de Lannoy, actuellement vicomte de la ville de
Honfleur, et lesdits officiers composant son siège dans la connaissance de la police,
ordonne qu'ils continueront d'en faire les fonctions en tout ce qui peut la concerner,
fait défense aux maires et échevins de prendre la qualité de juges à l'ordinaire et de
juges de police, ni de s'immiscer à en connaître, sous quelque prétexte et cause que
ce puisse être, ordonne pareillement sa Majesté, conformément à l'édit de Cremieu, à
la déclaration du roi Henri II, donnée en interprétation d'icelui au mois de juin 1559,
le vicomte d'Honfleur sera appelé par l'huissier ou autre ayant commission et commandement d'assembler le corps commun de la ville aux assemblées et convocation pour
y assister, soit à la reddition, examen ou clôture des deniers communs et patrimoniaux,
soit à l'élection des maires et échevins et à toutes autres assemblées, généralement
quelconque, avec le droit d'y présider en l'absence des gouverneurs et lieutenants du
Roi, comme aussi qu'à l'égard des cérémonies publiques, le vicomte et les officiers de
son siège auront le pas et les honneurs et précéderont les officiers de ville en toutes
circonstances... ».

(2) Ce passage est souligné dans le texte.

sieurs maire et échevins le dix-sept, pour l'exécution de l'édit de 1776 et, ce, pour parvenir à l'exécution du résultat du conseil de S. A. S. Mgr le duc d'Orléans, enregistré au bailliage de Honfleur et en cet hôtel, aux fins par nous de venir conserver nos droits en présidant l'assemblée.

Et par ledit sieur maire a été répondu que l'arrêt de 1727 et tous autres qui ont pu accorder à M. le lieutenant particulier du bailliage le droit de présider l'assemblée générale, ont été révoqués par les articles 1er et 6 de l'édit de 1771 (1), portant rétablissement des offices municipaux ; qu'en outre, l'arrêt du 18 juillet 1776 (2), qui réunit au corps de la communauté les offices municipaux créés pour cette ville, a rétabli les maires et échevins dans les droits et privilèges qui leur sont accordés par l'édit de 1706 (3), lequel édit attribue au maire ou autre officier municipal de présider les assemblées tant particulières que générales de la ville ; qu'enfin ce droit de présidence lui est enfin confirmé par les articles 26, 27 et 28 du règlement du 24 janvier dernier (4), pourquoi il proteste contre le droit prétendu par M. le lieutenant particulier à toutes ses réserves, de se pourvoir où et ainsi qu'il appartiendra et a demandé que l'assemblée délibère sur cet objet qui intéresse plus particulièrement la communauté que lui sieur maire en exercice. Quant à la demande qui nous a été faite par M. le lieutenant particulier de l'objet de délibération qui a donné lieu à la présente assemblée, ledit sieur maire répond qu'il l'a convoquée sur la réquisition qui lui en a été faite par différentes personnes, ainsi qu'il résulte de la requête qu'il a mise sur le bureau, et qu'il n'a connu le motif de la délibération qu'après en avoir entendu le motif qui vient d'être expliqué par M. Varin de Beauchamp, écuyer, et le sieur Rigoult, négociant, ancien échevin, ce que ledit sieur maire a signé après lecture. *Signé :* La-Croix-Saint-Michel.

(1) Le préambule de cet édit indique bien qu'il vise l'administration des villes et communautés, sans aucune restriction.

L'article 6 porte : « ... Faisons... défense... à nos baillis, sénéchaux et leurs lieutenants, aux prévôts, vicomtes, juges..., syndics, de troubler dans leurs fonctions les maires et autres officiers qui seront pourvus ou commis par nous, en vertu du présent édit, ni de s'y immiscer directement ou indirectement, sous prétexte de nos édits de 1764 et 1765 ou autres quelconques ».

(2) Les parties essentielles de cet arrêt sont reproduites ci-dessus p. 9.

(3) Article 10. — « Convoqueront lesdits maires ou, en leur absence, leurs lieutenants, à l'exclusion de tous les officiers, soit royaux ou du seigneur, échevins ou ecclésiastiques, toutes les assemblées tant générales que particulières des habitants des villes et communautés toutesfois et quand ils jugeront que notre service ou le tiers des affaires de la communauté le requerront... »

Article 13. — « Présideront seuls lesdits maires et, en leur absence, leurs lieutenants, avec voix délibérative toutes les assemblées qui se tiendront dans les hôtels de ville... et y feront toutes les propositions qu'ils jugeront convenables, soit pour notre service ou pour l'intérêt des communautés ; faisons défenses aux présidents, lieutenants généraux de nos présidiaux, bailliages, à tous seigneurs particuliers, leurs officiers et à toutes personnes de quelque qualité et condition qu'ils soient, de leur donner, pour raison de ce, aucun trouble ni empêchement et d'assister auxdites assemblées que comme principaux habitants sans pouvoir y faire aucunes fonctions... ».

(4) Par l'article 26, les officiers municipaux seront « tenus » de faire avertir les syndics des corporations et « décideront », en cas de difficultés, sur l'exécution du présent article. — L'article 28 porte que « les députés, choisis dans ces différentes assemblées particulières formeront à l'hôtel de ville, et sous la présidence des officiers municipaux, l'assemblée du tiers état de la ville... ». A Brette, *Documents relatifs à la Convention des États généraux,* t. I.

Par M. le procureur du Roi a été dit que la centestation qu'apporte le sieur maire tend à anéantir l'arrêt du 11 octobre 1727 qui a été rendu par Sa Majesté dans une espèce particulière et locale entre MM. les officiers du vicomté de Honfleur et le corps municipal de ce temps-là ; que cet arrêt est fondé sur les autorités les plus respectables, qu'il doit avoir son exécution pour les officiers actuels du bailliage comme il a dû l'avoir pour leurs prédécesseurs ; que les prérogatives du domaine et vicomté d'Auge, appartenant propriétairement à S. A. S., sont fondés sur le contrat d'échange de 1529 (1) où il ne peut être rien innové ; que la prétention du sieur maire paraît consister en ce que, selon lui, les offices municipaux de l'édit de 1771 auraient été réunis, que, cependant ledit sieur procureur du Roi, sur l'interpellation par lui faite d'en exhiber présentement les titres probants ; à quoi il n'a satisfait ; d'où ledit sieur procureur du Roi a induit qu'il n'en existe pas ; plus, il a dit qu'en supposant la chose vraie il ne serait pas moins vrai de dire que les édit de 1776 et lettres patentes de 1767 restent dans leur pleine et entière force et vertu tant sur la préséance accordée à M. le lieutenant du bailliage que par rapport à la plénitude des droits et prérogatives particulières de S. A. S. ; et, à cet instant, ledit sieur procureur du Roi a donné lecture à l'assemblée du résultat du conseil de S. A. S. du trente août dernier enregistré comme dit est, observant que le contredit qu'élève ledit sieur maire tend à compromettre l'autorité et les droits de S. A. S. dans l'objet qu'elle se propose. Qu'il paraît assez extraordinaire que ledit sieur maire ait pris sur lui de convoquer et d'assembler les habitants en état de commun, sans faire part des motifs qui l'ont déterminé ; pourquoi il l'interpelle de les exposer, heure présente, devant, lui seul, en rendre compte parce que jusqu'à ce qu'il ait répondu à la présente interpellation il déclare qu'il ne peut être passé outre ; qu'à l'égard du règlement cité par ledit sieur maire il est sans application à l'espèce (2). Au surplus ledit sieur procureur du Roi nous a demandé acte de ce qu'il se constitue arrêtant sur un écrit en forme de placet, en date du dix-neuf de ce mois, adressé aux sieurs officiers municipaux rapporté sur une demi-feuille de papier non timbré, où se trouvent les signatures N. Lion, ancien échevin ; V. Rigoult, de Varin, Le Chevallier, capitaine de cavalerie, Poterat de St-Sever, Bruneaux, négociant, Lecarpentier, avocat ; La Coudrais, l'aîné, négociant et consul de sa majesté le roi de Suède, Le Bouteiller, négociant ; l'abbé Dalbiac, titulaire du bénéfice de Saint-Nicolas d'Honfleur, paroisse Sainte-Catherine ; Berthelot, prêtre, ancien vicaire de Sainte-Catherine ; Vastel, vicaire de Sainte-Catherine ; Langlois, prêtre, ancien notable de la ville, avec et sans paraphe, demande que préalablement contremarqué ne varietur, il soit et demeure annexé au procès-verbal.

Et par ledit sieur maire a été répondu qu'il est fort éloigné de contester les droits qui peuvent appartenir à S. A. S. et qu'il persiste seulement à ce qu'il a dit dans son précédent soutien et à ses réserves, demandant au surplus que l'assemblée délibère sur la réclamation de présidence prétendue par M. Quillet.

---

(1) Voir ci-dessus, p. V., note 2.

(2) Voir les articles des Edits que nous avons cités aux pages précédentes. — Ajoutons cependant que l'argumentation du procureur du Roi tendait à établir que le domaine du duc d'Orléans constituait un état indépendant, non soumis par conséquent aux lois du royaume.

Par le sieur procureur du Roi a été encore observé qu'il a eu lieu d'être surpris que led. sieur maire ait négligé de l'avertir de l'assemblée qu'il a convoquée ce jourd'hui ; qu'il en a été usé ainsi précédemment, ce qui est une contravention audit édit de 1766 ; que plusieurs autres notables habitants, en charge et autres, se sont plaints de pareilles contraventions ; qu'il est même instruit que certaines personnes ont fait des démarches en plusieurs circonstances, notamment depuis la publication de notre sentence du 14 de ce mois qui renferme des dispositions relatives aux futures élections qui doivent se faire en exécution du résultat du conseil de S. A. S. susdaté, pour captiver *(sic)* les suffrages, former des cabales, intimider certains esprits pour traverser les opérations indiquées par le bailliage, pour raison de quoi il entend se pourvoir devant nous et prendre la voie criminelle ainsi qu'il appartiendra.

A ce moment, le sieur Poterat de Saint-Sever, chevalier de l'ordre royal et militaire de Saint-Louis, s'est levé et a dit à M. le procureur du Roi qu'il l'insultait par ce soutien et se retirait, ce qui a été répété à haute voix par M. Chauffer de Barneville, président en l'élection de Pont-l'Évêque ; qu'à ce moment il s'est élevé des clameurs bruyantes, tumultueuses et séditieuses ; par M. le procureur du Roi a été répété à haute et intelligible voix qu'il n'avait le projet d'attaquer ni injurier personne de l'assemblée et que, pour preuve de ce, il nous demandait de faire donner lecture de son soutien ; que les mêmes cris tumultueux se sont élevés et, sur la déclaration de plusieurs de messieurs qu'ils allaient se retirer, nous les avons engagés plusieurs fois de rester, en leur disant : mais, messieurs, vous ne pouvez vous décider qu'après avoir entendu le soutien de M. le procureur du Roi ; on va vous donner lecture du soutien de M. le procureur du Roi qui paraît particulièrement vous fixer ; le bruit a été si considérable que nous avons eu peine à nous faire entendre ; cependant, après avoir réitéré à haute voix que nous priions messieurs d'entendre la lecture du soutien de M. le procureur du roi, le bruit a cessé et nous avons fait lire ce soutien ; d'après laquelle lecture nous avons invité ceux de messieurs qui ne s'étaient point retirés à rester ; qu'en effet il en est resté plusieurs, que MM. les maire et échevins se sont retirés, quelques invitations que nous leur ayons faites de rester ; que ce tumulte et ce désordre prouvent de plus en plus la sagesse des règlements sur le régime des assemblées municipales par la formation d'un député de chaque corps pour la composition des notables qui doivent concourir à l'élection des officiers municipaux, ainsi que le siège s'en est occupé et le va faire pour l'exécution du résultat du conseil.

A ce moment s'est présenté M. Rigoult, négociant en cette ville qui nous a demandé si on ne pourrait pas prendre quelque tempérament pour terminer les difficultés présentes et qu'il demandait aux sieurs maires et échevins de renvoyer la délibération à demain ; sur quoi, nous lui avons observé que demain était le jour de l'audience du bailliage, qu'il nous restait encore à faire élire plusieurs députés des différentes communautés qui sont citées devant nous à cet effet et que nous n'empêchions qu'il y fut procédé à tout autre jour, même de dimanche prochain, parce que nous entendons toujours présider aux assemblées générales et jusqu'à ce jour nous occuper de l'exécution de notre sentence qui ne peut souffrir de retardement, vu la brièveté du délai fixé par le résultat du conseil de S. A. S. Monseigneur le duc d'Orléans ; parce que, dans le cas où les officiers municipaux entendraient tenir quelque délibération générale sans nous l'annoncer, nous entendons nous pourvoir par toutes voies de droit et les plus promptes pour être conservé dans notre réclamation de présider. Dont du tout acte. Le présent clos et arrêté à huit heures et demie du soir, en présence de MM. les officiers municipaux et de plusieurs personnes de l'assemblée qui s'étaient retirés et qui sont rentrés et ont entendu la lecture de ce que dessus en déclarant ne vouloir signer.

Signé : Quesney, Quillet de Fourneville, Pottier, secrétaire (1).

(Les deux pièces suivantes, dont il est parlé dans la délibération, sont annexées au registre).

1° A Messieurs les officiers municipaux de la ville d'Honfleur, Nous citoyens et habitants de la ville d'Honfleur, soussignés, prions Messieurs les maire et échevins de convoquer une assemblée générale des habitants, demain, à l'heure qui leur paraîtra convenable, pour délibérer sur des affaires qui intéressent essentiellement la ville (2). A Honfleur, le 19 février 1789. *Signé :* N. Lion, ancien échevin ; V. Rigoult, ancien échevin ; Varin ; Le Chevallier, capitaine de cavalerie ; Potérat, de Saint-Sever ; Bruneaux, négociant ; Lecarpentier, avocat ; La Coudrais l'aîné, négociant et consul de S. M. le roi de Suède ; l'abbé Dalhiac, titulaire du bénéfice de Saint-Nicolas de Honfleur, paroisse Sainte-Catherine ; Berthelot, prêtre, ancien vicaire de Sainte-Catherine ; Vastel, vicaire de Sainte-Catherine ; A. Le Bouteiller ; Langlois, ancien notable de la ville.

2° Monsieur, En conséquence de la réquisition qui nous a été faite par plusieurs personnes du clergé, de la noblesse et par plusieurs notables de cette ville, d'assembler la communauté aux fins de délibérer sur des objets très intéressants, vous êtes prié par MM. les officiers municipaux de vouloir bien vous trouver à l'hôtel commun ce jourd'hui, vingt février 1789, sur les deux heures après midi.

Signé : La Croix Saint-Michel, Bermon.

IV. — EXÉCUTION DU RÉSULTAT DU CONSEIL DU PRINCE, DU 30 AOUT 1788. — ELECTION DES NOTABLES SOUS LA PRÉSIDENCE DES MAIRE ET OFFICIERS MUNICIPAUX.

Ce jourd'hui samedi deux heures après-midi, vingt-neuf février mil sept cent quatre-vingt-neuf, en l'hôtel de ville d'Honfleur, les officiers municipaux de ladite ville, assemblés en conséquence d'une sommation qui leur aurait été faite, ce jourd'hui, par le ministère de Boissel, requête de M. le procureur du roi du bailliage de cette ville, aux fins de présider l'assemblée de MM. les députés des différents ordres et corps de la ville pour la nomination de quatorze notables, en exécution de la sentence dudit bailliage en date du quatorze de ce mois ; lesdits officiers municipaux déclarent ne se prêter à cet acte que pour obéir à justice sans qu'il puisse, en aucune façon, préjudicier aux usages et privilèges de la communauté, fondés sur l'édit du mois de

(1) *Registre des Délibérations.*

(2) Il s'agissait vraisemblablement d'une discussion sur le résultat du conseil du duc d'Orléans.

novembre 1771 et l'arrêt du conseil de Sa Majesté du 18 juillet 1776, pourquoi font toutes protestations et réserves, assistés de François-André Pottier, secrétaire greffier (1).

Se sont assemblés en cet hôtel, en conséquence de ladite sentence, les personnes de M. Jean-Baptiste Boudin, prêtre, curé des paroisses de Notre-Dame et Saint-Léonard de cette ville, député par MM. les curé, prêtres et ecclésiastiques de cette ville ; M. de Varin, écuyer, sieur de Beauchamp, député pour la classe des nobles et militaires ; M. Quillet de Fourneville, lieutenant dudit bailliage (2) ; M. Benoist-Philippe-Louis Lemonnier, conseiller du Roi, lieutenant général de l'amirauté de Honfleur, député par MM. les officiers du siège ; M. Pierre-Joseph Henry, conseiller du Roi, président au grenier à sel de cette ville, député par MM. les officiers dudit siège ; M. Lion Dumontry, conseiller du Roi, contrôleur, juge-garde en la juridiction des dépôts des sels de cette ville, député par MM. les officiers dudit siège ; M. Quillet, seigneur de Cricquebeuf (3), député des commensaux de la maison du Roi et bourgeois vivant noblement ; le sieur Pierre Hurel, docteur en médecine, député des médecins, chirurgiens et apothicaires ; Me Thomas-Jacques Delasalle, avocat au parlement, exerçant aux juridictions royales de ce lieu, député par MM. les avocats de cette ville ; M. Nicolas-Lion de Saint-Thibault, négociant, député des négociants et marchands détailleurs ; le sieur Jacques-Adrien Caresme, député des épiciers de cette ville ; le sieur Jacques-Pierre Romain, député pour la communauté des drapiers, merciers et quincailliers ; le sieur Pierre Leduc, député pour la communauté des cordonniers ; le sieur Robert-Alexandre Isabel, perruquier, député pour la communauté des perruquiers ; le sieur Jean Letorey, tonnelier, député pour la communauté des tonneliers et menuisiers ; le sieur Emery-François-Claude Chevallier, horloger, député pour la communauté das horlogers, maréchaux en gros œuvre et chapeliers ; François Ferraud, charron, député pour la communauté des tapissiers, charpentiers et charrons ; le sieur François Dubourg, député pour la communauté des serruriers, chaudronniers ; le sieur Jean Meheux père, député pour la communauté des boulangers ; le sieur Jacques Leroy, député pour la communauté des tailleurs ; Jacques Brunet, pour la communauté des maçons ; Louis Michel, pour la communauté des traiteurs, aubergistes et cafetiers. A ce moment s'est aussi présenté le nommé Charles Louédin, laboureur, demeurant au lieu dit le hameau de la Rivière, porteur d'un acte, exercé au bailliage de Honfleur, le dix-neuf de ce mois par lequel il a été nommé député des artisans pour les écarts et hameau de la Rivière, sans que sa nomination puisse préjudicier à la réclamation que la communauté peut faire contre ladite nomination, attendu qu'icelui Louédin est habitant du hameau de la Rivière, ne supporte aucune des charges de la ville et n'a aucune qualité pour nommer des notables. Lesquels sieurs députés nous ont représenté, chacun en droit soi, leur acte de députation qui leur a été rendu à l'instant à chacun, et après nous avoir déclaré qu'ils étaient prêts de procéder à l'élection de quatorze notables de cette ville, ils ont présentement déposé sur le bureau chacun leur billet ou

---

(1) Voir p. 14.

(2) Comme député des officiers du bailliage.

(3) Quillet de Cricquebeuf est le père de Quillet de Fourneville ; il est âgé de 72 ans « et, tant au moral qu'au physique, incapable d'exercer aucune fonction publique. » *Archives nationales,* Bᵃ 76-177.

scrutin suivant leur rang, et, après que l'ouverture en a été faite sur-le-champ par ledit sieur maire et qu'il en a eu donné lecture à l'assemblée à haute voix, il s'est trouvé, par le concours et la pluralité des suffrages, que les personnes de M. Jean-Baptiste Boudin, prêtre, curé des paroisses de Notre-Dame et de Saint-Léonard ; M. Allais, prêtre, curé des paroisses de Saint-Étienne et Sainte-Catherine de cette ville ; M. Varin de Beauchamp, écuyer ; M. de Bois-lévesque de Saint-Martin, écuyer ; M. Lemonnier, juge de l'amirauté ; M. Quillet, seigneur de Cricquebœuf ; M. Advisse l'aîné, avocat ; M. Delasalle, avocat ; M. Hérault, docteur en médecine ; le sieur Guillaume Lecesne Dupuis, négociant ; le sieur François Guerrier, ancien apothicaire ; le sieur Duhault, marchand drapier ; le sieur Letorey, marchand de vin et tonnelier, et Jacques Lejugeur, aubergiste, sont et demeurent choisis, élus et nommés pour remplir les fonctions de notables de cette ville. Ce qui a été signé par l'assemblée et nous dits officiers municipaux après lecture.

(Suivent les signatures) (1).

V. — Assemblée des notables pour l'élection des sujets parmi lesquels le duc d'Orléans choisira les maire et officiers municipaux.

Les notables élus le 21 février, à l'exception de Hérault, docteur en médecine, indisposé, se réunissent le 24 février, à dix heures du matin, pour désigner les sujets parmi lesquels le duc d'Orléans choisira les nouveaux maire et officiers municipaux.

C'est Quillet de Fourneville qui préside, assisté du procureur du Roi, Quesney et de Pottier, secrétaire-greffier.

Les officiers municipaux, bien qu'invités par lettres du procureur du Roi, à eux remises par l'huissier Boissel, ne se présentent pas. Ils ont écrit que « des considérations impérieuses » les « obligent de laisser MM. les notables... faire telle élection qu'ils aviseront bien ».

Les notables

ont présentement procédé à l'élection de sujets à présenter à S. A. S. pour le choix d'officiers municipaux et ce par la voie du scrutin, au terme du réglement et du résultat susdaté ; à laquelle fin chaque d'eux ayant à l'instant déposé dans un vase que nous leur avons présenté leur scrutin particulier, que nous avons réunis, mêlés et confondus et après qu'ouverture et lecture en a été par nous faite, à haute voix, compte pris d'iceux au nombre de treize seulement, vu l'absence desdits sieurs officiers municipaux et dudit sieur Hérault, notable, il en est résulté par le concours et la pluralité des suffrages que les personnes de MM. Quesney, conseiller, avocat et procureur du Roi et de S. A. S. monseigneur le duc d'Orléans au bailliage de cette ville et ancien maire (2) ; Lemonnier, lieutenant général de l'amirauté et ancien conseiller de

(1) *Registre des Délibérations.*

(2) Quesney avait été maire de 1757 à 1767. Nous avons vu récemment son hostilité contre le maire et les officiers municipaux ; l'élection de Quesney montre suffisamment que les fonctions des notables étaient exercées par les ennemis personnels des officiers municipaux.

l'administration municipale de cette ville, et Quillet de Cricquebœuf, ancien lieutenant général au bailliage et ancien maire au gouvernement de cette ville, sont et se trouvent nommés pour la place de maire (1) ; pourquoi leurs noms seront présentés à S. A. S. pour par Mgr faire choix d'un d'eux aux termes du résultat de son conseil ; et que les personnes de MM. Boudin, curé de Saint-Léonard ; Advisse l'aîné, avocat ; Lion, procureur du Roi au siège de l'amirauté de cette ville ; Maharu, La Coudrais l'aîné et Prémord, fils, négociants, sont les premiers nommés pour les places d'échevins et que MM. Delasalle, avocat ; Allais, curé de Sainte-Catherine ; Lion Dumontry et Heutte, négociant, se sont trouvés réunir le même nombre de voix pour les mêmes places ; ce qui compose dix sujets au lieu de neuf qui doivent être présentés à S. A. S. (2) ; pourquoi, aux fins de déterminer le nombre prescrit par le résultat il a été procédé à ce moment à un nouveau scrutin par lesdits sieurs notables présents, toujours en l'absence desdits sieurs officiers municipaux et dudit sieur Hérault, notable, pour savoir quels sujets sont dans le cas d'être réunis aux six personnes premièrement élues, et, chacun d'eux nous ayant remis son scrutin particulier, nous les avons réunis et confondus comme ci-dessus ; ensuite ouverture et lecture faite d'iceux à haute voix, il est résulté que MM. Heutte, négociant ; Delasalle, avocat ; et Lion Dumontry sont et se trouvent définitivement nommés pour être réunis aux six personnes premièrement élues, en sorte que les neuf sujets à présenter à S. A. S. aux fins de faire le choix de trois échevins à remplacer, *sont* Maître Jean-Baptiste Boudin, bachelier, prêtres curé des paroisses de Notre-Dame et Saint-Léonard de cette ville ; Maître Louis Advisse l'aîné, avocat, secrétaire du collège des avocats et ancien député de MM. les officiers du bailliage ; Maître Jacques-Augustin Lion, procureur du Roi de l'amirauté de cette ville ; le sieur Maharu, bourgeois, trésorier de la paroisse de Sainte-Catherine de cette ville ; le sieur La Coudrais l'aîné, négociant et consul de sa majesté le Roi de Suède ; le sieur Amand Prémord, fils, négociant ; le sieur Jacques Heutte l'aîné négociant ; Maître Thomas Jacques Delasalle, syndic du collège des avocats de cette ville, et M. Lion Dumontry, conseiller du Roi au siège du dépôt des sels et receveur de S. A. S. Mgr l'Amiral au port de cette ville ; dont du tout acte accordé pour être une expédition de la présente incessamment délivrée au procureur du Roi pour être par lui adressée à S. A. S. Mgr le duc d'Orléans aux fins de l'entière exécution du résultat de son conseil.... ce que les sieurs notables ont signé, après lecture, avec nous, le procureur du Roi et ledit secrétaire greffier (3).

VI. — Ordonnance royale condamnant les prétentions du lieutenant de bailliage. — Décision du duc d'Orléans ajournant le renouvellement de la municipalité.

Ce jourd'hui, quatre heures après-midi, vingt-huit février mil sept cent quatre-vingt neuf, en l'assemblée générale des maire et échevins, bourgeois et habitants de la ville et communauté de Honfleur, tenue à l'hôtel de ville...

(1) Pour chaque place vacante il fallait présenter trois sujets au duc d'Orléans.
(2) Le résultat du Conseil du duc d'Orléans avait décidé que 3 officiers municipaux sur 4 seraient remplacés.
(3) *Registre des Délibérations.*

et convoquée au son de la cloche... assistés de François-André Pottier, secrétaire-greffier.

S'est présenté M. Gentien-Nicolas-Charles Lechevallier, écuyer, subdélégué de Mgr l'intendant de la généralité de Rouen au département de Honfleur, lequel, au nom et comme porteur des ordres de mond. sgr l'intendant, en date du jour d'hier, a demandé acte à l'assemblée de la présentation qu'il faisait à ce moment sur le bureau d'une ordonnance du Roi, en date du dix-neuf de ce mois...

Ici se trouve une analyse de l'ordonnance que nous trouverons plus loin.

Requérant que lecture en soit présentement faite, l'assemblée séante, et que de suite elle soit registrée sur le registre de cet hôtel de ville pour être exécutée selon sa forme et teneur et déposée aux archives dudit hôtel de ville pour y avoir recours si besoin est... *Signé :* Lechevallier (1).

A cet instant, M. de la Croix-Saint-Michel, maire, a aussi demandé acte à l'assemblée de la présentation qu'il faisait d'une lettre qui a été adressée au corps municipal par M. le comte de la Touche, chancelier de S. A. S. Mgr le duc d'Orléans, premier prince du sang, en date du vingt-trois de ce mois, portant que, d'après une ordonnance du Roi, l'intention de Mgr le duc d'Orléans était qu'on suspende l'exécution du résultat du conseil de S. A. S., concernant l'élection des officiers municipaux de cette ville, requérant qu'il en soit aussi donné lecture à l'assemblée pour ensuite être registrée sur le présent registre et déposée aux archives de cet hôtel de ville pour y avoir recours en cas de besoin ce qu'il a signé lecture faite. *Signé :* LA CROIX SAINT-MICHEL.

Sur quoi délibérant, l'assemblée, d'une voix unanime, a accordé acte à M. Lechevallier de la représentation de l'ordonnance du Roi ci-dessus énoncée ainsi qu'à M. de la Croix, maire, de la représentation de la lettre de M. le comte de la Touche, en date du 23 de ce mois, aussi devant mentionnée, et de la lecture qui a été présentement faite de lad. Ordonnance du Roi et de la lad. lettre par le secrétaire-greffier ; au surplus, arrêté qu'elles seront registrées sur les registres de cet hôtel de ville à la suite de la présente et ensuite déposées aux archives dud. hôtel de ville pour y avoir recours en cas de besoin, et en outre, du même avis que dessus, il a été aussi arrêté que l'ordonance du Roi, dud. jour dix neuf de ce mois, sera imprimée et affichée partout où il appar-

---

(1) En même temps que l'intendant était informé de la décision du Roi, Thouret recevait une lettre dont la minute est aux *Archives nationales* (Ba 76-177). Le ministre (Necker probablement) lui écrivait : « Je vous rends grâce, Monsieur, de l'avis que vous me donnez par votre lettre du 16. J'y ai pourvu sur-le-champ et M. de Villedeuil va adresser à M. l'intendant une ordonnance qui sursoira à toute nouvelle élection d'officiers municipaux à Honfleur et qui fera défense aux officiers du bailliage, conformément aux édits de 1706 et de 1771, de s'immiscer dans les élections... des officiers municipaux » qui seront chargés de l'exécution du règlement du 24 janvier pour la convocation aux États généraux. « Je vous observe que ces officiers municipaux ne sont pas en titre. La ville de Honfleur a racheté les offices en vertu d'un arrêt du 18 juillet 1776 : elle est admise à faire ses élections conformément à l'édit de 1771, jusqu'à ce qu'il lui ait été donné un règlement particulier pour son administration ».

L'intervention de Thouret dans cette affaire ne doit pas nous étonner. Son influence va se faire sentir également dans la rédaction des doléances de la ville.

tiendra et qu'une expédition de la présente sera incessamment délivrée à M. Lechevallier.

L'assemblée, du même avis unanime, a en outre arrêté que M. Victorin Rigoult, négociant et ancien échevin de cette ville, sera prié de se rendre incessamment à Paris auprès du conseil de S. A. S. aux fins de lui mettre sous les yeux que le mode adopté par les officiers du bailliage de cette ville pour le renouvellement des officiers municipaux est absolument contraire aux dispositions de l'édit de novembre 1771 et de l'arrêt du Conseil du 18 juillet 1776 et même contradictoire avec les intentions du conseil du prince manifestées dans son résultat du 30 août dernier et dans la lettre de M. le comte de la Touche, chancelier de S. A. S. adressée aux officiers municipaux le onze de ce mois, et aux fins de se pourvoir au conseil du Roi contre la sentence dud. bailliage du 14 de ce dit mois et contre ce qui s'est fait en conséquence ; parce que led. sieur Rigoult, sur son mémoire, sera remboursé des frais de voyage et autres qui seront alloués dans les comptes du receveur de cette ville. Ce qui a été signé par l'assemblée après lecture.

Signé : Dalbiac, prieur de Saint-Nicolas ; Chauffer de Barneville, écuyer ; Cuvelier, père ; L. Morin ; Lechevallier ; N. Lion, ancien échevin ; La Coudrais, l'aîné, négociant ; Nivelet ; Lecesne ; J. Daufresne ; B. Barbet ; Lecarpentier, avocat ; A. Le Bouteiller ; Bruneaux, négociant ; Hamelin des Essarts ; Louvet, ancien conseiller de la ville ; Vaquet, avocat ; Joseph Barbel ; Taveau, aide-major ; Morin ; Barbe ; Neveu ; Lelièvre ; Harou ; Giffard ; Cottin ; B. Drieu ; Guillaume Goubard ; Vauvarin ; Sénéchal ; Vallée, directeur des postes ; C. Bidaux ; Le Duc ; L. Brasnu ; Nivelet, fils ; Derubé ; Lelièvre ; L. Bellois ; Dumesnil ; Legras ; V. Rigoult, ancien échevin et député de la ville ; Pierre Prentout, capitaine de navire ; La Croix Saint-Michel, maire ; G. Guillebert, échevin ; Goubard, échevin ; Liétout-Deslandes, échevin ; Picquefeu de Bermon, échevin ; Pottier, secrétaire ; (9 signatures illisibles).

De laquelle ordonnance suit la teneur.

De par le Roi,

Sa Majesté étant informée que les officiers du bailliage de Honfleur se proposent de convoquer et de présider l'assemblée générale des habitants de cette ville, considérant que, d'après les règlements et notamment les Édits de décembre 1706 (1) et novembre 1771 (2) cette convocation et cette présidence appartiennent aux officiers municipaux exclusivement à tous autres, Sa Majesté a ordonné et ordonne que lesdits Édits seront exécutés selon leur forme et teneur; fait expresse inhibition et défense aux officiers du bailliage de Honfleur de convoquer, ni présider aucune assemblée générale des habitants de ladite ville ni de troubler en aucune manière les officiers municipaux dans lesdites convocation et présidence, ordonne pareillement que les articles 16, 17 et 18 (3) du règlement donné le 24 janvier dernier pour la convocation des états généraux

(1) Voir ci-dessus p. 14, note 3.

(2) Voir ci-dessus p. 14, note 1.

(3) Voir Armand BRETTE, ouvrage cité, p. 74. Les articles 16, 17 et 18 sont relatifs à la comparution des ecclésiastiques à l'assemblée générale du bailliage (à Rouen). Nous ne voyons pas quel rapport il y a entre l'objet de ces articles et la décision du Roi. N'est-ce pas plutôt aux articles 26, 27 et 28 du règlement que l'ordonnance devrait renvoyer ?

seront exécutés selon leur forme et teneur et qu'en conséquence les officiers municipaux de la ville de Honfleur convoqueront incessamment et présideront les assemblées prescrites par ledit règlement, sauf par eux à convoquer et à présider aussi, comme il appartiendra, les assemblées qu'il pourra y avoir lieu de tenir pour de nouvelles élections municipales s'il y échet. Mande et enjoint au sieur intendant et commissaire départi en la généralité de Rouen de maintenir l'exécution de la présente ordonnance qui sera inscrite sur les registres de l'hôtel de ville de Honfleur et qui pourra être imprimée et affichée si besoin est. Fait à Versailles, le 19 février 1789. *Signé :* Louis, et plus bas, Laurent de Villedeuil.

Suit la teneur de ladite lettre [du comte de la Touche].

Palais-Royal, le 23 février 1789.

Je vous préviens, Messieurs, que d'après une ordonnance du Roi, que M. de Villedeuil m'a fait l'honneur de me communiquer, l'intention de Monseigneur le duc d'Orléans est qu'on suspende l'exécution du résultat du conseil de S. A. S. concernant l'élection des officiers municipaux de votre ville. Je viens en conséquence d'écrire à M. le lieutenant général et à M. le procureur du Roi du bailliage de notre ville.

Je suis très parfaitement... *Signé :* le Comte de la Touche (1).

VII. — Différents habitants prennent connaissance de l'ordonnance royale et de la lettre du comte de la Touche et adhèrent a la délibération du 28 février.

Le 2 mars, à l'hôtel de ville, à l'assemblée du bureau.

se sont volontairement présentés différents habitants des trois ordres de cette ville, lesquels ont dit n'avoir pu assister à la délibération qui a été tenue en cet hôtel, le vingt-huit du mois dernier, soit pour cause d'absence, d'occupations, ou autre légitime empêchement, et qu'en qualité de citoyens ils désirent prendre communication de cette délibération qu'ils ont appris être très intéressante pour la communauté ; en conséquence de leur réquisition, lecture leur ayant été faite, à l'instant, par le greffier ainsi que des pièces jointes, ils

(1) *Registre des Délibérations.* — L'original de l'ordonnance du Roi et de la lettre du comte de la Touche se trouve aux *Archives* de Honfleur, A A. Après l'ordonnance du Roi, la lettre du comte de la Touche ne se comprendrait guère si l'on ne remarquait le désir du conseil du prince de faire croire que son autorité sur la ville n'est pas diminuée. Les conseillers du duc d'Orléans espèrent bien prendrent un jour leur revanche.

D'ailleurs, le prince avait cédé, contraint ; il gardait du ressentiment contre les officiers municipaux. C'est ce que montre la lettre suivante, adressée à Necker : « Les officiers municipaux, bourgeois et habitants de la ville de Honfleur, sont informés par leur député en notre ville que S. A. S. Mgr le duc d'Orléans a vu de mauvais œil la démarche de la municipalité, laquelle leur a procuré l'ordonnance de S. M., datée du 13 février dernier, contre la prétention des officiers de leur bailliage, relative à leurs droits, de présider aux assemblées de la ville, de convoquer et de présider dans celles qu'il pourra y avoir lieu de tenir pour les nouvelles élections municipales... ». *Archives nationales*, Bᵃ 76-177, pièce n° 19.

ont unanimement déclaré approuver ladite délibération et y donner leur adhésion ; pourquoi ils ont signé avec nous et notre greffier après lecture.

Signé : Dubosq, prêtre ; Berthelot, prêtre ; Langlois, ancien notable ; Poterat de Saint-Sever, chevalier de Saint-Louis, lieutenant-colonel d'infanterie ; Lemercier-Duveneur, écuyer ; Lemonnier ; Delacroix, ancien capitaine d'infanterie ; (ici une signature illisible), juge au grenier à sel et bailli de Grestain ; Le Bourguoys, adjoint procureur fiscal ès hautes justices de Hennequeville et Grestain ; Lechevallier, doyen des chirurgiens ; Flahaut, prévôt de la communauté des chirurgiens ; Baillet, l'aîné ; Pierre Lelièvre, ancien capitaine de navire ; Rebut, apothicaire ; Frontin, Billet, Marais, Brasnu, Pierre Allix ; Vaquet fils, entrepreneur ; Dubourg ; Hébert ; Antoine Héroult, négociant ; Guillaume-Nicolas Vachon ; Maillot ; Lequesne ; Hurel ; Delabarre ; J. Petel ; Malandin ; Pierre Restout ; Pellecat ; Jacques Lahure ; capitaine de navire ; Lambert, géomètre ; La Croix Saint-Michel ; Goubard ; Picquefeu de Bermon ; Liétout-Deslondes ; Pottier, secrétaire.

II

ASSEMBLÉES DES CORPORATIONS ET DU TIERS ÉTAT DE LA VILLE

I. — Notifications faites a la municipalité. — Celle-ci prend une importante décision, relativement a la représentation des corps de judicature.

Une ordonnance, dans la forme prescrite, fut rendue, le 14 mars, par Gentien Guillebert, « tenant le siège pour l'absence du lieutenant civil » du bailliage, pour la publication de la lettre du roi et du réglement du 24 janvier ; elle prescrivait la réunion, dans les huit jours au plus tard, du tiers état de la ville et des paroisses : enfin, elle fixait au 2 avril l'assemblée du tiers état du bailliage.

Le 22 mars, après avoir reçu notification de ces pièces par l'huissier Boissel, les officiers municipaux de Honfleur décident (1) :

1º Que ces documents seront publiés et affichés en ville, le 23 mars.

2º Qu'en exécution de l'article 26 dudit réglement il sera par nous écrit aux syndics des différentes corporations d'arts et métiers de cette ville aux fins par eux de convoquer incessamment, chacun en droit soi, les membres composant leur corporation pour choisir, élire et nommer un député à raison de cent individus et au-dessous (2). Lesdits syndics seront en outre avertis de faire trouver le député élu par leur communauté avec le procès-verbal de son élection, en l'assemblée qui sera tenue en cet hôtel de ville, le vendredi vingt-sept de ce mois, deux heures après midi, aux fins de rédiger les plaintes et doléances du tiers état de cette ville et de nommer en outre huit députés aux termes de l'article 28 du même réglement pour porter lesdites plaintes et doléances en l'assemblée qui sera tenue devant M. le lieutenant général du bailliage de cette ville, le deux du prochain mois, en conséquence de l'article 38 du même réglement et de l'ordonnance du dit sieur lieutenant général en date du quatorze de ce mois. Et vu qu'en cette ville les différents corps de magistrature, avocats, médecins, chirurgiens, notaires, négociants,

(1) Un exemplaire imprimé et un autre manuscrit de l'ordonnance du bailliage et le texte authentique de l'exploit de l'huissier se trouvent aux *Archives communales de Honfleur* (A. A.). L'ordonnance ci-dessous du corps municipal est transcrite, à sa date, sur le *Registre des Délibérations*.

(2) Les corporations ne sont, comme on le voit, invitées à s'assembler que pour élire chacune son député. La municipalité, en les convoquant, ajoute : « Nous croyons devoir, en même temps, vous inviter à apporter la plus grande attention dans le choix de votre député, parce que, de ce choix, dépendra celui des députés qui seront... nommés pour coopérer aux vues bienfaisantes de S. M. ». *Archives de Honfleur*, A. A.

armateurs et autres personnes exerçant des arts libéraux sont composés d'un trop petit nombre de personnes pour former des députations particulières (1), nous avons ordonné qu'ils seront invités, dans la personne du chef ou du doyen de chacun de ces corps et au son de la cloche, en la manière accoutumée, de se trouver en l'assemblée qui sera tenue en cet hôtel de ville le jeudi vingt-six de ce mois, deux heures après midi, avec tous les autres habitants de cette ville qui ne tiennent à aucunes corporations pour, aux termes de l'article 27 du réglement de Sa Majesté, nommer deux députés pour cent individus et au-dessous présents à ladite assemblée, quatre au-dessus de cent, six au-dessus de deux cents et toujours en augmentant ainsi dans la même proportion ; pour lesdits députés qui seront élus se trouver le lendemain vendredi deux heures après-midi en l'assemblée qui sera tenue en cet hôtel de ville pour les mêmes fins exprimées ci-dessus ; ce qui sera exécuté nonobstant opposition ou appel ;

Ordonne en outre que la signification ci-dessus énoncée et les pièces y jointes demeureront déposées aux archives de cedit hôtel de ville pour y avoir recours au besoin, et que notre présente ordonnance sera pareillement lue, publiée et affichée aux places et lieux accoutumés par le premier huissier ou sergent sur ce requis ; à l'effet de quoi il lui sera délivré un mandement séparé aux fins de l'exécution de la présente.

Signé : La Croix Saint-Michel, Liétout-Deslondes, Picquefeu de Bermon, Goubard, Pottier, secrétaire (2).

2° État des corporations :

Etat des corporations de la ville d'Honfleur, dressé par le greffier du bailliage d'Honfleur, soussigné, pour être remis au sieur Lelièvre, contrôleur des droits patrimoniaux de lad. ville, au désir de l'ordonnance de M. Guillebert, conseiller audit bailliage, de ce jour 22 mars.

Le clergé ;
La noblesse ;
Le bailliage ;
L'amirauté ;
Le grenier à sel ;
Les dépôts des sels ;

---

(1) L'article 26 du règlement du 24 janvier porte (4° parag.) : « **En cas de difficultés sur l'exécution du présent article, les officiers municipaux en décideront provisoirement et leur décision sera exécutée, nonobstant opposition ou appel** ». Est-ce bien une difficulté que résolvaient les officiers municipaux de Honfleur ? Il faut plutôt voir dans cette décision une conséquence de la victoire qu'ils viennent de remporter sur les officiers du bailliage, un moyen de diminuer le rôle des corps de judicature qui eût été prépondérant dans l'assemblée du tiers état de la ville, au détriment du corps municipal et des députés des corporations. Dans un mémoire des officiers municipaux de Honfleur au garde des sceaux, sollicitant son approbation pour leur conduite, il est exprimé que si les différents corps de judicature eussent reçu deux députés pour chacun de ces corps formant ensemble 29 individus, « il en serait résulté 16 députés contre 19 qui représentent la totalité des corporations et négociants armateurs, en un mot la totalité de la commune... ». *Archives nationales*, Bᵃ 76-177 (pièce 15).

(2) *Registre des Délibérations.*

Le collège des avocats ;

Les arts libéraux tels que les médecins, chirurgiens, apothicaires ;

Les commensaux bourgeois vivant noblement et autres personnes attachées à aucune corporation :

Les négociants armateurs et commerçants ;

Les perruquiers ;

Tous corps dont les syndics sont inconnus aud. greffier ;

Les merciers, drapiers, *le sieur Gaillard, premier syndic ;*

Les tailleurs d'habits, *le sieur Cécire, rue des Lingots, un des syndics ;*

Les épiciers, *le sieur Barbel, carrefour Saint-Léonard, leur syndic ;*

Les boulangers, *le sieur Leclerc, leur syndic ;*

Les tonneliers et menuisiers, *le sieur Besse, un de leurs syndics ;*

Les cordonniers, *le sieur Gallois, leur syndic ;*

Les traiteurs et aubergistes, *le sieur Brout, leur syndic ;*

Les maréchaux et serruriers, *le sieur Passerel, leur syndic ;*

Les bouchers et charcutiers, *Jacques Chardey, leur syndic ;*

Les tapissiers fripiers, *le nommé Perdriel, leur syndic ;*

Les cafetiers, *le nommé Adam, leur syndic ;*

Les maçons, *le nommé Vannier, leur syndic ;*

Les chaudronniers, *le nommé Lecoursonnois, leur syndic ;*

Les charpentiers de maisons, *le nommé Lecesne, leur syndic, la bucaille ;*

Les charrons, *le nommé Fernaud, leur syndic ;*

Les chapeliers, *le sieur Cazière, leur syndic ;*

Les horlogers, orfèvres, *point de syndic connu ;*

Les couteliers, *point de syndic connu ;*

Les tanneurs, *point de syndic connu ;*

Les laboureurs et artisans des écarts et. banlieue, *point de syndic ni autre représentant connu.*

Le présent arrêté pour autant que ledit greffier est à sa connaissance et qu'il y a de communautés et arts et métiers de portés sur les registres de police de ladite ville de résultance de l'édit d'avril 1779. A Honfleur, le **22 mars 1789.**
Signé : Le Cerf.

3° LISTE DES CAPITAINES AU LONG COURS ET AU CABOTAGE ET DES PILOTES.

Noms des cap^nes au long cours, cabotage et lamaneurs, à qui M. Letestu a envoyé une lettre de convocation. Savoir : Jacques Deglois ; J^n Marin Leroy ; P^re Cecirre ; Louis Tremois ; Robert Lepaon ; Paul Lomosne ; P. P. Lelièvre ; F^s Durand ; J^n Mahon ; Brasnu, l'aîné ; P^re Daufresne ; J^n Lahure ; P^re Boissellier ; N^as Louvet ; P^re Prentout ; F^s Groult ; P^re Lecesne ; L^s P^re Lefebvre ; J^n Duval ; Jean-Jacques Gillet ; P^re Gilles Doisnel ; L. Léonard Harang ; Herblin ; Ch. Hue ; Giffard ; J^n J^ques Rémi Bodoin ; L^s Aug^n Saunier ; André Mazire ; Ch^les Degarceaux ; J. B^te Beaudoin ; P^re Bénard ; P^re Aug^n Brasnu ; J^n Thaurin Hébert ; J^n Durand ; Silvestre Boursier ; Constant Vannier ; J^n F^s Delafosse ; L^s Delauney ; Malley, père ; Ecorcheville ; Charles L^s Lelièvre ; Barabé, l'aîné ; Lomosne ; Collard ; Martin ; Voizard ; Amiot ; Marais ; Bertrand ; Ridel ; Néel ; Dunepveu ; Dieu ; Liard ; Thiron ; Duval ; Triquilly ; Dupont ; Dumesnil ; Prime ; Allerre ; F^s Tournelle ; Farin, cap^ne du passager ; Michault, id. ; Bénoist, ancien cap^ne du passager ; Lorel, id. ; Fortin ; Legrix ; Boissée ; Victor Grenguet ; P. C. Morin ; Inger ; Vasseur ; Canu ; Goubard, fils ; Bunel ; Audoüard ; Letorey ; Beaulieu ; Baston ; Victor Gervais ; Pre Fs Mayot ; Ls Ursule Bénetot ; Nicolas Berrurier ; Ls Jn Bte Nonché ; Ls François Fortin ; Jn Bte Victor Voizard ; Neveu ; Morin et Letestu, (ces 5 derniers), seconds de navires. (En tout) : 89 capnes au longs cours.

Capnes au grand et petit cabotage, savoir : Jques Postel ; Pre Plichon ; Pierre Leroy ; Fs Liard ; Pre Legrix ; Et. Moullins ; Pre Et. Moullins ; Régnée, père ; Régnée, fils ; Pre André Piquet ; Leprevost ; Fs Dutertre ; Ches Asselin ; Hébert, neveu (14).

Pilotes lamaneurs et anciens : Grégoire Prime ; Pignoc ; Jques Ango ; Jn Che Pertuits ; Lecocq ; Jn Bte Greg. Ango (6).

Récapitulation :   89 capnes du long cours ;

                 14 capnes du cabotage ;

                 6 anciens pilotes ;

             109 personnes dans le corps de marins de présence à Honfleur.

4° CONVOCATION DES CORPS, COMMUNAUTÉS ET DE TOUTES PERSONNES DU TIERS ÉTAT QUI NE TIENNENT A AUCUNE CORPORATION.

Le 23 mars, les officiers municipaux convoquent les « différents corps de judicature et de personnes exerçant les arts libéraux » qui ne sont, en cette ville, composés d'un assez grand nombre de membres pour former des députations particulières » (1).

Ces différents corps se réuniront à l'hôtel de ville, le 26 mars, à deux heures, pour l'exécution de l'article 27 du règlement du 24 janvier.

Les officiers municipaux écrivent le même jour aux syndics des communautés d'arts et métiers.

5° ASSEMBLÉE DES CORPS DE JUDICATURE ET DES PERSONNES EXERÇANT DES ARTS LIBÉRAUX.

Aujourd'hui, jeudi, deux heures après midi, vingt six mars mil sept cent

---

(1) Voici la liste de ces corps, avertis par lettre :
Les officiers du bailliage, dans la personne de Quillet, lieutenant ;
      —   de l'amirauté, dans la personne de Lemonnier, lieutenant ;
      —   au grenier à sel, dans la personne de Henry, président ;
      —   au dépôt des sels, dans la personne de Vaquet. juge en chef ;
Le collège des avocats, dans la personne de Lion, l'aîné, doyen ;
Les médecins dans la personne de Hurel, doyen ;
Les chirurgiens, dans la personne de Beaudequin, lieutenant du 1er chirurgien du roi ;
Le notaire, dans la personne de Mallet (seul membre) ;
Les commensaux, dans la personne de Blosseville ;
Les négociants, armateurs. commerçants, dans la personne de Bruneaux ;
Les bourgeois vivant noblement, dans la personne de Quillet Capet, ancien échevin ;
Les capitaines de navires, dans la personne de Testu, capitaine (ou Letestu).
Archives de Honfleur. A. A.

quatre vingt-neuf. En l'assemblée convoquée tant par des avertissements particuliers qu'au son de la cloche en la manière accoutumée et tenue en l'hôtel commun de la ville de Honfleur. Devant nous, Michel de la Croix Saint-Michel, maire ; Jacques-Jean Guillaume Goubard, Claude Liétout-Deslondes, Pre Gme Jean-Baptiste Picquefeu de Bermon, échevins de cette ville, assistés de François-André Pottier, secrétaire-greffier.

Sont comparus les sieurs : N. Lion ; La Coudrais ; Beaudequin ; Bruneaux ; Daufresne ; Louvet ; Lecesne-Dupuis ; Héroult ; Taveau père ; Taveau fils ; Vallée ; Giffard ; Goubard fils ; Paul Lelièvre ; Morin ; Lecarpentier ; Mallet ; Lechevallier ; Hérault ; Stonnestreet ; Lelièvre ; Flahaut ; Lion Dumontry ; Cuvellier père ; Hamelin des Essarts ; Baston ; Guichard ; J. Bte Voizard ; Normand ; Pre Letestu ; Triquilly ; Liard ; Morlet ; Desgarceaux ; Doisnel ; Marais ; Thiron ; Pre Thiron ; Le Boursier ; Boussy ; Daufresne, capne ; Lahure ; Brasnu l'aîné ; Thaurin ; Hébert père ; Letorey ; Bunel ; Prentout ; Deglois ; Voizard, capne ; Néel ; Mabon ; Harang ; Grenguet ; Jullienne ; Lejeune ; Dunepveu ; Neveu ; Le Bedel ; Jean-Étienne Hébert ; Dupont ; Lethiou ; Vannier ; Morel Beaulieu fils ; Louis Frans Lomosme ; Gme Lomone ; Tournelle ; Ecorcheville ; Dumesnil ; Dieu ; Halley père ; Maharu ; Louis, pre Brasnu ; Boissée ; Bertrand, Ridel ; Cann ; Lafosse ; Gillet ; Bougourd ; Lefèvre ; Restout ; Bénoist ; Dérubé ; Boisselier, Lambert ; Luce ; Beaudrouet ; Helliot ; Cottin ; Pilastre ; Héroult ; Prime ; Piquet ; Pignot ; J. Durand ; Plichon ; Mazire ; Pierre Durand ; Moulin ; Audouard ; Satie ; Isaac Vannier, capne ; L. Martin ; Amiot ; Régnée, capitaine ; Gervais ; Berrurier ; J. Marin ; Le Roy ; Cœffin ; Pre Lefèvre, tanneur ; Legrix (1).

Tous nés Français, âgés de plus de vingt-cinq ans, domiciliés en cette ville de Honfleur et ne tenant à aucune des corporations averties d'élire particulièrement leurs députés... nous ont déclaré être dans l'intention de procéder à la nomination des députés dans la proportion déterminée par ledit réglement, à quoi ayant procédé et, après avoir trouvé que le nombre des habitants qui composent la présente assemblée est de cent douze, et avoir mûrement délibéré sur le choix de quatre députés qui doivent être nommés eu égard à ladite proportion, et les voix ayant été par nous recueillies en la manière accoutumée, la pluralité des suffrages s'est réunie en faveur des sieurs Pierre Jacob Letestu, capitaine et armateur ; Nicolas Louis Ene Coudre La Coudrais l'aîné, négociant ; Pierre Paul Lelièvre, ancien capne de navire, et Olivier Bruneaux, négt qui ont accepté ladite commission et promis s'en acquitter fidèlement.

6° ASSEMBLÉE DES OFFICIERS MUNICIPAUX ET ENREGISTREMENT DE LA LETTRE DU GARDE DES SCEAUX APPROUVANT LA DÉCISION DE LA MUNICIPALITÉ RELATIVE A LA REPRÉSENTATION DES CORPS DE JUDICATURE.

Bien que, par sa date, la délibération suivante et la lettre qu'elle cite soient postérieures à l'assemblée du tiers état du bailliage. nous croyons

(1) Les officiers de judicature font défaut sans que mention en soit faite au procès-verbal. Ils ont protesté en effet contre la décision de la municipalité (voir ci-dessous) auprès du garde des sceaux.

devoir les insérer à cette place puisqu'elles visent la réclamation des corps de judicature.

La délibération, du 8 avril, rappelle d'abord la réunion des différents corps de magistrature, avocats, médecins, chirurgiens, notaire, négociants, armateurs et autres personnes exerçant des arts libéraux en une seule assemblée pour nommer leurs députés à celle du tiers état de la ville.

Le procès-verbal continue ainsi :

Les différents corps de magistrature ayant prétendu qu'ils devaient nommer leurs députés chacun séparément dans leurs corps, ils ne jugèrent pas à propos de déférer à cette invitation ; au contraire ils ont adressé à M. de Barentin, garde des sceaux, leurs représentations à cet égard (1) ; mais le corps municipal ayant été informé de cette démarche, a cru devoir de son côté faire à ce ministre ses très respectueuses observations (2) et il a eu la satisfaction de voir que sa conduite a été approuvée par S. M., ainsi qu'il résulte de la lettre dont il a été honoré par Mgr le garde des sceaux, le quatre de ce mois, laquelle lettre a été présentement mise sur le bureau.

Sur quoi délibérant, lecture faite de ladite lettre par le secrétaire greffier, lesdits officiers municipaux ont arrêté qu'elle sera registrée sur les registres à la suite de la présente et ensuite déposée aux archives de cet hôtel pour valoir ce qu'il appartiendra et y avoir recours en cas de besoin, Ce qui a été signé après lecture. (Suivent les signatures des officiers municipaux et du secrétaire-greffier).

Voici le texte de la lettre du garde des sceaux :

Versailles, le 4 Avril 1789.

Messieurs, j'ai mis sous les yeux du Roi, le mémoire que vous m'avez adressé, ainsi que celui des corporations que vous avez cru ne pas devoir convoquer séparément. L'intention de sa majesté est que tous ses sujets concourent autant qu'il est possible, à la nomination des députés aux Etats généraux et que chacun puisse ainsi concourir au succès d'une opération à laquelle elle attache un si grand intérêt. Elle a donc vu avec peine que les corporations qui réclament contre votre arrêté n'aient point eu de députés à l'assemblée de la commune. Cependant, les motifs qui vous ont déterminés ont reçu son approbation et, si son intention est de préférer les députations nombreuses à celles qui pourraient paraître insuffisantes, il n'en serait pas moins contraire aux principes de la convocation que des corporations de deux, trois à quatre membres, nommassent deux députés. Dans ce cas, Sa Majesté décide que l'on doit réunir plusieurs députations.

(1) Le texte de ce document est aux *Archives nationales* (B³ 76-177, pièce nº 14). Il y a 14 signatures, mais, en réalité, les membres de ces corps sont de 27 à 29. Les officiers du bailliage, de l'amirauté, du grenier à sel et les avocats réclament contre l' « injure » qu'ils viennent de recevoir des officiers municipaux de cette ville et « qui les affecte d'autant plus sensiblement qu'elle fixe sur eux, d'une manière offensante, les regards de leurs concitoyens ». (Les mots soulignés le sont à l'original).

(2) Nous avons cité ci-dessus, p. 26, note 1, un extrait des mémoires des officiers municipaux au garde des sceaux.

Je viens d'écrire à ce sujet au lieutenant général du bailliage de Honfleur pour lui faire part de la décision qui confirme votre arrêté. Je ne puis que vous inviter à apporter dans cette circonstance toute la modération et la circonspection propres à entretenir la concorde et l'harmonie si essentielles à la chose publique.

Je suis, messieurs, votre affectionné à vous servir. *Signé :* Barentin (1).

7° ASSEMBLÉES DES CORPORATIONS QUI DOIVENT ÉLIRE CHACUNE LEUR DÉPUTÉ.

La communauté des marchands, merciers, quincailliers et drapiers, réunis au nombre de vingt-neuf, au bureau ordinaire de ladite communauté, sis rue de l'Homme-de-Bois, pour nommer un député à l'assemblée du tiers état de la ville et rédiger son cahier de doléances, choisit Gentien Nivelet (*17 l. 14 s. 10 d.*), demeurant rue des Logettes, pour député.

L'assemblée des marchands épiciers, confiseurs, ciriers, chandeliers de la ville et faubourgs, comprenant vingt-deux membres, «. tenue dans la maison du sieur Jean-Baptiste-Pierre Barbel, premier syndic de ladite communauté, demeurant rue Bourdet », nomme comme député Pierre Harout, ou Harou (*24 l. 12 s. 3 d.*), demeurant rue des Logettes.

Les tailleurs et fripiers de la ville de Honfleur, réunis dans la maison de Jacques Delacroix, au nombre de vingt-huit, choisissent Robert Leduc (*6 l. 17 d. 4 s.*), demeurant rue Royale.

Les boulangers réunis, dans la chambre de ladite communauté, sise rue Bordel, au nombre de vingt-huit, élisent Jean-Baptiste Guillebert (*6 l. 17 s. 4 d.*), « un des maîtres de ladite communauté, demeurant en cette dite ville de Honfleur, rue Haute, paroisse Sainte-Catherine ».

Les maîtres menuisiers, tonneliers, tourneurs, ébénistes, etc, (2), assemblés dans la « chambre » du sieur Chardey, syndic, élisent Jean-Louis Letorey, O. M., en 1790 (*15 l. 9 s.*), demeurant rue de l'Homme-de-Bois.

Les cordonniers réunis dans la maison du sieur Pierre Gallois, au nombre de vingt-et-un, choisissent Jean Delabarre (plutôt Delamare *5 l. 17 s. 5 d.*, demeurant rue du Puits).

Les traiteurs et aubergistes, réunis dans la maison du sieur Mathieu Vauvarin, au nombre de neuf, font choix de Charles Brout (*21 l. 15 s.*, avec ses domestiques), demeurant rue Haute.

Les maîtres serruriers, taillandiers, maréchaux-ferrants et grossiers, ferblantiers, cloutiers, assemblés dans la maison du sieur Passerel, syndic,

(1) *Registre des Délibérations.* — Le document authentique est aux *Archives de Honfleur,* A. A.

Par une lettre que nous aurons l'occasion de citer à propos de l'assemblée du tiers état du bailliage, on verra que celle du garde des sceaux causa une cruelle déception aux officiers de judicature et surtout au lieutenant du bailliage. Quillet de Fourneville paraissait s'être flatté de faire annuler la décision de la municipalité.

(2) *Le nombre des présents n'est pas indiqué.*

nomment François Dubourg, « l'un des maîtres serruriers de ladite communauté » (*12 l. 3 s. 4 d.* avec son compagnon), demeurant dans l'Enclos.

Les maîtres bouchers, charcutiers et agrégés, réunis dans « l'une des chambres du sieur Marie, aubergiste, rue Royale », au nombre de onze, désignent Pierre Chardey, fils (*9 l. 3 s. 2 d.*), demeurant rue de la Ville, paroisse Notre-Dame.

Les cafetiers et limonadiers, dans leur assemblée tenue chez le sieur Brout, au nombre de huit, nomment le sieur Charles Brout (1).

Les maîtres chaudronniers réunis dans la chambre de ladite communauté, sise rue des Logettes, au nombre de sept, élisent Pierre Lecoursonnois (*3 l. 8 s. 8 d.*) demeurant rue des Logettes.

Les maîtres charrons, au nombre de six, assemblés dans la chambre de ladite communauté, sise carrefour et paroisse Saint-Léonard, élisent comme député François Ferrand (*5 l. 14 s. 6 d.*), demeurant carrefour Saint-Léonard.

Les chapeliers désignent Cazière (*4 l. 11 s. 7 d.*) demeurant rue Chaussée.

Les maîtres tapissiers, fripiers, au nombre de sept, choisissent pour député de la communauté, Malandin (*9 l. 3 s. 2 d.*) demeurant rue Chaussée.

Vincent Cotin (*5 l. 14 s. 6 d.*) demeurant rue Foulerie, est le député des maîtres maçons et plâtriers (2).

Enfin, « les maîtres barbiers, perruquiers, baigneurs, étuvistes et locataires réunis devant Hippolyte Samson-Louvet, lieutenant de M. le premier chirurgien du Roi et où étaient assemblés les sieurs Charles-François Hobé, prévôt syndic ; Beaudrouet, garde ; André-Jean Lebaron ; Laurent Saunier ; Jean-Joseph Letellier ; Philippe-François Loiseau ; Gabriel Beuron ; Jean-Baptiste-Laurent Lepetit ; Louis-Joseph Cousin ; Louis-Adrien Lauvillier ; Jacques-Michel Duclos ; Jean-Baptiste Bourdel ; Georges-Antoine Lefevbre ; Jacques-Gabriel Hobé, tous maîtres, et les sieurs François Bénet, Nicolas Ravend, Evroult, Anselme Sergent, locataires », nomment pour député Hippolyte-Samson Louvet (*4 l. 11 s. 7 d.*), demeurant rue Saint-Léonard (3).

8º ASSEMBLÉE GÉNÉRALE DU TIERS ÉTAT DE LA VILLE.

Elle se réunit le vendredi 27 mars, à deux heures, devant le maire et les échevins, assistés du greffier Pottier.

_____

(1) Il représente à la fois les aubergistes et les cafetiers.
(2) Le nombre des présents n'est pas donné.
(3) Les charpentiers de maisons ne se réunirent pas ; les horlogers, orfèvres, les couteliers, les laboureurs et artisans des écarts et banlieue ne furent pas convoqués, leur syndic n'étant pas connu du greffier.

Le procès-verbal est transcrit à sa date sur le registre des délibérations de l'hôtel de ville.

Comparants : les représentants élus des diverses corporations, dont les noms ont été précédemment cités, à l'exception de Ch. Brout (aubergiste), et Lecoursonnois (chaudronnier), remplacés par Mathieu Vauvarin et Pierre Ledieu, sans que nous sachions dans quelle forme s'est fait le remplacement. Les charpentiers de maisons n'ont pas de député, « par la raison, dit le procès-verbal de l'assemblée, qu'ils sont en trop petit nombre de membres pour avoir un représentant, ainsi qu'il nous l'a été attesté unanimement par les comparants ».

« Après avoir vaqué tous ensemble, conjointement avec nous, pendant cinq heures ». dit encore le procès-verbal, les comparants présentent le cahier de doléances de la ville.

Les députés élus sont :

Michel de la Croix Saint-Michel, maire ;

Picquefeu de Bermon, échevin, député, en 1787, à l'assemblée provinciale du département de Pont-l'Évêque, tous deux nommés « d'une voix unanime » ; puis à la majorité :

Nicolas-Louis-Guillaume Coudre-La Coudrais, l'aîné, négociant ;

Olivier Bruneaux, négociant ;

Victorin Rigoult, négociant, ancien échevin ;

Jacques Lecarpentier ;

Nicolas Lion de Saint-Thibault, négociant, député, en 1787, à l'assemblée provinciale de Pont-l'Évêque et receveur de l'hôpital ;

Guillaume-Noël Mallet (1) ;

Victorin Rigoult étant absent ne pourra se joindre aux autres députés ; Guillaume-Noël Mallet déclare « ne pouvoir accepter cette députation, attendu son état de seul notaire en cette ville, qui ne lui permet aucune absence ». Ils sont remplacés, dans une nouvelle assemblée, tenue le 31 mars, par Pierre-Jacob Letestu, capitaine et armateur, et Prémord fils, négociant.

(Le registre est signé par les députés présents, le maire et les échevins).

(1) De la protestation des officiers de judicature et des avocats contre la décision de la municipalité (voir pp. 29, 30 et 31) on peut extraire les lignes suivantes sur l'élection des députés : « ...La rédaction des doléances de a cité et le choix des huit députés chargés de les porter au bailliage se sont faits par un petit nombre de citoyens, nécessairement subordonnés au corps de ville ; ce qui se prouve par la qualité des personnes élues, composées de six négociants, y compris un échevin, du sieur maire et du notaire de l'endroit, dont les mêmes six négociants se trouvent le beau-père et le gendre, le beau-frère du maire et le beau-frère d'un échevin... ». Archives nationales, Bᵃ 76-177.

CAHIER DE DOLÉANCES (1)

Cahier de pouvoirs et instructions des habitants composant le tiers état de la ville de Honfleur.

Ce jourd'hui, vendredi vingt sept mars mil sept cent quatre-vingt-neuf, l'assemblée des citoyens du tiers état de la ville de Honfleur, réunis aux termes des lettres de convocation données à Versailles, le 24 janvier dernier, pour conférer tant des remontrances, plaintes et doléances que des moyens et avis qu'elle a à proposer en l'assemblée générale des états de la nation et pour choisir, élire et nommer ses représentants.

ARTICLE PREMIER

Donne, par le présent acte, aux personnes qui seront choisies par la voie du scrutin ses pouvoirs généraux pour la représenter aux états, y proposer, remontrer, aviser et consentir tout ce qui peut concerner les besoins de l'État, la réforme des abus, l'établissement d'un ordre fixe dans toutes les parties du gouvernement, la prospérité générale du royaume et le bonheur tant commun que particulier de tous les citoyens.

ARTICLE 2

L'opinion et le désir de l'assemblée est que ses députés aux États généraux commencent par demander aux deux premiers ordres la renonciation précise à tous privilèges pécuniaires (2), parce que, ce premier point une fois consenti, toutes difficultés devront cesser pour que les délibérations soient prises aux États par les trois ordres réunis et les suffrages comptés par tête. Le vœu de l'assemblée est que cette forme soit suivie ; elle donne mandat spécial à ses députés de la proposer et requérir et les charge d'employer tous leurs efforts pour la faire adopter, comme la plus constitutionnelle et la plus avantageuse à tous égards (3).

---

(1) Cf. : ERNEST LEBÈGUE : *Thouret*, pp. 103 et suivantes.

(2) Voir ci-dessus, p. XXXVIII, le placet adressé au Roi, le 14 janvier 1789, où les officiers municipaux témoignent leur reconnaissance pour le lit de justice du 27 décembre 1788.

(3) Voir p. XXXVI le placet au Roi des officiers municipaux de Honfleur, le 2 décembre 1788.

ARTICLE 3

L'assemblée recommande à ses députés de demander que les Etats généraux s'occupent, avant tout, des moyens d'assurer les droits du monarque qui, comme chef de la nation, doit jouir de l'autorité souveraine sans partage ; mais d'assurer en même temps les droits de la nation qui, étant libre et franche sous son Roi, ne peut être assujettie qu'aux impôts qu'elle aurait elle-même consentis et doit, en matière de législation importante, être admise à éclairer le monarque, ce qui ne fait que régler et non diminuer l'usage légitime du pouvoir souverain. A cet effet il devra être statué (2) :

1° Que le retour périodique des Etats généraux, et surtout l'époque de la seconde tenue, qui suivra prochainement ceux de 1789, seront irrévocablement fixés ;

2° Que dans chacune de ces assemblées il sera traité de toutes les matières relatives à la quotité, à la nature et à la perception des subsides, à la législation, et à l'administration générale du royaume, parce qu'aucune loi essentielle, aucun emprunt et aucunes levées de deniers ne pourront avoir lieu que par le concours de l'autorité du Roi et le consentement libre de la nation ;

3° Qu'il sera pourvu efficacement à la réforme de tous les abus relatifs à l'administration de la justice tant civile que criminelle ; que la vénalité des charges sera supprimée et les juges élus par les peuples ; que la suppression des tribunaux d'exception et de tous degrés inutiles de juridiction, sera effectuée et qu'enfin, étant de la dignité du souverain de rendre la justice gratuitement à tous ses sujets, il soit demandé que toutes épices et impôts sur cette partie d'administration soient supprimés ;

4° Que, pour éviter toute confusion, il sera établi une ligne de démarcation certaine entre les objets d'administration et ceux du ressort de la juridiction (2) ;

5° Que, conformément à l'article 71 de l'ordonnance de Moulins de 1554, dans toutes les villes du royaume la juridiction de la police, qui intéresse le peuple à tant d'égards, sera attribuée aux officiers municipaux, les vrais magistrats du peuple, puisqu'ils sont par lui élus et choisis, lesquels en même temps auraient la

---

(1) Voir p. xxxvi le placet au Roi du 2 décembre 1788.

(2) Les conflits entre les juges du bailliage et la municipalité de Honfleur avaient été très nombreux au xviii° siècle et quelquefois très vifs.

connaissance des affaires consulaires dans les villes où il n'y a point de juridiction consulaire établie ;

6° Que pour diminuer le nombre des procès infiniment onéreux, surtout aux habitants des campagnes, à raison des frais immenses qu'ils occasionnent souvent pour des objets de la plus mince valeur, on s'occupera essentiellement à diminuer ce fléau du peuple en déterminant que tous les membres des municipalités, tant des villes que des campagnes, seront en même temps juges conservateurs de la paix, parce qu'aucun citoyen ne pourrait se pourvoir en justice réglée qu'après avoir épuisé tous les moyens de conciliation devant lesdits juges. L'exemple des nations voisines peut servir, à cet égard, de modèle à un établissement sage et exempt de tout inconvénient ;

7° Qu'il sera établi des états particuliers dans chaque province, qui, autant de ramifications de l'assemblée nationale, participeront à son autorité, en étendront l'influence sur toute la surface du royaume, veilleront à l'exécution de ses arrêtés et seront chargés de tous les détails de l'administration intérieure sur chaque territoire.

Lesdits députés insisteront particulièrement sur les droits de la province de Normandie au rétablissement de ses états provinciaux, qui n'ont été que suspendus et non anéantis, rétablissement que l'assemblée consent obtenir par le concours, l'aveu des prochains États généraux, ainsi que la nouvelle organisation dont ces états particuliers auront besoin, tant pour faire le bien réel de la province que pour s'assortir au régime de l'administration générale adopté par l'Assemblée nationale.

ARTICLE 4

Après que le règlement de la constitution aura été préalablement délibéré, accordé et sanctionné, les députés proposeront que tous les impôts actuels soient annulés pour être remplacés par des impôts nouveaux, ou du moins par une concession nouvelle de ceux qu'il sera trouvé bon de conserver ; lesquels impôts ne seront octroyés qu'à temps et pour la durée seulement de l'intervalle à courir jusqu'au retour des États, dont l'époque sera fixée, après laquelle ils cesseront tous de plein droit, si les États généraux n'étaient pas rassemblés pour les renouveler. Au moyen de quoi la nation ne reconnaîtra à l'avenir aucun impôt et ne sera garante d'aucun emprunt, s'ils ne sont consentis et sanctionnés par elle en assemblée d'Etats généraux, quand bien même ces impôts ou emprunts seraient enregistrés dans les cours.

ARTICLE 5

Les députés chercheront à connaître exactement l'étendue des besoins réels de l'Etat, celle de la dette publique, et régleront sur ces connaissances les sacrifices patriotiques que la dignité du trône, le maintien de la foi publique et la nécessité du service dans les divers départements pourront imposer au zèle de la nation.

L'assemblée ne prescrit à ses députés aucun plan fixe d'opérations et de délibérations sur cet objet de leur mission ; leur conduite devant être subordonnée aux connaissances qu'ils pourront acquérir lors de l'Assemblée nationale. Elle désirerait cependant que la vérification des besoins et de la dette publique fût faite par l'examen détaillé de chaque espèce de besoin et de dette, afin de connaître sur chaque objet la source des abus et d'y appliquer le remède en même temps que le secours.

Elle désirerait que les impôts à octroyer fussent distingués en deux classes, déterminées par leur dénomination ; savoir : en *subsides ordinaires* (1) affectés à l'acquit des dépenses fixes, annuelles et permanentes dans lesquelles seraient composées les rentes perpétuelles, et en *subventions extraordinaires et à temps* (2), affectées à l'extinction des dettes remboursables à époques fixes et au paiement des rentes viagères.

Elle désirerait même qu'il fût possible de libérer, dès à présent, le trésor royal de ces deux dernières espèces de charges afin que, l'Etat n'ayant plus à pourvoir qu'aux charges fixes et ordinaires, il s'établisse dans l'instant un ordre simple et indestructible.

Deux moyens se présentent pour opérer cette sauvegarde contre le renouvellement du désordre, et l'assemblée autorise ses députés à les proposer.

Le premier serait l'aliénation de tous les domaines du Roi, à l'exception des forêts, et que les deniers qui en proviendraient fussent employés à l'acquit des dettes à époques parce que, si ces deniers n'étaient pas suffisants, il y serait pourvu par un excédent. Au reste il devrait être statué que les contrats d'aliénation ne pourraient être passés que dans le lieu de la situation des biens, chez le notaire, à l'encan et sous l'inspection des états provinciaux.

(1) Cette expression est soulignée au registre.
(2) *Ibid.*

Le second serait, à l'égard des rentes viagères, qu'elles fussent prises dès à présent par les provinces à leur charge, réparties entre elles, à raison de leurs forces contributives, de manière que chacune satisferait à sa quote part, de la façon qui leur paraîtrait la plus convenable et profiterait des extinctions.

Article 6

Lesdits députés demanderont que dans le cas d'une guerre, qui surviendrait dans l'intervalle d'une tenue des états généraux à l'autre, il fût établi un ou deux sols pour livre, de la masse des impôts octroyés pour le service ordinaire, sous le nom de *crue de guerre* pour faire face tant aux intérêts d'un emprunt, à époque fixe de remboursement, qu'à un excédent annuel applicable à l'extinction de l'emprunt.

Au surplus, l'assemblée n'expose ici ses vues que comme de simples instructions que ses députés pourront communiquer aux États, pour ne s'y fixer qu'autant que des vues préférables se seraient pas présentées.

Article 7

L'assemblée juge encore à propos d'autoriser ses députés à demander :

1º Que la liberté personnelle des citoyens soit mise à l'abri de toutes atteintes abusives, surtout pour les enrôlements forcés de la milice, soit pour le service de terre, soit pour celui de mer, en statuant qu'à l'avenir les provinces seront chargées d'y pourvoir par des engagements volontaires ;

2º Que pour favoriser l'agriculture, qui est susceptible d'un grand accroissement en France et dont l'augmentation peut seule consolider la dette nationale, les domestiques et laquais des villes qui privent les campagnes d'un nombre prodigieux d'hommes propres au travail, supportent un impôt tendant à en faire diminuer le nombre ; que les chevaux qui ne servent qu'au luxe dans les villes soient taxés, parce que l'enlèvement considérable de fourrages qu'ils occasionnent prive les campagnes d'engrais nécessaires à l'agriculture ;

3º Que toutes les douanes soient transférées à l'extrémité du royaume, et qu'en général toutes les gênes qui arrêtent l'essor du commerce et la prospérité des manufactures soient abolies ;

4º Que, dans l'établissement des nouveaux impôts, il n'y en

ait aucun qui marque une différence d'ordres pour le contribution, que l'égalité proportionnelle de répartition soit ordonnée entre tous les citoyens indistinctement et exécutée par des administrations populaires ;

Tout impôt présentant le danger de l'arbitraire dans sa perception doit être particulièrement rejeté ;

5° Qu'il soit pourvu à la meilleure administration possible des forêts (1) et à l'encouragement tant des plantations le long des routes (2) et sur la pente des collines, non susceptibles de culture, que de la découverte et de l'exploitation des mines de charbon de terre ;

6° Que toutes loteries soient supprimées dans le royaume, vu qu'elles tendent à inspirer au peuple la passion dangereuse du jeu, à le distraire de ses occupations et à corrompre ses mœurs ; après avoir opéré la ruine de plusieurs familles elles ont souvent occasionné les plus grands désordres ;

7° Que les impôts de la gabelle et des aides soient ceux dont la suppression soit le plus urgemment exigée, et que le subside qui les remplacera s'éteigne à fur et mesure de l'extinction de la portion de la dette publique à laquelle il aura été affecté.

ARTICLE 8

Quant aux objets, non prévus ci-dessus, pouvant être proposés et discutés aux États généraux, l'assemblée s'en rapporte à ce que ses députés estimeront devoir être décidé pour le plus grand bien commun.

Beaucoup d'objets tenant aux intérêts locaux de cette province pourraient avoir place dans le présent cahier ; mais l'assemblée estime ne pas devoir les y insérer parce que les États généraux devront exclusivement s'occuper des grandes matières relatives à l'intérêt général du royaume et que les objets particuliers d'administration intérieure seront confiés aux états provinciaux, dont le rétablissement fera partie de la constitution générale requise au troisième article du présent cahier.

Au surplus l'assemblée désire de s'adjoindre au régime commun d'administration, qui sera sanctionné par les états, pour

----

(1) Il y avait, aux portes de Honfleur, une magnifique forêt, celle de Touques propriété du duc d'Orléans.

(2) Honfleur venait de donner l'exemple par la plantation d'ormeaux sur le cours d'Orléans, aujourd'hui cours de la République.

lier les intérêts de la province à ceux du reste du royaume et
faciliter la régénération générale par une conformité de principes
et de gouvernement ; mais elle fait réserve expresse de tous les
droits particuliers de la province dans le cas où les États généraux
ne pourraient remplir ce que la nation attend d'eux.

Fait et arrêté lesdits jour et an que dessus et signé après
lecture. Ledit cahier signé : Pierre Letestu, Nicolas Coudre,
La Coudrais, l'ainé ; Pierre Lelièvre, Nivelet, Harou, H.-S. Louvet,
Bruneaux, Jean Baptiste Guillebert, Leduc, Letorey, J. Delabarre,
Vauvarin, Pierre Chardey, Dubourg, Malandin, Brout, Pierre
Ledieu, Cotin, F. Ferraud, Cazière, La Croix Saint-Michel, maire ;
Goubard, échevin ; Liétout-Deslondes et Picquefeu de Bermon,
avec et sans paraphes. Ledit cahier coté par première et dernière
page et paraphé *ne varietur* par nous sieur de la Croix de Saint-
Michel, maire.

Collationné conforme audit cahier de doléances remis en nos
mains, par nous Michel de la Croix de Saint-Michel, maire de
la ville de Honfleur, assisté de François-André Pottier, secrétaire-
greffier. Ce jourd'hui vingt huit mars. Signé : La Croix Saint-
Michel, Pottier, secrétaire (1).

---

(1) *Registre des Délibérations de l'Hôtel de Ville de Honfleur.* Le document
authentique se trouve en outre aux archives de Honfleur (série A. A.).

DEUXIÈME PARTIE

PAROISSES DU BAILLIAGE

CIRCULAIRE

ADRESSÉE AUX CURÉS, AU NOM DU DUC D'ORLÉANS PAR M. DE LIMON, *contrôleur général des finances du prince (Bibliothèque nationale* Lᵇ 39 1378).

Signalée par M. Brette, dans son *Recueil...* t. III, elle se trouve aux Archives de Honfleur (série A. A.), avec les documents relatifs à la convocation des États généraux.

Elle inspira peut-être certains articles des cahiers ; cependant une seule paroisse semble avoir suivi, parfois mot à mot, ces instructions, celle de Daubœuf, où, parmi les comparants à l'assemblée, figurent le greffier du bailliage de Honfleur, rédacteur du cahier, et le curé de la paroisse, celui-ci comme président.

7 Mars 1789,

Vous serez peut-être bien aise, Monsieur, d'apprendre à vos paroissiens que Monseigneur le duc d'Orléans, qui met sa gloire à être juste et généreux, et qui préférera toujours sincèrement la fortune publique à la sienne propre, m'a commandé expressément, et par écrit, comme ayant l'honneur d'être son représentant dans une partie de son apanage, de faire tous mes efforts pour faire demander par les cahiers des assemblées auxquelles je pourrai me trouver :

Premièrement, *que le droit de propriété soit inviolable, et que nul ne puisse être privé de sa propriété, même à raison de l'intérêt public, qu'il n'en soit dédommagé au plus haut prix et sans aucun délai ;* (1)

Secondement *que tous les impôts soient répartis avec égalité* sur les princes comme sur les laboureurs, sur les pauvres comme sur les riches ;

Troisièmement *que tous les droits et réglements des chasses soient abolis, et de déclarer que S. A. S. se joint nommément aux bailliages pour en demander*

---

(1) Cet article est reproduit textuellement dans le cahier de Daubœuf.

la suppression, sans porter atteinte néanmoins à la propriété du droit de chasse attachée aux fiefs (1).

Quatrièmement, que j'ai l'ordre, de ce prince, de ne *mettre aucun obstacle, relativement à ses droits, aux demandes justes et raisonnables que le Tiers état pourrait faire ;*

Cinquièmement, enfin, que je suis disposé à réunir toutes les doléances des laboureurs, des habitants des villages, d'écouter tout ce que chacun d'eux voudra bien me dire, pour être en état de faire valoir leurs droits, leurs justes plaintes dans l'assemblée du bailliage à laquelle j'aurai l'honneur d'assister ; de les soutenir de toutes mes forces, et de mettre, à mon retour à Paris, Monseigneur le duc d'Orléans à portée de protéger et d'appuyer lui-même, de tout son crédit, les réclamations bien fondées de ses bons vassaux, les honnêtes et utiles citoyens des campagnes.

Quant à vous, Monsieur le curé, je vous demande, avec la plus vive instance de m'aider de vos lumières sur tout le bien qu'il est possible d'opérer dans votre canton. Soyez persuadé que vous acquerrez des droits réels aux bontés de Monseigneur le duc d'Orléans, et à ma vive reconnaissance, en me procurant des occasions et en m'indiquant des moyens de faire signaler la justice de ce prince et son affection pour tous les citoyens, sans distinction, qui habitent son apanage et ses possessions.

S. A. S. désire surtout que MM. les curés, qui sont destinés à faire la consolation et le bonheur des campagnes, puissent obtenir aux États généraux d'être dotés d'une manière décente et très convenable, qui les mette en état de donner à leurs paroissiens les secours dont ils auront besoin. Je vous serai en conséquence très obligé, Monsieur, de vouloir bien me procurer par vous et par MM. vos confrères tous les renseignements possibles à ce sujet, sur l'insuffisance du produit des cures de votre voisinage, sur les moyens de faciliter l'éducation publique, et surtout d'assurer la subsistance des vieillards infirmes, des orphelins, des pauvres, qui sont hommes et citoyens, et qui doivent trouver le patrimoine qu'ils n'ont pas, ou le travail qui leur manque, dans une législation vivifiante et salutaire.

Ces objets, Monsieur, intéressant également la religion, l'état et l'humanité, tous les bons citoyens doivent réunir leurs forces morales, leurs lumières et leur patriotisme pour les discuter avec soin, s'en occuper avec zèle et mettre par des plans sages, mûrement réfléchis, par l'amour du bien public et l'esprit de conciliation, dont il est si essentiel que tous soient animés, les assemblées nationales des bailliages, et ensuite l'auguste assemblée des États généraux, en état de remplir les vœux de la nation et les vues paternelles et bienfaisantes du Roi

J'ai l'honneur d'être avec un très parfait attachement, Monsieur,

Votre très humble et très obéissant serviteur,

DE LIMON,

Contrôleur général des finances de Mgr le duc d'Orléans,
à l'Evêché à Soissons (2)

_____

(1) Egalement reproduit dans sa partie essentielle par le même cahier.

(2) Circulaire imprimée. — De Limon joignait les actes aux paroles. A Pont-l'Évêque, il prit la présidence de l'assemblée générale, qui ne lui fut pas disputée. Il se fit même élire comme député du bailliage d'Auge à l'assemblée de Rouen.

FOURNEVILLE

Population : en 1774, 504 habitants (1 prêtre, 97 hommes, 114 femmes, 53 garçons majeurs, 76 garçons mineurs, 53 filles, 69 filles mineures, 29 valets et 12 servantes), (*Archives de Honfleur*, subdélégation) ; en 1789, 140 feux.

Impositions ordinaires en 1790 (Calvados C. 8696) :

Taille	2.862 l.	2 s. 5 d. ;
Imposition accessoire.	1.666	6 4 ;
Capitation	1.861	10 4 (1) ;
Prestations	725	10 » .

Corvée, en 1783 : 585 l. (*Archives de Honfleur*).

Gabelle, en 1789 : 125 feux et 352 personnes imposées ; 1 feu et 3 personnes privilégiées (*Archives nationales* G¹ 100). Sel d'impôt [1.440 l.] ; sel de privilège [200 l.].

Rentes seigneuriales payées au duc d'Orléans en 1753 (*Archives nationalos*, R⁴ 920) : 60 l. 7 s. 3 d. Les principaux fiefs sont : la garde noble de Gonneville, le mont Chéron, le tenant de l'Epiney, le fief au Fresney, les gâtines d'Orléans, le fief Bouchard et le Castillon.

Vingtièmes en 1790 (*Archives du Calvados* C. 7434). Montant du rôle : 1.014 l. 15 s. Propriétaires dont le revenu est au moins de 500 l. : Dumont Pallier, 900 l. ; Charlemaine, 800 l. ; Jean-Baptiste Quillet, 1.600 l. ; mineurs d'André-François Liébard, 1.000 l. ; le sieur Guillet, 900 l. ; Gabriel Gamare, 600 l. ; dame Marie Houssaye, 675 l. ; Jacques Caresme l'aîné, 650 l. ; sieur Houlle, 615 l. ; le duc d'Orléans, pour une partie de la forêt de Touques qu'il fait exploiter, 4.200 l.

Privilégiés (*Archives du Calvados*, C. 7434) : Le curé ; presbytère, jardin, cour et pré, le tout de 3 vergées, médiocre, estimé 45 l. (pour mémoire) ; une acre et demie de labour, médiocre, estimé 45 l., le tout qu'il fait valoir ; dîmes louées, 4.500 l. aux sieurs Jacques et Thomas Hue, sur quoi déduction faite d'une portion de dîme louée au sieur curé, 70 l., par les chanoines de Lisieux, reste 4.430 l. — Les chanoines de Lisieux pour leurs dîmes louées 70 l. à Lebedel, curé. — L'abbesse de Caen pour dîmes louées 310 l. à Jean-Baptiste Hue. — L'abbé Charlemagne (ou Charlemaine), demeurant à Honfleur, pour ce qu'il fait valoir. — L'abbé Bottentuit, de Honfleur, pour ce qu'il fait valoir, revenu de 20 l. Le duc d'Orléans pour une partie de la forêt de Touques, revenu de 4.200 l., et deux petites fermes. — Quillet de Blosseville, ancien valet de chambre du Roi, pour ce qu'il fait valoir, revenu de 70 l. — M. Quillet, lieutenant du bailliage de

(1) Ces trois impositions, dont le montant était sensiblement inférieur en 1785, produisaient alors 2.340 l., 1.398 l. et 1.502 l. (*Archives de la Seine-Inférieure*, C. 251).

Honfleur et seigneur, pour ce qu'il fait valoir, au revenu de 20 l. ; de Honnaville, demeurant à Saint-Martin-le-Vieux, pour ce qu'il fait valoir, revenu de 40 l. (1).

PROCÈS-VERBAL DE L'ASSEMBLÉE PAROISSIALE DU 29 MARS 1789 (2)

Président : Henri-Thomas Quillet de Fourneville, lieutenant au bailliage de Honfleur, *4 l. 9 s. 3 d.*

Comparants : Louis Bréavoine, syndic, 17 l. + *20 l. 2 s.* ; Louis-Jacques-Nicolas Rebut, O. M. en 1790, 32 l. + *22 l. 6 s. 9 d.* ; Jacques-François Hue, 20 l. 4 s. + (avec sa mère) *104 l. 19 s. 6 d.* + (avec Thomas) pour ce qu'ils tiennent de la dîme du curé de Fourneville, *656 l. 10 s.* ; Thomas-Jacques Hue, 18 s. + (avec Jacques Hue), *656 l. 10 s.* ; Jean Hue, fermier de l'abbesse de Caen, *44 l. 13 s. 3 d.* ; Jacques Prentout, greffier de la munté en 1790, *35 l. 14 s. 2 d.* ; Gilles Bréard, 30 l. + *11 s.* + *93 l. 16 s.* ; Germain Hue, maire en 1790, *93 l. 16 s.* ; Pierre Vallois, proc. de la commune en 1790, *89 l. 6 s. 9 d.* ; Pierre Caron, fermier de Bottentuit, *44 l. 13 s. 3 d.* + (avec son fils, fermier des mineurs Samson), *89 l. 6 s. 9 d.* ; Pierre Cornu (ou Lecornu), O. M. en 1790, *24 l. 11 s. 6 d.* ; Jacques Lethiou, O. M. en 1790 (avec Pierre), *58 l. 1 s. 3 d.* ; Jacques Moutier, f^{er} de Caresme, *140 l. 11 s.* ; François Leclerc, f^{er} de Delamare, de Honfleur, 9 l. 12 s. + *134 l.* ; Robert Langlois, f^{er} de Charlemaine, *201 l.* ; Jean Boutin, f^{er} de Thomas et de Quillet, *129 l. 10 s. 9 d.* ; Jacques Lecomte ; Jean Enault, *11 l. 3 s. 3 d.* ; François Boutin, f^{er} de Quillet, *13 l. 8 s.* ; Amand Moisy, *22 l. 7 s. 9 d.* ; Louis Guilbert, 1 s. 6 d. + *35 l. 14 s. 6 d.* ; Jean Leconte, f^{er} de Quillet, *160 l. 16* ; Jacques Vallois, journalier, 4 l. 10 s. + *4 l. 9 s. 6 d.* ; Gilles Colombel, charpentier, *6 l. 14 s.* ; Jean-Baptiste Croix, 5 l. 6 d. + *20 l. 2 s.* ; François Gervais, *11 l. 3 s. 3 d.* ; Louis Guilbert, journalier ou maçon, *2 l. 4 s. 9 d.* ; Jacques Lecesne, sabotier, 5 l. 2 s. + *6 l. 14 s.* ; Louis Croix, *20 l. 2 s.* ; Jean Pochon (ou Pouchin ?) ; Jacques Hébert, f^{er} du duc d'Orléans, *24 l. 11 s. 3 d.* ; Michel Malerne, O. M. en 1790, 29 l. 12 s. 6 d. + (avec sa mère), *46 l. 18 s.* ; Jacques Croix, *31 l. 5 s. 6 d.* et Pierre Bréard, f^{er} du vicomte de Lespinasse, *238 l. 18 s. 3 d.* (3).

Députés : Quillet de Fourneville ; Louis Bréavoine, syndic.

CAHIER DE DOLÉANCES

Ce jourd'hui 29 mars 1789.

L'assemblée du tiers-état de la paroisse de Fourneville, réunie aux termes des lettres de convocation données, à Versailles, le

---

(1) Le *tarif* et les *Observations générales* manquent au rôle des vingtièmes.

(2) D'assemblée se tient dans l'église.

(3) En 1790, il y a 51 citoyens éligibles et 19 actifs.

24 janvier dernier, signifiées à la requête de M. le procureur du roi au bailliage d'Honfleur, le 20ᵉ jour de mars dudit an, pour conférer sur les remontrances, plaintes et doléances, des moyens et avis qu'elle a à proposer à l'Assemblée générale de la nation et pour élire, choisir et nommer ses représentants... (1)

Donne par le présent aux personnes qu'elle vient d'élire,

Savoir :

Ses pouvoirs généraux, soit pour la représenter aux États, soit pour élire et nommer dans les assemblées secondaires et générales tels députés qu'il appartiendra pour la représenter, afin d'y proposer, remontrer, aviser et consentir tout ce qui sera nécessaire pour les besoins de l'état, les réformes des abus en tout genre, l'établissement de l'ordre, la prospérité du royaume et le bien de tous.

Avant que l'assemblée ait exposé quels sont ses vœux et ses désirs elle se fait un devoir de renouveler le serment naturel qui la lie à son Roi, lui assurant qu'elle est prête à sacrifier sa fortune et sa vie pour l'exécution de sa volonté royale qui ne veut que le bonheur de ses sujets et qui, par cette présente convocation, leur en demande les moyens... pour répondre à ce sentiment paternel. L'assemblée se croirait indigne de la confiance de son Roi si elle ne le suppliait de jeter un regard sur les demandes suivantes :

1º Que, dans les délibérations aux États, les voix soient comptées par tête et non par ordre ;

2º Que tous privilèges et distinctions d'ordres en matière d'impôt soient anéanties ;

3º Qu'une égalité proportionnelle dans la répartition de l'impôt soit exactement établie ;

4º Que notre Roi soit toujours grand et nous, ses fidèles sujets, toujours libres aux pieds de son trône ;

5º Qu'à l'avenir il y ait des États pour lier entre le souverain et son peuple une communication toujours facile ;

6º Que ces états conviennent avec lui de l'impôt et que tel impôt ne soit plus éternel dans sa durée, qu'il ait ses limites et qu'il cesse de droit s'il n'est renouvelé dans l'assemblée des états ;

7º Que les états particuliers soient rendus à notre province, mais sur une organisation nouvelle et semblable à celle des assemblées provinciales ;

(1) Ces points de suspension et ceux que l'on trouvera dans la suite du cahier sont préalablement sans importance dans l'esprit du rédacteur. Nous avons tenu cependant à les reproduire puisqu'ils se trouvent dans le texte.

8º Que l'ordre soit rétabli dans les finances et que l'impôt ne soit fixé qu'après que la dette publique aura été mûrement approfondie et les dépenses ordinaires et extraordinaires bien connues ;

9º Qu'on avise aux moyens de dégager notre campagne du fléau de la milice garde-côte qui nous fait fournir soldats et matelots, qui nous désole, qui nous enlève de force nos parents, amis et concitoyens sans qu'ils puissent être, pour la plupart, utiles au bien de l'État, qui ne peut se servir utilement et sûrement que de bras volontaires ;

10º Que nous soyons dégagés du fléau destructeur des aides et gabelles qui nous ruinent et de tous les droits des habitants qui nous oppriment et de leurs mauvais procès, ce qui détruit le commerce ;

11º Que des impôts plus simples et répartis sans distinction de personnes et de qualité soient établis ;

12º Que les receveurs généraux et secondaires, ainsi que leurs commis soient supprimés ;

13º Les États de chaque province éliront un receveur général, soit ecclésiastique, soit noble ou du tiers ; s'il est ecclésiastique, il ne fera aucune recette qu'elle ne soit signée, arrêtée et contresignée par un noble et deux du tiers état, qui lui seront nommés pour adjoints surveillants... Le même ordre sera observé si le receveur est pris dans la noblesse ou dans le tiers.

14º Dans chaque province il s'y fera un arrondissement de paroisses qui, chacune, donnera à tour de rôle une commission à deux ou trois taillables, suivant les paroisses, pour aller verser dans le bureau du receveur de la province toutes les impositions.

15º Qu'il est de la justice du Roi et du bonheur de ses sujets que les abus de la justice soient réformés, la multiplicité des juridictions anéantie, l'étendue des ressorts diminuée.

16º Que, sous les yeux du curé de chaque paroisse et la vigilance du procureur du roi de chaque bailliage, toutes les affaires de fait entre les membres du tiers soient axaminées et jugées par l'assemblée de la paroisse.

17º Qu'un justiciable ne puisse plus être distrait de sa juridiction.

18º Que toutes lettres qui tendraient à arrêter le cours de la justice soient nulles.

19º Qu'on avise aux moyens de rendre la justice gratuite pour que, dans les affaires de droit, le pauvre puisse en approcher comme le riche.

20° Que la dîme n'appartienne plus qu'aux seuls curés jusqu'à la concurrence d'un revenu de 6.000 livres pour 600 habitants, que l'excédent soit levé chaque année par une prestation en argent qui sera répartie sur les curés sans revenus et ayant des charges, le tout pour l'honneur de la religion et le bonheur de l'humanité ; et que les fourrages provenant des dîmes de la paroisse ne pourront en être enlevés et que l'on supprime les dîmes insolides [insolites].

21° Que les parcs, les garennes, les colombiers des seigneurs, soient restreints et que les bêtes qu'ils y élèvent ne ravagent plus nos maisons.

22° Qu'il soit permis de se racheter du servage, des corvées féodales.

23° Que la mendicité soit entièrement anéantie.

24° Que ceux qui mendient dans une paroisse et qui ont des parents en état de les nourrir, comme leurs enfants, ceux-ci soient obligés de les nourrir, et forcés, à la poursuite de M. le procureur du Roi.

25° Que chaque paroisse ait connaissance de la portion de chemins à laquelle elle est sujette et de la manière dont elle s'exécute, demandant que les paroisses passent par adjudication en particulier et qu'il soit donné un endroit positif pour chaque paroisse et l'assemblée fusse obligée de se transporter quatre fois durant le temps porté par le devis pour voir si l'adjudicataire s'acquitte bien ou mal et pour lui contraindre.

Les présentes demandes arrêtées,

L'assemblée autorise ses députés de modifier, changer ces articles suivant l'exigence des cas, d'y retrancher, d'y ajouter et d'y étendre à tous autres cas imprévus ; en un mot, de faire pour le mieux tout ce que leurs frères, leurs amis, leurs patriotes, qui composent l'assemblée, feraient eux-mêmes s'ils y étaient, approuvant et ratifiant tout ce qu'ils croiront bon de faire et arrêter pour la chose publique.

Ce qui a été signé et arrêté par l'assemblée ledit jour et an que dessus pour être remis aux députés ci dessous nommés et autorisés et être par eux porté à l'assemblée du tiers état, qui se tiendra devant M. le lieutenant général au bailliage de Honfleur, le 2 avril prochain, à huit heures du matin. Ledit jour, vingt-neuf mars mil sept cent quatre-vingt neuf. Et, avant de signer le présent cahier, l'assemblée a décidé de supprimer l'article vingt, relatif aux dîmes, demandant seulement la suppression des dîmes insolides et que les fourrages provenant des dîmes ne puissent pas être enlevés hors paroisse, le surplus dudit cahier consenti dans toute sa teneur.

Signé : BRÉAVOINE, syndic ; T. HUE ; J. HUE ; QUILLET DE FOURNEVILLE, etc.

ÉQUEMAUVILLE

Population : en 1774 (*Archives municipales de Honfleur, subdélégation*), 455 habitants (2 prêtres, 90 hommes, 103 femmes, 45 garçons majeurs, 63 garçons mineurs, 49 filles majeures, 56 filles mineures, 25 valets et 22 servantes); en 1789, 100 feux.

Impositions ordinaires, en 1790, rôle arrêté par Leperchey, curé ; le chevalier de Naguet, François Duval ; Jacques Mangeant ; Pierre Quillet ; François (Brieltz ?), et Jean Patley. (*Archives du Calvados* C. 8638):

Taille	2.528 l. 19 s. 11. d.
Imposition accessoire	1.474 2 »
Capitation	1.787 6 » (1)
Prestation	658

Corvée, en 1783 : 450 l. (*Archives de Honfleur*).

Gabelle, en 1789, 90 feux et 200 personnes imposées; 3 feux et 11 personnes privilégiés *(Archives nationales,* G.¹ 100). Sel d'impôt [690 l.] ; sel de privilège [45 l.] *(Archives de la Seine-Inférieure,* C. 610).

Rentes seigneuriales payées au duc d'Orléans en 1753 (*Archives nationales* R.⁴ 920). Montant : 91 livres payées seulement par Le Jumel, 90 l. (fief d'Equemauville) et Jacques-Hugues Langlois (les côtes de Grâce).

Vingtièmes (*Archives du Calvados,* C. 7487). Montant du rôle en 1790 : 1.065 l. 1 s. (2). Propriétaires dont le revenu est au moins de 500 l. : Le Jumel d'Equemauville, seigneur de la paroisse, 2.000 l. ; Soulier, de Honfleur, propriétaire de la « Belle Épine », 546 l. 10 s.; Delauney, de « Vallereine », 500 l. ; La Croix-Saint-Michel, maire de Honfleur, 650 l. ; Duperron, l'aîné, 750 l. ; Duperron, le jeune, 750 l. ; Lion, avocat à Honfleur, 700 l. ; Prémord, de Honfleur, 500 l. ; Barbel, avocat à Honfleur, 850 l. ; Quillet Capet, ancien trésorier des invalides de Honfleur, 1.100 l. ; le chevalier de Naguet des Portes, 1.000 l. ; Lechevallier, frères, 1.650 l.

Privilégiés (*Archives du Calvados* C. 7487). Le curé Le Perchey: presbytère et jardin, bâtiments et petite cour, le tout d'une vergée (pour mémoire), aumône en herbe, d'une acre, méd. 60 l. ; dimes entières (pour les grains et fruits), 4.700 l. ; total, 4.760 l. — Le trésor, 30 l. de rente foncière. — Le Jumel d'Equemauville : maison, 5 acres et demie de cour plantée et 48 acres de labour, planté, 100 l. : « Les bois du Breuil, très mauvais, situés sur Equemauville, Pennedepie et Vasouy, qu'il a acquis, en 1788, de M. le duc d'Orléans. Ces bois sur douze années ne

---

(1) Ces trois impositions produisaient seulement, en 1785 : 1.840, 1.097 et 1.191 l. (*Archives de la Seine-Inférieure,* C 251).

(2) Au lieu que les 20ᵉˢ soient comme dans les autres paroisses, du 10ᵉ, ils sont effectivement du 20ᵉ à Equemauville, pour la partie du rôle antérieure à 1790.

donnent que six ans de coupe annuelle et restent intacts six autres
années, ont produit les six dernières environ 4.200 l. qui, divisés par douze
donnent un revenu annuel de 350 l. » — Le chevalier de Naguet
des Portes, écuyer, pour fonds qu'il fait valoir au revenu de 60 l. —
L'abbé De Launay (ou Delaunay), chanoine de Rouen, pour fonds qu'il
fait valoir, au revenu de 30 l. — Le duc d'Orléans, pour un vingtième de
la forêt de Touques (916 l. 5 d. d'impositions ordinaires).

Tarif (*Archives du Calvados*, C. 7487). L'acre de cour, 40 à 60 l., 35 à
40 l., 15 à 25 l. ; de labour, 20 à 30 l., 12 à 20 l., 8 à 12 l. ; de bois, 9 à 12 l.,
6 à 9 l., 4 à 6 l. Le blé vaut 3 l. le boisseau de 70 l., l'avoine 2 l.

Les revenus de cette paroisse consistent en cour, herbe, plant, labour
et bois taillis.

PROCÈS VERBAL DE L'ASSEMBLÉE PAROISSIALE DU 29 MARS 1789

Président : le Syndic (?)

Comparants : (La liste n'est pas donnée au procès-verbal ; à défaut,
voici le nom des habitants qui ont signé) : Louis Lecour, (avec son fils)
125 l. 19 s. 5 d. ; Nicolas Mahieu, N, en 1790, *41 l. 4 s. 7 d.* ; Nicolas Gibon,
144 l. 6 s. 2 d. ; Jacques Lhérondel, N, en 1790, *4 l. 11 s. 7 d.* ; Pierre
Baroche, *1 l. 2 s. 10 d.* ; Jacques Mangeant, O M, en 1790, *56 l. 2 s. 4 d.* ;
Pierre Quillet, O M, en 1790, *50 l. 7 s. 10 d.* ; François Duval, *137 l. 8 s. 9 d.* ;
Jacques Bouvet, *2 l. 5 s. 8 d.* ; Jean Pattin, O M, en 1790, *326 l. 15 s. 3 d.* ;
François Biette [Jacques Biette O M, en 1790, *11 l. 8 s. 10 d.*] ; Michel Simon,
N, en 1790, *219 l. 17 s. 10 d.* ; Jean Lecerf (fils Jean, *59 l. 11 s. 1 d.*, ou
fils Germain, *34 l. 7 s.*) ; Laurent Gibon, N en 1790, *162 l. 12 s. 7* ; Pierre
Requier, 121 l. 7 s. 10 d. (plus deux noms illisibles) (1).

Députés : Jacques LHÉRONDEL ; François DUVAL.

(1) La liste électora'e de 1790 comprend 51 citoyens éligibles et 21 actifs.
Parmi les non comparants, membres de la municipalité de 1790 : MM. de Naguet,
maire ; le curé, procureur de la commune ; Louis Morin, N., *18 l. 6 s. 6 d.* ; Jacques
Brassy, N, *20 l. 12 s. 3 d.* ; Jacques Oriot, N, *222 l. 3 s. 8 d.* ; Michel Lecerf, N, *34 l.
7 s, 2 d.* ; François Bloche, N, *11 l. 1 s. 6 d.* ; Jean Lebedel, N, *162 l. 12 s. 7 d.* ; Nicolas
Housset, N.
Voici un document qui éclaire la physionomie de quelques-unes des personnalités
dont il est ci-dessus question et montre l'état d'esprit qui existe dans cette commune :
Lettre du maire au bureau intermédiaire de Pont-l'Évêque, 19 avril 1790 : « J'ai
l'honneur de vous envoyer le procès-verbal que j'ai été forcé de dresser contre trois
notables de la municipalité de la paroisse d'Équemauville (Louis Morin, boucher ;
François Bloche, charretier, et Nicolas Houssel, journalier), qui sont aussi condamna-
bles que punissables par leurs procédés injurieux à mon égard et à celui de deux
officiers de ladite municipalité ; ces deux officiers avaient déjà reçu de mauvais
compliments. Lors de la lecture du rôle à taille de ladite paroisse : ils m'en avaient
porté leurs plaintes et même demandaient à se retirer ; je leur assurai que s'ils
recommençaient j'en ferais mon procès-verbal. Effectivement, dimanche dernier, je me
présente à la paroisse, issue des vêpres, pour engager les habitants à faire leur
déclaration pour le don patriotique. Le premier compliment que je reçois, c'est des *B*
et des *F* accompagnées d'expressions les plus impertinentes ; plus je m'efforçais à

CAHIER DE DOLÉANCES

L'assemblée des habitants formant le tiers état de la paroisse d'Équemauville réunis, aux termes des lettres de convocations données à Versailles le vingt-quatre janvier dernier, pour conférer tant des remontrances, plaintes et doléances que des moyens et avis qu'elle a à proposer à l'assemblée générale des États de la nation et pour élire, choisir et nommer ses représentants, donne, par le présent acte, aux personnes qui seront choisies, ses pouvoirs généraux pour la représenter aux États, y proposer, remontrer, aviser et consentir à tout ce qui peut concerner les besoins de l'État, la réforme des abus, l'établissement d'un ordre fixe dans toutes les parties du gouvernement, la prospérité générale du royaume et le bonheur tant commun que particulier de tous les citoyens.

Paragraphe 1er

Le désir de l'assemblée est que les délibérations aux États généraux soient prises par les trois ordres réunis et que les suffrages soient comptés par tête.

Paragraphe 2

Que les députés ne s'occupent de subsides qu'après avoir donné à la nation une heureuse constitution qui assure au monarque la souveraineté sans partage et aux peuples leur liberté.

vouloir les calmer et m'expliquer avec eux, plus ils s'emportaient contre moi. Enfin, voyant que le nommé Bloche, le plus impertinent des trois, s'approchait de moi avec des démonstrations violentes et craignant les maltraitements, je me retire chez M. le curé, procureur de la municipalité. Mes deux officiers restent sur la place pour représenter à ces trois notables leurs torts à notre égard. Bloche, comme un furieux, porte un coup de poing à la poitrine de Biette et le pousse avec violence en arrière en nous accablant tous trois d'injures ; ces deux officiers, prudents, se retirent aussi chez M. leur procureur pour nous porter leur plainte... J'ai l'honneur, Messieurs, de vous observer que les municipalités sont composées d'un trop grand nombre de personnes et que, pour les compléter, on est forcé d'y en admettre d'une mauvaise espèce ; d'ailleurs, la grande liberté dont jouit le peuple est très préjudiciable au bon ordre et à son bonheur. Comme les personnes de condition sont mal regardées dans les places publiques et ne peuvent opérer le bon ordre, je vous prie, Messieurs, de me permettre de me retirer et d'agréer ma démission. Depuis plus de trente (ans) que je commande la paroisse d'Équemauville et autres, comme capitaine de canonniers, j'ai toujours, par ma bonne conduite, été aimé et respecté ; il est bien désagréable qu'en respectant les lois et les faisant exécuter, d'être injurié par les plus viles personnes d'une paroisse. . ». Signé : Le chevalier DE NAGUET.

Paragraphe 3

Qu'il ne soit perçu d'impôt ni fait aucun emprunt sans le consentement de la nation et qu'en matière de législation elle soit admise à éclaircir le souverain.

Paragraphe 4

Que les États généraux se rassemblent à des époques fixes et déterminées pour concourir, avec le Roi, au redressement des abus et à toutes les opérations qui ont le bien pour objet.

Paragraphe 5

Les députés approfondiront la dette publique, fixeront la dépense, n'octroieront l'impôt que pour l'intervalle d'une assemblée d'États généraux à la suivante ; procureront l'égalité dans la répartition, l'uniformité et la simplicité dans la perception et la comptabilité et l'abolition de tous privilèges pécuniaires.

Paragraphe 6

Demanderont que tous les objets d'administration arrêtés dans les États généraux soient confiés aux soins d'administrations populaires, qui, quelle que soit leur dénomination, seront chargés de la recherche de tous les abus locaux dont elles poursuivront l'extirpation auprès de sa majesté ; feront l'assiette et la répartition des impôts et, en un mot, auront la toute puissance qui appartient aux propriétaires pour faire le bien, détruire le mal ; et que ces administrations ou états provinciaux soient divisés en assemblées provinciales et assemblées de district et en municipalités dont, pendant les moments de séparation, les pouvoirs seront confiés à des commissions et bureaux intermédiaires chargés de les représenter.

Paragraphe 7

Qu'après un mûr examen des besoins ordinaires de l'État et des besoins extraordinaires auxquels les malheurs des circonstances nécessitent de pourvoir, il soit assigné : 1° relativement aux premiers, des revenus fixes qui sous le nom de subsides ordinaires, soient continuellement existants, comme les besoins qu'ils sont destinés à satisfaire ; 2° relativement aux seconds, des impositions accidentelles sous la dénomination de subsides extraordinaires, lesquels s'éteignent à fur et mesure des besoins qui les auront nécessités ; que, préalablement néanmoins à l'établissement de ce dernier subside, vu que la conservation des domaines et propriétés du roi est plus nuisible qu'utile à la nation, entre les mains de laquelle ils obtiendraient une valeur infiniment plus considérable, ils soient tous aliénés, même les forêts, à moins qu'on ne trouve un moyen de les administrer avantageusement afin que, des deniers provenant des ventes de ces fonds divers, il soit procédé au remboursement des dettes de l'Etat, sauf à pourvoir à l'excédent par les subsides extraordinaires.

Paragraphe 8

Que tous les impôts actuellement subsistants soient supprimés et qu'en leur lieu et place, il soit établi, sous le nom de subside ordinaire, un impôt qui, destiné à subvenir aux dépenses ordinaires de l'Etat, soit levé sur toutes les propriétés des villes et des campagnes à raison de leur valeur réelle, sans aucun privilège d'exemption ; que cet impôt unique confié aux administrations provinciales, soit réparti entre les divers districts et, par ceux-ci, entre les diverses municipalités dont les membres en feront la répartition entre les contribuables, pour être le produit remis au receveur du district chargé d'en compter au bureau intermédiaire et de lui montrer chaque mois les quittances du trésor royal.

Paragraphe 9

Qu'après avoir pris une connaissance exacte des dettes de l'État et qu'après en avoir, avec le produit des fonds aliénés, éteint une partie, il soit pourvu à l'extinction du reste par un impôt extraordinaire dont la perception nuise, au moins possible, aux différentes branches de l'agriculture, du commerce et des arts ; qu'un des impôts qui semblerait devoir être préféré en ce qu'il favoriserait l'agriculture et tomberait sur la classe la plus opulente, est celui qui porterait uniquement sur les objets de luxe des villes, sur les laquais, carrosses, chevaux, etc. Mais le désir de l'assemblée est que les loteries ne puissent, en aucun cas, être rétablies comme présentant au peuple un appât dangereux qui le conduit souvent de l'imprudence au crime, et que le subside qui doit remplacer la gabelle s'éteigne à fur et mesure de l'extinction de la portion de la dette publique à laquelle il aura été affecté.

Paragraphe 10

Que la liberté personnelle des citoyens soit à l'abri des atteintes auxquelles elle est exposée par les enrôlements forcés de la milice, soit pour le service de terre, soit pour le service de mer, en statuant qu'à l'avenir les provinces seront chargées d'y pourvoir par des engagements volontaires.

Paragraphe 11

Que les tribunaux d'exception soient en entier supprimés, ainsi que la vénalité des offices des juges ordinaires, et les magistrats choisis et élus par les peuples; qu'il sera pourvu par les états provinciaux au remboursement des offices de judicature et de finances, ainsi qu'aux pensions des agents du fisc qui, dépouillés de leurs emplois, pourraient avoir besoin de secours pour pouvoir subsister.

Paragraphe 12

Qu'il sera établi dans chaque paroisse des juges conciliateurs, lesquels régleront à l'amiable, gratuitement, les contestations qui pourraient s'élever, parce qu'aucun habitant ne pourra se pourvoir en justice qu'après avoir épuisé les voies de conciliation.

Paragraphe 13

Que la justice civile et criminelle soit réformée et purgée de cette foule d'abus, si contraires à la sûreté et à la liberté des citoyens et qu'il soit tracé une ligne de démarcation qui prévienne la confusion des pouvoirs d'administration des pouvoirs de juridiction.

Paragraphe 14

Que les communautés d'arts et métiers soient supprimées, ainsi que toutes les douanes et entraves qui gênent la circulation des denrées et la liberté du commerce dans l'intérieur du royaume.

L'assemblée déclare, au surplus, que ne trouvant de bien que dans l'union et n'ayant d'autre intention que celle de lier les intérêts de la province à ceux de tout le royaume et tous les intérêts particuliers entre eux, elle désire que ces députés se prêtent à tous les sacrifices qu'ils pourront faire sans blesser la constitution, ni les principes qui assurent la liberté du troisième ordre, de manière que la France présente à l'Europe le spectacle d'une grande famille dont le Roi soit le père.

L'an 1789, le 29 du présent mois, se sont assemblés les habitants d'Equemauville formant le tiers état. Après avoir entendu lecture du présent, l'ont agréé et consenti après mûre délibération et ont signé (1) :

Louis Lecour ; V. Mahieu ; V. Gibon ; Lherondel ; François Duval, etc.

---

(1) Ce dernier paragraphe seul est manuscrit. L'assemblée, pour le reste du cahier, n'a fait qu'utiliser un modèle imprimé.

ABLEVILLE

Population : en 1774 *(Archives de Honfleur, subdélégation)*, 218 habitants
(2 prêtres, 45 hommes, 43 femmes, 19 garçons maj., 32 garçons min.
23 filles maj., 33 filles min., 12 valets et 9 servantes); en 1789, 70 feux.

Impositions ordinaires en 1790 *(Archives du Calvados, C. 8696)* :

Taille . . . . . 642 l. 19 s. 11 d. — Ces chiffres sont à peu
Imposition accessoire 373   2   14 — près les mèmes qu'en
Capitation . . . . 416 18   8 — 1785.
Prestations. . . . 162 14

Gabelle, en 1789 *(Archives nationales*, G¹ 100), 57 feux et 177 personnes imposés ; 3 feux et 14 personnes privilégiés. Sel d'impôt, [450 l.]
(Archives de la Seine-Inférieure, C. 610),

Vingtièmes (Archives du Calvados. C. 7430) (1), montant du rôle en 1790,
1.090 l. 3. s. 4 d. — Propriétaires dont le revenu (en 1881) est au moins de
500 l. : De Brévedent de Saint-Nicol. seigneur de la paroisse : 10 acres de
prairies, 400 l. ; une ferme, 470 l., et une demi-acre de masure médiocre,
20 l., total 890 l. — Pierre-Paul de Maquaire, une ferme, 1.100 l. ; un petit
jardin de 10 perches et un moulin à eau pour blé, 120 l. ; total, 1.220 l. —
Les sieurs de Bonnechose et de Saint-Martin : une ferme, 755 l.

Privilégiés (Archives du Calvados. C. 7430). — Le curé : presbytère,
jardin, 3 vergées de masure (pour mémoire); une demi-acre de pré, 50 l. ;
une vergée et demie d'herbage, 25 l. ; dîmes évaluées, année commune,
1.200 l. (le tout tenu par lui); total, 1.275 l. — Vatel, titulaire de la
chapelle Saint-Sauveur : dîmes de toute espèce dépendant de la chapelle,
louées, en 1789, à Jean-Pierre Quesney fils, 400 l. ; maisons et herbages
loués, compris les charges, à Morin (12 l. à déduire pour les réparations),
234 l. ; une pièce de terre louée à Rebut, curé, 30 l.; total, 664 l. —
Le trésor d'Ablon : deux acres environ de terre en herbe, loué à Laurent
Langlois, 230 l. — Les demoiselles de Neuville pour ce qu'elles font
valoir, 40 l.

Observations générales (Archives du Calvados, C. 7430). — La paroisse
« relève directement de M. de Brévedent, dont le fief relève du roi ».

Elle est située sur le rivage de la Seine et son terrain est moitié de bonne
qualité et l'autre moitié de médiocre.
Des principales productions consistent en blé, seigle, orge, avoine et lin.
M. de Brévedent nomme à la cure.

(1) Le rôle de 1781 est arrêté en présence de Louis Morin. syndic, chargé du recouvrement des vingtièmes ; Jacques Lebrasseur, collecteur des tailles en exercice, et
François Morin, trésorier de la paroisse.

Contenance des terres de la paroisse (Archives du Calvados,., C. 7430). — Masures, 37 acres ; terres labourables, 95 ; prairies, 32 ; bois taillis, 18 ; total, 182 acres.

Tarif ou évaluation du produit de chaque nature de biens (Archives du Calvados, C. 7430). — Terres labourables, 30 l. (bon), 25 l. (médiocre) et 10 (mauvais) ; masures, 50, 40 et 30 l. : prairies, 50, 40 et 30 l. ; le produit des bois taillis n'est pas évalué. Le froment vaut 5 l. le boisseau ; le méteil, 4 l. 5 s. ; le seigle, 2 l. 10 ; l'orge, 7 l. 10 s. la mine, et l'avoine, 6 l.

PROCÈS-VERBAL DE L'ASSEMBLÉE PAROISSIALE DU 25 MARS 1789

Président : Guillaume Helley « syndic et membre de la municipalité », 18 l. + *23 l. 11 s. 9 d.*

Comparants : Louis-Robert Morin, 16 l. 10 s. + *1 l. 4 s. 16 d.*, et Guillaume Simon, *26 l. 6 s. 3 d.*, « membres de la municipalité » ; François Langlois, « trésorier actuel », O. M. en 1790, 3 l. (avec Jacques Langlois) + *3 l. 6 s.*, ; Jean Lachey (ou Larcher), greffier, 1 l. 10 s. + *4 l. 14 s. 3 d.* ; Jacques Langlois, 3 l. (avec François) + *5 l. 6 s. 3 d.* ; Jacques-Marc Mathière, 3 l. 10 s. (avec Louis) + *4 l. 19 s. 6 d.* ; François Rioult, fermier de Laurent Rioult, 13 l. + *21 l. 15 s. 9 d.* ; Jean Taupin, fermier des demoiselles de Neuville, *103 l. 3 d.* ; Michel Cordier, fermier du curé d'Ableville, *23 l, 12 s. 3 d.* ; Louis Courtois, 6 l. + *6 l. 9 s. 9 d.* « anciens trésoriers » ; François Tranchey, 20 l. 10 s. + *5 l. 18 s. 3 d.* + *9 d.* ; Louis Lepaon, 4 l. (avec son frère) + *4 l. 12 s.* ; Jean Couté, *9 l. 4 s. 6 d.*, ; Jean-Baptiste Néel, 3 l. + *1 l. 11 s. 6 d.* ; François Leloup, *1 s. 3 d.* ; Martin Paquier ; Thomas Leloup, (avec Louis) *12 l. 12 s. 6 d* ; ; Louis Leloup, « propriétaires » ; Jacques Ernoult, fermier de Dufour de Quetteville, écuyer, *41 l. 5 s. 9 d.* ; Jacques Boullenger, *7 s. 6 d.*, et Pierre Simon, *15 l. 2 s. 3 d.*, « fermiers » ; (1).

Députés : Louis-Robert Morin ; Jacques Langlois.

Suivent 21 signatures.

CAHIER DE DOLÉANCES

Il est identique à celui d'Équemauville, sauf d'abord pour le paragraphe 9, ainsi libellé et qui est inintelligible :

Paragraphe 9

Qu'après avoir pris une connaissance exacte des dettes de l'État et qu'après en avoir, avec le produit des fonds aliénés, éteint une

---

(1) En 1790, il y a 23 citoyens éligibles et 16 actifs.
Le maire est de Brévedent de Saint-Nicol, avec le curé et François **Langlois** comme officiers municipaux.

partie, il soit pourvu à l'extinction du reste par un impôt extraordinaire dont la perception nuise, au moins possible, aux
différentes branches de l'agriculture et tomberait sur la classe
la plus opulente ; est celui qui porterait uniquement sur les
objets de luxe des villes, sur les laquais, carrosses, chevaux, etc.
Mais le désir de l'assemblée est que les loteries ne puissent,
en aucun cas, être rétablies comme présentant l'imprudence
au crime et que le subside qui doit remplacer la gabelle s'éteigne
à fur et à mesure de l'extinction de la portion de la dette publique
à laquelle il aura été affecté.

Le paragraphe 14 reproduit d'abord le texte du même article d'Équemauville. Le rédacteur ajoute :

La communauté désire, en outre, qu'il soit établi dans chaque
paroisse un bureau de charité pour subvenir aux besoins de
ses pauvres et extirper la mendicité et a nommé pour députés,
qu'elle a chargés de ce cahier : M. Louis-Robert Morin et Jacques
Langlois, ce qu'ils ont signé après lecture faite, ce vingt-cinq
mars mil sept cent quatre-vingt neuf.

Signé : LANGLOIS ; Louis COURTOIS ; F. LANGLOIS ; L. MORIN, etc.

CRICQUEBŒUF

Population : en 1773, 27 ou 28 feux *(Calvados,* C. 7476) ; en 1774, 110 habitants (1 prêtre, 17 hommes, 23 femmes, 9 garçons majeurs, 15 garçons mineurs, 6 filles majeures, 18 filles mineures, 15 valets, 6 servantes), *(Archives nationales,* G¹ 100) ; en 1789, 22 feux.

Impositions ordinaires, en 1790 *(Calvados,* C. 8696).

Taille	1.042 l.	14 s.	11 d.
Imposition accessoire . . .	605	18	8
Capitation	741	9	(1)
Prestations.	271		

Corvée en 1783 : 150 l. *(Archives de Honfleur, Série II, fonds de la subdélégation).*

Gabelle : en 1789, 25 feux imposés et 63 personnes. Sel d'impôt [240 l] ; sel de privilège [90 l.].

Rentes seigneuriales payées au duc d'Orléans, en 1753, par les représentants de de Bapeaume pour fiefs et tènements à Cricquebœuf et Daubœuf : 34 l. 1 s. 5 d. et 13 boisseaux 3/4 de blé.

Vingtièmes : en 1773 *(Calvados,* C. 7476). Montant du rôle : 751 l. 4 s. Propriétaires dont le revenu est au moins égal à 500 l. : de Bapeaume, 793 l. ; Droullains Dumesnil, 1.000 l. ; Quillet de Fourneville, 550 l. ; de la Croix Saint-Michel, de Honfleur, 700 l. ; le duc d'Orléans pour une partie de sa forêt de Touques, sise en cette commune (943 l. 16 s. d'impositions ordinaires).

Privilégiés (Calvados, C. 7476). Le curé Fournier : presbytère et autres bâtiments, jardin et petite cour, le tout d'une vergée, estimé 15 l. En portant ces immeubles au rôle pour 1790, le contrôleur écrit qu'ils ne doivent être imposés « que parce que la loi ne veut rien excepter, car les bâtiments sont tombés en ruines et abandonnés ». Les dîmes entières sont estimées à 1.300 l. — Le trésor : deux acres de bruyères, mises en adjudication tous les ans, estimées 20 l. — Quillet de Cricquebœuf, demeurant à Honfleur, pour fonds qu'il fait valoir, 60 l.

Observations générales (Calvados, C. 7476). En 1773, la paroisse relève de de Bapeaume, seigneur et patron ; en 1789, le seigneur est Quillet de Cricquebœuf. Il n'y a point d'autre fief.

... Les habitants n'ont d'autre occupation que de labourer la terre et la plus grande partie va en mer, pour la pêche, et au bois.

(1) En 1785, ces trois impositions produisaient seulement 610 l., 364 l. et 392 l. *(Archives de la Seine-Inférieure,* C. 251).

Les principales productions consistent en blé, quantité pourtant insuffisante pour nourrir les habitants. Le cidre se consomme dans le pays ; ce qui ne s'y consomme point se met en eau-de-vie.

La dîme du curé peut aller de 8 à 900 l. (1). La taille s'y répartit en raison d'un sol par la livre sur le pied de l'évaluation. La répartition faite par les collecteurs est assez proportionnelle.

Le rôle des vingtièmes, année 1773, contient 32 articles ; le projet pour l'année suivante en a 44.

Tarif ou évaluation du produit de chaque nature de biens. (*Calvados*, C. 7476). L'acre de masure plantée, 60 (bon), 50 (médiocre), 40 (mauvais) ; de terre labourable, 40, 30 et 20 l. ; de prairie fauchable, 40, 30 et 20 l. ; d'herbage, 60, 50 et 40 ; de bois, 15, 10 et 8 l. ; il n'y a ni bruyères, ni pâtis. Le blé vaut 7 l. le boisseau et la somme (5 b⁣ˣ) 35 à 40 ; le prix du seigle, des pois et vesces n'est pas donné ; le cent de bottes de foin, 25 à 30 l.

PROCÈS-VERBAL DE L'ASSEMBLÉE PAROISSIALE DU 29 MARS 1789

Président : Augustin Le Bouteiller, syndic, *130 l. 8 s.* (2).

Comparants. (La liste n'est pas donnée dans le procès-verbal ; à défaut voici celle des habitants qui ont signé) : Quillet, seigneur de la paroisse, M. A. en 1788, 45 l. 13 s. (pour ce qu'il fait valoir et ce que tiennent ses fermiers) ; Hervieu (Olivier), fermier de La Croix Saint-Michel, de Honfleur, M. A. en 1788, maire en 1790, *103 l. 12 s.* ; François Becquemont, N en 1790, 3 l (avec Fᵣⁱˢ Liétout) + 25 l. 4 s. + *43 l. 5 s.* ; Jacques Dionis, O M en 1790, *6 l. 16 s.* ; Hauvel (Julien), procᵣ de la commune en 1790 (3), fᵣ de Louis Maudelonde, *3 l. 6 s.* ; Michel (Jean) (4) 12 l. 14 s. + *32 l.* ; Pierre-Adrien Prentout, 11 l. + *6 l. 16* ; Germain Dionis, N en 1790, *7 l. 6 s.* ; Dorange (Jean), fᵣ de Georges Vincent, *9 l. 15 s.* ; plus quatre noms illisibles (5).

Députés : Quillet de Cricquebœuf et Le Bouteiller, syndic.

(1) Tandis qu'en 1790, comme on l'a vu plus haut, elle s'élève à 1.300 l.

(2) Augustin Lebouteiller aurait-il succédé à Guillaume Lebouteiller, dont le revenu était, en 1773, de 466 l. ? Toujours est-il que Augustin ne figure pas au rôle des vingtièmes.

(3) Jean, par erreur probablement, sur la liste de la municipalité de 1790.

(4) Il y a aussi Michel Julien, 4 l. 11 s.

(5) Parmi les non comparants membres de la municipalité en 1790, Louis Maudelonde, O M ; Jean Lamidey, N, *366 l. 10 s.* ; Pierre Croix, N, *8 l. 13 s.* ; Michel Mignot, N ; Charles Becquemont, secrétaire greffier.

Les incidents suivants, narrés dans une lettre (28 août 1788) du syndic à la Commission intermédiaire de Pont-l'Évêque, pourront éclairer la physionomie de plusieurs membres de l'assemblée, notamment de Quillet, dont le nom revient plusieurs fois dans cet ouvrage.

« Vous trouverez ci-inclus, écrit le syndic, le certificat de l'assemblée municipale de

CAHIER DE DOLÉANCES

Il est identique à celui d'Equemauville, et, comme lui, utilise la formule imprimée ; mais, au lieu de : « L'an 1789, le 29 du présent mois... » jusqu'à la fin, il y a :

Fait et arrêté par les soussignés, après lecture faite. A Cricquebœuf, le 29 mars 1789.

Signé : LE BOUTEILLER, HERVIEU, François BECQUEMONT, QUILLET.

Le nom de Quillet est précédé des mots suivants écrits de sa main.

Autant du présent mis en mes mains, comme député de la susdite paroisse, aux fins de dépôt vers la justice royale de Honfleur. L'an et jour susdits.

———

la paroisse de Cricquebœuf. M. Quillet, seigneur de cette paroisse, s'y est trouvé pour la première fois ; il a été question de nommer un nouveau membre pour remplacer Bernard Davory, décédé depuis deux ou trois mois ; ce que ledit seigneur a décidé avant de faire enregistrer les derniers ordres ; à l'instant on a recueilli les voix.

» M. le Curé a nommé Becquemont, un des plus forts propriétaires de cette paroisse et, d'ailleurs, honnète homme ; M. Quillet, seigneur, a répondu avec vivacité qu'il s'y opposait formellement et a nommé Déhays, qui n'est qu'un petit fermier et, de suite, s'est adressé aux nommés Lamidé et Vauquelin, premiers membres et ses deux fermiers, qui ont eu la complaisance de nommer, comme leur maître, soit par inclination, etc. C'est ce que j'ignore absolument.

» Moi, syndic, ai nommé, comme M. le Curé, le nommé Becquemont ; le greffier, Olivier Hervieu, a nommé, comme nous, ledit Becquemont. A l'instant, le sieur curé, homme bon et simple, n'a point tenu à sa première nomination pour Becquemont, en disant qu'il ne voulait se faire d'ennemis dans la paroisse et qu'il lui était égal que ce fût l'un ou l'autre et n'a jamais voulu se décider pour celui-ci ou pour celui-là ; de sorte que la délibération s'est trouvée terminée sans nomination.

» J'aurai l'honneur de vous observer, Messieurs, que mon dit sieur Quillet, seigneur, se trouve le plus fort terrier de cette paroisse et comme les premiers ordres portent qu'on nommerait les personnes qui seraient les plus haut imposées à la taille, pour membres de la municipalité, on a donc été forcé de nommer, pour les deux premiers membres, deux des fermiers de ce seigneur.

» Je crois que cette nomination ne doit se faire que le 1ᵉʳ octobre et il me paraît que, dans cette petite paroisse, si on est forcé de faire une estimation légale des fonds d'icelle, on y rencontrera bien des entraves, vu que les deux premiers membres en occupent à eux deux près des trois cinquièmes ». *Archives du Calvados*, C. 8692.

FIQUEFLEUR

Seigneur : De Tonnetuit.

Impositions ordinaires en 1790 (*Archives de l'Eure*, C. 301) :

Imposition principale	422 l. 12 s. 5 d.	
Imposition accessoire	245 » 4	
Capitation (1).	273 9 8	
Prestation (2).	106 17 »	

Gabelle : en 1789 (*Archives nationales*, G¹ 100), 47 feux et 139 personnes imposés ; 2 personnes privilégiées. — Sel d'impôt [300 l.] (*Archives de la Seine-Inférieure*, C. 610).

Vingtièmes (3) : (*Eure*, C. 291), en 1789 : 299 l. 13 s.

PROCÈS-VERBAL DE L'ASSEMBLÉE PAROISSIALE

Date : 29 mars 1789.

Président : Aucun nom n'est indiqué.

Population : 50 feux.

Comparants : Jean Lecarpentier, syndic, maire en 1790, *8 l. 3 s. 6 d.* ; André Leclerc (4) ; Jean Bias, fermier de Le Chevallier et propriétaire, *117 l. 3 s. 8 d.* ; André Guilmard, O M, en 1790, fermier de Prémord et Le Chevallier, *110 l. 18 s. 6 d.* ; Louis Aubert, fermier de Desclosets, de Honfleur et propriétaire, *60 l. 5 s. 9 d.* ; Nicolas Aubert, fermier de Le François et Prémord et propriétaire, *31 l. 12 s.* ; François Leclerc, fermier, *10 l. 11 s. 6 d.* ; Jean-Baptiste Mérieult, propriétaire et fermier, *16 l. 8 s. 6 d.* : Jacques Durand, père, fermier, *6 l. 8 s. 6 d.* ; Jacques Durand, fils, propriétaire et fermier, *5 l. 17 s.* ; Jacques Morin, *2 l. 6 s. 6 d.* ; Jacques Rocque, propriétaire et fermier de Prémord, *14 l. 15 s. 6 d.* ; Thomas Lepaon, propriétaire, *4 l. 13 s. 6 d.* ; Charles Normand, *3 l. 10 s.* ; Louis Champaigne, procureur de la commune en 1790, fermier et proprié-

(1) En 1785 taillie, 390 l. ; imposition accessoire, 233 ; capitation, 250 (*Archives de la Seine-Inférieure*, C. 251).

(2) En 1783, corvée, 85 l. (*Archives municipales de Honfleur*, série II, fonds de la subdélégation.

(3) Le rôle des vingtièmes de Fiquefleur, bien qu'établi en 1780, paraît n'avoir pas été vérifié et être resté très insuffisant. Il ne nous a pas fourni les mêmes renseignements que la plupart des rôles analogues de l'élection de Pont-Audemer. Aucun des comparants n'y est inscrit alors que le rôle des impositions de 1790 en désigne plusieurs comme propriétaires, exploitant ou non exploitant.

(4) Dérôlé en 1790.

taire, *5 l. 6 s. 6 d.* ; Pierre Boissel, *1 s.* ; Thomas Durand (1) ; Louis Normand (2) ; Louis Lachey, propriétaire, *3 l. 14 s. 9 d.* ; Charles Goblin, *9 l. 7 s.* ; Joseph Vaugien, propriétaire, *5 l. 12 s. 3 d.* ; Nicolas Durand, fermier du curé, *2 l. 14 s. 6 d.*

Députés : Jean Lecarpentier; André Guilmard.

(Suivent 21 signatures.)

Cahier de Doléances

Le préambule et les six premiers paragraphes sont identiques à ceux d'Equemauville (3).

Paragraphe 7

Que les droits de greffe, contrôle, centième denier et insinuation, si on les laissait subsister, seront considérablement diminués et classés bien clairement dans les règlements à intervenir sur cette matière.

Paragraphe 8

Que la mendicité soit généralement abolie et que néanmoins on prévienne [avise] aux moyens de secourir convenablement les pauvres, surtout dans les paroisses ou autres bénéfices dont les revenus suffisent à peine pour fournir au titulaire le nécessaire et où les facultés modiques des habitants n'offrent aucune ressource.

Paragraphe 9

Il est identique au 8e d'Equemauville.

Paragraphe 10

Que les loteries ne puissent en aucun cas être rétablies...

La suite de ce paragraphe reproduit le paragraphe 9 d'Equemauville (4).

---

(1) Il n'y a pas au rôle de 1790 de contribuable de ces nom et prénom, on trouve seulement, outre les 3 comparants du même nom, Jean et Louis Durand.

(2) On trouve au rôle de 1790 la veuve Louis Normand, fermière de Marais d'Honfleur, etc., pour *21 l. 1 s. 3 d.*

(3) pp. 51, 52.

(4) p. 53.

Paragraphe 11

Que la liberté des citoyens soit à l'abri des atteintes auxquelles elle est exposée par les enrôlements de la milice...

Ce paragraphe et le cahier se terminent par les mêmes doléances qu'Équemauville ; seul le numéro diffère.

Fait, arrêté double et signé dans notre assemblée, après lecture faite, ce vingt-neuf mars mil sept cent quatre-vingt-neuf.

Signé : François LECLERC; LECARPENTIER ; André GUILMARD ; etc.

LA RIVIÈRE (Hameau)

PAROISSE SAINT-LÉONARD DE HONFLEUR

Population : en 1789, 132 feux.

Impositions ordinaires, en 1790 (*Calvados*, C. 8.700) :

Imposition principale.	1.475 l. 5 s. 11 d.
Imposition accessoire.	857 1 »
Capitation	1.042 1 8 (1)
Prestations (*Archives de Honfleur*,	
Série II, fonds de la délégation) .	383 » »

Gabelle : en 1789, 139 feux et 416 personnes imposés, sel d'impôt [1.175 l.]; sel de privilège [170 l.]. (*Archives de la Seine-Inférieure*, C. 610).

Vingtièmes (*Calvados*, C. 7.534) : Montant du rôle : 1.599 l. 6 s. 8 d. — Principaux propriétaires : Jean-Baptiste Avice, père, demeurant rue Chaussée, à Honfleur, 950 l. — De Brévedent d'Ablon, propriétaire de deux fermes et d'un moulin dont le revenu total est de 1.300 l. — Jean-Baptiste Davasey, 721 l.

Privilégiés (*Calvados*, C. 7534). — Le curé de Saint-Léonard de Honfleur, pour la dîme de la Rivière (86 l. 18 s. d'impôts ordinaires). Le sieur Paulmier, titulaire de la chapelle Saint-Clair : un herbage dépendant de son bénéfice et loué 145 l. Les dames religieuses (?) de Honfleur (3 l. 13 s. 6 d. d'impositions ordinaires). — Henry-Louis (Adrien en 1790) de Gouël, écuyer, pour maison et jardin planté, revenu de 30 l. 15 s.

Observations générales (*Calvados*, C. 7.534). En 1776, le hameau relève du duc d'Orléans, en 1789 le seigneur est de Brévedent d'Ablon (ou de Saint-Nicol).

... Les habitants payaient autrefois la capitation conjointement avec les bourgeois de Honfleur ; mais en ont été distraits et sont sujets aujourd'hui à la taille ; c'est le receveur des vingtièmes de la ville de Honfleur qui reçoit ceux de ce hameau. Il serait nécessaire d'y nommer un syndic ; n'y en ayant pas depuis quelques années (2).

... La plus grande partie des habitants sont pêcheurs et allant matelots sur mer.

Les principales productions sont en cerises et cidre qui ont manqué depuis quatre ou cinq ans. Il ne s'y récolte pas de blé de quoi nourrir les habitants un

---

(1) En 1785 : T. 1650 ; Imp. ac^re, 984 ; C. 1059. (*Archives de la Seine-Inférieure* C. 251).

(2) Il y en avait un en 1789.

mois. La plus grande partie du terrain est en côte. La vallée est en plus grande
partie ravagée et ruinée tant par la mer que [par] la nouvelle route de Honfleur
au Pont-Audemer. La taille s'y répartit à peu près à raison de deux sols pour
livre...

Au rôle de 1774 il y a 120 articles; dans le nouveau rôle on en prévoit
125, y compris les parties omises...

Tarif ou évaluation du produit de chaque nature de biens (Calv. C. 7.534).
L'acre de masure, 70 (bon), 55 (méd.) et 40 l. (mauvais); de terre
labourable 30, 25 et 20 l.; de prairie fauchable, 60, 45 et 40 l.; d'herbage.
70, 60 et 40 l.; de bois taillis, 10, 8 et 5 l.; il n'y a point de bruyères ni
de pâtis. Le prix du boisseau de blé est variable; on ne fait du seigle que
pour les liens; point de prix pour l'orge, les pois et vesces qui se consomment
dans la paroisse; le cent de bottes de foin (chacune de 13 à 20 l.) vaut
36 à 40 l.

PROCÈS-VERBAL DE L'ASSEMBLÉE PAROISSIALE DU 29 MARS 1789

Président : Jean-Baptiste Patin, sergent au bailliage de Honfleur (1).

Comparants : Gérôme-Alexandre Goubard, syndic O M en 1790
50 l. 6 s. 3 d. (2) Bernard Drieu, constructeur, habitant Honfleur,
41 l. 3 s. 3 d.; Jacques-Louis Tassel, procureur de la commune en 1790;
Jean-Baptiste Vallois, fᵉʳ de Barbel, Laumosne, Mᵐᵉ Président et
Jⁿ-Bᵗᵉ Simon, maire en 1790, *82 l. 13 s. 6 d.*; Jacques Déliée, fᵉʳ de
Desormeaux, N en 1790, *107 l. 9 s. 3 d.*; François Dessaux, O M en 1790,
7 l. + *13 l. 14 s. 6 d.*; François Louédin, 5 l. + *6 l. 17. s. 3*; François
Boudin, fᵉʳ de Dumesnil-Breton, *51 l. 17 s. 6 d.*; Jean-Baptiste Gallou,
fᵉʳ de Lˢ Normand, *13 l. 14 s. 6 d.*; Gabriel Simon, fᵉʳ des Dames religieuses
de Honfleur, *73 l. 3 s. 6 d.*; Jacques Maréchal, *3 l. 8 s. 9 d.*; Jacques
Canteleu, fᵉʳ de Brévedent d'Ablon, N en 1790, *59 l. 9 s.*; Pierre Enoult,
8 l. 3 d.; Jacques Lecesne (3); Gabriel Godard, *4 l. 11 s. 6 d.*; Nicolas
Liétout, fᵉʳ de Quesney, N en 1790, *75 l. 9 s. 3 d.*; Guillaume Olivier,
fᵉʳ de la Vᵛᵉ Lelièvre, *17 l. 14 s. 9 d.*; Pierre Leroy, fᵉʳ de Laumosne, de
Lepiney-Langlois et de Postel, N en 1790, *77 l. 15 s.*; Louis Machard, N en
1790, fᵉʳ de dˡˡᵉ Lebroc, *41 l. 3 s. 3 d.*; Louis Normand, *15 l. + 5 l. 7 s. 3 d.*,
et Guillaume Quenel, fᵉʳ de Bréard, 10 l. 6 s. (4).

Députés : Bernard Drieu; Jacques-Louis Tassel.
　　　　　　(Suivent 18 signatures).

(1) Au rôle des impositions ordinaires on trouve Jacques Patin, *2 l. 5 s. 6 d.*
(2) Aucun prénom n'est donné, mais il n'y a pas d'autre imposé du même nom.
(3) Il y a au rôle des impositions ordinaires *Guillaume* et non Jacques.
(4) Non comparants membres de la municipalité de 1790 : Charles Louédin, fermier
de François Bonnet, de Guillaume Laumosne et de Pierre Ledien, O M, *96 l. 9 d.*;
Charles Lequesne, fermier de Boudin, de Jacques Philippe, O M, en 1790, *41 l. 3 s. 3 d.*;
Jean-Baptiste Lecler, O M, *68 l. 12 s.*; Jean-Baptiste Quesnel, N, *7 l. 8 s. 3 d.*; Jean

Cahier de Doléances

Le cahier reproduit d'abord textuellement le préambule et les quatorze paragraphes d'Équemauville. Il continue ainsi :

Paragraphe 15

La suppression de toutes les abbayes et communautés en général et que les revenus d'icelles revertissent au soutien de l'État, à l'instruction [l'entretien ?] de celles qui sont utiles pour l'instruction de la jeunesse.

Paragraphe 16

La suppression générale des dîmes qui revertiront au bénéfice des propriétaires possédant fonds, à la charge par eux de faire une pension aux curés et vicaires, tel que sa majesté l'ordonnera et subviendra au besoin des pauvres de leur paroisse.

Paragraphe 17

Que les colombiers parcs et garennes soient détruits entièrement, étant très désastreux dans les semences et récoltes.

Paragraphe 18

Que le génie des ponts et chaussées soit supprimé et remplacé par le génie militaire, si on trouve que bien soit, car le premier opère d'une manière très dispendieuse à l'État.

Paragraphe 19

Qu'il soit permis de s'affranchir des corvées féodales.

Paragraphe 20

Que toute personne dans le commerce venant à manquer, tomber en faillite ou faire banqueroute, soit tenue de se rendre en prison avant de déposer son bilan et ses livres qui seront cotés et paraphés des juges et sur lesquels sera porté jour par jour le contenu de leurs affaires ainsi que leur dépense à la fin de chaque

---

Gosselin, fermier de Avice, N, *164 l. 13 s.* ; Jean Simon, meunier, N, *91 l. 9 s. 3 d.* ; François Gaillard, fermier de Delagarenne, N, *43 l. 9 s.* ; Jean Baptiste Simon-Montgaillard, N, *21 l. 14 s. 6 d.* ; Robert Bauzamy, N, fermier de de Brévedent d'Ablon, N, *59 l. 8 s. 9 d.* ; Jean-Baptiste Corset, N, *6 l. 17 s. 3 d.*

mois et, faute par eux de ce, leurs biens meubles et immeubles revertiront au bénéfice de leurs créanciers qui les condamneront à mort ou aux galères à perpétuité, à leur volonté.

Paragraphe 21

Que la noblesse ne s'obtienne point par des charges vénales, qu'elle soit au contraire le prix des services que de simples particuliers peuvent rendre à la patrie.

Paragraphe 22

Qu'il soit accordé des encouragements aux manufactures qui fabriquent des marchandises que l'on serait obligé de [faire venir] de l'étranger car ce sont les plus utiles et, très souvent, les moins lucratives et même perdantes.

Paragraphe 23

Que le clergé ne soit point appelé pour délibérer aux Etats généraux futurs comme un troisième ordre, mais qu'il fasse corps avec la noblesse, ceux qui sont nobles, et les autres avec le tiers état, si toutefois on juge à propos qu'ils y soient appelés, car ce [cela] paraît même contraire avec leur ministère.

Paragraphe 24

Reprenant l'article 9 on observe qu'il est urgent de supprimer entièrement les aides et gabelles, attendu qu'il se commet nombre d'abus qui ruinent entièrement les citoyens de chaque endroit.

Paragraphe 25 et dernier

Que le contrôle des actes soit réduit à un taux plus médiocre que celui qui existe aujourd'hui.

L'assemblée déclare au surplus que ne trouvant de bien que dans l'union et n'ayant d'autre intention, etc. (1).

Signé : Goubard, syndic ; B. Drieu ; Boudin ; Tassel ; François Louèdin ; Patin, etc.

---

(1) Equemauville, pp. 54, 55.

SAINT-MARTIN-LE-VIEUX

Population en 1789, 48 feux.

Impositions ordinaires en 1790 (*Archives du Calvados*, C. 8.696).

Taille	463 l.	12 s.	5 d.	En 1785		380
Imposition accessoire	268	8	»	(Archives de		227
Capitation	299	18	4	la Seine-Infé-		243
Prestation	177	3	»	rieure, C. 251)		

Corrée en 1783 (*Archives de Honfleur, Série II, fonds de la subdélégation*), 95 l.

Gabelle en 1789 (*Archives nationales*, G¹ 100), 43 feux et 140 personnes imposés, 2 feux et 8 personnes privilégiés. — Sel d'impôt (*Archives de la Seine-Inférieure*, C. 610), [300 l.].

Vingtièmes (*Archives du Calvados*, C. 7.438). — Montant du rôle en 1790 : 546 l. 10 d. — Propriétaires dont le revenu (en 1774), est au moins de 500 l. : dame de Brévedent : une ferme, 605 l. ; une autre ferme, 24 l. ; total : 629 l. — Thomas de Boislévêque : une ferme, 1.070 l. ; une autre ferme, 425 l. ; total : 1.495 l. — Charles et Jean Falaize : plusieurs masures. un pré, un herbage, labour et bois taillis, tenus par eux, 305 l. ; Jean Falaize, propriétaire de plusieurs maisons, terre en labour et bois taillis, tenus par lui, 300 l. ; Charles Falaize, propriétaire de plusieurs maisons, masure, terre en labour et bois de 7 acres, tenus par lui, 280 l.

Privilégiés (*Archives du Calvados*, C. 7.438). — Le curé : presbytère, jardin, 30 l. (pour mémoire) ; cour de 2 acres, 120 l. ; herbage de 3 acres, médiocre, dont une partie louée à Jean-Pierre Inger, 190 l., et l'autre qu'il fait valoir, estimé 90 l. ; un trait de dîmes qu'il fait valoir, estimé 500 l. ; un trait de dîmes loué à Jacques Reculard et à Grimpard, 500 l. et 15 l. de sucre, 502 l. ; un autre trait de dîmes loué à Rob. Maréchal et 15 l. de sucre (cet objet est situé sur Manneville-la-Raoul), 252 l. ; dîmes novales, 10 l. ; total : 1.664 l. — De Cécire, écuyer, pour ce qu'il fait valoir, revenu de 30 l. (1).

PROCÈS-VERBAL DE L'ASSEMBLÉE PAROISSIALE DU 29 MARS 1789

Président : Charles-Jean-Baptiste Fallaize, syndic, maire en 1790, 28 l. + (avec Jean) 30 l. 10 s. + (sa veuve et son fils au moment de la rédaction du rôle en 1790) *116 l. 16 s. 9 d.*

Comparants : (Les noms ne sont pas inscrits au procès-verbal, voici les

---

(1) Il n'y a, sur le rôle des vingtièmes, ni *observations générales*, ni *tarif* ; en outre, la contenance des terres n'est pas donnée.

signataires du cahier) : Pierre-Joseph Henry, président du grenier à sel de Honfleur, *2 l. 5 s. 9 d.* ; Pierre Morin, *12 l. 5 s. 3 d.* ; Jean Bouvet, O M en 1790, fermier de Henry, président, *45 l. 14 s.* ; Jacques Sénécal, 10 l. (avec Jean) + *10 l. 6 d.* ; Picard (Nicolas ?), 2 l. ou 1 l. 16 s. + *7 l. 16 s.* ou *7 l. 4 s. 9 d.* (Nicolas, O M en 1790) ; Pierre Bellois, *11 s.* ; Romain Caen, N en 1790, fermier de Lefebvre, de Honfleur, *16 l. 3 s. 3 d.* ; Pierre Maréchal, *2 l. 15 s. 9 d.* ; Jean Potel (ou Jean Pestel, peut-être), *3 l. 18 s.* ; Jean Beauzamy, N en 1790, fermier de Cécire, *66 l. 15 s. 6 d.* ; Jean Morin, secrétaire-greffier en 1790, *1 s.* ; François Sénécal, 1 s. 4 d. + *9 l. 9 s. 6 d.*, et Louis Destin, O M en 1790, fermier de François Leboullanger d'Épaignes, *34 l. 11 s.* (1).

Députés : Henry, président du grenier à sel de Honfleur ; Charles-Jean-Baptiste Fallaize.

Signé : Picard, greffier.

CAHIER DE DOLÉANCES

Cahier de doléances, plaintes et remontrances faites à sa majesté par ses très fidèles et respectueux sujets de la paroisse de Saint-Martin-le-Viels [*sic*], lesquels la supplient très respectueusement :

1º De vouloir bien accorder à ses sujets de la province de Normandie le rétablissement des états.

2º La conversion du baillage de Honfleur en présidial (2).

3º Réunir à [en] un seul impôt territorial les dixièmes, vingtièmes et taille, pour être payé sur les fonds de la paroisse par les curés bénéficiers, seigneurs, gentilshommes et le tiers état propriétaire, suivant la quantité des terres, et assis par la municipalité.

4º Les capitations et industrie payables suivant l'exploitation et commerce.

5º Qu'il plaise à sa majesté établir les mêmes poids, mesures et aunage par tout le royaume.

6º Diminuer les droits d'aides avec un tarif simplifié.

7º Supprimer la gabelle et, dans le cas d'impossibilité de suppression, convertir les paroisses d'impôts en vente volontaire et ordonner que tous habitants au dessous de six livres d'impositions foncières ou capitation seraient dispensés d'en prendre au

---

(1) En 1790, 20 citoyens éligibles et 11 actifs.

La municipalité de 1790 se complète par ces noms qui ne se trouvent pas parmi les comparants : Jacques Pain, procureur, *6 l. 2 s. 6 d.* ; Charles Sénécal, N, *13 l. 7 s. 6 d.* ; François Morand, N, *2 l. 15 s. 9 d.*, et François Juger, N, *5 l. 6 d.*

(2) Voir p. 8.

grenier. Modérer le prix du sel et la fixation dans chaque paroisse ; dans le cas et où la conversion ne pourrait avoir lieu, abolir les peines afflictives et conversion en amende, à l'exception des attroupements et séditions, supprimer les entraves de cette partie qui sont gênantes au public et au commerce (1).

8° Que ceux possédant pigeons soient tenus de les tenir enfermés dans les temps de semence et récolte et pour les blés versés.

9° Supprimer en général les dîmes soit seigneuriales ou bénéficiales en donnant au seigneur laïque ainsi qu'au chapitre ou bénéficier dédommagement et, à l'égard des curés des paroisses, en leur donnant une pension honnète et décente pour leur subsistance, les dîmes étant un impôt très aggravant aux cultivateurs qui se trouvent privés des grains et fourrages ainsi que des denrées indispensables à la cultivation (sic).

10° Supprimer les maîtrises des arts et métiers.

11° Ordonner que la liberté personnelle des citoyens soit à l'abri des atteintes auxquelles elle est exposée par les enrôlements forcés de la milice, soit pour le service de terre, soit pour le service de mer, en statuant qu'à l'avenir les provinces seront chargées d'y pourvoir par des engagements volontaires.

12° Qu'il soit établi dans chaque paroisse des juges conciliateurs... (2).

Le présent, arrêté d'une voix unanime par nous, habitants de ladite paroisse de Saint-Martin-le-Viels, suivant les formes prescrites par le règlement pour être remis aux députés qui vont être nommés conformément au procès-verbal qui est dressé de la présente assemblée ; ont lesdits habitants signé après lecture. A Saint-Martin-le-Viels, ce vingt-neuf mars mil sept cent quatre-vingt-neuf.

Suivent les signatures portées au paragraphe des comparants.

-----

(1) Cet article est d'autant plus intéressant que le président du grenier à sel de Honfleur figurait au nombre des membres de l'assemblée de la paroisse.

(2) Equemauville, p. 54, § 12.

TONTUIT

Population en 1789, 16 feux.

Impositions ordinaires en 1790 (*Archives du Calvados*, C. 8.696).

Taille	432 l. 17 s. 5 d.
Imposition accessoire	251 2 1
Capitation	280 12 »
Prestations	169 » »

Corvée, en 1790, 82 l. (*Archives de Honfleur, Série II. fonds de la subdélégation*).

Rentes seigneuriales payées au duc d'Orléans en 1753 (*Archives nationales*, R¹ 920) : 10 s. pour le fief de Tontuit, occupé par de Néel seigneur.

Gabelle en 1789 : (*Archives nationales*, G¹ 100), 17 feux et 52 personnes imposés ; 1 feu et 2 personnes privilégiés. Sel d'impôt [150 l.] ; sel de privilège [25 l.] (*Archives de la Seine-Inférieure*, C. 610).

Vingtièmes (*Archives du Calvados*, C, 7.439). Montant du rôle en 1764 : 219 l. 5 s. 6 d. — Propriétaires dont le revenu est au moins de 500 l. : Mᵐᵉ de Tontuit, une ferme, 1.760 l. (en 1764) ; Pierre Bottentuit et Jean-Pierre Eude : maisons, bâtiments, prairies, herbages, masures et terres de labour, 746 l.

Privilégié : Le curé : maison et autres bâtiments, petit jardin, le tout très mauvais, estimé 10 l. (pour mémoire) ; masure d'une acre, mauvaise, 30 l. ; 4 acres de terre labourable plantée, 120 l. (le tout qu'il fait valoir) ; dîmes entières évaluées à 600 l. ; total, 760 l. (1).

PROCÈS-VERBAL DE L'ASSEMBLÉE PAROISSIALE DU 29 MARS 1789

Président : Aucun nom n'est donné.

Comparants : Pierre Bottentuit, *91 l. 18 s. 2 d.* ; Romain Manchon, *2 l. 5 s.* (avec Pierre Delarue) + *22 l. 16 s. 11 d.* ; Jacques Morin, *268 l. 6 s.* ; Jacques Rebut, de Saint-Benoît-d'Hébertot, *12 s.* + *5 l. 10 s. 6 d.* ; Louis Papillon, *88 l. 1 s.* ; Louis Louédin, *8 l. 7 s. 3 d.* ; et François Halley, syndic (2).

Députés : Pierre Bottentuit ; Romain Manchon.

(1) Il n'y a au rôle des vingtièmes ni *observations générales*, ni *tarif*. La contenance des terres n'est pas indiquée.

(2) Aucune cote à ce nom à Tontuit ; mais nous trouvons le même nom avec le même prénom, à Saint-Benoît, paroisse limitrophe, avec *27 l. 9 s.*

En 1790, 9 citoyens éligibles et 3 actifs.

Les membres de la municipalité, en 1790, sont : Quillet, curé ; Pierre Bottentuit, Jacques Morin, Louis Papillon et Jacques Rebut.

Cahier de doléances

Le texte du préambule et des 14 premiers articles est identique à celui d'Équemauville. Le cahier continue ainsi :

15° Demandons que les pauvres soient strictement restreints un chacun dans leurs paroisses.

16° Que les colombiers en entier soient supprimés, vu les dommages qu'ils font dans les campagnes.

17° Que les routes des bourgs à ville soient rétablies.

18° Que le divorce ne soit plus permis, non plus que les banqueroutes, à moins qu'ils [les banqueroutiers] ne prouvent une perte réelle et que, d'après leur banqueroute, tout commerce leur soit défendu.

19° Que les aides soient supprimées ainsi que les gabelles, deux corps qui ruinent et oppriment la province ; que les sommes immenses qui coûtent pour payer les personnes occupées à ces deux services soient employées aux besoins de l'État.

20° Que tous chasseurs ne chasseront point dans les campagnes depuis le premier mai jusqu'à la Saint-Michel inclusivement, à cause de la perte qu'ils causent dans les grains.

L'assemblée déclare, au surplus, que ne trouvant de bien que dans l'union elle s'en réfère à la volonté du Roi.

Ce qu'elle a signé, ce vingt-neuf mars mil sept cent quatre-vingt-neuf, après lecture faite.

Signé : Louis Louédin ; R. Manchon ; P. Bottentuit ; F. Halley, syndic, etc.

SAINT-THOMAS-DE-TOUQUES (1)

Population : en 1773, 160 feux (*Calvados,* C. 7.570) ; 1789, 200 et
« quelques feux ».

Receveur des aides : Queslin.

Brigade du « Quai au Coq » : Latour, brigadier ; Lavillier, sous-brigadier.

Impositions ordinaires, en 1790 (*Calvados,* C. 8.700) :

Taille.	2.726 l.	16 s.	5 d.
Imposition accessoire.	1.584	19	8
Capitation	1.927	12	» (2)
Prestations	709	»	»

Corvée en 1783 : 617 l. (*Archives communales de Honfleur, Série II, fonds
de la subdélégation*).

Gabelle : (pour les deux paroisses) les habitants paient seulement le sel
de privilège [1.950 l.].

Rente seigneuriale payée au duc d'Orléans en 1753 : 6 s. 6 d. par
Firmin de Saint-Vast pour la sergenterie Prentout.

Vingtièmes (*Calvados,* C. 7.570). Montant du rôle en 1790 : 3.734 l. 6 s.
10 d. — Propriétaires ayant un revenu égal ou supérieur à 500 l. en 1775 ;
Deshayes, 1.100 l. — Bellauney, 1.200 l. — Jean Saucisse, 1.213 l. 6. s. —
Saint-Martin de Fleurigny, propriétaire de rentes seigneuriales qui se paient
ainsi : 402 l. en argent ; 200 l. en sel blanc et 108 l. en grains, volailles et
œufs ; total 710 l. ; revenu d'autres immeubles, 2.076 l. 10 s. (3). —
Dumesnil de Saint-Germain, 3.730 l. — De Croixmare, 800 l. — Poitié (?)
1.300 l. — Dame Thollemert, 650 l. — Véron des Aulnées, 1.100 l. —
Antoine Labbé, 800 l. — Chauffer de Toulaville, revenu des « objets qu'il
occupe et fait valoir », 600 l. — Le duc d'Orléans, pour un vingtième de
la forêt de Touques (916 l. 3 s. 4 d. d'impositions ordinaires).

Privilégiés (*Archives du Calvados,* C. 7.570). — Le curé, Le Magnan :
presbytère, jardin et cour, le tout de 3 vergées (pour mémoire) ; herbage

---

(1) Des deux paroisses de Touques, l'une, Saint-Thomas, dépendait du bailliage de
Honfleur ; l'autre, Saint-Pierre, du bailliage d'Auge.

(2) En 1785, ces trois contributions produisaient respectivement : t. 2.590 l. ; imposition ac^re, 1.544 l. ; capitation, 1.663 l.

(3) Note du rôle des vingtièmes, 1790 : « Le sieur de Fleurigny n'a déclaré ses rentes
seigneuriales des fiefs de l'Epine et de Fleurigny, sis en ladite paroisse qu'au revenu
de 48 l. 7 s. ; il est nécessaire de lui faire représenter son registre de gage-pleige.
Elles pourront même monter au-dessus de l'imposition présente, vu la cherté des
grains en essence dont il ne fait aucune mention dans la déclaration qu'il en a fait
remettre ».

de 3 vergées, 40 l. ; une vergée et demie de labour, 15 l. ; dîmes, 1.400 l. ; total, 1.455 l. — L'évêque de Lisieux : Le moulin de Touques, loué 600 l. à Lemonnier, 450 l. ; pièce en labour louée à Roué, 18 l. ; herbages et labour loués à Louis Delamorinière, 400 l. ; deux pièces de terre louées à Louis Lecerf, 152 l. ; herbages et labour loués à Fils, 1.140 l. ; terres labourables, maisons, cour et herbages loués au même, 550 l. ; terres labourables louées à la veuve Viel, 420 l. ; « la coutume louée 780 l. à la même, mais qui ne doit être portée qu'au revenu de 400 l., attendu le déficit, dans le recouvrement des droits, opéré par la révolution présente » ; « les droits de péage sur le pont de Touques, estimés 500 l. annuellement, mais qui doivent être tirés *(sic)* pour mémoire, ce pont étant beaucoup plus onéreux que profitable par les frais d'entretien qui se montent chaque année à 1.100 l. (Néanmoins les chiffres de 780 l. et de 500 l. ont été maintenus dans le rôle) ; rentes seigneuriales dont l'évêque ne perçoit, par bonté, que les 2/5, et qui, par ce motif, ne se montent qu'à 220 l. ; total, 4.830 l. — Le duc d'Orléans. — Les trésors de Saint-Thomas de Touques, de Canapville et de Deauville. — Saint-Martin de Fleurigny. — de Croixmare. — Néron des Aulnées et Chauffer de Toulaville.

Observations générales. (*Calvados*, C. 7.570). La paroisse de Saint-Thomas de Touques relève de l'évêque de Lisieux, seigneur et patron. Le sieur de Fleurigny y possède une extension de fiefs.

...Il s'y tient, tous les samedis de chaque semaine, un marché considérable, tant pour le monde que autres denrées [*sic*]. Les habitants n'ont d'autres occupations que pour les salines et d'être journaliers et matelots. Les salines, suivant la représentation des baux et déclarations des particuliers, sont totalement diminuées par rapport aux eaux qui les détruisent et leur causent une perte considérable. La situation de cette paroisse est, pour la plus grande partie, hors le bourg, en côteau (1). Le sol y est assez égal. Il y a un port audit bourg où s'embarquent les cidres et autres marchandises pour Rouen (2). La taille s'y répartit à raison de 7 liards pour livre sur le prix de l'évaluation de l'occupation... Le rôle de 1773 contenait 195 articles ; le présent projet n'en présente que 176, eu égard aux réunions qui ont paru nécessaires...

Tarif ou évaluation du produit de chaque nature de biens (*Calvados*, C. 7.549). L'acre de masure plantée, 60 l. (bon), 50 l. (médiocre), 40 l. (mauvais) ; de terre labourable, plantée et non plantée, 35, 28 et 25 l. ; de prairie fauchable, 40, 30 et 20 l. ; d'herbage, 70, 60 et 50 l. ; de bois

(1) Dans le procès verbal de l'assemblée du 6 juillet 1788, on constate que par la violence des eaux qui sont descendues du côteau, à la suite de l'orage du 28 juin, des pans de mur ont été renversés, des meubles emportés, des étoffes enlevées chez des marchands. (*Archives du Calvados*, C. 8.690).

(2) L'assemblée du 6 juillet se plaint que « le commerce de ce bourg souffre beaucoup de ce que la communication d'ici à Pont-l'Évêque est presque impraticable pour les voitures ».

taillable, 20, 15 et 10 l. ; il n'y a ni bruyère, ni pâtis. Prix du blé : 7 l. le boisseau, 35 l. la somme ; point de prix pour le seigle, les pois et vesces qui sont consommés sur place. Le cent de bottes de foin (18 à 20 livres chacune) vaut 25 à 30 l.

PROCÈS-VERBAL DE L'ASSEMBLÉE PAROISSIALLE DU 25 MARS 1789 (1)

Président : François-Claude Léger, « syndic de la paroisse et de la municipalité, président de la délibération ci-après, à défaut d'officier public », N en 1790, 5 l. + *14 l. 6 s. 6 d.*

Comparants : François Desseaux, N en 1790, 88 l. + *61 l. 7 s. 11 d. ;* Jean Lecour, fermier de Chauffer de Toulaville, 34 l. 18 s. + *125 l. 14 s. 6 d. ;* Sébastien Noël, *73 l. 11 s. 3 d. ;* Jean-Claude Perrée, O M en 1790, 6 l. + *11 l. 9 s. 3 d. ;* Jean-Baptiste Dufour-Dulongprey, 11 l. 8 s. + *14 l. 8 s. 2 d. ;* François Desseaux, fils, fermier de François Desseaux, son père, *187 l. ;* Guillaume Ameline, fer de Pierre-Antoine Labbé et du trésor de la paroisse 74 l. 1 s. 2 d.; Jean-Baptiste Lehéricher, O M en 1790, *3 l. 14 s. 10 d.* ; Louis Delauney, fer de sa mère, *3 l. 12 s. 5 d.* ; Pierre Machinot, 8 l. 8 d. ; Pierre Dutrembley (2), O M en 1790, *9 l. 3 s. 4 d.* ; Jean-Pierre Leblanc, 11 l. 12 s. + *8 l. 8 d.* ; Pierre Hauvel, O M en 1790, 6 l. 10 s. + *1 l. 3 s. 1 d.*; Jacques Collet, O M en 1790, 28 l. + *55 l. 11 d.* (avec sa mère); François Mullot, 5 l. 12 s. + *24 l. 19 s.*, et Louis Pestel, greffier de la municipalité, fer du curé de Drucour, « les présents faisant pour les absents » (3).

Députés : Jean-Baptiste Dufour-Dulongrey ; Jean-Baptiste Lehéricher ; François Desseaux fils.

Suivent 17 signatures.

CAHIER DE DOLÉANCES

Pour le préambule et les 9 premiers paragraphes ce cahier est identique à celui d'Equemauville.

Paragraphe 10

Que la liberté personnelle des citoyens soit à l'abri des atteintes auxquelles elle est exposée par les enrôlements forcés de la milice,

---

(1) L'assemblée se tient dans la nef de l'église.

(2) Au rôle des impositions ordinaires, on lit Antoine Dutrembley ; mais c'est le seul individu du même nom dans la paroisse.

(3) Parmi les non-comparants qui font partie de la municipalité de 1790 (il n'y en a plus, à cette date, qu'une seule pour les deux paroisses) : Louis-Richard Quatrehomme, notaire, proc. de la commune, *6 l. 17 s. 6 d.* ; Pierre-Victor Damour, secrétaire-greffier, *13 l. 15 s.* ; Bunel père N (François Bunel, fer de Chauffer de Toulaville, *43 l. 17 s. 10 s.*, ou François-Claude Bunel, fer de la veuve Delauney, 3 l. 12 s. 5 d.); Robert Gamare, N, *13 l. 15 s.* ; François Lebey, N, *18 l. 16 s. 2 d.* ; Charles Liébard, N, *87 l. 5 s. 7 d.* ; François Pasquet, N., *9 l. 3 s. 4 d.* ; Pierre Lefebvre, *3 l. 12 s. 5 d.*

En 1790, il y a 83 citoyens éligibles et 14 actifs.

soit pour le service de terre, soit sur le service de mer, en statuant qu'à l'avenir les provinces seront chargées d'y pourvoir par des engagements volontaires et que chaque paroisse sera chargée d'acheter les hommes qu'elle sera obligée de fournir (1).

Paragraphe 14

Que les communautés d'arts et métiers soient supprimées, ainsi que toutes les douanes ou entraves qui gênent la circulation des denrées et la liberté du commerce dans l'intérieur du royaume. Demandent en outre que les terres qui, depuis 40 ans, ont été converties en herbe, soient remises en labour, attendu que ces conversions diminuent les denrées de première nécessité et en portent le prix à un taux excessif, ce qui gêne infiniment la classe malheureuse.

La liberté de la chasse et de détruire le gibier qui endommage les récoltes, de même que l'abolition des garennes, colombiers ; les dîmes supprimées et remplacées par une prestation en argent, afin d'éviter les procès entre les propriétaires de fonds et décimateurs.

Qu'il ne soit perçu aucun droit sur le poisson frais et salé.

L'assemblée déclare au surplus que ne trouvant de biens... (2).

Lecture faite et arrêté comme dessus.

Signé : F. Desseaux ; Sébastien Noel ; Léger, syndic ; Fs. Mulot ; J. Lecour ; Dufour, etc.

---

(1) Pour les §§ 11, 12 et 13, voir Equemauville, p. 54.
(2)   Ibid.

ABLON

Population : en 1774 (*Archives de Honfleur*, subdélégation), 256 habitants (2 prêtres, 50 hommes, 57 femmes, 20 garçons majeurs, 42 garçons mineurs, 28 filles majeures, 33 filles mineures, 13 valets, 11 servantes) ; en 1789, 58 feux.

Impositions ordinaires en 1790 (*Archives du Calvados*, C. 8.696) :

Taille	1.550 l.	2 s.	5 d.
Imposition accessoire	901	15	8
Capitation	1.007	10	4	(1)
Prestations	392	16	»

Les répartiteurs sont : Jacques Morin, maire ; Thierry ; Philippe Milcent, membres de la municipalité.

Corvée, en 1783 : 325 l. (*Archives communales de Honfleur, Série II. fonds de la subdélégation*).

Gabelle, en 1789 : 98 feux et 239 personnes imposés ; 3 feux et 21 personnes privilégiés (*Archives nationales*, G¹ 100). Sel d'impôt [690 l.] (*Archives de la Seine-Inférieure*, C. 610).

Vingtièmes (*Archives du Calvados*, C. 7431). Montant du rôle en 1790 : 1.613 l. 18 s. 5 d. Propriétaires dont le revenu est au moins de 500 l. : De Brévedent d'Ablon, propriétaire de maisons et autres bâtiments, masure de 4 acres 1/2, 2 herbages de 8 acres 1/2, 8 acres de pâturages, 3 de pré, 50 de labour et 18 de bois, le tout tenu par lui, revenu de 2.145 l. ; propriétaire en outre de 4 fermes tenues par Louis Rehut (149 l. 19 s. 3 d.), Jacques Leboulanger (11 l. 4 s. 6 d.), Jacques Lecarpentier, Jacques Lejugeur et Jean Quentin. — De Brévedent du Plessis, propriétaire d'une maison et autres bâtiments, masure d'une acre, 18 acres de labour, 1/2 acre de pré, 1 acre de bruyère ; revenu : 740 l. — Veuve du sieur de Thieuville, revenu de 102 l. + (avec le curé de Barneville), 565 l. — Thierry-Dupuis, ancien officier de la Chambre des Comptes, propriétaire de maisons et autres bâtiments, masure de 4 acres, 2 acres de pré, 1 1/2 d'herbage, 23 de labour, 1 de bois, revenu de 800 l. — Giffard, 500 l. — Guillet, 740 l. — Thomas Leterrier (ou Terrier), 940 l.

Privilégiés (*Archives du Calvados*, C. 7431). — Le curé : presbytère et jardin (pour mémoire) ; 7 vergées de cour plantée, médiocre ; une vergée de bois taillis, mauvaise, et une vergée de labour, bonne, 130 l. ; dîmes entières estimées 1.660 l. — Le trésor d'Ablon : une vergée de terre labourable, louée à François Harang, 27 l. — de Brévedent d'Ablon,

---

(1) Voici le montant de ces contributions en 1785 : t. 1.320 l. ; imposition ac°°, 788 l. : cap., 887 l. (*Archives de la Seine-Inférieure*, C. 251).

seigneur de la paroisse : château, cour d'honneur d'une acre et jardin de 1/2 acre, estimé, 12e déduit, à 300 l. de revenu ; pour ce qu'il fait valoir, 1.365 l. — Thierry, pour ce qu'il fait valoir, 40 l. de revenu. — de Brévedent de Saint-Nicol, pour ce qu'il fait valoir, 20 l. de revenu (1).

PROCÈS-VERBAL DE L'ASSEMBLÉE PAROISSIALE DU 29 MARS 1789

Président : Louis Thorel, syndic, 25 l. 10 s. + 68 l. 1 s. 3 d.

Comparants (La liste n'est pas donnée dans le procès-verbal ; à défaut, voici celle des habitants qui ont signé) : Étienne Lelièvre, greffier, fer de Jacques Bourgeot et de Thérèse Viont, *20 l. 1 s. 6 d.* ; Pierre Ridel, fer du curé de Barneville, *102 l. 3 s.* ; Charles-Désir Leterrier (ou Terrier), *44 l. 1 s. 6 d.* ; Robert Mathière (avec Alexandre), *8 l. 7 s. 3 d.* ; Michel Vanier, fer de Grenguet, de Honfleur et de la veuve Piquet, *13 l. 19 s.* ; Jacques Bourdon, *3 l. 12 s. + 3 d.* ; Louis Alliaume (ou plutôt Alleaume) fer de François Morin, de la veuve Moulin, des filles de Pierre Viont et de Françoise Viont, *38 l. 12 s.* ; Thierry-Dupuis, O. M. en 1790, 84 l. + *15 l. 2 s. 9 d.*, et François Guerrier, *34 l. 11 s. 6 d.* (2).

Députés : François-André Thierry-Dupuis ; François Guerrier.

CAHIER DE DOLÉANCES

Ce jourd'hui 29 mars 1789.

L'assemblée du tiers état de la paroisse Saint-Pierre d'Ablon réunie aux termes des lettres de convocation données à Versailles le 24 janvier dernier, signifiées requête de M. le procureur du Roi, bailliage de Honfleur, pour conférer sur les remontrances et plaintes et doléances, des moyens et avis qu'elle a à proposer à l'assemblée générale des États de la nation, pour élire, choisir et nommer ses représentants ;

Donne par le présent, aux personnes qu'elle va élire, ses pouvoirs généraux, soit pour la représenter aux États, soit pour élire et nommer dans les assemblées tels députés qu'il appartiendra pour la représenter, afin d'y proposer, remontrer, aviser et consentir tout ce qui sera nécessaire pour les besoins de l'État, la

(1) Au rôle des vingtièmes il n'y a pas de *tarif* ni *d'observations générales.*

(2) D'après le procès-verbal, ces habitants seraient « âgés de vingt ans ». C'est évidemment une faute matérielle.

Les seuls noms des membres de la municipalité de 1790 que nous ayons (outre Thierry) sont, parmi les non comparants : Jacques Morin, maire, fermier de Mme Prémord, de Desclosets et de Laurent Viont, *97 l. 12 s. 9 d.*, et Philippe Milcent, O M, *75 l. 17 s. 6 d.*

La liste électorale de 1790 porte 41 citoyens éligibles et 7 actifs.

réforme des abus en tous genres, l'établissement de l'ordre, la prospérité du royaume et le bien de tous.

Après avoir assuré le Roi que l'assemblée est prête à lui sacrifier sa fortune et sa vie, les députés exposeront que le vœu et le désir de l'assemblée sont :

Que dans les délibérations aux Etats les voix soient comptées par tête et non par ordre ;

Que tout privilège et toutes distinctions d'ordre, en matière d'impôt, seraient anéantis ;

Qu'une égalité proportionnelle dans la répartition de l'impôt soit exactement suivie ;

Que le Roi soit toujours grand et son peuple libre avec lui ;

Qu'à l'avenir il y ait des Etats réglés pour lier, entre le souverain et son peuple, une communication toujours facile ;

Que ces Etats conviennent avec lui de l'impôt et que cet impôt ne soit plus éternel dans sa durée ;

Qu'il ait ses limites fixes et qu'il cesse de droit s'il n'est renouvelé dans l'assemblée des Etats ;

Qu'il soit rendu à la province ses états particuliers, mais sur une organisation nouvelle et semblable à celle des assemblées provinciales ;

Que l'ordre soit établi dans les finances et que l'impôt ne soit fixé qu'après que la dette publique aura été approfondie et les dépenses ordinaires et extraordinaires seront bien connues ;

Que les campagnes soient dégagées du fléau de la milice qui les désole ;

Des aides et gabelles qui les ruinent et de tous les droits des traitants qui les oppriment ;

Que des impôts plus simples et perçus sans distinction de personnes et de qualité soient établis ;

Que les abus de la justice soient réformés ;

La multiplicité des juridictions anéantie ;

L'étendue des ressorts diminuée ;

Qu'un justiciable ne puisse plus être distrait de sa juridiction ;

Que toutes lettres qui tendraient à arrêter le cours de la justice seront nulles ;

Que la justice soit rendue dans les paroisses par des juges conciliateurs, lesquels seront tenus d'agir gratuitement (1) ;

---

(1) La première rédaction de cet article était : *Que la justeve soit gratuite pour que tout le monde puisse en approcher.*

Que la procédure criminelle soit adoucie et que le sang de l'innocent ne soit plus exposé à couler sur les échafauds ;

Qu'il soit réglé le cas dans lequel la dîme des prairies artificielles et novales sera payée sieurs curés (1) ;

Que pour celui [l'honneur] de l'humanité les parcs, les garennes, les colombiers des seigneurs soient restreints, que les bêtes qu'ils *(sic)* y élèvent ne ravagent plus les moissons ;

Qu'il soit permis de se racheter du servage des corvées féodales (2) ;

Enfin, l'Assemblée autorise ses députés de modifier, changer ces articles selon l'exigence des cas, d'y retrancher, d'y apporter et d'entendre [d'étendre] à tout autre imprévu ; enfin, de faire pour le mieux tout ce que l'assemblée ferait elle même si elle y était, approuvant et ratifiant généralement ce qu'ils croiront bon de faire et arrêter pour la chose publique.

Ce qui a été signé et arrêté par l'assemblée, les jours et an que dessus pour être remis aux députés et être par eux porté à l'assemblée du tiers état, qui se tiendra devant M. le lieutenant général du bailliage de Honfleur, le deux avril prochain. Approuvé à la première page deux mots rayés et, à la seconde, quatre lignes et demie, ce qui a été signé après lecture faite.

Signé : THOREL, syndic ; Étienne LELIÈVRE, greffier ; THIERRY ; GUERRIER, etc.

----

(1) Il y avait d'abord : *Que la dîme soit convertie en une prestation en argent pour l'honneur de la religion et n'appartienne qu'au curé.*

(2) A cette place se trouvait d'abord, dans le cahier, l'article suivant, qui a été biffé : *Et que nos frères que la révocation de l'Édit de Nantes a éloignés de nous, soient rendus à nos prières avec tous les droits de cité.*

GENNEVILLE

Population : en 1774 (*Archives municipales de Honfleur, subdélégation*), 529 habitants (2 prêtres, 97 hommes, 118 femmes, 51 garçons majeurs, 95 garçons mineurs, 43 filles, majeures, 56 filles mineures, 37 valets, 30 servantes); en 1789, 100 feux.

Impositions ordinaires en 1790 (*Archives du Calvados*, C. 8.696).

Taille	2.359 l.	17 s.	5 d.
Imposition accessoire.	1.373	10	4
Capitation	1.534	3	» (1)
Prestations.	598	»	»

Corvée en 1783 : 537 l. (*Archives communales de Honfleur, Série II, fonds de la subdélégation*).

Gabelle, en 1789 : 111 feux et 320 personnes imposés ; 4 feux et 15 personnes privilégiés (*Archives nationales* G.¹ 100). Sel d'impôt [1.260 l.]; sel de privilège [115 l.].

Rentes seigneuriales payées au duc d'Orléans en 1753 (*Archives nationales* R¹ 920 et *Archives du Calvados* C. 7435). Montant : 19 l. 11 s. pour trois fiefs (fief du Bocage, vassal, Charles de Sennegon, écuyer; fief des Marescots, vassaux, les religieux de Préaux ; Moulin Bertrand, vassal, de Brévedent [d'Ablon ou du Plessis]; 8 rentes seigneuriales montant à 35 l., au profit de Brévedent du Plessis; rentes seigneuriales montant à 15 l., dont jouit Alexandre-François de Brévedent : et 120 l. de rentes seigneuriales au profit de de Saint-Martin ; 182 l. 10 s. et 6 boisseaux de blé à l'abbaye de Grestain ; 4 l. à l'abbaye de Beaumont ; 25 l. à l'abbaye du Bec et 12 à Brévedent du Bocage.

Vingtièmes (*Archives du Calvados*, C 7435). Montant du rôle : 3.326 l. 9 s. 2 d. Propriétaires dont le revenu est au moins de 500 l. : de Brévedent d'Ablon, 1.075 l. ; de Brévedent du Plessis, une ferme au revenu de 765 l. ; Alexandre-François de Brévedent, une ferme, 870 l. ; de Brévedent de Saint-Nicol, 1.440 l. ; Cécire de Honnaville, une ferme de 800 l. ; de Cheux, une ferme, 1.350 l. ; Thierry-Dupuis, une ferme, 720 l. ; de Maharu, une ferme, 640 l. ; de Bonnissant, 1.100 l. ; Jean-Baptiste Amelin, 770 l.

Privilégiés (*Archives du Calvados*, C. 7.435). Amaury, curé de la paroisse : presbytère et jardin, estimés 30 l. (pour mémoire) ; 3 acres de terre labourable plantée, mauvaise, louées 100 l. à Pierre Vaquet ; demi

---

(1) Sauf pour la capitation, qui est de 1412 l. en 1785, les chiffres pour ces deux années ne sont pas sensiblement différents. (*Archives de la Seine-Inférieure*, C. 251).

acre de labour qu'il fait valoir, 20 l. ; dîmes de « verdage », et moitié de la « dîme sèche », qu'il fait valoir, estimées 3.800 l., total : 3.920 l. — L'abbé de Grestain : ferme d'environ 60 acres de terre, mauvaise, louée à Antoine Dubosc, 1.500 l. « à charge par le fermier de faire marner la ferme », évalué par an, 60 l., ce qui forme par an 1.560 l. ; sur quoi déduction faite de 130 l. pour le 12e des réparations, reste, 1.430 l. ; pour la partie des dîmes de Genneville qui lui appartiennent, loués 100 l. au curé. — Les chanoines de Lisieux possèdent les deux tiers de la dîme louée à Jean Canteleu, 3.000 l. (1). — Les religieux de Beaumont, dîmes louées à Jean Hérout, 120 l. ; rentes et droits seigneuriaux, au revenu de 250 l. — Le trésor, 12 l. de rente. — Mme Le Jumel, veuve de Brévedent du Plessis, 120 l. — De Brévedent du Bocage, pour ce qu'il fait valoir, revenu de 212 l. 10 s. — Mlle de Brévedent du Plessis, pour ce qu'elle fait valoir, revenu de 10 l.

Tarif : L'acre de terre, 30, 25, 15 l. ; de masure, 60, 50, 35 l. ; de prairies, 60, 45, 30 l. ; il n'y a pas de bois taillis.

Le froment vaut 5 l. le boisseau ; le méteil, 4 l. 5 s. ; le seigle, 2 l. 10 s. ; l'orge, 7 l. 10 s. (la mine) et l'avoine, 6 l. (la mine).

L'acre de terre contient 160 perches, la perche, 22 pieds carrés, mesure du roi ; le sac de 360 l. contient 6 boisseaux et la mine 4.

En 1782, le contrôleur des vingtièmes est assisté pour la confection du rôle de Jean Ridel, faisant fonctions de syndic et chargé du recouvrement des vingtièmes et de François Hérout, faisant fonctions de collecteur des tailles et trésorier de ladite paroisse.

Observations générales (Archives du Calvados, C. 7.435). — La paroisse relève de Brévedent d'Ablon. Les chanoines de Lisieux nomment à la cure.

La paroisse est située, pour la plus grande partie, en plaine et son terrain est en général de bonne qualité.

Les principales productions consistent en blé, seigle, orge, avoine, lin et autres mêmes grains.

Le marché le plus voisin est celui de Honfleur.

(1) Le bail signé en 1771 par le chapitre et les locataires portait que les dîmes dont il s'agit étaient levées sur les « grains excroissants sur les fiefs et seigneuries de son Altesse Royale, Mgr le duc d'Orléans, de Beaumont, de Tontuit, du Plessis, du Bocage et du Boulley, autant que lesdits fiefs s'étendent dans la paroisse de Genneville sans par lesdits sieurs bailleurs... en rien excepter, réserver, ni retenir... pour... en jouir comme en a joui le sieur Levasseur, ci-devant curé... à la charge par lesdits sieurs preneurs d'en garder les droits et possessions, sans rien innover ni souffrir qu'il en soit entrepris ni usurpé aucune chose, d'entretenir de menues et légères réparations le chancel de l'église de ladite paroisse de Genneville pour et autant que lesdits sieurs du chapitre pourraient y être tenus pour raisons de ladite dîme, hors les cas fortuits et imprévus, de faire charrier à leurs frais les matériaux des grosses réparations dudit chancel, de décharger lesdits sieurs du chapitre de toutes contributions auxquelles ils pourraient être taxés pour la cotisation des pauvres de ladite paroisse sans que lesdits sieurs preneurs puissent prétendre aucune diminution du prix du présent bail, non plus que du blé puant..., grêle, peste, famine, inondations et autres cas fortuits et imprévus... ». (*Archives communales de Honfleur*).

Contenance des terres de la paroisse (Archives du Calvados, C. 7.435). — Masures, 102 acres ; terres labourables, 597 ; prairies, 29 ; bois taillis, 11.

PROCÈS-VERBAL DE L'ASSEMBLÉE PAROISSIALE DU 29 MARS 1789

Président : le syndic.

Comparants (nous ne les connaissons que par les signatures) : Louis Barrette, O. M. en 1790, fᵉʳ de de Brévedent du Bocage, 6 l. + 3 s. 3 d. + *129 l. 19 s. 9 d.;* François Hérout (ou Haroult), maire en 1790, 2 l. + *26 l. 7 s. 3 d.;* Pierre Charlemaine, 17 l. + *12 s. 3 d. + 10 l. 11 s. 9 d.;* Louis Quentin, 27 l. + *13 s. 6 d. + 20 l. 2 s. 3 d.;* Louis Legrix (avec Jacques) 20 l. + *20 l. 1 s. 3 d.* ; Jacques Herblin, fᵉʳ de Lemoine, Caresme et de de Beauchamp, *113 l. 16 s. 3 d.* ; Joseph Goubar, O. M. en 1790, 16 l. + *21 l. 3 s. 6 d.* ; Jacques Letavernier, 5 l. + *8 l. 18 s. 3 ;* Nicolas Tillaye, 3 l. 10 s. + *1 l. 13 s. 6 d.* ; Jean Canteleu, fᵉʳ des dîmes du chapitre de Lisieux, 30 l. + *176 l. 12 s.* : Jacques Boutry, fᵉʳ de Pierre Charlemaine et du sieur des Essarts, 12 l. 10 s. + 15 s. 3 d. + *167 l. 27 s. 3 d. ;* Guillaume Perrée, fᵉʳ de Brévedent de Saint-Nicol et de Louis Barrette, O. M. en 1790, 40 l. (avec Jean et Paul Perrée), *1 l. 6 s. + 161 l. 15 s. 9 d.;* Jacques Carpentier, fᵉʳ de de Brévedent du Bocage, 3 l. 10 s. + *150 l. 1 s. 3 d.* ; J. B. Gamar (1) ; Jacques Lelièvre, 5 l. 10 s. + *2 l. 4 s. 6 d.* ; Jacques Hérout, 8 l., trésorier de la paroisse ; plus quatre noms illisibles (2).

Députés : Louis Barrette ; Jacques Hérout.
(Suivent 17 signatures.)

CAHIER DE DOLÉANCES

Ce jourd'hui, 29 mars 1789, l'assemblée du tiers état de la paroisse de Genneville, réunie aux termes des lettres de convocation données à Versailles le 24 janvier, signifiées requête de M. le procureur du Roi du bailliage de Honfleur, le 20 de ce mois, publiées au prône, à haute et intelligible voix, lues et affichées à la principale porte de l'église, le 22 de ce mois ;

Pour conférer sur les remontrances, plaintes et doléances, des moyens et avis qu'elle a à proposer en Assemblée générale de la nation et pour élire, choisir et nommer ses représentants, donne par les présentes aux personnes qui vont être ci-après nommées ses pouvoirs soit pour les remontrer et élire, soit pour nommer

---

(1) Gamar, avec le prénom J.-B. n'existe pas au rôle des impositions ordinaires.
(2) Parmi les non-comparants, Pierre Morin, *39 l. 1 s. 3 d.*, et Louis Boutry, fermier du sieur Barbel, *26 l. 15 s. 6 d.*, tous deux O M en 1790.
Sur la liste électorale de 1790, il y a 62 citoyens éligibles et 19 actifs.

dans les assemblées secondaires et générales les députés qu'il appartiendra pour la représenter, d'y proposer, remontrer, aviser et consentir tout ce qui sera nécessaire pour les besoins de l'État, la réforme des abus en tous genres, l'établissement de l'ordre, la prospérité du royaume et le bien de tous.

1º Que dans les délibérations... (1).

2º Que tous les privilèges pécuniaires et toutes distinctions d'ordre en matière d'impôts soient anéantis.

3º Qu'une égalité proportionnelle... (2).

4º Que le Roi soit... (3)

5º Qu'à l'avenir...

6º Que ces États conviennent...

7º Qu'il ait ses limites...

8º Qu'il soit rendu à ses états de la province, ses états particuliers [sic]... (4).

9º Que l'ordre soit établi dans les finances et que l'impôt ne soit déterminé qu'après que la dette publique aura été bien approfondie, ainsi que les dépenses ordinaires et extraordinaires.

10º Que les campagnes soient dégagées du fléau de la milice. garde-côte et matelots qu'on y fait, ce qui désole par la quantité qu'on y en fait.

11º Des aides et gabelles...

12º Que des impôts plus simples...

13º Que les abus...

14º Qu'un justiciable...

15º Que toutes lettres... (5).

16º Que la justice soit gratuite pour que tout le monde puisse en accéder facilement.

17º Que la procédure criminelle soit adoucie pour que le sang de l'innocent ne soit plus exposé à couler sur les échafauds.

18º Que la dîme soit convertie en une prestation en argent pour l'honneur de la religion et n'appartienne qu'au curé.

19º De déterminer par une loi le cas où la dîme novale peut être exigée par les curés sur les terres de labour converties en pâturages et d'exempter de toutes dîmes les prairies artificielles destinées à la nourriture des bestiaux de chaque ferme.

(1) Ablon. p. 80.
(2)   Ibid.
(3)   Ibid.
(4) Ces quatre paragraphes sont identiques à ceux du cahier d'Ablon, p. 80.
(5) Ces cinq paragraphes   Ibid.

20° Que pour celui [l'honneur] de l'humanité... (1).

21° Qu'il soit permis de se racheter des servages des corvées féodales.

22° Et que nos frères que la révocation de l'édit de Nantes a éloignés de nous soient rendus à nos prières avec tous les droits de cité.

23° Que tous pauvres mendiants soient restreints dans leurs paroisses sans aller ailleurs et que, à la réquisition du procureur du Roi, ceux qui auront des enfants dans le pouvoir de les seconder y soient contraints.

24° Le pâturage des communes des paroisses [partagé] entre les propriétaires en raison de la valeur des fonds que chacun possède, après toutefois qu'il en aura été distrait un quart ou un tiers qui sera affermé ou fieffé au bénéfice des pauvres dont notre dite paroisse est bien remplie de cottiages *(sic)* et joncs marins.

25° Le public se plaint que, dans [la] livraison de leurs boissons, que les bottes des marchands sont frauduleuses et on demande que lesdites bottes soient marquées et numérotées au nom des marchands.

26° Les restreintes de la chasse dans les saisons de la moisson pour priver le dommage des causés par les chiens *(sic)*, néanmoins que nos maisons soient munies d'armes pour satisfaire au service de sa majesté et pour le bien du public.

Et enfin l'assemblée a autorisé ses députés... (2)

Signé : François Hérout ; Jean Canteleu ; Pierre Charlemaine ; Joseph Goubar ; Jacques Herblin, etc.

Ce jourd'hui, jour et an que dessus, par nous Louis Barrette et Jacques Hérout, députés, par l'assemblée du tiers état, reconnaissons qu'il nous ont remis ledit cahier de notre paroisse. Ce que nous avons signé le même jour et an que dessus : L. Jacques Hérout, trésorier de ladite paroisse ; Louis Barrette.

----

(1) Ablon, p. 81.
(2)   *Ibid.*

GONNEVILLE-SUR-HONFLEUR

Population : en 1774 (*Archives de Honfleur, subdélégation*), 606 habitants (1 prêtre, 106 hommes, 112 femmes, 54 garçons majeurs, 80 garçons mineurs, 72 filles majeures, 89 filles mineures, 62 valets, 30 servantes) ; en 1789, 170 feux.

Impositions ordinaires, en 1790, (*Archives du Calvados* C. 8696) ;

Taille	3.712 l.	17 s.	5 d.
Imposition accessoire	2.162	9	»
Capitation.	2.414	11	8 (1)
Prestations	941	»	»

Corvée, en 1783 : 775 l. (*Archives communales de Honfleur. Série II, fonds de la subdélégation*).

Gabelle, en 1789 : 109 feux et 321 habitants imposés ; 4 feux et 18 habitants privilégiés. Sel d'impôt [1.415 l.] ; sel de privilège [165 l.]. (*Archives de la Seine-Inférieure. C.* 610).

Rentes seigneuriales payées au duc d'Orléans en 1753 (*Archives nationales*, R¹, 920). Montant : 31 l. 17 s. 7. Les principaux fiefs sont ceux de Prestreville, vassal Alex. de Varin, écuyer, 11 boisseaux d'avoine ; de la Haye Bertrand, vassal F˙ de Courseulles, 20 l. ; le ténement de Jacques Lelièvre, le moulin des Champs tenu par Michel Lebroc, 6 l., etc. — En outre, sont payées les rentes suivantes : à de Gonneville, 50 l. ; à l'abbé de Grestain, 33 l. ; à Du Mesnil Glaize, 20 l.

Vingtièmes en 1790 (*Archives du Calvados*, C. 7.436). — Montant du rôle en 1790 : 5,073 l. 19 s. 10 d. Propriétaires dont le revenu est au moins de 500 l. en 1781 : de Gonneville (2), maison avec petit jardin qu'il occupe, revenu 150 l. ; une ferme louée 1.925 l. ; total, 1.075 l. — Varin de Prestreville, 1.370 l. — Delamorinière. — De Varin de Beauchamp, 1.400 l. —

(1) A propos de l'assiette de la taille il convient de signaler la protestation suivante de Gibon, laboureur et procureur de Gonneville-sur-Honfleur : « Peu de temps après la prestation du serment civique, MM. les maires et échevins... au mépris des lettres patentes du Roi, ont formé secrètement des assemblées pour asseoir la taille sans y appeler le suppliant qui fut ou ne peut plus surpris d'entendre à la messe paroissiale la lecture de l'assise de cette dite taille ; comme il en résulte des plaintes de la part de plusieurs paroissiens et n'ayant encore de district d'établi le suppliant est conseillé d'avoir recours à vos grandeurs [les députés à l'assemblée nationale] pour ordonner et lui prescrire la marche qu'il doit tenir en pareille circonstance ». (*Archives nationales* D. IV 21).
En 1785, les chiffres de ces trois premières impositions étaient de : 3.040 l , 1.816 l. et 1 953 l. (*Archives de la Seine-Inférieure*, C. 251).

(2) Dans le même rôle des 20˙˙ on trouve alternativement, pour seigneur, de Gonneville et de Courseulle.

Guillaume Marais et Chevalier, de Surlaville. 550 l. — Veuve Feuillolet, 590 l. — Gentien Guillebert, de Honfleur, 535 l. — Mineurs Guillebert, 1.175 l. — Jacques Gimer, 580 l. — Emmanuel Lebouc, 550 l. — Veuve de la Houssaye, 640 l. — Veuve Lecarpentier, 1.510 l. — Naguet de Saint-Georges, 1.450 l. — Jacques Osmont, 545 l. — Pottier, 565 l. — Jean-Baptiste Prémord, 1.900 l. — Jean-Baptiste Poètre, 500 l. — Jean-Baptiste Quillet, 533 l. — Le duc d'Orléans, un 26e de la Forêt de Touques, 4.000 l. — Nicolas Lion de Saint-Thibault, de Honfleur, 2.020 l,

Privilégiés (*Archives du Calvados*, C. 7.436). — Le curé Bertrand, en 1781 : presbytère et jardin, petite cour d'aucun produit, estimés 70 l. de revenu (pour mémoire) ; une vergée de cour attenant au presbytère, estimée 20 l. ; dîmes qu'il fait valoir, estimées 5.500 l. ; total, 5.520 l. (1). — Les religieuses de la congrégation de N. D. de Honfleur : une ferme louée à François Bottentuit, 500 l. par bail ; une autre ferme louée 100 l. à Jacques Baumais ; total, 550 l. — L'abbé de Saint-Evroult, évêque de Rennes, un herbage d'une acre et un trait de dîmes louées au curé, 500 l. — Les religieuses de Saint-Amand de Rouen : grange, petite cour de demi-vergée et trait de dîmes louées au curé, 600 l. — L'abbé de Grestain, un trait de dîmes, 300 l. — Le duc d'Orléans : partie de la forêt de Touques située sur la paroisse. — De Courseulle, seigneur de la paroisse, écuyer, pour ce qu'il fait valoir, revenu de 30 l. — De Varin, seigneur de Prestre-ville, écuyer, pour ce qu'il fait valoir, 40 l.

Tarif (*Archives du Calvados*, C. 7.436). L'acre de masure, 75, 50 et 35 l. ; de terres labourables, 35, 25 et 20 l. ; de prairies, 45, 30 et 20 l. Les céréales valent le même prix qu'à Genneville.

Le rôle des vingtièmes est arrêté par Bonvallet, contrôleur, assisté de Jean-Baptiste Poitre, syndic, chargé du recouvrement des vingtièmes ; Jean-Baptiste Harel, faisant la collecte du rôle à taille, et Guillaume Lecesne, trésorier.

Contenance des terres (*Archives du Calvados*, C. 7.436). Masures, 159 acres ; terres labourables, 715 acres ; prairies, 35 acres ; bois taillis, 10 acres.

Observations générales (*Archives du Calvados*, C. 7.436). La paroisse relève directement de de Gonneville qui nomme à la cure.

Elle est située, pour la plus grande partie, en plaine et son terrain est, en général, de bonne qualité.

Les principales productions sont en blé, seigle, orge, avoine et lin. C'est au marché de Honfleur que les cultivateurs portent leurs denrées.

---

(1) Dans la liste des biens d'église (*Archives du Calvados*, C. 7.436), le bénéfice est estimé à 7.000 l. de revenu.

PROCÈS-VERBAL DE L'ASSEMBLÉE PAROISSIALE DU 29 MARS 1789

Président : Jean-Baptiste Poitre, syndic, maire en 1790, 46 l. + *98 l. 5 s. 3 d.*

Comparants : Jacques Saffrey ; Jacques Saffrey (1) ; Antoine Drieu, 33 l. + *8 l. 7 s. 6 d.* ; Jacques Gimer, fermier de Néel, Guillaume Thourel, Gillet et Charles Quesney, 58 l. + *147 l. 8 s.* ; Louis Quentin, fermier de de Honnaville et de Allix, de Honfleur, 14 l. + *105 l. 17 s.* ; Guillaume Lecesne, fils Étienne, 3 l. + *42 l. 19 s. 9 d.* ; Jean-Joseph Aufrey, 2 l. 10 s. + *7 l. 16 s. 3 d.* ; Guillaume Gimer, fermier de Mme Lagarenne, *69 l. 4 s. 9 d.* ; Adrien Lecesne, charpentier, *11 l. 3 s. 3 d.* ; Guillaume Lecène, fils Jacques, *3 l. 17 s. 3 d.* ; Guillaume-Augustin Monsaint, fermier de Prémord, de Honfleur, de Mme Leroy, de Leblond et de Delahaye, *204 l. 18 s. 3 d.* ; Jacques Gimer, *57 l. 9 s. 10 d.* ; Pierre Patin, fermier de Poitre, *4 l. 9 s. 3 d.* ; Jean Chuquet (2) ; Jean Bottentuit, O M en 1790, fermier de Dubuc, de Honfleur, et de Guillaume Hamon, *54 l. 3 s.* ; Jacques Patain (3) ; Charles Hébert, fermier de Morin, de Honfleur, *33 l. 10 s.* ; Jacques Lecoq, O M en 1790, fermier de Lion de Saint-Thibault, *375 l. 4 s.* ; Guillaume Gimer ; Jean Doucet, fermier de Mlle Morin, *85 l. 19 s. 9 d.* ; Noël Gibon, procureur de la commune en 1790 (4) ; Charles Louis, fils, 7 l. 16 s. 3 d. ; François Leproux, fermier de Laumosne, de Honfleur, *32 l. 19 s.* ; Jacques Lion (5) ; Jean Aufrey (6) ; Guillaume Courtin, fermier de Romain et François Moutier, *56 l. 19 s.* ; Julien Marmion, *4 l. 9 s. 3 d.* et Joseph Gimer (7).

Députés : Jacques Saffrey ; Jean-Louis Gibon, *109 l. 8 s. 9 d.* (8).
Suivent 22 signatures).

CAHIER DE DOLÉANCES

Cahier des remontrances, demandes et doléances des habitants de la paroisse de Gonneville-sur-Honfleur.

(1) L'un est fils Charles, 43 l. + *87 l. 2 s.* ; l'autre fils Jacques, fermier de Mme Dulongprey, 17 l. + *24 l. 11 s. 3 d.* L'un des deux, le premier vraisemblablement, est O M en 1790.
(2) Ce nom ne se trouve pas sur les rôles de 1790.
(3) Il y a dans le rôle des impositions ordinaires de 1790 : Joseph Patin, fils Yves, *5 l. 11 s. 9 d.*, et Robert-Joseph Patin, *2 l. 1 s. 9 d.*, mais point Jacques Patain.
(4) Il y a Nicolas, *53 l. 12 s.*, et non Noël.
(5) Nicolas Lion, *20 l. 2 s.*, et non Jacques.
(6) Outre Jean-Joseph Aufrey, il y a François, *1 l. 9 s. 3 d.* ; mais point Jean.
(7) Joseph Gimer ne figure pas au rôle des impositions ordinaires en 1790
(8) C'est le seul député choisi dans le bailliage qui n'ait pas comparu. Au nombre des non comparants se trouvent : Claude Hamon, O M, *10 l. 14 s. 3 d.*, et Joseph Lamorinière (ou Delamorinière), *101 l. 12 s. 3 d.*
Pour Gonneville, en 1790, il y a 67 citoyens éligibles et 29 actifs.

Article premier

Le vœu de l'assemblée est que dans les États généraux les voix soient comptées par tête et non par ordre.

Article 2

Que tout privilège... (1).

Article 3

Qu'une égalité proportionnelle dans la répartition soit indistinctement suivie.

Article 4

Que le Roi soit ... (1).

Article 5

Qu'à l'avenir... (1).

Article 6

Que ces Etats conviennent avec lui de ses impôts et que [ces impôts] ne soient plus éternels dans [leur] durée et qu'il n'y en ait qu'un seul.

Article 7

Que l'ordre soit établi... (1).

Article 8

Que les aides et gabelles soient supprimées, parce que ces deux corps qui ruinent et oppriment la province et que des sommes immenses qu'il coûte pour payer les personnes qui occupent ces deux fonctions, qui font une guerre continuelle au peuple, soient employées aux besoins de l'État (2).

---

(1) Ces articles sont identiques à ceux du cahier d'Ablon, p. 30.

(2) La rédaction de cet article devrait probablement être celle-ci : *Que les aides et gabelles soient supprimées parce que ces deux corps ruinent et oppriment la province et que les sommes immenses qu'il coûte pour payer les personnes occupées à ces deux fonctions, qui font une guerre continuelle au peuple, soient employées aux besoins de l'État.* (Voir ci-dessous un article à peu près semblable dans le cahier de Quetteville, article 8).

ARTICLE 9

Que des impôts plus simples ... (1).

ARTICLE 10

Que les procédures soient abolies qui causent et qui ruinent quantité de familles.

ARTICLE 11

Que les affaires et contestations des paroisses voisines que toutes causes arbitraires soient abolies et renvoyées par devant les notables de la municipalité.

ARTICLE 12

Que le nombre de gages (2) des receveurs d'impôts soit diminué, qu'il y ait un lieu dans les paroisses où l'on puisse rassembler la recette, qu'il n'y ait qu'un seul particulier de chaque paroisse pour faire le recouvrement des deniers et qu'il lui soit accordé une somme qui puisse plaire à sa majesté de continuer.

ARTICLE 13

Qu'il soit accordé soulagement aux milices garde-côtes, tant pour les compagnies de canonniers côtiers que pour les canonniers auxiliaires de la marine, que l'on prend sans exemption tous les jeunes gens de famille de paroisses garde-côtes et qui en fait fuir tous ceux desdites paroisses, qui n'ont point d'exemption par eux-mêmes, dans les paroisses des terres et qui causent que les laboureurs manquent de monde pour la culture des terres.

ARTICLE 14

Que le divorce ne soit permis à personne, non plus que les banqueroutes, ni plus permis l'un que l'autre.

ARTICLE 15

Qu'il n'y ait dans tout le royaume qu'un même poids et même mesure et même aunage, ce qui a occasionné depuis peu de temps de traverse dans les halles.

(1) Ablon, p. 80.
2) Que le chiffre des gages...

ARTICLE 16

Que tous les colombiers autres que ceux qui ne seront pas de la dépendance du fief seront supprimés et que les propriétaires de ceux qui doivent en avoir seront tenus de les tenir renfermés dans le temps de la semaille du grain et deux mois avant la récolte.

ARTICLE 17

Que la suppression des garennes et bois taillis dans lesquels il y a quantité de lapins qui causent un grand dommage aux grains des voisins desdits bois et garennes soient supprimés.

ARTICLE 18

Que [le] partage des communes des paroisses entre les différents propriétaires [ait lieu] au [en] raison de la valeur des fonds que chacun possède, après toutefois [qu']il en aura [été] distrait un quart ou un tiers qui sera affermé ou fieffé au bénéfice des pauvres.

ARTICLE 19

Que de déterminer par une loi les cas où la dîme novale peut être exigée par les curés sur les terres de labour converties en pâturages et d'exempter de toute dîme les prairies artificielles destinées à la nourriture des bestiaux de chaque ferme.

ARTICLE 20

Qu'à l'avenir les réparations, édifications et reconstructions des presbytères et autres bâtiments [en] dépendant seront et demeureront à la charge des curés, de leurs héritiers et que les titulaires seront tenus d'y veiller parce que, dans les cas où la succession desdits curés ne suffirait pas pour y satisfaire et serait renoncée, lesdites réparations et réédifications, reconstructions tomberaient à la charge desdits titulaires et non à celle des paroisses.

ARTICLE 21

Ledit cahier signé et arrêté par nous habitants de cette paroisse de Gonneville-sur-Honfleur présents...

Signé : Antoine DRIEU ; Jacques LION ; Pierre PATIN ; Jacques SAFFREY ; Jean-Louis GIBON, etc.

QUETTEVILLE

Population : 152 feux en 1789.

Impositions ordinaires en 1790 (*Archives du Calvados*, C. 8696).

Taille . . . . 3.323 l. 7 s. 5 d.)   (3.000 l.
Imposition accessoire . . 1.935 14 8   } ,en 1785 { 1.792
Capitation . . . . . 2.161 8 8   )   (1 926
Prestations . . . . . 842 10 »

Corvées en 1783 : 742 l. (*Archives de Honfleur, Série II, fonds de la subdélégation*).

Rentes seigneuriales payées au duc d'Orléans, en 1753 (*Archives nationales* R 4 920), 10 l. 18 s. — En outre, les rentes suivantes sont payées : au comte de Blangy, 120 l. ; à l'abbé de Grestain, 49 l. ; à de Plainville, 40 l. ; à Mme de Martainville, 15 l. ; à de Quetteville, 10 l. ; au domaine, 4 l.

Gabelle (*Archives nationales* G. 1 100) ; 159 feux et 418 personnes imposés ; 5 feux et 20 personnes privilégiés. — Sel d'impôt [1.625 l.] (*Archives de la Seine-Inférieure*, C. 610).

Vingtièmes (*Archives du Calvados*. C. 7.437). Le rôle fut dressé en 1781, par le contrôleur assisté de Pierre Moulin, syndic, chargé du recouvrement des vingtièmes ; Jean Leconte, collecteur des taillis en exercice et Charles Duhault, trésorier de la paroisse.

Montant du rôle : 3.012 l. 15 s.

Principaux propriétaires (revenu au moins de 500 l.) : Dufour de Quetteville : pour ce qu'il fait valoir, 375 l. ; une ferme, 730 l. ; total, 1.105 l. — Marquis de Vieilz-Maisons : château, cour d'honneur, jardin d'une acre et demie, 300 l. ; ferme exploitée par lui, produit net : 2.910 l. ; petit moulin à eau (1) loué à Maréchal, 205 l. ; total : 3.415 l. — de Boishébert : pour ce qu'il fait valoir, 170 l. ; une ferme, produit net, 580 l. ; total, 550 l. — De Plainville : une ferme 590 l. — Thomas-Jacques Lasalle : ferme qu'il exploite, 550 l. — Jean Leconte, collecteur : ferme qu'il exploite, 680 l. — Pierre Moulin : ferme qu'il exploite, 550 l. — Oricult : une ferme, 585 l. — L'abbé Paulmier, une ferme, 595 l. — Chauffer de Barneville : une ferme, 1.300 l. — Étienne Quillet, une ferme, 500 l.

Privilégiés (*Archives du Calvados*, C. 7.437). Le curé : presbytère et petit jardin, estimés 30 l., pour mémoire ; une acre environ de cour, mauvaise, une vergée d'herbage et une demi-acre de labour, médiocre, le tout qu'il fait valoir, estimé 80 l. ; dîmes sur les « verdages seulement »,

---

(1) « Le courant d'eau qui fait aller le moulin est de peu de volume et, particulièrement dans l'été, l'eau manquant, ce moulin cesse de travailler ». *Archives du Calvados*, C. 7.437).

louées 1.250 l. (1) à Etienne Langlois et Pierre Brassy ; dîmes navales, 20 l. ; total : 1.350 l. — L'abbaye du Bec : grosses dîmes entières louées 2.200 l. à Langlois et à Brassy (2). — Le titulaire de la chapelle du Theil : deux pièces de terre, louées 46 l. à Ch. Lenormand. — Le Trésor : une acre et demie de terre labourable, dont moitié bon et l'autre médiocre, louée à différents particuliers, 60 l. ; un herbage loué 49 l. ; total, 109 l. — Le marquis de Vieilz-Maisons « seigneur honoraire » : château, cour d'honneur et jardin, 300 l. — Dufour de Fourneville, 375 l. ; de Boishébert, 170 l. ; de Mellier, 40 l. ; le marquis de Martainville, 135 l. ; chacun pour ce qu'il fait valoir.

Observations générales (*Archives du Calvados,* C. 7.437). En 1781, la paroisse relevait directement de l'abbaye du Bec.

Elle est située moitié en plaine et l'autre moitié en côtes et vallées. Son terrain est en général de médiocre qualité. Ses principales productions consistent en blé, seigle, orge, avoine et lin.

Contenance des terres de la paroisse (Archives du Calvados, C. 7.437).

Masures	97 acres	
Terres labourables	519	Total :
Prairies	39	679 acres
Bois taillis	24	

Tarif ou évaluation du produit de chaque nature de biens (*Archives du Calvados,* C. 7,437). Masures, 30 l. (bon), 25 l. (médiocre), et 10 l. (mauvais) ; terres labourables, 50, 40 et 30 l. ; prairies, 60, 50 et 30 l. ; bois taillis, 30, 20 et 10 l.

Le froment vaut 5 l. le boisseau ; le méteil, 4 l. 5 s ; le seigle, 2 l. 10 s. ; l'orge 7 l. 10 s. la mine et l'avoine 6 l. la mine.

PROCÈS-VERBAL DE L'ASSEMBLÉE DU **29 MARS 1789**

Président : aucun nom n'est donné.

Comparants : Pierre Rauval, fermier du marquis de Vieilz-Maison, 3 l. + 4 l. (avec Jacques Rouval) + *230 l. 4 s. ;* Jacques Rouval, fermier de de Trianon, 4 l. (avec Pierre) + *154 l. 5 s. ;* François Ernout, O M en 1790, fermier de Paulmier, *116 l. 2 s. 6 d. ;* Jacques Train (3) ; François Bourdon (4) ; Charles Villain (ou Levillain), fermier de de Quetteville, *176 l. 9 s. 6 d. ;* Charles Leconte, maire en 1790, fermier de Desormeaux, Elie Rebut, Elie

---

(1) **En 1782, la** verte dîme du curé et la portion congrue rapportaient, année commune, 1.500 l. (*Archives du Calvados,* C. 7.437).

(2) Ces dîmes étaient louées, en 1782, à différents particuliers, 5.000 l.

(3) Ce nom ne se trouve ni au rôle des vingtièmes ni à celui des impositions ordinaires.

(4) Ibid.

Rouval et Jean Hémery, 12 l. + *108 l. 17 s. 3 d.*; Adrien Langlois, N en 1790, (avec son fils), 9 l. + *20 l. 7 s. 6 d.* ; François Rouval, N en 1790, *39 l. 16 s.* ; Jacques Leconte, 16 l. 10 (le même nom avec le premier prénom de Jacques, est répété trois fois parmi les comparants : 1° Jacques, *44 l. 13 s. 3 d.* ; 2° Jacques-Guillaume, fils Jean, O M en 1790, 35 l. 14 s. 9 d. ; 3° Jacques Guillaume, 31 l. 16 s. 6 d.) ; Jean Auzeraye, fermier de Herblin, Jacques Leviels et Veuve Langlois, 8 l. 10 s. + *68 l. 16 s.* ; Pierre Brassy, fermier de Rebut et Pierre Bégin, 10 l. + *49 l. 19 s. 3 d.* ; Jean Botentuit, O M en 1790, 16 l. 10 s. + *30 l. 3 s.* (avec Honoré, son fils) ; Etienne Langlois, fermier du marquis de Vieilz-Maison, 6 l. 10 s. + *56 l. 7 s. 9 d.* ; Jacques Falaize, N en 1790, 33 l. + (avec son fils) *167 l. 11 s. 6 d.* ; Jean Leconte, collecteur, 68 l. + (avec son fils), fermier de de Martainville *201 l. 6 d.* ; Jacques Bourdon, 9 l. + (avec son fils) *67 l.* ; Louis Vastel, secrétaire-greffier en 1790, 12 l. + *31 l. 5 s. 3 d.*, et Pierre Moulin, N en 1790, fermier de Jean Moulin et Thomas Lemonnier, 55 l. + (avec son fils et son petit-fils), *282 l. 9 s.* (1).

Députés : Pierre Moulin ; Jacques Falaize.
Suivent 17 signatures.

Cahier de doléances

Cahier des remontrances, demandes et doléances des habitants de la paroisse de Quetteville.

Article premier

Le vœu de l'assemblée est que dans les Etats généraux les voix soient comptées par tête et non par ordre.

2

Que tout privilège ... (2).

3

Qu'une égalité proportionnelle dans la répartition soit indistinctement suivie.

---

(1) Parmi les non comparants, membres de la municipalité de 1790 : Jean Delamare, O M, 2 l. + *18 l. 11 s. 6 d.* ; Jean Hay, O M, 5 l. + *11 l. 3 s. 3 d.* ; Pierre Louédin, procureur, 22 l. + *33 l. 10 s.* ; Etienne Carron, N. ; Claude Bégin, N, *89 l. 7 s.* ; Simon Vastel, N, 8 l. + *21 l. 15 s. 6 d.* ; Laurent Postel N, *98 l. 5 s. 3 d.* ; Thomas Leconte N ; Jacques Deville, N, 18 l. + *21 l. 17 s.* ; Robert Louédin, N (avec ses 2 fils), *60 l. 6 s.* ; Jean Beaudouin, N, (avec son fils), *111 l. 14 s.*

En 1790 : 103 citoyens éligibles et 26 actifs.

(2) Ablon, p. 80.

4

Que le Roi soit ... toujours grand ...

5

Qu'à l'avenir il y ait des États... (1).

6

Que ces États conviennent avec lui de l'impôt... (2).

7

Que l'ordre soit établi ... (3).

8

Que les aides soient supprimées ainsi que les gabelles, deux corps qui ruinent et oppriment la province, que les sommes immenses qu'il coûte pour payer les personnes occupées à ces deux formes [fermes?] soient employées aux besoins de l'État (4).

9

Que des impôts plus simples... (5).

10

Que la procédure soit abrégée, cause qui ruine tant de famille (6).

11

Que les affaires et contestations de paroisse, de voisins et de toute cause arbitraire soient envoyées devant les notables ou à la municipalité.

12

Que le nombre [de] gages (7) de receveurs d'impôt soit diminué,

(1) Ablon, p. 80.
(2) Gonneville, p. 90.
(3) Ablon, p. 80.
(4) Gonneville. p. 90, art. 8.
(5) Ablon, p. 80.
(6) Cet article et les trois suivants ont une grande analogie avec les mêmes articles de Gonneville, p. 91.
(7) Voir Gonneville, article 12, p. 91.

qu'il y ait un lieu de la paroisse où l'on puisse rassembler la recette, qu'il n'y ait qu'un seul particulier de chaque paroisse pour faire le recouvrement des deniers et qu'il lui soit accordé tant qu'il plaira à sa majesté pour livre.

13

Qu'il soit accordé soulagement aux milices garde-côtes, tant pour les compagnies de canonniers que pour la marine qu'il [qui] prend sans exemption tous les jeunes gens de famille des paroisses garde-côtes et en fait fuire tous ceux desdites paroisses, qu'il [qui] n'ont point d'exploitation par eux-mêmes, dans les paroisses des terres et qu'il [qui] cause que le laboureur manque toujours de gens, de bras pour l'agriculture.

14

Que le divorce ne soit plus permis non plus que les banqueroutes.

15

Qu'il n'y ait dans tout le royaume qu'un même poids, même mesure et même aune. Ce qui a occasionné depuis peu tant de traverses dans les halles.

16

Que le jauge avec les diagonales établies en Normandie soit supprimé par l'usage des bottes faites avec tant d'art frauduleux par les tonneliers, plates en bonde, larges aux flancs et de figure ovale qu'ils font perdre aux vendeurs, chaque livraison, 20, 30, 40, 50 jusqu'à 60 pots de cidre par futaille, d'obliger le tonnelier qu'il [qui] construise [construit] lesdites futailles de les marquer de leur nom et de leur vraie contenance avec une estampe à feu, à l'instar des tanneurs qui sont obligés de marquer leur cuir, les fabricants leur étoffe, les boulangers leur pain aux fins de mettre le ministère public à portée de conclure contre les infracteurs.

Et à l'égard des marchands de cidre qui se servent de bottes anciennement faites, défense leur soit faite d'en faire livrer dans aucune botte sur les quais qu'ils ne soient dépotée (*sic*) et la vraie contenance marquée en chiffres et leur nom à feu sur le bout.

Ledit cahier signé et arrêté double par les habitants de Quetteville après lecture. Ce jourd'hui vingt-neuf mars mil sept cent quatre-vingt-neuf.

Signé : P. MOULIN ; Jacques FALAIZE ; J. LECONTE ; B.-J. LECONTE ; J.-F. BOURDON, etc.

SAINT-BENOIT-D'HÉBERTOT

Population en 1774, environ 120 feux (*Calvados*, C. 7.543) ; en 1789, 80 feux.

Impositions ordinaires en 1790 (*Calvados*, C. 8.700),

Taille	2.148 l.	14 s.	5 d.	
Imposition accessoire.	1.257	9	4	
Capitation	1.518	18	»	(1)
Prestation	558	»	»	

Corvée en 1783 : 400 l. (*Archives communales de Honfleur, Série II, fonds de la subdélégation.*

Gabelle en 1789 : 77 feux et 214 personnes imposés ; 4 feux et 14 personnes privilégiés (*Archives nationales*, G¹ 100), sel d'impôt [935 l.] ; sel de privilège, [115 l.] (*Archives de la Seine-Inférieure*, C. 610).

Rentes seigneuriales payées au duc d'Orléans en 1753. Montant . 35 l. 18 s. 3 d. plus 55 boisseaux d'avoine, 36 gelines, 22 chapons, 9 oies 1/2, 756 œufs et 1/2 livre de cire. Il n'y a pas moins de 52 articles, parmi lesquels le domaine de Trianon, tenu par Sandret de Trianon, 3 l. ; le fief du Chanteur, tenu par Daguesseau, 12 l. (*Archives nationales*, Rₜ 920).

Vingtièmes en 1790 (*Calvados*, C. 7.543). Montant du rôle ; 2.210 l. 13 s. 10 d. — Propriétaires dont le revenu, en 1774, est au moins de 500 l. : le duc d'Orléans, une partie de la forêt de Touques et la pépinière (961 l. 17 d. d'impositions ordinaires) ; la ferme louée à Charles Hamel (2 l. 4 s. 3 d. de taxe personnelle). — Dame Daguesseau, avec 7 fermes dont le revenu total est de 3.970 l. 15 s. — La dame de Tontuit, 590 l. — De Trianon, 700 l. — Le sieur de Grieu, 500 l. — François Martinière, 550 l. — André Tailfer, 600 l. — Jean Halley, 940 l. (2).

Privilégiés (*Calvados*, C. 7.543). Le curé : presbytère et jardins estimés 30 l. (pour mémoire) ; « deux acres de cour et une vergée de pré, plus la dîme entière, 2.050 l., sans y comprendre 420 l. pour le desservant dont le preneur était chargé en sus, ce qui forme un total de 2.470 l. ». — La

---

(1) Pour 1885, le montant de ces 3 impositions était · t. 1.590 l. ; imposition acc⁽ᵉ⁾ 948 ; cap., 1.021 (*Archives de la Seine-Inférieure*, C. 251).

(2) En 1790, le rôle des impositions ordinaires donne, comme principaux propriétaires, les noms suivants : marquis de Vielz-Maison, taxe personnelle, 4 l. 3 s. ; le comte de Blangy, taxe personnelle, 32 l. 14 s. 6 d. ; d'Escalles de Boishébert, fils⸱ propriétaire, 68 l. 12 s. 3 d. ; Mᵐᵉ Herval, pour sa pépinière, 9 l. 3 s. ; de la Pillette, taxe personnelle, 3 l. 10 s. 6 d. En revanche, la dame Daguesseau ne figure plus que pour une cote personnelle de 9 s. ; Jean Halley pour une cote personnelle de 4 s. 9 d., et André Tailfer n'est plus nommé.

fabrique : boutique et étaux de boucherie, loués 107 l. 17 s. 6 d. à Pierre Vauquelin et autres ; déduction faite du 12ᵉ pour réparations, il reste 99 l. — Les religieux de Beaumont-en-Auge : grosses dîmes louées (à Jean Lancelin, en 1790), 1.200 l. — L'évêque (de Lisieux) : le « déportuaire », loué à Jean Lancelin (17 l. 3 s. d'impositions ordinaires). — Le duc d'Orléans, pour la partie de la forêt qui dépend de cette paroisse, 1.000 l. — Fortin Deschamps, écuyer, pour fonds qu'il fait valoir, 90 l. — De Sandret de Trianon, pour ce qu'il fait valoir, 260 l. — D'Escalles de Boishébert, pour ce qu'il fait valoir, 150 l.

Observations générales, en 1773 (*Calvados*, C. 7543). La paroisse relève du duc d'Orléans (1). La dame de Tontuit y possède un fief.

... Les habitants, pour les laboureurs, n'ont d'autres occupations que de labourer les terres ; les autres habitants travaillant à la forêt et faisant de la toile.

Les principales productions consistent en cidre ; il ne s'y récolte pas plus de blé qu'il en faut pour nourrir les habitants. Le muid de cidre, mesure du pays, est de 110 pots, ce qui revient à 144, mesure ordinaire. Ce qui n'est pas consommé dans le pays est ordinairement vendu pour Rouen, Le Havre et Dieppe. La situation de cette paroisse est en partie côte et vallée ; le sol y est assez égal, assez bon pour le plat pays et assez mauvais le long des bois.

La taille s'y répartit à raison, à peu près, de deux sols sur le prix d'évaluation de l'occupation, à la réserve des fermiers de Mᵐᵉ Daguesseau, qui nous ont déclaré ne la payer que sur le pied de 1 sol 6 deniers...

En 1773, le rôle des vingtièmes contenait 100 articles ; le projet de nouveau rôle en présentera 117 l.

Tarif ou évaluation du produit de chaque nature de bien, en 1773 (*Calvados*, C. 7.543). L'acre de masure plantée, 70 (bon), 55 (médiocre) et 40 l. (mauvais) ; de terre labourable, 40, 30 et 20 l. ; de prairie fauchable, 40, 30 et 20 l. ; d'herbage, 70, 55 et 40 l. ; de pâtis, 15, 10 et 6 s. Le blé vaut 7 l. le boisseau ; point de prix pour le seigle, les pois et vesces consommés sur les lieux ; le foin, 25 à 30 l. le cent de bottes.

PROCÈS-VERBAL DE L'ASSEMBLÉE PAROISSIALE DU 25 MARS 1789 (2)

Président : Jean-Pierre Eude, fermier du comte de Blangy, syndic, procureur de la commune en 1790, 11 l. + *311 l. 9 d.*

Comparants : Louis-André Halley, maire en 1790 (probablement héritier avec sa mère de Jean Halley, avec 94 l. de 20ᵉˢ), *137 l. 5 s. 6 d.* ; François Martinière, O. M. en 1790, 55 l. + *60 l. 1 s* ; Louis Rebut fils (3), O. M.

(1) En 1789, le seigneur est le comte de Blangy. (*Archives nationales*, G¹ 100).

(2) Le rédacteur a utilisé le modèle imprimé.

(3) Nous pensons qu'il s'agit ici de Louis Rebut, fils Louis, le seul inscrit au rôle des 20ᵉˢ ; il y a encore cependant Louis Rebut, fils Jean, 54 l. 9 s.

en 1790, 28 l. 10 s. + (avec Nicolas Rebut) 25 l. 2 s. + *64 l. 2 s.* ; Jacques Normand, 9 l. + *6 l. 17 s.* ; Pierre Hoinville, boulanger, *12 l. 11 s. 6 d.* ; Jean Ozeraie, *13 l. 14 s. 9 d.* ; Jacques Valuette, fermier de de Grieu, N. en 1790, *116 l. 13 s. 3 d.* ; Jean Dubois (avec son fils) fermier du comte de Blangy, en 1773 de Mme Daguessaux, *292 l. 13 s. 9 d.* ; Jean Lancelin, fermier de Deschamps, écuyer, des dîmes des moines de Beaumont et du « déportuaire », N. en 1790, *596 l. 14 s.* ; Charles Normand, fermier de Pierre Guibert, N. en 1790, 5 l. + *50 l. 6 s. 9 d.* ; François Bottentuit, fermier de de Trianon, *130 l. 7 s. 9 d.* ; Pierre Bottentuit, 30 l. + *45 l. 16 s. 3 d.* ; Yves Bottentuit (sa veuve en 1790), *9 l. 3 s.* ; Jean Conte (ou Lecomte), 3 l. 10 s. + *4 l. 11 s 6 d.* ; Pierre Dumont, 6 l. + *5 l. 4 s. 3 d.* ; Jacques Levilain, cordonnier, *4 l. 11 s. 6 d.* ; Jacques Bouët (sa veuve en 1790), fermier de Jean-Pierre Eude, *47 l. 19 s. 9 d.* ; Yves Malière, 7 l. 14 s. + *6 l. 17 s. 3 d.* ; Antoine Homo. *3 l. 8 s. 9 d.* ; Jean Petel. 3 l. ; Romain Petel (ou Pestel), fermier du curé de Saint-Gervais, 1 l. + *6 l. 17 s. 3 d.* ; Jean-Pierre Hébert, 1 l. 4 s. + *2 l. 5 s. 9 d.* ; Philippe Bunout, 6 l. + *9 l. 3 s.* ; Charles Hamel, fermier du duc d'Orléans, *11 l. 3 s. 1 d.* ; Pierre Duval, 2 l. 10 s. + *1 l. 2 s. 9 d.* ; Thomas Grenguet, *2 l. 5 s. 9 d.* ; François-Elie Pierre (sa veuve en 1790), *4 l. 11 s. 6 d.* ; Elie Hébert (1) ; Louis Moisy, 4 l. 11 s. + *2 l. 5 s. 9 d.* ; Jean Hébert, 1 l. 4 s. + *2 l. 5 s. 9 d.* ; et Pierre Cauchois, toilier, *2 l. 5 s. 9 d.* (2).

Députés : Jean-Pierre Eude ; Louis-André Halley.

(Suivent 27 signatures.)

CAHIER DE DOLÉANCES

Ce jourd'hui mercredi vingt-cinq mars mil sept cent quatre-vingt-neuf ... seront nulles.

Le préambule de ce cahier et les 18 premiers paragraphes sont identiques à ceux d'Ablon, pp. 79 et 80. L'Assemblée ajoute les doléances suivantes :

Que la justice soit gratuite pour que tout le monde puisse en approcher.

Que la procédure criminelle soit adoucie... (3).

---

(1) Hébert, avec le prénom d'*Elie*, n'est pas sur les rôles.

(2) Quelques membres de la municipalité en 1790, n'ont pas comparu à l'assemblée du 25 mars 1789. Ce sont : Elie Rebut, fermier de Advisse, N, 20 l. 4 s. + 83 l. 9 s. 9 d. ; Elie Caens, N (avec sa belle mère), 6 l. 17 s. 3 d. ; Jean Erieult (ou Eurieult), fermier de Jean Bellanger, N, *34 l. 6 s. 9 d.*

En 1790, il y a 30 citoyens éligibles et 20 actifs.

(3) Ablon, p. 81.

Que la dîme soit convertie en une prestation en argent pour l'honneur de la religion et n'appartienne qu'au curé.

Que pour celui de l'humanité les parcs, les garennes, les colombiers des seigneurs soient restreints ; que les bêtes qu'ils y élèvent ne ravagent plus les moissons.

Qu'il soit permis de se racheter du servage des corvées féodales.

Que nos frères que la révocation de l'Édit de Nantes a éloignés de nous soient rendus à nos prières avec tous les droits de cité.

Enfin l'assemblée autorise ses députés... (1).

Signé : Philippe Bunour ; L. Rebut ; Pierre Hainville ; Jacques Normand, etc.

Puis, après les signatures :

De plus, qu'il sera établi dans chaque paroisse... (2).

Que les rentes seigneuriales soient anéanties ainsi que le treizième et le centième denier, vu que ces trois impôts sont bien coûteux au peuple.

Que les seigneurs n'aient plus le droit de clameur à l'avenir sur les biens acquis par les particuliers.

Signé : Eude ; Halley ; (3).

(1) Ablon, p. 81.
(2) Equemauville, p. 54, § 12.
(3) On remarquera que ces trois articles ne sont signées que par les deux députés.

SAINT-GATIEN-DES-BOIS

Population : en 1774, 200 feux environ (*Calvados*, C. 7.549) ; 1788, 199 feux ; 1789, 198 feux.

Impositions ordinaires en 1790 (*Calvados*, C. 8.700).

Taille	4.044 l.	19 s.	5 d.
Imposition accessoire	2.361	14	4
Capitation	2.859	17	8 (1)
Prestations	1.051		

Corvée en 1783 : 855 l. (*Archives communales de Honfleur*, II.).

Gabelle en 1789 : 202 feux et 535 personnes imposés ; 2 feux et 2 personnes privilégiés (*Archives nationales*, G¹ 100), sel d'impôt [1.805 l.] ; sel de privilège [310 l.] (*Archives de Honfleur*).

Rentes seigneuriales payées au duc d'Orléans en 1753. Montant : 186 l. 13 s. plus 24 boisseaux d'avoine. Les fiefs et ténements les plus importants sont : le fief de la Ransonnière, tenu par Jean de Costard, 45 l. ; le ténement des ventes Audain, par François Helliot et autres, 7 l. 14 s. 10 d. ; le ténement des Estrattens, par Elisabeth Frébert et autres, 6 l. 6 s. 7 d. ; le ténement Brelfe, par Nicolas Postier et autres, 11 l. 12 s. 8 d. ; le ténement du Petit-Reux, par Jean Deshayes, 5 l. 5 s. ; le ténement du Manoir de la Vente, par Thomas de Lintot et autres, 12 l. ; le ténement aux Vanniers, par Michel Jehenne et autres, 4 l. 13 s. 8 d. ; le ténement au Dépensier, par Jean Deshayes et autres, 3 l. 8 s. 4 d. ; le ténement de la Griserie, par Simon Lefèvre, 3 l. 10 s. ; le fief Tesson, par Jean-Baptiste Baillet et autres, 5 l. 17 s. ; le fief de Montalouveaux, par les enfants de Jacques Leprévost, écuyer, et autres, 31 l. 6 s. 2 d. etc. (*Archives nationales*, R¹ 920).

Vingtièmes en 1790 (*Calvados*, C. 7.549). Montant du rôle : 24.399 l. 15 s. 8 d. — Propriétaires dont le revenu est égal ou supérieur à 500 l. ; de Saint-Léger, 7.125 l. ; Lacroix Lemonnier, de Honfleur, 1.000 l. ; Varin de Prestreville, 1.000 l. ; Deshayes, 1.800 l. ; Eustache, 1.050 l. (2) ; Nicolas Renié, 800 l. (3) ; dame Balme, 740 l. ; Adrien Carème, de Honfleur, 520 l. ; Soulier, 800 l. ; dame Prémord, de Honfleur, 640 l. ; Jacques Lecesne,

---

(1) Pour 1785, le montant de ces trois impositions ordinaires était très inférieur : t. 3.390 l. ; impositions acc⁰⁰, 2.021 l. ; cap., 2.178 l. (*Archives de la Seine-Inférieure*, C. 251).

(2) Le nom d'Eustache ne se trouve pas au rôle des impositions ordinaires pour 1790.

(3) *Ibid.* de V. Renié   *Ibid.*

750 l. ; François Heutte, de Honfleur, 700 l. ; Lemonnier Dubue, avocat à Honfleur, 700 l. ; le duc d'Orléans, 180.000 l.

Privilégiés (Calvados, C. 7.549). Le curé de Saint-Gatien : terre d'aumône, une demi-acre en herbe, 40 livres ; dîmes 6.800 l. ; total, 6.840 l. — Le curé de Tourville, titulaire de la chapelle Saint-Philibert : bâtiments et quatre acres de terre en herbe, loués au curé de Saint-Gatien, 275 l. — Le curé de Mont-Saint-Jean : jardin et trois vergées de cour d'aumône 60 l. ; dîmes, 1.000 l. ; total, 1.060 l. — Le trésor de Saint-Gatien : 60 livres de rente. — Le duc d'Orléans « possède la forêt de Touques, d'environ sept lieues de tour, selon la commune renommée, située sur vingt-quatre paroisses, dont deux de l'élection de Pont-Audemer et dont celle de Saint-Gatien est la plus considérable, estimée, déduction faite de toutes charges à 180.000 l. de revenu. — De Saint-Léger, écuyer, demeurant à Saint-Gatien, pour fonds qu'il y fait valoir, revenu : 2.050 l. — De Pelgats pour fonds qu'il fait valoir, au revenu de 123 l.

Observations générales : 1773 (*Calvados,* C. 7.549). La paroisse relève du duc d'Orléans ; l'abbé de Grestain nommé à la cure.

...Les habitants n'ont d'autre occupation que de labourer les terres, de faire quelques élèves et travailler à la forêt. Les principales productions consistent en cidre et blé. La dîme se monte à environ 1.200 gerbes de blé par an. Les cidres et poirés se vendent pour le Havre et Honfleur. La situation de cette commune est assez en plat pays ; le sol de la terre y est très froid et marécageux et ne produit de récolte qu'en tant qu'il est marné. La taille s'y répartit à raison de *2 s.* par livre de l'évaluation de l'occupation... Le rôle des vingtièmes, année 1774, ne contenait que 182 articles ; le présent projet en contient 235, eu égard tant aux divisions qui ont été demandées, qu'à la découverte des fonds sis sur ladite paroisse, jusqu'à présent non employés.

Tarif ou évaluation du produit de chaque nature de biens (Calvados, C. 7.549). L'acre de masure plantée, 60 l. (bon), 45 l. (médiocre), 36 l. (mauvais) ; de terre labourable, plantée ou non plantée, 30 l., 25 l. et 15 l. ; de prairie fauchable, 40 l., 30 l. et 25 l. ; d'herbage, 60 l., 50 l. et 30 l. ; de bois taillis, 10 l., 6 l. et 4 l. ; pas de bruyères et de pâtis. Prix du blé, 6 l. le boisseau et 30 l. la somme. Point de prix pour le seigle « n'en étant fait que pour le lien », ni pour les pois et la vesce, consommés sur le lieu. Le cent de bottes de foin (18 à 20 l. chacune), 36 à 40 l. L'avoine vaut 3 l. 10 s. à 4 l. le boisseau.

PROCÈS-VERBAL DE L'ASSEMBLÉE PAROISSIALE DU 25 MARS 1789 (1)

Président : Simon-Raymond Balan, syndic 1788, 35 l. + *75 l. 14 s. 2 d.*

Comparants : Pierre Petit, marchand, M A, 1788, maire, 1790, 38 l.

---

(1) « Jour et fête de l'Annonciation de la Sainte-Vierge, issue et sortie de la messe ».

+ *175 l. 11 s, 6 d.* ; Guillaume Guillou (1) ; Jacques Liétout, fermier de de Saint-Léger, O M, 1790, *412 l. 7 s.* ; Jean Lamidey, fermier de de Saint-Léger, *220 l. 2 s. 7 d.* ; Henri Pesnel, 17 l. + *32 l. 1* (avec Jean Pesnel) ; François Galliot ou Gaillot, O M, 1790, 8 + *98 l. 9 s. 4* ; Thomas Brunet, 5 l. 12 s. + (avec Pierre Brunet) *6 l. 10 s.* (2) ; Pierre Brunet, 5 l. (3) ; Louis Fosse, 12 l. + *4 l. 11 s. 7 d.* ; Pierre Leverrier, 8 l. + *25 l. 4 s.* ; Charles Legrand, *32 l. 1 s. 5 d.* ; Jean Dehais (ou Deshayes), 23 l. 8 s. + *25 l. 4 s.* ; Toussaint, Jean, 1 l. + *2 l. 5 s. 9 d.* ; Toussaint (?) Dehais ou Deshayes, 191 l. + *25 l. 4 s.* ; François Horié (4) ; Jean Colard (5) ; Louis Delauney, 3 + *4 l. 11 s. 6 d.* ; Pierre Petit, fils Jean, *75 l. 13 s. 3 d.* ; Guillaume Carel (6), M A, 1788, Not. 1770, *61 l. 16 s. 8 d.* ; Jean Avoine (plutôt Bréavoine), M A, 1788, O M, 1790, *162 l. 12 s. 11 d.* ; Pierre Horié, fermier d'Alix, *93 l. 3 s. 3 d.* ; François Lamidey, fermier de Lacroix Lemonnier, M A, 1788, N, 1790, *270 l. 6 s.* ; François Delarocques, *376 l. 16 s. 2 d.* ; Étienne Lerat, fermier de l'abbé de la Rivière, *178 l. 13 s. 4 d.* ; Victor Carel, procureur de la commune, 1790 *41 l. 12 s. 6 d.* ; François Lebaron, greffier 1788, O M 1790, *10 l. 3 d.* ; François Petit, fermier de Petit, marchand, 6 l. + *57 l. 8 s. 4 d.* ; Jacques Leroy, fermier de Lebaron, *2 l. 5 s. 9 d.* ; Mathieu Maillot, *2 l. 5 s. 9 d.* ; Jacques Boulard, *4 l. 11 s. 6 d.* ; François Vauquelin, fermier de Lion, *57 l. 3 s.* ; Jacques Toutain, 5 l. 14 s. 6 d. ; Charles Liétout, fermier d'Hagron, *29 l. 15 s. 7 d.* ; Guillaume Petit (et Charles Jean, son beau-frère), *18 l. 5 s. 6 d.* ; Michel Colard, *5 l. 14 s. 6 d.* ; Pierre Hébert, *2 l. 5 s. 9 d.* ; Jean Brunet, 3 l. 8 s. 8 d. ; Jean Isabel, 34 l. 7 s. 2 d. ; Pierre Noël, 6 l. + *19 l. 3 s. 3 d.* « et autres » (7).

(1) Il y en a peut-être 3, au moins 2. Guillaume Guillou, fils Pierre, journalier, 2 l. 5 s. 9 d. ; Guillaume Guillou, fils Jean, marchand, 112 l. 4 s. 9 d. ; nous pensons que c'est du second qu'il s'agit ; sa faible cote aux vingtièmes s'explique parce qu'il n'aurait qu'une très petite propriété foncière. Il y a un 5ᵉ Guillou, M.-A., 1788, et un Gabriel Guillou, N, 1790 (Gabriel doit être une erreur pour Guillaume).

(2) Il y a au rôle des impositions ordinaires : Thomas Brunet, fils Thomas, *183 l. 5 s. 8 d.*, et Thomas Brunet, fils Pierre, *96 l. 10 s.* ; lequel des deux a comparu en 1789 et fut M A en 1788 et not. en 1790 ?

(3) Le rôle des impositions ordinaires porte deux individus avec les mêmes nom et prénoms : Pierre Brunet, fils Thomas, *124 l. 2 s. 11 d.*, et Pierre Brunet, fils Pierre, *13 l. 14 s. 11 d.* L'un des deux fut M A en 1788 et N en 1790.

(4) Aux rôles des impositions on trouve seulement Jacques Horié, *9 l. 2 s. 5 d.*

(5) Nous trouvons deux fois ce nom aux impositions ordinaires : Jean Colard, fils François, voiturier, *16 l. 4 s. 6 d.*, et Jean Colard, journalier, 9 l. 3 s. 5 d.

(6) Le prénom de Gabriel dans l'état des notables doit être une erreur.

(7) Parmi les non comparants, on trouve Louis Rocque (Delaroque), O M, 1790, fermier de Heutte, *343 l. 12 s. 8 d.* et les notables suivants en 1790 : Pierre Ronci (?) ; Robert David, *43 l. 10 s. 5 d.* ; Pierre Descelliers, *41 l. 10 s. 3 d.* ; Jacques Monsaint, 7 l. 10 s. + *57 l. 5 s. 1 d.* ; François Moisy, *36 l 12 s.* ; Charles Bouffard, *116 l. 16 s. 11 d.* ; Pierre Tubœuf, 6 l. + *103 l. 5 s.*

D'après les rôles des impôts en 1790 (vingtièmes et impositions ordinaires), il y a, pour cette année :

Eligibles	89
Citoyens actifs.	48
Citoyens passifs	52
Veuves ou mineurs	25
Exploitants du dehors	14
Non identifiés	7
	235

33 propriétaires du dehors pour cote personnelle.

Députés : Pierre Petit ; Thomas Brunet.
(Suivent 47 signatures),

CAHIER DE DOLÉANCES

Ce jourd'hui vingt-cinq mars mil sept cent quatre-vingt-neuf.

L'assemblée du tiers-état de la paroisse de Saint-Gatien-des-Bois réunie.., pour conférer sur les remontrances... élire, choisir et nommer les représentants.

Donne par le présent aux personnes qui vont être nommées ses pouvoirs généraux soit pour nommer et élire... et consentir tout ce qui sera nécessaire... pour le bien de tous (1).

Après avoir assuré le Roi... (2)

Que dans les délibérations... (2)

Que tout privilège pécuniaire et toute distinction d'ordre en matière d'impôt seraient anéantis.

Qu'une égalité proportionnelle... (2).

Que le Roi... (2).

Qu'à l'avenir il y ait des États... que ces États..: (2)

Qu'il ait ses limites... (2)

Qu'il soit rendu... (2)

Que l'ordre soit établi dans les finances et que l'impôt ne soit déterminé qu'après que la dette publique aura été bien approfondie, ainsi que les dépenses ordinaires et extraordinaires.

Que les campagnes... (2)

Des aides et des gabelles... (2)

Que des impôts plus simples... (2)

Que les abus de la justice... la multiplicité... l'étendue... (2).

Qu'un justiciable... (2)

Que toutes lettres... (2)

Que la justice soit gratuite pour que tout le monde puisse en accéder facilement.

Que la procédure criminelle soit adoucie pour que le sang de l'innocent ne soit plus exposé à couler sur les échafauds.

Que la dîme soit convertie en une prestation en argent pour l'honneur de la religion et n'appartienne qu'au curé.

Que pour celui de l'humanité les parcs, les garennes, les colombiers des seigneurs soient restreints, que les bêtes qu'ils

(1) Fourneville, p. 45.
(2) Ablon, p. 80.

y élèvent ne ravagent plus les moissons et qu'il soit permis au laboureur de s'en défendre pendant la moisson.

Qu'il soit permis de se racheter du servage des corvées féodales.

Et que nos frères que la révocation de l'édit de Nantes a éloignés de nous soient rendus à nos prières avec tous les droits de cité.

Enfin l'assemblée... (1)

Signé : Balan, syndic ; Petit ; Thomas Brunet ; Pierre Hébert ; Jean Collard, etc.

(1) Ablon, p. 81.

LE THEIL

Population : 1773, 80 feux (*Calvados*, C. 7.567) ; 1789, 65 feux.

Impositions ordinaires, en 1790 (*Calvados*, C. 8.700).

Taille	1.074 l.	10 s.	5 d.
Imposition accessoire . . .	624	4	8
Capitation	758	8	8 (1)
Prestations.	279		

Corvée en 1783 : 202 l. (*Archives communales de Honfleur*, II.).

Gabelle en 1789 : 58 feux et 138 personnes imposés ; 2 feux et 3 personnes privilégiés (*Archives nationales* G¹ 100). Sel d'impôt, [540 l.] ; sel de privilège, [40 l.] (*Archives de la Seine-Inférieure*, C. 610).

Rentes seigneuriales payées au duc d'Orléans, en 1753. Montant : 9 l. 1 s. 8 d. Le seul fief important est le fief à l'Épée, tenu par les religieux de Grestain, 5 l. (*Archives nationales*, R¹ 920).

Vingtièmes : 1790 (*Calvados*, C. 7.567). Montant du rôle : 1.352 l. 15 s. — Propriétaires dont le revenu est égal ou supérieur à 500 l.: le duc d'Orléans pour une partie de sa forêt de Touques, 1.000 livres ; Hébert, 900 l. ; dame de Mire, 1.000 l. ; dᶫˡᵉˢ Guy, 546 ; Pierre Hagron, 620 l. ; Liétout, 500 l. ; de la Salle, 1.560 l. ; Mᵐᵉ Liétout, veuve de Guilbert, de Honfleur (2).

Privilégiés (*Calvados* 7.567). — Le curé, Garnier : presbytère et jardin, 25 l. « pour mémoire » ; dîmes louées 2.060 l. à Pierre Gamare. — Les religieux de Beaumont-en-Auge : un « trait » de dîme loué 30 l. au curé. — Le titulaire (l'abbé Normand) de la chapelle du Theil, une maison et une acre de labour, louées à Jean Gamare, 100 l. ; 6 pièces de terre louées à Jean Duval, 140 l. — Fabrique du Theil, 2 pièces de terre louées à Thomas Cornu, 33 l. — Duc d'Orléans, 1.000 l.

Observations générales : 1773 (*Calvados*, C. 7.567). La paroisse du Theil relève du duc d'Orléans qui en est le seigneur et patron (3) ; la dame de Tontuit, la dame de Mire et l'abbaye de Grestain y possèdent chacune un fief.

... Les habitants n'ont d'autres occupations que celles de labourer les

---

(1) En 1785 : taille, 890 l. ; imposition accessoire, 531 l. ; capitation, 571 l. (*Archives de la Seine-Inférieure*, C. 251).

(2) Nous n'avons pas trouvé l'estimation de son revenu ; elle paie pour ses impositions ordinaires, 13 l. 14 s. 4 d. et ses deux fermiers, 86 l. 17 et 41 l. 3 s.

(3) En 1789, le seigneur est de Mire.

terres et de faire des élèves de bestiaux. Les principales productions consistent en cidre, ne s'y récoltant pas de blé ce qu'il faudrait pour nourrir les habitants. Le muid de cidre, mesure du pays est de cent dix pots, ce qui revient à 144 pots, mesure ordinaire. Ce qui n'est pas consommé dans le pays est ordinairement vendu pour Rouen, Le Havre et Dieppe.

La situation de cette commune est pour la plus grande partie en côteau. Le sol y est assez mauvais...

Le rôle des vingtièmes, année 1773, ne contenait que 69 articles ; le présent projet en présente 74, eu égard aux divisions qui ont paru nécessaires et à la découverte de fonds jusqu'à présent non employés.

Tarif ou évaluation du produit de chaque nature de biens (Calvados, C. 7.567). L'acre de masure plantée, 60 l. (bon), 50 l. (médiocre), 40 l. (mauvais) ; de terre labourable plantée ou non plantée, 40, 30, 18 ; de prairie fauchable, 45, 35, 25 ; d'herbage, 60, 40, 30. Il n'y a ni bois, ni bruyères, ni pâtis. Prix du blé, 7 l. le boisseau, 35 l. la somme. Point de prix pour le seigle, les pois et la vesce qui se consomment sur place ; le cent de bottes de foin (18 à 20 l. chacune) est de 25 à 30 l.

PROCÈS VERBAL DE L'ASSEMBLÉE PAROISSALE DU 29 MARS 1789 (1)

Président : Henry-Thomas Quillet de Fourneville, lieutenant du bailliage de Honfleur (2).

Comparants : Pierre-Jean Gamare, *155 l. 8 s. 8 d.* ; Robert Modelonde (ou Maudelonde) O M en 1790, *29 l. 15 s. 6 d.* ; François Ozeraie, O M en 1790, 10 l. + *1 s. 3 d.* ; Romain Dellié, *45 l. 14 s. 6 d.* ; Jean Gamare, maire en 1790, 6 l. + *38 l. 7 s. 3 d.* ; Louis Potel (3), N en 1790, 4 l. 2 s. + *59 l. 16 s. 3 d.* ; Jean-Baptiste Durand, 13 l. + *23 l. 15 s. 10 d.* ; François Ridel, 7 s. 8 d. ; François Poullain, procr en 1790, *22 l. 17 s. 6 d.* ; Jacques Auzout, 4 l. + *14 l. 11 s. 6 d.* ; François Frémont, 31 l. 10 s. + *4 l. 11 s. 6 d.* ; Gabriel Poullain, 28 l. 10 s. + *2 l. 5 s. 8 d.* ; Elie Leroy, 16 l. 10 s. + *32 l.* ; Pierre Toutain, *5 l. 14 s. 3 d.* ; Louis François Ozeraie, 13 s. 9 d. ; Jean Duval, N. en 1790, *75 l. 8 s. 8. d.* ; Thomas Jouen, N. en 1790, *77 l. 14 s. 4 d.* ; François Ozeraie (4) ; Jacques Auzout fils, 3 l. + *5 l. 14 s. 3 d.* ; Jacques Boullaye, 5 l. + *11 l. 8 s. 6 d.* ; Jacques Durand, 13 l. + *1 l. 2 s. 9 d.* ; Christophe Poullain, 15 l. + *7 l. 8 s. 10 d.* ; Jean-Baptiste Fournier, *3 l. 8 s. 6 d.* ; Guillaume Martin, *16 l.* ; Dominique Deshayes, *3 l. 8 s. 9 d.* ;

(1) Elle eut lieu dans l'église.

(2) Quillet de Fourneville présida le même jour l'assemblée de Fourneville.

(3) La liste des membres de la Municipalité, en 1790, porte Louis **Pestel** comme notable ; comme ce nom ne se rencontre pas sur les rôles des impôts, nous pensons que l'on a voulu inscrire Louis Potel.

(4) Au rôle des vingtièmes, on lit François Ozeraie, fils Louis, avec une cote de 6 l. ; au rôle des impositions ordinaires, François Ozeraie, fils François, avec 11 l. 8 s. 6 d. Quel est celui des deux qui a comparu et qui est élu notable en 1790 ?

Jean Poulain fils, 1 d.; Christophe-Joseph Prévost, *11 l. 8 s. 6 d.* (1);
Jacques Frémont, *5 l. 18 s. 11 d.*; Louis Frémont, 1 d.; Henry Leroy,
25 l. 3 s.; Pierre Bellin, N. en 1790, *100 l. 11 s. 6 d.*; Jean Dutorp,
2 l. 5 s. 8 d.; Manuel (ou plutôt Emmanuel) — Alexandre Boullaye, 1 d.;
Louis Lengrand (2); Charles Vachot, 1 l. 12 s. + *41 l. 3 s.*; Jean-Baptiste
Dufourd (ou plutôt Dufour) *18 l. 5 s. 8 d.*, et Charles Hébert, 1 d. (3).

Députés : Louis Advisse, avocat (4); François Ozeraie.

(Suivent 27 signatures.)

CAHIER DE DOLÉANCES

Cahier de doléances de la paroisse du Theil arrêté dans l'assemblée générale au lieu ordinaire des délibérations.

Ce jourd'hui 29 mars 1789.

L'assemblée du tiers état de la paroisse du Theil réunie aux
termes des lettres de convocation données à Versailles le 24 janvier
dernier, signifiées à la requête de monsieur le procureur du Roi au
bailliage de Honfleur, le 20e jour de mars dudit an, pour conférer
sur les remontrances, plaintes et doléances, des moyens et avis
qu'elle a à proposer à l'assemblée générale de la nation et pour
élire, choisir et nommer ses représentants qui sont les personnes
de... (5), à qui elle donne par le présent acte ses pouvoirs généraux
soit pour la représenter aux États, soit pour élire et nommer dans
les assemblées secondaires et générales tels députés qu'il appartiendra pour les représenter, afin d'y proposer, remontrer tout ce
qui sera nécessaire pour le besoin de l'État, la prospérité du
royaume et le bien du peuple.

Le premier vœu de l'assemblée est de renouveler le serment
naturel qui la lie à son Roi, lui assurant qu'elle est prête de sacrifier sa fortune et sa vie pour l'exécution de sa volonté qui ne veut
que le bonheur de ses sujets : pour répondre à ce sentiment
paternel l'assemblée se croirait indigne de la confiance de son Roi

---

(1) Le rôle des impositions ordinaires porte Joseph Prévost, mais comme c'est le
seul citoyen du Theil portant ce nom, nous ne pensons pas qu'il puisse y avoir doute
sur ce comparant.

(2) Ce nom ne se trouve pas au rôle des impositions.

(3) Parmi les non comparants on remarque Jean Pierre Fournier (5 l. + 6 l. 17 s.
4 d.), qui sera notable en 1790.

(4) Malgré que Louis Advisse ne figure pas au rôle des vingtièmes, il n'en est pas
moins propriétaire (de Jean Lancelin) au Theil, en 1790. Advisse était avocat à
Honfleur.

(5) Aucun nom n'est écrit à cet endroit, mais les députés sont nommés dans le
procès-verbal.

si elle ne le suppliait de jeter un regard sur ses demandes suivantes (1) :

1º Que dans les délibérations... (2)

2º Que tous privilèges... (2)

3º Qu'une égalité proportionnelle... (2)

4º Qu'on avise aux moyens de dégager du fléau de la milice nos campagnes qui fournissent des garde-côtes sur terre et sur mer.

5º Que nous soyons dégagés du fléau des aides et gabelles qui entretiennent une guerre continuelle entre les citoyens.

6º Que les receveurs généraux et secondaires soient supprimés.

7º Que dans chaque province il soit établi un bureau pour y verser la recette de toute la province, pour être portée directement au trésor royal.

8º Que les abus de la justice soient réformés et qu'elle soit rendue gratuitement.

9º Que toutes les questions de fait soient examinées par le curé de chaque paroisse, accompagné de la municipalité, pour les concilier.

10º Que la dîme n'appartienne plus qu'aux seuls curés et qu'elle soit payée en argent pour éviter aux [les] procès et querelles entre le pasteur et ses ouailles pour l'honneur de la religion.

11º Que la mendicité soit entièrement anéantie, chaque paroisse devant pourvoir à ses nécessités.

12º Que chaque paroisse ait connaissance de la portion des chemins à laquelle elle est sujette et de la manière dont elle s'exécute.

13º Que tous marchands, colporteurs, ramoneurs, enfin tous gens sans aveu, soient obligés de rester dans leur patrie, parce que sous ce titre il se trouve beaucoup de voleurs.

14º Que les parcs, les garennes, les colombiers soient restreints et que les bêtes qui s'y élèvent ne ravagent plus nos moissons, que la chasse soit absolument défendue dans nos campagnes depuis le 1er mai jusqu'au 1er octobre.

15º Que les dîmes insolites soient abolies et que les fourrages provenant des dîmes ne puissent être transportés hors paroisse.

16º Enfin que les impôts et subsides des paroisses ne puissent

(1) Entre ce préambule et celui de Fourneville, il y a une grande analogie. Nous avons cependant cru devoir le reproduire in extenso à cause de certaines différences assez importantes.

(2) Ablon, p. 80.

être répartis que par six personnes notables de chaque communauté auxquelles chaque habitant pourra faire ses remontrances.

Au Theil, l'an et jour susdits.

Signé : François Gamare, J.-Pierre Gamare, F. Jouen, F. Ozeraie, V. Modelonde, Advisse, Quillet de Fourneville, etc.

Les lignes suivantes, d'une écriture différente, terminent le cahier et ne sont pas signées.

Pour notes :

Que les impositions quelconques portant sur les propriétaires et les fermiers soient assises dans chaque paroisse de la situation des fonds sans pouvoir être transférées d'une paroisse sur l'autre au gré du particulier.

Que les dîmes soient converties en une pension en deniers proportionnellement à la population locale et que le surplus du produit des dîmes actuelles vertisse au soulagement des pauvres de chaque paroisse.

Que si les dîmes actuelles soient [sont] conservées en nature, elles soient strictement restreintes aux seules grosses dîmes avec abolition absolue de toutes dîmes novales, insolites, vertes ou menues et de toutes dîmes de substitution généralement quelconques, qu'il en soit ainsi des dîmes domestiques et de parnage [sic].

Que les fourrages provenant de grosses dîmes soient vendus au cultivateur en privilège et que jamais elles [ils] ne puissent sortir de la paroisse afin d'assurer la préférence à ce cultivateur et de tenir le fourrage si précieux aux campagnes à un prix raisonnable et jamais excessif ni arbitraire.

On désire qu'à l'article des domaines, traité par la ville (1), on conserve et respecte les propriétés acquises.

Que l'impôt territorial qui doit porter sur les fonds et qui, par cette raison, ne serait pas supporté par les négociants ou les capitalistes, soit, à l'égard de ces derniers, balancé par une imposition quelconque qui puisse opérer la juste contribution de tout citoyen aux besoins de l'Etat.

----

(1) Honfleur, article 5, p. 37.

HERBIGNY (ou Mont-Saint-Jean)

Population en 1789 : 1 feu.

Impositions ordinaires en 1790 (*Archives du Calvados*, C. 8699). Le rôle est arrêté par Vesque, curé , et Domin.

Taille.	846	l. 19 s.	5 d.
Imposition accessoire.	492	1	4
Capitation	596	15	8
Prestations	219	»	»

Vingtièmes (*Archives du Calvados*, C. 7.518). Montant du rôle en 1790 l., 754 l. — Le rôle de 1782 avait été arrêté par le contrôleur dans les circonstances suivantes : il « ne se serait présenté ni syndic, ni collecteurs à taille, n'y en ayant aucuns dans cette paroisse, ni aucuns autres habitants que de Briçonnet, seigneur de cette paroisse et seul propriétaire des biens fonds d'icelle et les faisant valoir par lui-même ». Le contrôleur Desaignes ajoute : « Nous aurions été informés que ledit sieur de Briçonnet n'avait qu'un homme d'affaires qui faisait gérer et valoir ladite terre pour laquelle il avait été imposé ès vingtièmes par décision du conseil, il y a quelques années, sous le revenu de 6.000 l... » — En 1799, le comte de Lion est propriétaire au lieu du sieur de Briçonnet. — Le duc d'Orléans : une partie de la forêt de Touques (938 l. d'impositions ordinaires).

Privilégiés (*Archives du Calvados*, C. 7.518). Le comte de Lion : « château et très beau jardin, que le fermier occupe actuellement, estimé 200 l. » ; « Nª M. le comte de Lion s'est seulement réservé des appartements dans ce château qu'il n'habite que passagèrement ; et le contrôleur pense, d'après les instructions qu'il s'est procurées, que cet article n'a pas été compris dans l'article d'imposition ; au surplus, il y aurait d'autant moins d'inconvénient à l'employer, que l'impôt ne frappe pas à beaucoup près sur la totalité du revenu de la ferme ». — Le curé : dîmes totales, estimées 1.200 l. qu'il fait valoir. « Nª, le presbytère et ce qui en dépend est situé sur Saint-Gatien ». — Le duc d'Orléans pour une partie de la forêt de Touques (1).

PROCÈS-VERBAL DE L'ASSEMBLÉE PAROISSIALE

Nous croyons que ce document mérite d'être reproduit in extenso.

Aujourd'hui, vingt-neuf de mars mil sept cent quatre-vingt neuf,

(1) Les *observations générales* ne donnent aucun détail nouveau sur la situation de la commune. Il n'y a pas de *tarif.*

issue de la messe de la paroisse de Saint-François d'Herbigny, moi, Jacques Domin, seul habitant de ladite paroisse, né Français, âgé de soixante-huit ans, contribuant aux impositions royales, ladite paroisse composée d'un feu occupé par moi, ma famille et mon ménage, au nombre de trente personnes, pour l'exploitation de la terre de M. le Comte de Lion.

Après avoir rédigé, coté et paraphé son cahier de doléances, Domin nomme, pour député, Demanget, avocat au bailliage de Honfleur.

Demanget accepte ensuite la députation, et se charge du cahier des doléances de la paroisse qu'il promet de porter et présenter à l'assemblée du tiers-état du bailliage.

Cahier de Doléances

Cahier de doléances, plaintes et remontrances de la paroisse d'Herbigny, arrêté le 29 mars 1789, pour être remis au député de la paroisse à l'effet de le présenter à l'assemblée du tiers-état du bailliage de Honfleur qui s'y tiendra devant M. le lieutenant général, le 2 avril prochain, 8 heures du matin.

Article premier

L'abolition des gabelles, aides et autres impôts de cette nature comme infiniment onéreux aux peuples, sauf la création d'un impôt représentatif sous le régime d'une administration plus douce et moins dispendieuse pr [pour] l'État.

Article 2

La suppression des dîmes et semence [?] à la charge des [paroisses de] pourvoir honnêtement et convenablement aux besoins des pasteurs afin de faire cesser les querelles et divisions temporelles et spirituelles qui naissent journellement de la perception des dîmes en nature.

Article 3

Demander, dans le cas où les dîmes seraient conservées comme elles existent aujourd'hui, que sa majesté daigne les restreindre aux grosses dîmes seulement et ordonner que les fourrages en provenant ne puissent être enlevés hors paroisses.

ARTICLE 4

Que les travaux des chemins soient surveillés par des préposés de chaque communauté, élus par les communautés, et que ceux commencés soient portés à leur perfection.

ARTICLE 5

Qu'il soit défendu de mendier publiquement afin de prévenir des abus et même des vols qui se commettent assez souvent par les mendiants et vagabonds, les paroisses devant fournir aux besoins des véritables malheureux de chaque canton, mais cependant [seulement] quand leur famille sera dans l'impuissance de les aider ; ce qui a été ainsi arrêté et signé par moi après lecture.

Signé : DOMIN.

VASOUY

Population : en 1774, 29 à 30 feux (*Archives du Calvados*, C. 7.576) ; 170 habitants (1 prêtre, 26 hommes, 36 femmes, 18 garçons majeurs, 26 garçons mineurs, 14 filles majeures, 21 filles mineures, 15 valets et 13 servantes), *Archives de Honfleur*, subdélégation, II) ; en 1789, 35 feux.

Impositions ordinaires en 1790 (*Calvados*, C. 8.700) :

Taille	664 l. 18 s. 2 d.	
Imposition accessoire	387 14 2	
Capitation	469 11 2 (1)	
Prestations	173 17 7	

Corvée en 1783 : 197 l. (*Archives communales de Honfleur*, II).

Gabelle : en 1780, 28 feux et 86 personnes imposés ; 1 feu et 1 personne privilégiés (*Archives nationales*, G¹ 100). Sel d'impôt [300 l.] ; sel de privilège [30 l.]. (*Archives de la Seine-Inférieure*, C. 610).

Rentes seigneuriales payées au duc d'Orléans en 1753. Montant, 5 l. 19 s. 4 d. Le seul fief important est « l'eau de Vasouy », tenu par Mel Falluard, 2 l. 10 s. (*Archives nationales* R¹ 920).

Vingtièmes (*Calvados*, C. 7.576) : Montant du rôle : 1.065 l. 18 s. Propriétaires dont le revenu est au moins de 500 l.: Mommelet, 520 l. — Dame Descalle, 500 l. — Dame Herval (2), 1.570 l. + 1.500 l. pour la ferme des Brosses, + 1.000 l. pour celle du Butin (ces deux dernières fermes ont été omises, jusqu'en 1786, comme biens ayant appartenu au duc d'Orléans dont le sieur Herval eut jouissance depuis 1763, sans jamais avoir supporté aucune imposition pour raison de ces fonds). — Dame de Villagarde, 800 l.

Privilégiés (*Calvados*, C. 7.576). Le curé (Opoix) : presbytère, petit jardin et cour, le tout d'une vergée (pour mémoire) ; une acre de terre en herbe qu'il fait valoir, mauvaise, 30 l. ; deux acres de terre labourable, louées à Jean-Baptiste Valsemer, par bail commencé à la Saint-Michel 1788, 90 l. ; dimes entières données par adjudication tous les ans, estimées à 800 l. ; total, 920 l. — L'abbé de Launoy, chanoine de Rouen, pour fonds qu'il fait valoir, 25 l. — Herval (sa veuve en 1790), seigneur de Vasouy, pour fonds qu'il fait valoir, revenu de 75 l.

Observations générales, 1774 (*Calvados*, C. 7,576). La paroisse relève du duc d'Orléans, seigneur et patron (en 1790, de Mme Herval) (*Archives*

---

(1) En 1785, ces trois contributions étaient de 800, 477 et 514 l. (*Archives de la Seine-Inférieure*, C. 251).

(2) Mme Herval était la veuve du procureur domanial du vicomte d'Auge.

nationales, G¹ 100) (2) ; Le Jumel d'Equemauville y possède une extension de fief.

... Les habitants n'ont d'autres occupations que celles de labourer les terres et de faire quelques élèves de bestiaux. Les principales productions consistent en herbe, cidre, blé et guignes. La dîme peut aller à 1.000 ou 1.100 l. de revenu. Les cidres et poirés se vendent à Honfleur et Le Havre, ainsi que les guignes. La mer cause un grand tort au terrain riverain d'icelle. Le sol y est assez égal et pas bon. La taille s'y répartit à raison de 2 s. pour livre pour les fermiers, et 3 s. pour les propriétaires.

Tarif ou évaluation du produit de chaque nature de biens (Calvados C. 7576). L'acre de masure plantée 50 l. (bon), 40 l. (médiocre) et 30 l. (mauvais) ; de terre labourable, 30, 20 et 15 l. ; de prairie fauchable, 40, 30 et 25 l. ; d'herbage, 50, 40 et 25 l. ; de bois, 10, 8 et 6 s. ; il n'y a point de bruyères ni de pâtis. Le prix du blé est de 6 l. le boisseau ; le seigle, les pois et vesces sont consommés sur place ; le cent de bottes de foin vaut 30 à 36 l.

PROCÈS-VERBAL DE L'ASSEMBLÉE PAROISSIALE DU 29 MARS 1789

Présidents : Jean Deshayes, syndic, O. M. en 1798, *73 l. 11 s. 4 d.* ; et Le Gréel, *102 l. 10 d.*

Comparants : Jean-Pierre Deschamps, greffier, procureur de la commune en 1790, *7 l. 15 s. 11 d.* ; Jacques Moutier, N. en 1790, *48 l. 1 s.* ; Jean Valsemer, fermier de la dame Herval, M. A. en 1788, N. en 1790, *76 l. 3 s.* ; Jacques Durand, M. A. en 1788, N. en 1790, fermier de Mommelet, *48 l. 1 s.* ; François Deshayes, M. A. en 1788 (1), N. en 1790, fermier de Delauney, du Val de la Reine, *88 l. 3 s. 8 d.* ; Guillaume Simon, O. M. en 1790, *100 l. 15 s. 9 d.* ; Jean Duchemin, N. en 1790, *19 l. 9 s. 4 d.* ; Louis Gamare ; Jean Quetel, *22 l. 17 s. 11 d.* ; Jean Borel 2 l. 10 s· +2 l. 5 s. 9 d., et Louis Suzanne, *3 l. 8 s. 6 d.* (2).

Députés : Jean Deshayes, syndic ; Jean-Pierre Deschamps, greffier.

(Suivent 11 signatures).

(1) L'assemblée s'excuse de l'avoir choisi, en 1788, comme M A, bien que frère cadet du syndic ; la communauté est petite et François Deshayes est « plus en état de remplir les fonctions attribuées à l'assemblée, sachant lire et écrire et étant un très honnête homme incapable de s'écarter des vues de justice qui doivent être la base des opérations des assemblées municipales... ». (*Archives du Calvados,* C. 8692)

(2) Au nombre des non comparants, membres de la municipalité en 1790 (outre le curé, maire, 92 l. + *96 l. 4 s. 1 d.*), Louis Piquet, N, *81 l. 6 s. 2 d.*

Cahier de Doléances

Ce jourd'hui 29 mars 1789.

L'Assemblée formant le tiers-état de Vasouy, réunie aux termes des lettres de convocation données à Versailles, le 24 janvier dernier, signifiées à la requête de M. le procureur du Roi du bailliage de Honfleur, avec l'ordonnance de M. le lieutenant dudit bailliage, le vingt de ce mois, pour conférer tant des remontrances, plaintes et doléances que des moyens et avis qu'elle a à proposer à l'assemblée générale des Etats de la nation, après s'être occupée d'un objet aussi important et y avoir donné toute son attention, a arrêté les articles suivants :

1º

Le désir de l'Assemblée est que les délibérations aux Etats généraux soient prises par ordre et que le tiers-état conserve le droit de résistance, ce veto qui a été fait pour lui et qu'il n'a cessé de réclamer dans les positions critiques où il s'est trouvé.

2º

Qu'il ne soit perçu d'impôt ni fait aucun emprunt sans le consentement de la nation entière et qu'en matière de législation elle soit admise à éclairer le souverain.

3º

Que la gabelle soit anéantie ou qu'au moins, si les besoins actuels de l'Etat en exigent encore pour quelque temps une partie des revenus, qu'il soit libre à un chacun d'y participer ; qu'on retire donc toute contrainte à cet égard et surtout qu'on abolisse le code des lois pénales faites sur cette matière et qui démontrent le barbarisme (sic) d'un impôt aussi odieux que révoltant.

4º

Que les aides ne soient conservées que pour le droit sur la consommation des villes ; qu'il soit retiré toute cette gêne qui empêche la circulation des boissons dans les campagnes et que les lois bursales soient réservées, modifiées et anéanties en partie.

5º

Que le droit de contrôle soit anéanti ou que, suivant son

institution, qu'il n'existe que pour que chaque citoyen y ait recours à sa volonté, mais qu'il ne subsiste aucune contrainte à cet égard.

6º

Que les tribunaux d'exception soient en entier supprimés, ainsi que la vénalité des charges ; que les magistrats soient choisis et élus par les peuples et que, seuls, ils décident de toutes les contestations sur toutes les matières.

7º

Qu'il soit établi, dans chaque paroisse, des juges conciliateurs, lesquels règleront à l'amiable, gratuitement, les contestations qui pourront s'élever, parce qu'aucun habitant ne pourra se pourvoir en justice qu'après avoir épuisé les voies de conciliation.

8º

Que la justice civile et surtout la justice criminelle soient reformées et purgées de cette foule d'abus si contraire à la sûreté et à la liberté des citoyens.

9º

Que les communautés d'arts et métiers soient supprimées, que tout privilège exclusif à cet égard soit anéanti et que les douanes et entraves qui gênent la circulation des denrées et la liberté du commerce dans l'intérieur du royaume soient abolies et seulement établies sur les frontières.

10º

Que les colombiers soient anéantis ainsi que les droits féodaux qui ressentent encore la barbarie du premier établissement de la monarchie.

11º

Que les biens de campagne soient débarrassés de la perception des dîmes, source de difficultés et de haine entre le pasteur et ses ouailles, et qu'il soit accordé aux curés et décimateurs une perception en argent proportionnée à l'étendue de leur paroisse et de leurs travaux.

12º

Que les droits de chasse et pêche exclusifs soient supprimés, ou au moins qu'ils ne soient exercés qu'avec modération et que les peines contre les délinquants soient anéanties.

13°

Que les loteries, sous quelque prétexte que ce soit, ne subsistent plus ; elles présentent au peuple un appât dangereux qui le conduit souvent de l'impudence [sic] au crime.

14°

Que la liberté personnelle des citoyens soit à l'abri... (1).

15°

Que la paroisse étant exposée aux ravages de la mer par sa proximité des rivages, il soit mis sous les yeux des États généraux un mémoire à cet effet aux fins d'obtenir une diminution sur les impôts futurs.

Tous les articles du présent cahier ainsi arrêtés et rédigés dans notre dite assemblée générale convoquée en conséquence des ordres de sa majesté, par annonces faites au prône des messes paroissiales célébrées ce jourd'hui et le dimanche précédent et par le son de la cloche en la manière ordinaire, après avoir été lus et approuvés de tous nos habitants de ladite paroisse de Vasouy, savoir : (suit la liste des noms déjà portée au procès-verbal), ont été signés par ceux desdits habitants qui savent signer et ensuite par moi, Jean Deshayes, syndic, après l'avoir coté par première et dernière page et paraphé avec paraphe.

Signé : J. Durand, Duchemin, François Deshayes, Le Gréel, J. Valsemer, Deshayes, syndic, Pierre Deschamps, etc.

-----

(1) Équemauville, p. 54, § 10.

PENNEDEPIE

Population : en 1774, environ 80 feux (*Archives du Calvados*, C. 7.522), 240 habitants (2 prêtres, 57 hommes, 56 femmes, 13 garçons majeurs, 32 garçons mineurs, 15 filles majeures, 31 filles mineures, 23 valets, 11 servantes), (*Archives de Honfleur*, subdélégation, II) ; en 1789, 65 feux.

Impositions ordinaires en 1790 (*Archives du Calvados*, C. 8.699).

Taille	2.665 l.	6 s.	5 d.
Imposition accessoire.	1.549	5	»
Capitation	1.883	17	8 (1)
Prestations.	693	»	»

Corvée : en 1783, 577 l. (*Archives communales de Honfleur*, II.).

Gabelle : en 1789, 72 feux et 244 personnes imposés ; 1 feu et 5 personnes privilégiés (*Archives nationales*, G¹ 100). — Sel d'impôt [965 l.] ; sel de privilège [280 l.]. (*Archives de la Seine-Inférieure*, C. 610).

Rentes seigneuriales : payées au duc d'Orléans en 1753. Montant 34 l. 14 s. 6 d. plus un boisseau de blé. Les fiefs les plus importants sont : le pré Collebosq, tenu par Charles-Jean Thierry, 4 l., le Montessard, par le même, 5 l., etc. (*Archives nationales*, R¹ 920).

Vingtièmes : (*Calvados*, C. 7.522). — Montant du rôle : 2.670 l. 4 s. 3 d. Propriétaires dont le revenu est au moins de 500 l. : Beauval Morin, de Honfleur, 600 l. — Catherine Miard, veuve Lelièvre, 1.000 l. — La Houssaye, 700 l. — Collard, 700 l. — Gillet, 700 l. — Louis Brunet, 550 l. — Vᵛᵉ Armand Lacoudrais, de Honfleur, 700 l. — Pellecat, de Honfleur, 1.136 l. — Lecordier, 1.200 l. — Descalle, 500 l. — Behaye (en 1790, la Vᵛᵉ), de Honfleur, 500 l. — Thiéry, 900 l. — Dame Pilon, 800 l. — Georges Vincent 700 l. — Comte de Bapaume, pᵛᵉ de la ferme de Blosseville, 950 l. — Jean-Baptiste Quillet, seigneur de Cricquebœuf, 725 l. — Guillebert, de Honfleur, 1.200 l. — Le duc d'Orléans, partie de la forêt de Touques (915 l. 3 s. d'impositions ordinaires).

Priviligiés (*Calvados*, C. 7.522). — Le curé (Bernard Le Monnier) : presbytère, jardins (pour mémoire) ; deux aumônes en labour, de demi acre, demi vergée, 20 l. ; dîmes louées par adjudication annuelle et estimées, année commune, 2.000 l., sur quoi il faut déduire 500 bottes de feurre de blé à prendre sur le bénéfice, et estimées 120 l. ; total 1.900 l. — Le curé de Barneville : pour une portion de terre dépendant de son bénéfice (9 s. 6 d. d'impositions ordinaires en 1790). — La fabrique de

---

(1) Le produit de ces trois contributions, en 1785, était : taille, 2.400 l. ; impositions accessoire, 1.431 l. ; capitation, 1.541 l. (*Archives de la Seine-Inférieure*, C. 251).

Cricquebœuf : petite portion de terre, revenu 10 l. — Deux rentes faites par la Vᵉᵉ Jean Jugout (?) : une de 40 l. au trésor de Sainte-Catherine de Honfleur ; l'autre de 12 l. à l'hôpital de cette ville. — Le duc d'Orléans ; portion de la forêt de Touques, — Gentien Lechevallier, écuyer, de Honfleur ; fonds qu'il fait valoir, 15 l. — Jean-Baptiste Quillet, seigneur de Cricquebœuf : fonds qu'il fait valoir, 30 l. — Léonard-Joseph-Jean Chauffer, seigneur de Barneville : fonds qu'il fait valoir, 50 l. — Nicolas-Jean-Baptiste Le Jumel, demeurant à Equemauville, seigneur de Pennedepie : fonds qu'il fait valoir dans cette dernière paroisse, 300 l.

Observations générales (Calv. C. 7522), en 1774.

La paroisse de Pennedepie relève des religieux de Beaumont-en-Auge, seigneurs et patrons (1). Le duc d'Orléans, le sieur Le Jumel d'Équemauville et le sieur Buissonnet (plutôt Briçonnet) y possèdent chacun un fief.

... Les habitants n'ont d'autre occupation que de labourer les terres et de faire quelques élèves. Les principales productions consistent en blé et cidre ; il ne s'y récolte qu'environ un quart de blé pour la nourriture des habitants.

La dîme peut se monter à 1100 l. en tout. Les cidres et poirés se vendent pour Honfleur et Le Havre. La situation de cette paroisse est, en la plus grande partie, en côte. Le sol de la terre y est assez égal.

La taille s'y répartit à raison de 18 d. pour livre de l'évaluation de l'occupation. La répartition faite par les collecteurs n'est rien moins que proportionnelle, la vengeance s'y exerçant comme dans d'autres paroisses.

Il y a 79 articles au rôle de 1774 ; le projet pour 1776 en prévoit 95.

Tarif ou évaluation du produit de chaque nature de biens (Calv. C. 7522). L'acre de masure plantée, 60 l. (bon), 40 (médiocre) et 30 l. (mauvais) ; de terre labourable, 30, 25 et 15 l. ; de prairie fauchable, 40, 30 et 20 l. ; d'herbage, 50, 40 et 30 l. ; de bois, 10, 8 et 6 l. ; il n'y a pas de bruyère et de pâtis. Le blé vaut, le boisseau, 6 l. ; pas de prix pour le seigle et les pois ; le cent de bottes de foin, 36 à 40 l. ; l'avoine, 3 l. 10 s. le boisseau.

PROCÈS-VERBAL DE L'ASSEMBLÉE PAROISSIALE DU 29 MARS 1789

Président : Jacques Delauney, syndic, procureur de la commune en 1790, propriétaire d'un moulin qu'il exploite et fᵉʳ de Bertrand de Longpré, Barbel et Lˢ Delauney, 35 l. + *115 l. 15 s. 9 d.*

Comparants : André Gouley, fᵉʳ de Gabriel Desclosets, juge au grenier à sel de Honfleur, *88 l. 14 s. 9 d.* ; Julien-François Monsaint, M. A. de 1788, (avec son père), fᵉʳ de Lahure, dᵐᵉ Bastier et Chauffer de Barneville, 6 l. + *152 l. 6 s. 3 d.* ; Robert Sanson, *67 l. 10 s. 6 d.* ; Louis Béthau

(1) En 1789, le seigneur est Le Jumel, d'Équemauville.

(sa veuve en 1790), *129 l. 3 s. 3 d.*; Charles Vincent (1); André Frémont, N. en 1790, f^er de Guillebert, de Honfleur, et de Desclosets, de Honfleur, *392 l. 17 s. 6 d.*; Louis Brunet, N. en 1790, f^er de dame Bastier, 55 l. + *37 l. 16 s.*; Jean Quetel, 15 l. 8 s. 9 d.; Étienne Levilain, *106 l. 9 s. 6 d.*; Pierre Leroy, f^er de Gentien Lecesne, de Honfleur, 1 l. 10 s. + *115 l. 15 s. 9 d.*; Olivier Sanson, journalier, *1 l. 18 s. 9 d.*; Jean Danjon, 9 l. (avec Surville Prémord) + *7 l. 14 s. 3 d.*; Pierre Caron, 84 l. 17 s. 6 d.; Jean Groult, 52 l. 1 s.; Jean Duval, *96 l. 8 s.*; Jean Bouteiller, O. M. en 1790, *172 l. 6 s. 6 d.*; Jean Boulan, *6 l. 19 s. 3 d.*; Thomas Verdant, *13 l. 19 s.*; Robert Beurrier, maréchal, 15 l. + *22 l. 5 s. 3 d.*; Jean Cécire, *103 l. 7 s. 3 d*; Guillaume Drieu, *38 l. 15 s. 9 d.*; Louis Retout, *48 l. 9 d.*; Charles Monsaint, *72 l. 11 s.*; Pierre Duval, M. A. en 1788, N. en 1790, *105 l. 6 s. 6 d.*; François Viel, N. en 1790, *232 l. 6 s. 9 d.*; Olivier Lebourgeois, M. A. en 1788, O. M. en 1790, *110 l. 18 s.*; Michel Brunet, *158 l. 2 s.*, et Jean Taillois (2).

Députés : Jacques Delauney, syndic ; Julien-François Monsaint, père.

(Suivent 24 signatures).

CAHIER DE DOLÉANCES

Ce jourd'hui, vingt-neuf mars mil sept cent quatre-vingt-neuf, l'assemblée des habitants formant le tiers-état de la paroisse de Pennedepie, réunie aux termes des lettres de convocation du vingt-quatre janvier dernier, signifiées à la requête de M. le procureur du Roi du bailliage de Honfleur, avec l'ordonnance de M. le lieutenant dudit bailliage, le vingt de ce mois pour conférer tant des remontrances, plaintes et doléances, que des moyens et avis qu'elle a à proposer à l'assemblée générale des Etats de la nation, après s'être sérieusement occupés d'un objet aussi important et y avoir donné toute son attention, a arrêté à l'unanimité les articles suivants :

ARTICLE PREMIER

Le désir de l'assemblée est que d'abord sa majesté soit suppliée d'agréer ses très humbles et respectueux remerciements d'avoir bien voulu accorder la tenue des Etats généraux, suspendus depuis près de deux siècles, et de consentir qu'ils fussent

---

(1) Vincent, avec le prénom *Charles*, n'est pas aux rôles ; il y a *Georges* et *Pierre*.
(2) Ce nom ne se trouve pas aux rôles des impositions.
Parmi les non comparants, membres de la municipalité en 1790 (outre le curé, Bernard Le Monnier, maire 190 l. + *212 l. 17 s.*) ; Georges Vincent, N, *122 l. 6 s.* ; François Pilon, N, *100 l. 14 s.*
En 1790 : 48 citoyens éligibles et 17 actifs.

convoqués d'une manière constitutionnelle et la plus avantageuse à son peuple dont, par un esprit de bonté et de justice, il a regardé la prospérité comme le rayon le plus éclatant de sa gloire.

ARTICLE 2

Les députés demanderont ensuite la confirmation et continuation des assemblées provinciales, des assemblées de département, des assemblées municipales par l'établissement desquelles le Roi a formé, dans les diverses généralités de son royaume, un corps toujours subsistant de citoyens, seuls capables de bien connaître les besoins et les abus des habitants de chaque pays, d'indiquer et d'exécuter ce qui convient pour les faire diminuer et les faire disparaître, de les mettre sous les yeux du monarque et de reporter et distribuer à ses sujets tous ses bienfaits.

ARTICLE 3

Qu'il soit accordé à notre province que tous les impôts, actuellement subsistants, soient supprimés et qu'en leur lieu et place il soit établi un seul impôt territorial porportionné à la valeur des terres et maisons qui donnent quelque revenu, déduction faite, sur les biens de la campagne, des frais à faire pour les réparations des corps de maisons qui sont employées au logement des cultivateurs, de leurs bestiaux et de leurs récoltes, lequel impôt, en écartant l'arbitraire, sera réparti avec une justice exacte et scrupuleuse par les membres municipaux et trois adjoints choisis et nommés par les habitants de chaque paroisse.

ARTICLE 4

Qu'il soit ordonné que copie du brevet de l'impôt général de notre province et de répartition qui en sera faite dans tous les bureaux, soit communiquée aux officiers des municipalités de ladite province.

ARTICLE 5

Ladite assemblée désire que sa majesté révoque tous les privilèges pécuniaires auxquels les princes et les pairs ont déjà bien voulu renoncer, étant juste que tous ceux qui, sous la protection du Roi, sont les enfants du même royaume, profitant des mêmes avantages, supportent ensemble les dépenses nécessaires pour le maintien et la conservation de l'Etat selon les biens qu'ils possèdent.

Article 6

Que l'établissement désastreux des gabelles soit et demeure anéanti, en sorte que, sous un si bon Roi, il ne soit jamais dit que ses sujets soient assujettis à des lois humiliantes qui autorisent à faire ouvrir leurs maisons, coffres, armoires, et à mettre sous les yeux de ceux qui sont employés dans cette ferme l'état de leur fortune dont il peut naître des suites fàcheuses ; d'ailleurs, par cette suppression, on donnerait à l'agriculture ou au service du Roi, sur terre et sur mer, un grand nombre de jeunes gens que l'esprit de fainéantise porte à rechercher ces postes ; par là on épargnerait des frais de régie très considérables ; par là, sans diminuer les revenus du Roi on pourrait réduire à un taux modéré le prix du sel qui, dans les pays de grandes gabelles, est fixé à un taux très excessif ; par là enfin le peuple se trouverait moins chargé d'impôts.

Article 7

Les députés supplieront sa majesté d'abolir la corvée, de la convertir en une prestation en argent ; et, afin de déceler et réprimer les abus qui se peuvent commettre dans cette partie, d'ordonner que les syndics des municipalités de chaque département soient avertis des lieux, jours et heures que doit se faire la répartition des toises d'ouvrages à faire sur les grandes routes desdits départements pour les mettre en état de connaître la légalité de ladite répartition, le jour et heure de l'adjudication des ouvrages aux fins d'y faire telles représentations qu'ils jugeraient bon pour l'intérêt de leurs paroisses ; d'enjoindre, en outre, qu'il leur serait donné un état du nom des adjudicataires, du nombre de toises d'ouvrages à eux adjugées et du prix à eux accordé, qu'en outre lesdits syndics seraient réavertis pour examiner tous ensemble, avec l'ingénieur, si les ouvrages ont été bien exécutés et les clauses des adjudications bien observées et pour en donner, avec ledit ingénieur, une décharge auxdits adjudicataires si le cas y échoit, sans quoi le prix des adjudications ne pourrait être exigible.

Article 8

De réformer les abus de la justice qui font gémir son peuple.

ARTICLE 9

D'établir que, dans chaque paroisse, les officiers municipaux feront l'office de juges conciliateurs, lesquels règleront à l'amiable les contestations qui pourront s'y élever ; ce qu'ils peuvent faire avec toute l'équité possible et sans frais, ayant acquis par leur expérience les connaissances nécessaires pour bien juger des faits et délits qui donnent lieu à ces contestations et d'ailleurs étant sur les lieux pour les discerner par eux-mêmes et sans peine ; de représenter que, par ce moyen, les trois quarts des procès, qui sont le fléau le plus redoutable des campagnes, se trouveraient, pour ainsi dire, aussitôt terminés qu'on les aurait intentés.

ARTICLE 10

D'ordonner qu'aucun habitant des paroisses ne pourra se pourvoir en justice qu'après avoir épuisé lesdites voies de conciliation, et que, dans le cas où l'une des parties litigantes refuserait de se soumettre à la décision donnée par les juges de paix, les raisons et soutiens de l'une et l'autre seraient arrêtés par écrit devant lesdits juges qui mettraient au pied leur avis ; que le tout serait signifié, à la diligence de la partie appelante, à l'autre partie sans pouvoir ajouter à cette signification qu'un seul écrit de grief sur la réplique duquel le procès serait jugé.

ARTICLE 11

Que dans les tribunaux dont est appel toute cause en matière civile y serait jugée en deux audiences, dans l'espace d'un an, sans plus long délai et que, dans celles où les causes sont jugées en dernier ressort, les parties litigantes ne produiraient que deux écrits sur lesquels interviendraient le jugement de l'affaire avant l'expiration de trois ans.

ARTICLE 12

D'anéantir la vénalité des offices de judicature ; d'en gratifier les avocats les plus distingués par leur probité, leurs lumières, leurs talents, d'ordonner que ceux qui en seront pourvus porteront sommairement sur le plumitif du greffe les motifs de leurs avis et sentiments sur chaque affaire ; persuadés qu'il n'est point de moyen plus propre à engager tout juge à étudier la jurisprudence, à ne point se laisser corrompre par des présents, par des recommandations, par des sollicitations qui n'ont malheureusement que trop d'empire sur le cœur de l'homme, étant certain que l'amour-propre ne permet jamais qu'on se diffame soi-même, qu'on se fasse afficher pour un homme inepte, sans lumière, sans honneur, sans probité.

Article 13

De confirmer les édits et déclaration enregistrés au lit de justice tenu à Versailles, le 8 mai 1788 ; que les tribunaux d'exception soient réformés en entier.

Article 14

D'accorder à tous ceux qui se distingueront par leur mérite personnel, les charges, dignités et titres honorables pour exciter dans tous les cœurs l'émulation, germe si propre à produire de grands hommes dans tous les ordres des citoyens ; parce que, en établissant ce règlement équitable, il serait statué que les nouvelles faveurs et concessions du Roi qui ennobliront, en exceptant les premières dignités du royaume, ne seraient réputées que comme des faveurs individuelles, que comme des grâces exclusivement attachées aux particuliers dignes d'en être décorés.

Article 15

D'interdire toutes loteries avec leurs bureaux qui ne tendent qu'à inspirer la passion du jeu, à corrompre les mœurs, mettre la division dans les familles, les réduire à la dernière indigence et précipiter dans les plus grands désordres.

Article 16

De statuer que le tirage de la milice pour le service de terre et de mer soit fait à l'avenir dans une proportion moins gênante pour l'agriculture, surtout dans les paroisses qui composent la côte maritime, considérant que dans ces lieux beaucoup de jeunes gens, attirés par l'appât du gain, prennent le parti de se faire classer pour servir sur les navires marchands, ce qui rend les artisans plus rares pour la culture des terres, surtout dans les années où doivent se faire des levées de canonniers auxiliaires et de matelots, dont le service est redouté tant par les indigènes que par les externes qu'on y a fait venir, étant tous persuadés que les vaisseaux du Roi sont pour l'ordinaire, approvisionnés de mauvais vivres qui, selon l'opinion commune, secondée par l'expérience, en font périr le plus grand nombre.

Si, en adoptant le mémoire de M. Bourmard, couronné par la société royale des sciences et arts de Metz, en 1787, tous les bâtards élevés aux dépens de l'État dans les hôpitaux, d'où ils ne sortent ordinairement qu'avec un corps exténué et languissant, étaient mis chez des nourrices de la campagne douées de bonnes mœurs, ces malheureuses victimes deviendraient des hommes forts et robustes propres à servir l'État sur mer et sur terre ; et alors, sans de plus grandes dépenses, on retirerait deux grands avantages, l'un de favoriser l'agriculture en ménageant les hommes nécessaires pour son accroissement, l'autre de procurer à des femmes pauvres des secours pour suppléer à leurs besoins et [à] ceux de leurs enfants.

ARTICLE 17

Lesdits députés demanderont encore qu'il soit permis aux cultivateurs de disposer à leur gré de toutes les liqueurs provenant des terres qu'ils font valoir et de les décharger de servitudes onéreuses et dispendieuses auxquelles ils sont assujettis lorsqu'ils trouvent avantageux de les transporter d'un corps de ferme à un autre, ou de les vendre ou d'en faire de l'eau-de-vie.

ARTICLE 18

Qu'il soit apporté des remèdes efficaces aux coups destructifs que souffre le commerce par les banqueroutes et les usures, en ordonnant que tout négociant ne pourrait, sous peine de punition corporelle, faire un négoce plus grand que sa fortune ne permet ; qu'en conséquence chacun d'eux donnerait un état juste et fidèle de ses biens qui serait attaché devant sa maison ; d'où il résulterait ce double avantage que les banqueroutes seraient rares et que ceux qui grossissent leurs revenus sans travail, sans industrie, ne trouvant plus le moyen de s'enrichir par les emprunts, prendraient le parti de tirer du profit de leur argent en faisant commerce par eux-mêmes ou par des commis.

ARTICLE 19

Que la main soit tenue à l'exécution des lois touchant le droit de colombier dont le nombre est fort multiplié, en ordonnant que les pigeons seraient enfermés dans les temps qu'on ensemence, et,

depuis le 24 juin jusqu'à la fin du mois d'août, avec permission
aux cultivateurs, dans le cas de négligence à tenir les colombiers
fermés dans ledit temps, de faire aux pigeons ce qu'ils ont droit de
faire aux volailles de leurs voisins qui endommagent leurs grains.

ARTICLE 20

Que tous les notables et fermiers de chaque paroisse de la
campagne jouissent librement du droit d'avoir chez eux des fusils
et armes nécessaires, avec la liberté de s'en servir sur les terres
qu'ils font valoir pour la conservation de leurs personnes, de
leurs bestiaux, de leurs biens, contre la violence des voleurs, la
fureur des chiens enragés et le dommage que font les lapins,
sangliers et bêtes fauves dont on ne peut se défendre à temps tant
que ces armes resteront déposées ailleurs comme il a été ordonné
depuis quelques années.

ARTICLE 21

Qu'il sera interdit aux seigneurs le droit de chasser sur les
terres ensemencées, depuis le 15 avril jusqu'après la récolte, et
d'avoir plus d'une personne à chasser avec eux ou plus d'un
garde pour tirer dans chaque paroisse.

ARTICLE 22

Que sa majesté daigne honorer en tout temps ses sujets d'une
sorte de communication avec elle, en leur permettant de faire
parvenir jusqu'au pied de son trône leurs justes réclamations
contre les maux et les abus de tous genres qui pourraient
reparaître dans la suite soit dans la levée des deniers royaux, soit
dans le cas d'un déni de justice, ou d'un refus persévérant de
faire observer les lois, soit contre les coups d'autorité, ou autres
abus capables de troubler l'ordre public et le repos et de nuire à
leur fortune qu'ils ne pourraient arrêter par d'autres voies.

ARTICLE 23

D'abolir par tous les moyens que sa majesté jugera les plus
convenables la mendicité, source féconde de fainéantise, de
désordres honteux, de larcins qui troublent la tranquillité
publique.

ARTICLE 24

Enfin, les députés supplieront sa majesté d'écouter toujours
favorabliment leurs supplications, demandes et doléances et

pourvoir sur icelles, de manière qu'ils puissent ressentir dans tous les temps les effets salutaires qu'ils se promettent de sa bonté paternelle et de ses vues bienfaisantes, qui ne tendent qu'à assurer de plus en plus un ordre constant et invariable dans toutes les parties du gouvernement, le bonheur de son peuple qu'il daigne chérir et la prospérité de sa personne sacrée dont la mémoire ne cessera d'être en honneur dans toute la France et dans les royaumes étrangers où elle passera de siècle en siècle.

Tous les articles du présent cahier ainsi arrêtés et rédigés dans notre dite assemblée générale, convoquée en conséquence des ordres de sa majesté par annonces faites aux prônes des messes paroissiales célébrées ce jourd'hui et le dimanche précédent et par le son de la cloche en la manière ordinaire, après avoir été lus à haute voix et approuvés de nous tous habitants de ladite paroisse de Pennedepie ; savoir... (Suit la liste des citoyens déjà portée au procès-verbal à laquelle il faut cependant ajouter les noms de Michel Lefèvre, Jean Duchemin et François Boissée). *Ne varietur*. L'an et jour susdits.

Signé : Delauney, syndic ; M. Lefebvre ; M. Brunet, greffier ; Bouteiller ; Frémont ; Robert Sanson, Monsaint, etc.

BARNEVILLE-LA-BERTRAND

Population : en 1774, « environ » 86 feux (*Calvados* c. 7447) ; habitants 327 (2 prêtres, 58 hommes, 67 femmes, 30 garçons majeurs, 44 mineurs, 40 filles majeures, 55 filles mineures, 24 valets, 7 servantes), (*Archives de Honfleur*, subdélégation II ; en 1789, 78 feux.

Impositions ordinaires, en 1790 (*Calvados* C. 8696) ;

Taille	2.152 l.	6 s.	9 d.
Imposition accessoire	962	6	2
Capitation.	1.191	1	» (1)
Prestations	432	1	8

Corvée en 1783 ; 380 l. (*Archives communales de Honfleur* II).

Gabelle. Imposés en 1789 ; 65 feux, 216 personnes· Privilégiés, 2 feux, 11 personnes (*Archives nationales* G¹ 100). Sel d'impôt [660 l.] ; sel de privilège [95 l.].

Rentes seigneuriales, deux seulement, payées au duc d'Orléans en 1753, par F^{çois} Delauney, pour le moulin de Barneville et J^{ques} Rebut (*Archives nationales* R¹ 920).

Vingtièmes (Calvados c. 7447). Montant du rôle en 1790, 1699 l. 5 s. Propriétaires dont le revenu est au moins de 500 l.: Briçonnet, 730 l. ; Le Jumel d'Equemauville, seigneur de la paroisse, 600 l. ; de Coursy, 550 l. ; Chauffer de Barneville, également seigneur de la paroisse, 1540 l. ; M^{el} Thorel et Jⁿ Genty, 650 l. ; Louis-Gabriel Dubuc, 650 l. ; Jules Coulon, 500 l. ; le sieur Orieult, 700 l. : Pierre Lemoine, 515 l. ; Jⁿ Lecanu et Mme Langlois, 550 l. ; Jⁿ B^{te} Levallois, 650 l. ; le sieur Gaspard, 600 l. ; le duc d'Orléans pour une partie de sa forêt de Touques (914 l. 15 s. d'impositions ordinaires).

Privilégiés (Calvados c. 7447). Le curé (de Thieuville) ; presbytère, jardin et cour, le tout de 3 vergées ; 5 vergées de terre en herbe et 5 vergées en labour, plus un cent de fagots à prendre dans le bois du Breuil, le tout estimé à 120 l. ; dîmes 810 l. ; novales, 30 l. ; total, 960 l. — Les religieux de Beaumont : les deux tiers des grosses dîmes, louées à Nicolas Buquet, par bail du 30 mai 1787, pour 9 ans, 600 l. — Le duc d'Orléans pour sa forêt de Touques. — Le Jumel d'Equemauville, seigneur de la paroisse, pour le fonds qu'il fait valoir dans cette paroisse, 110 l. — Chauffer de Barneville, également seigneur de la paroisse, pour le fonds qu'il fait valoir, 450 l.

---

(1) En 1785, la taille s'élevait à 1.390 l., l'imposition accessoire à 829 l. et la capitation à 892 l. (*Archives de la Seine-Inférieure*, C. 251).

Observations générales, 1774 (*Calvados* c. 7447). La paroisse relève de Le Jumel d'Equemauville et Chauffer de Barneville, seigneurs et patrons alternativement. D'Equemauville y possède un fief ; Chauffer de Barneville en possède un aussi, nommé le fief Dumontry.

... Les habitants n'ont d'autre occupation que de faire valoir chacun leur petit fonds, consistant en herbe et en fruits, ne s'y récoltant pas un sixième du blé nécessaire pour la nourriture des habitants. La dîme se monte environ à 600 gerbes de blé. Les cidres et poirés se vendent pour Saint-Sauveur, Touques et Honfleur. La situation de cette paroisse est en partie côte et le surplus en petite vallée. Le sol y est assez égal pour ce qui est sur la côte, la vallée étant assez bonne et en herbe. La taille s'y répartit à raison de 2 s. pour livre de l'évaluation de l'occupation. La répartition faite par les collecteurs n'est rien moins que proportionnelle, la vengeance s'y exerçant comme dans presque toutes les paroisses.

Le rôle à taille a 86 articles ; le projet pour 1777 en prévoit 81 eu égard à certaines réunions demandées.

Tarif ou évaluation du produit de chaque nature de biens, 1774 (Calvados C. 7447). L'acre de masure plantée, 70 (bon), 45 (mauvais) et 35 l. (mauvais) ; de terre labourable, 30, 20 et 15 l. ; de prairie fauchable, 50, 40 et 30 l. ; de bois taillis, 10, 6 et 4 l. ; il n'y a point d'herbages, ainsi que de bruyères et de pâtis. Le blé vaut 6 l. le boisseau : aucun prix n'est donné pour le seigle, les pois et vesces ; le cent de bottes de foin est estimé 30 à 36 l.

PROCÈS-VERBAL DE L'ASSEMBLÉE PAROISSIALE DU 29 MARS 1789

Président : François Delauney, syndic, O M en 1790, propriétaire d'un moulin à blé qu'il exploite et de plusieurs immeubles, 42 l. + 96 l.

Comparants : Jean Monsaint, f^er de Chauffer de Barneville, *157 l. 16 s.* ; Levallois, O M en 1790 (1) ; Jean Bristot, N en 1790, f^er de Coulon, *75 l. 4 s.* ; Jean Coquerel, procureur de la commune en 1790, f^er de Germain Delahaye (ou de la Haye), *30 l. 3 s.* ; Pierre-Victor Pannier, f^er de Hagueron de Honfleur, *91 l. 9 s.* ; J. Liétout, N en 1790 (2) ; J. P. Hérou, N en 1790 ; Bourdel (3) ; Thomas Martin, *4 l. 16 s.* + *3 l. 8 s.* ; François Trembley, N en 1790, f^er de Faussart, *68 l. 12 s.* ; Jacques Dorange, f^er de Ch^les Liétout, *3 l.* + *6 l. 17 s.* : Charles Gravey, f^er de Oricult, *114 l. 18 s.* : Olivier Mioque, *6 l. 17 s.* ; Louis Liétout, N en 1790, *22 l. 17 s.* ; Michel Jouen, f^er de Jacques Delauney, *90 l. 16 s.* ; Jean Brize, f^er de Naguet de Saint-

---

(1) Levallois, l'aîné, *45 l. 6 s.*, ou Léonard-François Levallois, *147 l. 16 s.*

(2) Jacques Liétout, journalier, *1 l. 3* ; Jean Liétout, 4 s. + *4 s.* ; Jean Liétout, fils François, et Jean Liétout, fils Jean, *167 l. 18 s.* ; c'est ce dernier, vraisemblablement, qui comparaît.

(3) François Bourdel, 2 l. + *4 l. 11 s.* ; ou Jean Bourdel, *4 l. 11.*

Georges, *15 l. 12 s.* Thomas Lebourgeois (sa veuve en 1799), *75 l. 9 s.* ;
Marin Alleaume (1), et Pierre Lecourt, j^{er} (journalier ?), *1 l. 3 s.* (2).

Députés : François Delauney, syndic ; Jean Monsaint.

CAHIER DE DOLÉANCES

L'an mil sept cent quatre-vingt neuf, le vingt-neuf de mars,
les habitants en général composant le tiers-état de la paroisse de
Barneville-la-Bertrand, se sont assemblés aux termes de
l'ordonnance du juge du bailliage de Honfleur et des semonces et
lecture faites dudit règlement de sa majesté au prône de la messe
paroissiale de dimanche dernier et de ce jour, pour rédiger le
cahier de leurs demandes, supplications et doléances qu'ils
doivent faire parvenir jusqu'aux pieds du trône ; après en avoir
mûrement délibéré ils ont unanimement arrêté les articles qui
suivent.

1er ARTICLE

De supplier sa majesté de recevoir leurs très respectueux
remerciements d'avoir bien voulu, par esprit de bonté et de justice,
accorder à ses peuples la tenue des États généraux qui doivent
faire la gloire du monarque et le bonheur de ses sujets.

2e ARTICLE

De demander la suppression de tous les impôts actuels et de
les remplacer par un autre impôt territorial proportionné à la
valeur des fonds et maisons, en déduisant sur les biens de la
campagne les frais à faire pour l'entretien des maisons qui sont
nécessaires aux laboureurs pour leur logement et celui de leurs
récoltes et de leurs bestiaux ; lesquels impôts seront répartis avec
une justice scrupuleuse par les membres municipaux et trois
adjoints choisis par les habitants, auxquels il serait communiqué
copie du brevet de sa majesté pour la généralité de la répartition
qui en serait faite dans chaque paroisse dudit département et de
celle qui en serait faite dans chaque paroisse ; d'accorder, à cet
effet, à cette province la continuation des assemblées provinciales,
de départements et municipalités.

(1) Le seul nom d'Alleaume porté aux rôles des impositions a comme prénom
Guillaume, 26 l. comme vingtièmes.

(2) Les seuls non comparants faisant partie de la municipalité de 1790, sont :
Chauffer de Barneville, maire, *154 l. + 103 l. 17* et François Lebourgeois, N, *9 l. 4.*

En 1790 : 35 citoyens éligibles et 18 actifs.

3ᵉ ARTICLE

De solliciter que les délibérations aux États généraux soient prises par les trois ordres réunis ou séparément, selon qu'il paraîtra plus convenable, et que les suffrages soient comptés par tête.

4ᵉ ARTICLE

C'est le même texte que celui du paragraphe 2ᵉ d'Équemauville (1).

5ᵉ ARTICLE

Qu'il ne soit perçu d'impôts ni fait aucun emprunt sans le consentement de la nation.

6ᵉ ARTICLE

Cet article est le même que le paragraphe 4ᵉ d'Équemauville (2).

7ᵉ ARTICLE

De révoquer tous privilèges pécuniaires, étant juste que tous ceux qui sont sous la protection du Roi, sont les enfants du même royaume, profitant du même avantage, supportent les mêmes impôts à proportion des biens qu'ils possèdent.

8ᵉ ARTICLE

De solliciter l'abolition de la corvée et de la convertir en une prestation en argent, et, pour arrêter les abus, qu'il soit ordonné que les syndics soient avertis pour se trouver tous ensemble aux lieu, jour et heure que le toisé de l'ouvrage sera fait, de l'adjudication qui en sera passée, de la quantité de toises adjugées à chaque entrepreneur, de leurs noms, et ensuite réavertis, après l'ouvrage fini, pour s'assurer si lesdits ouvrages sont bien et complètement faits et en donner décharge, sans laquelle lesdits adjudicataires ne pourraient exiger le prix à eux accordé.

9ᵉ ARTICLE

Que tous ceux qui se distingueraient au service du Roi, de quelque état qu'ils puissent être, soient décorés de places

(1) p. 51.
(2) p. 52.

et dignités qu'ils auront méritées ; sans que la noblesse ou autre faveur puissent être transmises à leurs descendants.

10ᵉ Article

Que toutes loteries soient supprimées comme présentant aux peuples un appât dangereux qui le réduit à la misère et le conduit ensuite au crime.

11ᵉ Article

De supplier sa majesté de supprimer le tirage de canonniers auxiliaires garde-côtes et celui de matelots dans les paroisses qui composent la côte maritime en ce que quantité de jeunes gens, attirés par l'appât du gain, s'engagent au service du marchand, les naturels du pays comme les étrangers fuient aux approches du tirage, d'où il arrive que l'agriculture manque de bras et par conséquent languit.

12ᵉ Article

D'anéantir les gabelles dont les lois permettent aux employés de faire des perquisitions odieuses chez les particuliers en les forçant d'ouvrir leurs coffres et armoires, en culbutant leurs meubles et mettant à découvert toutes leurs fortunes, d'où il peut naître des accidents funestes ; par cette suppression les jeunes gens fainéants qui recherchent ce poste seraient forcés de livrer leurs bras au travail.

13ᵉ Article

D'ordonner que les membres de chaque municipalité rempliraient la fonction de juges de paix qui tenteraient toutes voies de conciliation avant qu'il fût possible aux parties de se pourvoir ; et lorsqu'ils auraient rendu leur sentence qui porterait sommairement les motifs qui l'auraient déterminée, les parties pourraient en appeler et seraient restreintes à chacune un écrit et ensuite la cause jugée dans l'espace d'un an tout au plus, et tous juges, comme ceux de paix, seraient aussi tenus de motiver leurs sentences et arrêts, ce qui les obligerait à étudier la loi, à écarter les présents, les recommandations et les sollicitations, parce que l'amour propre ne permet pas qu'on se diffame, qu'on s'affiche pour ignorant, sans probité, sans honneur.

14e ARTICLE

De supprimer la vénalité des officiers de judicature et gratifier d'anciens avocats (1) qui seraient connus avoir mérité par leur probité et leurs lumières cette juste récompense de leurs talents.

15e ARTICLE

De confirmer les édits et déclarations enregistrés au lit de justice du mois de mai 1788.

16e ARTICLE

D'affranchir les cultivateurs des droits dispendieux qui se perçoivent sur les liqueurs provenant de leurs maîteries [métairies], soit qu'ils les convertissent en eau de-vie, soit qu'ils les transportent d'une ferme à une autre, soit enfin qu'ils les vendent.

17e ARTICLE

De remédier aux coups désastreux que portent les banqueroutes sur lesquelles il sera fait, sans doute, de très humbles remontrances par les gens de négoce.

18e ARTICLE

De faire exécuter les lois touchant les colombiers qui sont en très grand nombre et d'ordonner que les pigeons seront enfermés depuis la saint Jean jusqu'à la fin de la récolte et pendant tout le temps des semences, et, dans le cas de négligence à exécuter cette loi, qu'il fût permis de les tuer comme on fait les [des] poules d'un voisin lorsqu'elles vont aux grains.

19e ARTICLE

De permettre que les notables de la campagne aient chez eux des fusils et armes nécessaires, avec la liberté de s'en servir sur les terres qu'ils font valoir pour la conservation de leurs maisons, de leurs biens, contre les voleurs, les chiens enragés et le dommage que font les sangliers, les lapins et bêtes féroces dont on ne peut se défendre à temps, tant que les armes resteront déposées chez les syndics, selon qu'il a été ordonné depuis quelques années.

---

(1) Cet article veut probablement exprimer que l'on gratifierait d'offices de judicature d'anciens avocats qui...

20ᵉ ARTICLE

D'interdire aux seigneurs le droit de chasse dans les terres ensemencées depuis le mois d'avril jusqu'après la récolte et d'avoir avec eux plus d'une personne à chasser et plus d'un garde tireur dans chaque paroisse.

21ᵉ ARTICLE

D'abolir la mendicité, source féconde de fainéantise, de désordres et de crimes, par tous les moyens que le Roi jugera le plus convenable.

22ᵉ ARTICLE

Sera en outre suppliée sa majesté de permettre à tous ses sujets de faire parvenir jusqu'aux pieds de son trône leurs réclamations contre tous les abus qui pourraient renaître dans la suite, soit dans la levée des deniers royaux, soit contre des coups d'autorité ou autres abus qui pourraient troubler leur repos et ruiner leurs fortunes, qu'ils ne pourraient empêcher par d'autres moyens.

23ᵉ ARTICLE

Enfin d'écouter favorablement leurs très humbles supplications, demandes et doléances et d'y pourvoir de manière qu'ils puissent en tout ressentir les effets qu'ils ont droit d'espérer de sa bonté paternelle.

Et ce que lesdits habitants ont signé après lecture faite, les jours et an que dessus. En outre ont arrêté de demander à sa majesté la suppression des dîmes en général ; qu'en conséquence il sera assigné aux curés un revenu proportionné aux charges de leurs paroisses, lesquelles paroisses seront tenues également de prendre autant de vicaires que les besoins de leur paroisse l'exigeront, et de leur assurer une pension aussi proportionnée à leurs besoins ; de plus que les biens, domaines et droits seigneuriaux des prieurés et abbayes, de quelles classes et qualités qu'elles soient, soient réunis à son domaine, en laissant cependant à chacun des religieux un revenu convenable à leur état.

Ce qui a été et signé lesdits jour et an susdits.

Signé : Delauney, syndic ; Alleaume, greffier ; J. Monsaint, François Trembley, Pierre Lecourt, etc.

VILLERVILLE

Population. — En 1773, 120 feux (*Archives du Calvados*, C. 7581) ; en 1774, 748 habitants (1 prêtre, 145 hommes, 181 femmes, 56 garçons majeurs, 139 garçons mineurs, 46 filles majeures, 148 filles mineures, 18 valets, 14 servantes) (*Archives de Honfleur*, II) ; en 1789, 167 feux.

Impositions ordinaires en 1790 (*Calvados*, C. 8.700) :

Taille . . . . 1.647 l. 9 s. 11 d.
Imposition accessoire 956 11 5
Capitation 1.164 3 2 (1)
Prestations . . . . 427 » »

Corvée en 1783 : 457 l. (*Archives communales de Honfleur*, II.).

Gabelle. — En 1789, 129 feux et 316 personnes imposés ; 2 feux et 8 personnes privilégiés (*Archives nationales*, G¹ 100) ; sel d'impôt [1.175 l.] ; sel de privilège [90 l.] (*Archives de la Seine-Inférieure*, C. 610).

Rente seigneuriale payée au duc d'Orléans, en 1753, par de Villençon, pour le fief de Villerville, 10 l. (*Archives nationales*, R¹ 920).

Vingtièmes (*Calvados*, C. 7.581), montant du rôle, 1.698 l. 19 s. 6 d. Propriétaires dont les revenus sont au moins de 500 l. : Labbey de Gonneville (Jacques-Armand), pour son château et autres bâtiments, ses cours, jardins et 5 fermes, 6.201 l. 10 s. — Pierre-Michel Boucher, 600 l.

Privilégiés (*Calvados*, C. 7.581). De Gonneville : pour son château, ses cours d'honneur, cour du château, cour de bas et jardin qu'il fait valoir, revenu, 512 l. 10 s. — Le curé (Zéphirin Dorenge) : presbytère et jardin pour mémoire) ; 3 vergées de terre en herbe et labour, données avec la dîme entière, par adjudication, 1.500 l., en 1789, « et ne vaut pas davantage ». — Charles Rebut, prêtre.

Observations générales, 1.773 (*Calvados*, C. 7.581). La paroisse relève de de Gonneville, seigneur et patron. Il n'y a pas d'autre fief.

... Les habitants n'ont d'autre occupation que celle, pour ceux qui ont des fermes, de labourer la terre, les autres particuliers allant sur mer pour la pêche du poisson et [des] moules et de travailler aux ventes de la forêt du duc d'Orléans.

Les principales productions consistent en cidre, ne s'y récoltant pas assez de blé pour nourrir les habitants. Ce qui n'est pas consommé dans le pays pour les cidres, se vend pour Rouen, Dieppe et Le Havre.

(1) Voici quel était le produit de ces trois contributions en 1785 : taille, 1.830 l. imposition accessoire, 1.091 l. ; capitation, 1.175 l. (*Archives de la Seine-Inférieure*, C. 251).

La situation de cette paroisse est, pour la plus grande partie, en côteau, du côté de la mer, qui fait grand tort aux terrains le long d'icelle, le surplus des terres, ôté environ un quart de la paroisse, est terrain en bruyère et cailouteux.

La taille s'y répartit à raison de deux sols sur le prix de l'évaluation de l'occupation. La répartition faite par les collecteurs n'est rien moins que proportionnelle ; les habitants ont dû même demander un commissaire pour l'assiette de cette année...

Le rôle des vingtièmes, pour 1773, contient 117 articles ; dans le projet pour l'année suivante il y en aura 150. ·

Tarif ou évaluation du produit de chaque nature de biens (Calvados C. 7581).

L'acre de masure plantée, 60 l. (bon), 50 (médiocre) et 40 l. (mauvais); de terre labourable, 40, 28 et 20 l. ; de prairie fauchable, 30, 25 et 20 l. ; d'herbage, 40, 30 et 20 l. ; de bois, 15, 10 et 7 l. ; de bruyère 10, 6 et 5 l., et de pâtis 8, 6 et 4 l. Le boisseau de blé, pesant 52 à 55 l., vaut 7 l. ; point de prix pour le seigle qui est consommé sur le lieu, ainsi que pour les pois et vesces; le cent de bottes de foin (chacune pesant 18 à 20 livres), 25 à 30 l.

PROCÈS-VERBAL DE L'ASSEMBLÉE PAROISSIALE DU 25 MARS **1789** (1)

Président : Pierre Michel, syndic, 5 l. + *119 l.*

Comparants : Guillaume (2) Deuve, syndic de la marine, O M en 1790, 11 l. + *14 l. 13 s.* ; François Rosney (ou Roncy), N en 1790, 4 l. (3) ; Michel Godreuil, f^er de la veuve Michel Lecoq, 7 l. + *66 l. 5 s.* ; Jean-Baptiste Toutain, maire en 1790, 21 l. + *33 l. 5 s.* ; Pierre Toutain, fermier de de Gonneville, procureur de la commune en 1790, 6 l. + *96 l. 7 s.* ; Jean-Guillaume Fournier, *45 l. 16 s.* ; Jean Paviot, N en 1790, 4 l. + *10 l. 9 s.* ; Jean Michel fils, pêcheur, O M en 1790, 7 l. + *18 l. 7 s.* ; Pierre-Jean Michel fils (4) ; François-Jean-Pierre Dufay, 8 l. + *19 l. 15 s.* ; Guillaume Lecoq, N en 1790 (5), 14 l. + *21 l. 15 s.* ; Jacques Leroy, fermier (à la Bergerie) de de Gonneville, 652 l. *10 s.* ; Hugues Floquet, f^er de de Gonneville, 297 l. 13 s. ; Jean Duchemin, N en 1790, *68 l. 12.* ; Jean-Pierre Deshayes, f^er de Lion et Pierre Delaunay, *102 l. 13 s.* ; Guillaume Heuzey, O M

(1) La date est donnée trois fois. Au procès-verbal, c'est le 25 et, au début du cahier, alternativement, le 29 et le 25. Cette dernière paraît devoir être adoptée parce que c'est le jour de l'Annonciation indiqué dans le cahier.

(2) Dans la liste des membres de la municipalité en 1790, Gabriel paraît mis par erreur pour Guillaume ; aucun nom de Deuve n'a ce prénom au rôle des impositions ordinaires.

(3) Est-ce François Rosney, fils Adrien, *27 l. 9 s.*, ou fils Guillaume, *7 l. 2 s. ?*

(4) Non identifié.

(5) Dans la liste des membres de la municipalité, en 1790, le prénom de Gabriel paraît mis par erreur pour Guillaume.

en 1790, *60 l. 12 s.* ; Thomas Martin, 6 l. (avec P^{re} Jⁿ Martin) + 2 l.
10 s. + *11 l. 10 s.* ; Jean-Pierre Leudet, 3 l. + *5 l. 14 s.* ; Charles Langin
(ou Longin), *5 h. 3 s.* ; Adrien Rosney (ou Roncy) *3 l. 9 s.* ; Guillaume
Michel, 5 l. + *2 l. 4 s.* : Jean-Baptiste Michel (1) ; Jean Safard, *1 l. 3 s.* ; Jean
Hamon, 34 l. + *38 l. 18 s.* ; et Pierre Lefeuvre, greffier, 4 l. 18 s. (2).

   Députés : Pierre Toutain ;
          Jean-Pierre Dufay,

   (Suivent 27 signatures).

CAHIER DE DOLÉANCES

   Cahier de doléances et remontrances de la paroisse de Notre-
Dame de Villerville. Du vingt-neuf mars mil sept cent quatre-
vingt-neuf.

   Le vingt cinq mars, jour de l'annonciation, année mil sept
cent quatre-vingt-neuf, conformément aux lettres de convocation
données à Versailles en date du vingt quatre janvier et du
règlement y annexé pour, par lesdits habitants, propriétaires et
non propriétaires, âgés de vingt-cinq ans et au-dessus, tous nés
Français et naturalisés dans ce royaume, être formé un cahier
de leurs plaintes et doléances, lesquels se sont assemblés en
l'église paroissiale de Notre-Dame de Villerville, au son de la
cloche, et ont tous et chacun en particulier représenté et représentent ce qui suit :

   1° Que pour remédier aux maux et dettes de l'Etat il fallait
travailler à la réformation du luxe tant de la cour que de tout le
royaume.

   2° Lever un impôt sur les abbayes et communautés séculières
dont les riches revenus ne contribuent qu'à leur perte.

   3° Réformer la gabelle et les aides en versant dans les coffres
du Roi ce qui passe à leur entretien.

   4° Demandent un impôt unique et fixe à percevoir sur les
maisons et fonds à raison de leur juste valeur, et sans avoir égard
à la condition de ceux qui les possèdent.

   5° La destruction des colombiers et de tous les animaux
nuisibles qui troublent la tranquillité du laboureur, ravègent

---

   (1) Jean-Baptiste, boucher, *10 l. 6 s.* ; ou Jean-Baptiste, *2 h. 7 s.*

   (2) Non comparants faisant partie de la municipalité de 1790 : Jacques Jamet, O M,
14 l. 10 s. ; Michel Dufay, N, *19 l. 13* ; Michel Leroy, N, *13 l. 5 s.* ; Nicolas Petit, fermier de de Gonneville, N, *34 l. 13 s.* ; François Couyère, N, *26 l. 17 s.* ; Jacques
Lecoq, N, *7 l. 2 s.* ; Adrien Courtin, N, 7 l.
   En 1790 : 59 citoyens éligibles, 64 actifs.

[ravagent] ses espérances, lui suscitent des ennemis irréconciliables dans la personne des seigneurs.

6° Le remboursement de toutes rentes seigneuriales.

7° La suppression de toute mendicité hors paroisse comme nuisible à la sûreté publique.

8° L'abréviation de toutes procédures, la suppression de la vénalité des charges qui fomentent l'ignorance et tendent à l'injustice, la défense de se pourvoir aux tribunaux avant d'avoir épuisé toute voie de conciliation, laquelle se ferait devant les syndics ou autres juges de paix choisis dans chaque paroisse.

9° L'affranchissement des vertes dîmes si elles ne sont légitiment dues.

10° La suppression de toutes loteries comme étant la ruine de beaucoup de familles.

11° L'anéantissement du commerce [de] l'Anglais en France qui enlève notre argent avec lequel il nous déclarera tôt ou tard la guerre.

12° Que les levées de milices se fassent plus fortes dans les villes que dans les campagnes qui sont aujourd'hui presque désertes et ne peuvent travailler aussi avantageusement à l'agriculture qu'ils (elles) le feraient.

13° Enfin de pouvoir dire ce que je possède est à moi, j'en puis faire ce que je voudrai, je suis tranquille et maître chez moi, nul ne peut y exercer aucun droit, j'ai payé mon tribut à mon Roi.

Le présent cahier réduit, arrêté et signé après lecture par lesdits habitants ce vingt-neuf mars mil sept cent quatre-vingt-neuf.

Signé : G. Deuve ; François Roncey ; J. Toutain ; J.-F. Fournier ; Jean Paviot ; Pierre Dufay ; Pierre Toutain ; P. Michel, etc.

HENNEQUEVILLE-SUR-MER

Population : en 1788, 60 feux ou « masures » (*Archives du Calvados.* C. 7499) ; en 1789, 70 feux.

Impositions ordinaires en 1790 (*Archives du Calvados*, C. 8698) :

Taille	1.209 l. 16 s. 5 d. ;	
Imposition accessoire.	702 10 4 ;	
Capitation	854 » » (1) ;	
Prestations	374 » » .	

Corvée en 1783 : 255 (*Archives communales de Honfleur*, II.).

Gabelle : en 1789, 52 feux et 146 personnes imposés : 1 feu et 3 personnes privilégiés (*Archives Nationales* G¹ 100), sel d'impôt [510 l.] : sel de privilège [45 l.] (*Archives de la Seine-Inférieure*, C. 610).

Vingtièmes (*Calvados*, C. 7499). En 1780, Desaignes, contrôleur · des vingtièmes procède à la vérification générale des biens et revenus, assisté de Jacques Reculard, syndic et préposé au recouvrement des vingtièmes ; François Labbé, collecteur à taille, sieur Hébert, Charles Baillet, Jean Viger, Joseph Gobin et Jean-Pierre Lecerf.

Montant du rôle : 1178 l. 6 s.

Propriétaires dont le revenu est au moins égal à 500 l. ; dame Le Broc, 600 l. — Hébert « greffier du point d'honneur », 1240 l. — Augustin Le Bouteiller, 675 l.

Privilégiés (*Calvados*, C. 7499). Les religieux de Fécamp pour « les deux tiers des grosses dîmes, rentes seigneuriales, tabellionage, la baronnie dudit lieu et 3 acres de terre en herbe mauvaise, le tout loué au curé, 500 l. — Le curé (Jean-Louis Chatizel) : presbytère, jardin et 3 vergées de cour d'aumône (pour mémoire) : le tiers des grosses dîmes et menues dîmes, toutes les vertes dîmes qu'il fait valoir, 650 l. — (La fabrique et le trésor ne jouissent d'aucun fonds). — La fabrique de Sainte-Catherine de Honfleur jouit d'une rente de 20 l. que paient Jean et Antoine Viger. — L'Hôtel-Dieu de Honfleur, rente de 50 l. due par la dame Le Broc et payée par son fermier Jacques Reculard. — De Gonneville.

Observations générales, 1782 (*Calvados*, C. 7499). La paroisse relève de l'abbaye de Fécamp, seigneur et patron ; aucun autre fief. Il n'y a pas de foires, de marchés ni de manufactures.

Les habitants n'ont d'autre occupation que celle de travailler à leurs terres et d'aller à la pêche sur la mer... Les principales productions consistent en blé

---

(1) En 1785, le produit de ces trois impositions était celui-ci : taille, 1010 l. ; imposition accessoire, 602 l. ; capitation, 649 l. (*Archives de la Seine-Inférieure*, C. 251).

et cidre ; les cidres et poirés se vendent pour Rouen, Dieppe, Fécamp et le Havre. La situation de cette paroisse est plus en côte que vallée ; le sol y est assez égal et assez bon à la réserve de ce qui est sur les côtes. La taille s'y répartit à raison de 2 s. pour livre de l'évaluation de l'occupation. Le rôle des vingtièmes pour 1780 contient 94 articles ; le présent projet en présente 98... Les vingtièmes des fonds, en 1772 ne se montaient qu'à 235 l. 13 s.

Les habitants sont propriétaires d'une commune d'environ 26 acres en pâture et bruyère, tenue par eux.

Suivant la déclaration passée par chaque propriétaire, cette paroisse peut contenir 126 acres de masures, 90 acres de terre de labour et 5 acres 3 vergées de pré.

Tarif ou évaluation du produit de chaque nature de biens. L'acre de masure 60 l. (bon), 50 (médiocre), et 30 l. (mauvais) ; de terre 30, 25 et 15 l. ; de pré, 40, 35 et 25. Le blé vaut 5 l. le boisseau (poids 51 à 54 l.) ; point de prix pour la somme ; l'avoine 3 l. le boisseau, les pois et vesces sont consommés sur place ; le foin vaut 30 à 31 l. le cent de bottes (poids 18 à 20 l. chacune).

PROCÈS-VERBAL DE L'ASSEMBLÉE PAROISSIALE DU 29 MARS 1679

Président : Jacques Reculard, syndic, O. M. en 1790, fer de dame Le Broc, Pierre Croix, Avenet fils, Mme Othon et de Messieurs de Fécamp, 2 l. 6 s. + *215 l. 15 s. 2 d.*

Comparants : François Labbé, fer de Charles Baillet et des enfants de Chles Liébard, 32 l. + *220 l. 7 s. 7 d.*; Fçois Guédon, 32 l. 11 s. 9 d. ; Jean Viger, N. en 1790 (avec son frère Antoine), pre et fer de Gme Deuvre, Jean Couyère, de Trouville, et veuve Gouley, 38 l. 12 s. + *127 l. 18 s. 9 d.* ; Jean Delauney, 18 l. 2 + *54 l. 7 s. 3 d.* ; Jacques Poitevin, N. en 1790, 28 l. 4 s. 11 d. ; Michel Hervieu, N. en 1790, fer de Hébert, « greffier du point d'honneur », 275 l. 11 s. 9 d. ; Philippe Pilon, fer de dame Dulong-pré, de Honfleur, 84 l. 8 d. ; Étienne Varin, O M. en 1790, fer de Chles Baillet et de Bouteiller, 52 l. 13 s. 6 d. ; Jean Train, N. en 1790, *1 l. 14 s. 5 d.* ; François Pouettevin (ou Poitevin), N. en 1790, 5 l. + *28 l. 2 s. 6 d.* ; Jean-Baptiste Jacques, fer de Jn Fçois Main *4 l. 2 s. 5 d.* ; Jean Reculard fils, 8 d. ; François Duval, greffier de la Munté en 1788, proc. de la commune en 1790 (avec sa mère), pre et fer de Baillet et de Lecordeur, 5 l. 14 s. + *83 l. 3 s. 7 d.* et Neveu (1).

Députés : Jacques Reculard ; François Duval.

(1) Nous n'avons pu identifier ce dernier nom ; peut-être ce dernier mot ne marque-t-il qu'une parenté.

Parmi les non comparants : Adrien Hébert (« avocat-greffier du point d'honneur »), maire en 1790, *34 l. 5 s. 11 d.* ; Guillaume Petit, N, en 1790 (fils Jacques, fermier) *3 l. 1 s. 8 d.* ; ou plutôt fils Jean, fermier des sieurs Leudet, *39 l. 6 s. 5 d.*

En 1790 : 32 citoyens éligibles et 26 actifs.

CAHIER DE DOLÉANCES

L'assemblée des habitants formant le tiers état de la paroisse de Hennequeville-sur-Mer, réunis aux termes des lettres de convocation... (1).

PARAGRAPHE 1er

Notre dite assemblée, après avoir mûrement réfléchi, a arrêté qu'elle désirait que les délibérations aux États généraux soient prises par les trois ordres réunis et que les suffrages soient comptés par tête.

PARAGRAPHE 2e

Que les députés, avant de s'occuper des subsides donnent à la nation une heureuse constitution qui assure au monarque la souveraineté sans partage et aux peuples leur liberté.

PARAGRAPHE 3e

Que les députés approfondissent la dette nationale et qu'elle fixera la dépense de l'État et procure l'égalité dans la répartition et l'abolition de tous privilèges pécuniaires.

PARAGRAPHE 4e

Que les députés supplient le monarque de vouloir bien accorder à la province la continuation de ses assemblées provinciales ou le rétablissement de ses états provinciaux afin que tous les objets d'administration arrêtés dans les États généraux soient confiés aux administrations des peuples qui seront chargées de faire l'assiette et la répartition des impôts et que ces administrations soient divisées en assemblées provinciale, de district et municipalité.

PARAGRAPHE 5e

Demanderont lesdits députés que tous impôts actuels soient supprimés et qu'en leur lieu et place il soit établi, sous la domination [dénomination] quelconque, un impôt qui, destiné à subvenir aux dépenses de l'État, se lève sur tous les propriétaires des villes et des campagnes à raison de leur valeur réelle, dont les municipalités feront la répartition entre les contribuables.

(1) Le préambule est identique à celui d'Équemauville, p. 51.

PARAGRAPHE 6e

Supplieront sa majesté, aux États généraux assemblés, de supprimer l'impôt désastreux de la gabelle et sa conversion en un autre impôt, ou tout au moins la diminution du sel dont la circulation soit permise dans tout le royaume.

PARAGRAPHE 7e

Que toutes les douanes et entraves qui gênent la circulation des denrées et la liberté du commerce dans tout le royaume soient totalement supprimées et que le particulier de chaque paroisse, puisse librement transporter ses denrées, ses boissons où bon lui semble.

PARAGRAPHE 8e

Pour favoriser l'agriculture, susceptible d'un grand accroissement, sa majesté est suppliée d'ordonner le partage des communes des paroisses entre les propriétaires, en raison de la valeur des fonds que chacun possède ; mais qu'au préalable il en sera distrait un tiers qui sera affermé au bénéfice des pauvres dont les membres de la municipalité seront administrateurs nés sous la présidence de leur curé.

PARAGRAPHE 9e

Demanderont lesdits députés que le tirage de la milice, pour le service de mer et de terre, soit fait dans une proportion plus forte dans les villes que dans les campagnes, et que les domestiques et laquais des villes supportent un impôt tendant à faire diminuer le nombre de tant de fainéants inutiles pour l'Etat.

PARAGRAPHE 10e

Que les chevaux, carrosses et autres dépenses qui ne servent qu'au luxe soient taxés, parce que l'enlèvement considérable qu'ils tirent des campagnes prive les propriétaires d'un moyen nécessaire d'augmenter le nombre des bestiaux et de se procurer les engrais nécessaires à l'agriculture.

PARAGRAPHE 11e

Ils supplieront humblement sa majesté de donner une suppression et extinction générale de toutes les loteries quelconques, afin qu'en aucun cas elles puissent être rétablies : elles ne tendent qu'à inspirer au peuple la passion dangereuse du jeu, à le distraire de ses occupations les plus pressantes et à corrompre ses mœurs, et le conduisent enfin de l'imprudence au crime.

Paragraphe 12e

Demanderont d'autoriser chaque municipalité à remplir les fonctions de conciliateur de toutes les contestations nées parmi les habitants des paroisses, lesquels juges conciliateurs règleront à l'amiable et gratuitement les contestations qui pourront s'élever, parce qu'aucun habitant ne pourra se pourvoir en justice qu'après avoir épuisé les voies de conciliation des juges nés de la paroisse.

Paragraphe 13e

Que tous les tribunaux subalternes et hautes justices soient supprimés ainsi que la vénalité des offices des juges ordinaires, que les magistrats soient choisis par les peuples et qu'il n'existe qu'un seul tribunal supérieur, ou municipalité, lequel jugera définitivement en dernier ressort les différends que les juges nés des paroisses n'auront pu concilier.

Paragraphe 14e

Que la justice civile et criminelle soit réformée et purgée de cette foule d'abus si contraires à la sûreté et [à] la liberté des citoyens et qu'il soit tracé des lignes d'arrondissement pour les nouveaux tribunaux établis, qui rapprochent les malheureux forcés de plaider du tribunal qui les jugera en ressort.

Paragraphe 15e

Que les chemins des communications d'une paroisse à l'autre, d'un bourg à une ville soient rétablis et entretenus sous la visite des municipalités de chaque paroisse et que, si on conserve quelque privilège aux seigneurs de paroisse qui jouissent des droits de gravages et de pêches [ils] soient contraints de les tenir en bonne forme pour ce qui concerne les chemins qui descendent de la terre à la mer, lesquels seront sujets d'entretenir en bonne forme et avec des gardes fols les planches de passage sur leur rivière tendant à la mer.

Paragraphe 16e

Que les barques qui font la pêche des côtes portent par une

proportion également réparti leur part des impôts dont la paroisse est chargée.

PARAGRAPHE 17^e

Que les colombiers des seigneurs, leurs fours et moulins banals soient supprimés comme préjudiciables à l'intérêt de chaque paroisse et que, si le port d'arme n'est pas accordé aux hommes du tiers état, il soit au moins permis aux propriétaires de détruire le gibier qui dévaste les campagnes et ordonné aux seigneurs de détruire leurs garennes.

Fait en duplicata à Hennequeville, après les convocations et formalités préalablement prises au lieu ordinaire de nos délibérations, le dimanche vingt-neuvième jour de mars, à l'issue des vêpres, l'an mil sept cent quatre-vingt-neuf, par nous les propriétaires possédant fonds et composant le tiers état de ladite paroisse.

Signé : Jean Viger ; J. Reculard, syndic ; François Labbé, J. Delauney, Etienne Varin, etc.

TROUVILLE-SUR-MER

Population : en 1773, 70 feux (*Calvados,* C. 7574), en 1789, 210.

Impositions ordinaires en 1790 (*Calvados* C. 8700).

Taille.	1.348 l.	3 s.	5 d.	
Imposition accessoire.	782	16	8	
Capitation	951	12	» (1)	
Prestation	350	»	»	

Corvée en 1783 ; 277 l. (*Archives communales de Honfleur* H.).

Gabelle : en 1789, sel de privilège, le seul payé [1100 l.] (*Archives de la Seine-Inférieure,* C. 610).

Vingtièmes (*Calvados* C. 7574) : Montant du rôle : 1518 l. 3 d. Propriétaires ayant un revenu de 500 l. au moins ; le curé (de Thumes), presbytère, jardin et cour, le tout d'une vergée (pour mémoire) ; un pré d'aumône loué à la veuve Durand, 48 l. ; dimes entières qu'il fait valoir, 1.000 l. ; 3 vergées de cour plantée, 30 l. ; total, 1078 l. — Dame Daguesseau, 4.298 l. — Castelin, 611 l. — Lion, 500 l. — André Guerrier, 580 l. — Jacques Guerrier, 580 l. — Veuve et fils de Dubosq, 700 l. — Le duc d'Orléans un vingtième de la forêt de Touques (916 l. 18 s. 4 d., d'impositions ordinaires).

Privilégiés : Le curé (De Thumes) : presbytère, jardin et cour, le tout d'une vergée (pour mémoire) ; un pré d'aumône loué à la veuve Durand, 48 l. dimes entières qu'il fait valoir, 1.000 l. ; 3 vergées de cour plantée, 30 l. ; total, 1.078 l. ; le trésor, propriétaire d'une rente foncière de 40 l. ; Dame Daguesseau ; le duc d'Orléans ; de Nollent (2).

Observations générales, 1773 (*Calvados* C. 7574). La paroisse de Trouville relève de Mᵐᵉ Daguesseau (3), dame et patronne d'icelle ; il n'y a aucun autre fief. Pas de foire, aucun commerce.

(1) En 1785, la taille s'élevait à 1.140 l. ; l'imposition accessoire, à 680 ; la capitation, à 732 l. (*Archives de la Seine-Inférieure,* C. 251).

(2) De Nollent est nommé seulement au rôle des impositions ordinaires comme propriétaire et seigneur de Trouville. Tandis que Mᵐᵉ Daguesseau n'y figure pas une seule fois.

(3) Le 6 juillet 1788, les membres de la municipalité délibérant « sur les objets contenus aux instructions de MM. les députés de la commission intermédiaire provinciale », ne trouvent d'autre observation à faire « que sur l'article qui exclut le seigneur et le curé des assemblées municipales lorsqu'elles feront la répartition des impôts ; établissant toute notre confiance sur les lumières d'un seigneur rempli de justice et d'équité, sans lequel nous ne pouvons rien faire dans notre paroisse qui puisse être régulier proportionnellement aux occupations des contribuables, que l'intérêt personnel des membres même pourrait faire varier dans ces opérations s'ils

Les habitants n'ont autre occupation que d'aller en mer pour la pêche. Les principales productions consistent en fruits, ne s'y récoltant trop peu de blé. La situation est en côteau. La taille s'y répartit à raison d'un sol six deniers sur le prix de l'évaluation de l'occupation, à la réserve des Pillots [?] qui sont imposés à 4 l. L'assiette s'en fait devant Mme Daguesseau par les collecteurs... Le rôle des vingtièmes, année 1773, ne contenait que 77 articles. Le présent projet en présente 102.

Tarif ou évaluation du produit de chaque nature de biens, 1773 (*Calvados*, C. 7574). L'acre de masure plantée, 50 (bon), 35 (médiocre) et 25 l. (mauvais) ; de terre labourable plantée ou non plantée, 30, 25 et 15 l. de prairie fauchable ou d'herbage, 50, 40 et 30 l. Il n'y a point de bois taillis, de bruyères et de pâtis. Le blé vaut 7 l. le boisseau ; pas de prix pour le seigle, les pois et vesces qui sont consommés sur les lieux. Le cent de bottes de foin (pesant chacune 18 a. 20 l.) est de 25 à 30 l.

PROCÈS-VERBAL DE L'ASSEMBLÉE PAROISSIALE DU 29 MARS 1789

Président : Jean Couyère, syndic (sa veuve et son fils, en 1790, 55 *l.*).

Comparants : Pierre Dubosq, syndic en 1788, maire en 1790, 70 *l.* + 91 *l. 13 s. 4 d.* ; André Guerrier, M A 1788, *105 l. 8 s. 6 d.* ; François-Charles Buhou. 3 l. + *36 l. 13 s. 4 d.* + Thomas de Saint-Léger, briquetier, M A en 1788, O M en 1790, 17 l. + *34 l. 7 s. 6 d.* ; Bernard Decou, chirurgien 2 *l. 5 s. 10 d.* ; Guillaume Biais, 18 l. + *36 l. 13 s. 4 d.* ; Charles Biais, M A en 1788, 20 l. + *61 l. 17 s. 6 d.* ; Jean Croix, maître au petit cabotage, 4 *l. 11 s. 8 d.* ; Jean Toutain, capitaine, 4 *l. 11 s. 8 d.* ; Pierre Perchey, 3 l. ; François Lefranc, N en 1790, 6 *l. 17 s. 6 d.* ; François Delamare, O M en 1790, *160 l. 8 s. 4 d.* ; Isaac Guerrier, N en 1790, 10 l. + *18 l. 6 s. 8 d.* ; François Foulon, M A en 1788, O M en 1790. 4 l. + *61 l. 2 s. 6 d.* ; Pierre Gouley, syndic des marins, procureur de la commune en 1790, 5 l. + *6 l. 17 s. 6 d.* ; Gabriel Harel. 2 l. + *4 l. 11 s. 8 d.*, et Jean-Pierre Guerrier, N en 1790 3 l. + *34 l. 7 s. 6 d.* (1).

Députés : 1er Jean-Baptiste-Louis Lemonnier, avocat au bailliage de Honfleur ;

n'étaient contenus par un seigneur et un curé qui n'auraient d'autres intérêts que l'intérêt public qui, en s'imposant eux-mêmes, suivant l'estimation et la vraie valeur auxquelles les membres auraient évalué leurs fonds, mettraient les membres et syndics à l'abri des reproches que pourraient leur faire des personnes qui ne cherchent qu'à se soustraire à l'égalité de leurs contributions .. ». (*Archives du Calvados*, C. 8.690).

(1) Parmi les non comparants, membres de la municipalité de 1790 : Pierre Ozerais fils, officier municipal, *6 l. 17 s. 6 d.*, et les notables suivants : Jean Gouley, pilote, *9 l. 3 s. 4 d.* ; André Toutain, *6 l. 17 s. 6 d.* ; Gilles Leroux, *18 l. 4 s. 3 d.* ; Guillaume Lemazurier, pilote, *9 l. 3 s. 4 d.* ; Pierre Germain, aubergiste, *27 l. 10 s.* ; Adrien Gobin, fermier de Castelin, *6 l. 17 s. 6 d.* ; François Paris, *6 l. 17 s. 6 d.* ; Jacques Rouval, marchand boucher, *11 l. 9 s. 2 d.* ; Gabriel Tiphagne, *82 l. 10 s.* ; Guillaume Ameline, *16 l. 1 d.*

En 1790 : 48 citoyens éligibles et 59 actifs.

2e Jean-Pierre Dubosq ;
3e Jean Couyère, syndic.
(Suivent 23 signatures).

Cahier de Doléances [1]

Ladite commune étant composée, au moins des trois quarts, de marins occupés à la pêche du poisson frais et tenus aux levées qui se font fréquemment pour le service de la marine royale ; qu'en conséquence ils sont hors d'état de supporter partie des impôts auxquels la paroisse est sujette, pour lors cette partie retombe sur la classe du peu de propriétaires et fermiers qui se trouvent dans ladite paroisse ; qu'en outre les femmes et les enfants de ces pères de familles qui se trouvent occupés au service de sa majesté restent dans la détresse pendant qu'ils sont absents, ce qui reste à la charge aux propriétaires de fournir leurs denrées à ses [leurs] malheureuses familles qui se trouvent hors d'état de pouvoir les payer, qu'au surplus ils se trouvent encore obligés par humanité d'assister la classe la plus pauvre pour subvenir à leurs plus pressants besoins [2].

Article 2e

Que cette paroisse étant au bord de la mer et à l'embouchure de la rivière de Touques ; que cette même rivière étant susceptible d'une branche de commerce utile pour tous les environs et qui pourrait devenir très conséquente, se trouve depuis plusieurs années obstruée par des bancs de sables et graviers qui s'y sont formés, ce qui empêche une partie de la navigation dont elle serait susceptible d'augmentation pour l'exportation et importation des denrées d'un pays à l'autre, sa majesté est très humblement suppliée d'ordonner qu'il y eut un atelier de charité commandé pour la déboucher et rendre plus navigable.

Article 3e

Que la pêche soit permise pendant toute l'année, tant du chalut ou rez traversier comme n'ayant point lieu le long des côtes, ainsi que celle du hareng.

[1] Le préambule est identique à celui d'Équemauville, p. 51.
[2] Voir l'*Introduction*, pp. xvi et xvii.

ARTICLE 4e

Que les laboureurs étant exposés par le local de leur paroisse à la rigueur des hivers, que leurs blés se trouvent en partie détruits par les gelées et des tempêtes et au moment où le laboureur se propose de recueillir l'autre partie de ses grains s'en trouve souvent privé par la violence des tempêtes qui les égrainent.

ARTICLE 5e

Que sa majesté est très respectueusement suppliée que les aides et gabelles soient supprimées comme étant contraires au bien public, tant pour le commerce que pour l'agriculture dans la province de Normandie.

ARTICLE 6e

Pour favoriser l'agriculture qui est susceptible d'un grand accroissement, sa majesté doit être suppliée d'ordonner : 1º le partage des communes des paroisses entre les propriétaires, après qu'il en sera distrait un quart ou un tiers qui sera affermé au bénéfice des pauvres ; 2º de déterminer par une loi le cas où la dîme novale peut être exigée par les curés sur les terres de labour converties en pâturages et d'exempter de toutes dîmes les prairies artificielles destinées à la nourriture des bestiaux de chaque ferme ; 3º d'ordonner que le tirage de la milice pour le service de mer et terre soit fait à l'avenir dans une proportion plus forte dans les villes que dans les campagnes et, qu'en outre, les domestiques et laquais des villes, qui privent les campagnes d'un nombre prodigieux d'hommes propres au travail, supportent un impôt tendant à en faire diminuer le nombre, il est encore intéressant de demander que les chevaux qui ne servent qu'au luxe dans les villes soient taxés, l'enlèvement considérable de fourrages qu'ils occasionnent prive les campagnes d'un moyen d'augmentation sur le nombre des bestiaux qui leur procurent les engrais nécessaires à l'agriculture (1).

ARTICLE 7e

Que dans le cas de l'article 6, ci-dessus, l'on ne prive point le

---

(1) On remarquera que le texte de l'article 7 (2ᵉ §) du cahier de Honfleur, p. 38, est conçu dans le même esprit et souvent exprimé dans les mêmes termes que celui-ci.

laboureur de ses domestiques sans lesquels les premiers besoins de l'Etat ne peuvent être remplis.

ARTICLE 8ᵉ

Qu'il serait établi dans chaque municipalité des juges conciliateurs qui seront choisis par lesdites municipalités pour prévenir les abus d'une justice lente et ruineuse et que nul ne puisse prendre les voies juridiques en toutes questions de fait sans avoir épuisé, avant tout, les voies de conciliation devant ceux qui seront nommés à cet effet.

ARTICLE 9ᵉ

Que sa majesté est très respectueusement suppliée de vouloir bien accorder la liberté à tout propriétaire ou fermier faisant valoir de porter des armes pour veiller à la sûreté de sa personne et de ses biens.

ARTICLE 10ᵉ

Que chaque paroisse soit chargée de subsister [subvenir] aux besoins de ses pauvres, de sorte qu'il n'y ait plus de mendiants.

ARTICLE 11ᵉ

Que le vœu de toute la communauté est qu'il n'y ait qu'un seul et unique impôt qui soit supporté par une répartition égale sur tous, sans aucuns privilèges ni distinctions en droit soi, chacun suivant leurs facultés.

ARTICLE 12ᵉ

Que les douanes qui causent des entraves au commerce restent supprimées.

ARTICLE 13ᵉ

Que les poids et mesures soient rendus égaux dans toute la province, pour la facilité de tout le commerce.

ARTICLE 14ᵉ

Enfin, de supplier sa majesté de nous accorder la continuation des assemblées provinciales ou le rétablissement de ses États généraux composés et organisés ainsi que le sont les assemblées provinciales pour former un corps toujours subsistant destiné à mettre sous les yeux du souverain les besoins des peuples et leur reporter et distribuer ses bienfaits.

Déclarant, au surplus, lesdits habitants s'en rapporter entièrement à la sagesse et bienfaisance du monarque qui les gouverne.

Ce qu'ils ont signé après lecture faite, le vingt-neuf mars, mil sept cent quatre-vingt-neuf.

Signé : P. Dubosq, Lemonnier, Couyère, Gouley, Decou, Gabriel Harel, Jean Croix, etc.

DAUBŒUF

Population : en 1773, 27 à 28 feux (Calvados, 7479) ; en 1789, 22 feux.

Impositions ordinaires, en 1790 (Calvados, C. 8698).

Taille	689 l. 12 s. 5 d.
Imposition accessoire	399 11 »
Capitation	485 19 4 (1)
Prestations.	178 » »

Corvée en 1783 : 67 l. *(Archives communales de Honfleur,* II.).

Gabelle : en 1789, 20 feux et 43 personnes imposés ; 1 feu et 2 personnes privilégiés, Sel d'impôt [180 l.], de privilège [50 l.].

Rentes seigneuriales payées au duc d'Orléans en 1753. (Voir Cricquebœuf); en plus le ténement de la vente Varny, par veuve Gobin et autres, 3 l. 10 s. *(Archives nationales,* R. 4920).

Vingtièmes, en 1790 *(Calvados,* C. 7479). Montant du rôle : 498 l. 10 s. 10 d. Principaux propriétaires, revenu de 500 l. et au-dessus : le curé (Quevilly), presbytère et autres bâtiments, jardin et petite cour ; le tout d'une demi-vergée (pour mémoire) ; une acre et une vergée et demie de terre en herbage et « dîmes entières affermées 600 l. en 1788 et 1789, suivant la déclaration du syndic, mais qui ne doivent être imposées que sur le pied de 500, eu égard au prix de ce bail ». — Le prieur de Saint-Martin-du-Bosc : une ferme dépendant du bénéfice, consistant en bâtiments et 13 acres de terre, tant en herbe que bois taillis, louée à Lecavellier, 642 l. — Le duc d'Orléans : une partie de la forêt de Touques (940 l. 14 s. 7 d. d'impositions ordinaires). — Dame Balme, 1200 l.

Privilégiés. — Le curé; le prieur de Saint-Martin-du-Bosc ; le curé de Gonneville ; le duc d'Orléans.

Observations générales (Calvados, C. 7479). — La paroisse relève de l'abbaye de Fécamp. Chauffer de Fleurigny y possède une extension de fief ; les rentes seigneuriales qu'il y possède sont jointes à celles de la paroisse de Saint-Thomas de Touques. Il ne s'y tient ni foire ni marché ; pas de manufacture.

... Les habitants n'ont d'autres occupations, pour les fermiers, que de labourer les terres et de faire quelque élève de moutons, les autres habitants sont journaliers dans les forêts. Les principales productions consistent en cidre ; il ne s'y récolte pas assez de blé pour nourrir les habitants. Le muid de

---

(1) En 1785, la taille s'élevait à 280 l. seulement ; l'imposition accessoire à 167 l. et la capitation à 180 (*Archives de la Seine-Inférieure,* C. 231).

cidre, mesure du pays est de 110 pots, ce qui revient à 144 pots, mesure ordinaire ; ce qui n'est pas consommé dans le pays est ordinairement vendu pour Rouen. La situation de cette paroisse est la plus grande partie en côteau (1) et assez mauvais fonds, notamment le long de la forêt qui entoure la paroisse. La taille s'y répartit à raison d'un sol six deniers pour livre sur le prix de l'évaluation de l'occupation.

Le rôle des vingtièmes, en 1773, ne présentait que 20 articles; celui de l'année suivante en avait 23, eu égard aux divisions qui ont paru nécessaires.

Tarif ou évaluations du produit de chaque nature de biens. — L'acre de masure, 50 l. (bon), 40 l. (médiocre) et 30 l. (mauvais); de terre labourable plantée ou non plantée, 30, 20 et 15 l.; de prairie fauchable, 25, 20 et 15 l.; il n'y a point d'herbages. Le blé vaut 7 l. le boisseau, la somme, 35 l.; aucun prix n'est donné pour le seigle, les pois et vesces consommés sur place ; le foin, 25 à 30 l. le cent de bottes (pesant chacune 18 à 20 l.).

PROCÈS-VERBAL DE L'ASSEMBLÉE PAROISSIALE DU 29 MARS 1789 (2)

Président. — Quevilly, curé de Daubœuf, « pour l'absence du syndic », M. A. en 1788, N. en 1790, 50 l. + *41 l. 3 s. 6 d.*

Comparants. — Jacques Hugeur (3); Michel Cavellier, M. A. en 1788 (4); Jean Leproux, M. A. en 1788, N. en 1790, *34 l. 15 s. 4 d.*; François-Félix Guérin, procureur de la commune en 1790, *39 l. 2 s. 3 d.*; François Pillon, M. A. en 1788, N. en 1790, *34 l. 15 s. 4 d.*; Jacques Petit, *18 l. 10 s. 7 d.*; Nicolas Legrix (ou Legrip), *21 l. 10 s.*; Jacques Daubert, *5 l. 8 s. 7 d.*; Jean Leroy, 4 l. + *5 l. 14 s. 5 d.*, et Polycarpe Leroux, *4 l. 11 s. 6 d.* (5)

Députés. — Jacques-Michel Cavellier; Jean-Pierre-Marin · Le Cerf, greffier du bailliage de Honfleur, « et, en cas d'empêchement de ce dernier »; François-Félix Guérin.

(Suivent 11 signatures).

(1) Il résulte parfois de cette situation de graves inconvénients pour la sécurité des propriétés. Ainsi, le 27 juin 1788, à la suite d'un violent orage, les eaux se précipitèrent dans la vallée avec une telle vitesse, que douze particuliers subirent un dommage évalué 2400 l. (*Archives du Calvados*, C. 8690).

(2) Le Cerf, greffier du bailliage de Honfleur, a écrit le procès-verbal de l'assemblée et le cahier de doléances. Entre ce cahier et la circulaire de de Limon aux curés (pp. 41 et 42), nous avons déjà signalé une analogie évidente. Le procès-verbal porte que l'assemblée s'est tenue au « manoir presbytéral, lieu d'usage ».

(3) Ce nom ne se trouve pas sur les rôles.

(4) Il y a sur les rôles Pierre Cavellier (ou Lecavellier), 10 l. + *5 l. 14 s. 5 d.*

(5) Parmi les non comparants : Philippe-Augustin Foulon, M A en 1788, maire en 1790, *139 l. 15 s. 3 d.*; Jacques Deuves (ou Deu), 4 l. 6 s. 11 d. Nous n'avons pu identifier les noms de Jacques et Pierre Cauche, le premier officier municipal, le deuxième notable en 1790.

En 1790 : 10 citoyens éligibles et 6 actifs.

CAHIER DE DOLÉANCES

L'assemblée des habitants formant le tiers état de la paroisse de Daubœuf, réunis aux termes des lettres de convocation données à Versailles, le 24 janvier dernier, a arrêté pour doléances ce qui suit :

1º La suppression des gabelles, traites, aides et contrôle, et que les droits qu'ils produisent à sa majesté soient remplacés par un seul impôt plus facile et moins onéreux.

2º L'abolition de tous les privilèges et que la répartition des impôts porte sur tous les citoyens des trois ordres indistinctement, même sur les princes et le clergé.

3º Qu'il soit mis un impôt sur tous les objets de luxe, tels que les laquais, carrosses et chevaux de carrosses.

4º Que la recette et [la] dépense de l'Etat soient publiées annuellement.

5º Que le droit de propriété soit inviolable et que nul ne puisse être privé de sa propriété, même à raison de l'intérêt public, qu'il n'en soit dédommagé au plus haut prix et sans aucun délai.

6º Que tous les droits de capitaineries de chasse soient abolis, et ont prié même Mgr le duc d'Orléans de se joindre aux bailliages pour [en] demander la suppression sans néanmoins porter atteinte à la propriété du droit de chasse attaché à ce fief.

7º Qu'il soit permis aux bordiers de la forêt de Touques de ramasser le caillou pour raccommoder les chemins de travail et grandes routes, ainsi que la fougère dans ladite forêt, au moins de dommage que faire se pourra, pour engraisser les fonds circonvoisins de ladite forêt.

.8º Qu'il y ait des écoles publiques d'établies pour l'instruction de la jeunesse dans les campagnes, et ce gratuitement (1).

9º Que le droit de percevoir la dîme soit éteint et que chaque curé soit doté suffisamment pour pouvoir subsister.

10º Qu'il soit établi des juges conciliateurs dans chaque paroisse et que la justice soit promptement et exactement rendue.

11º La réforme des abus dans la justice civile et criminelle.

---

(1) Dans le procès-verbal de l'assemblée municipale tenue à Daubœuf, le 6 juillet 1788, il est question d'une école qu'on doit tenir, dans la paroisse, pour les femmes. (*Archives du Calvados*, C. 8.690).

12° Qu'il ne pourra être établi aucuns impôts sans le consentement de la nation.

13° Que les terres, converties depuis quarante ans de labour en herbe, soient remises dans leur état naturel.

Le présent cahier de doléances fait et arrêté par l'assemblée aux fins d'être par ses députés porté à celle du tiers état du bailliage de Honfleur, le deux avril prochain. A Daubœuf, le 29 mars 1789.

Signé : Cavellier, Jean Leproux, Félix Guérin, P. Leroux, François Pillon, etc.

CRÉMANVILLE

Nous n'avons pas retrouvé le cahier de Crémanville dont le tiers état ne s'est probablement pas réuni et n'a pas rédigé de doléances ; pour cette paroisse nous croyons utile, néanmoins, de joindre une courte notice.

Impositions ordinaires en 1785 (*Archives de la Seine-Inférieure* C. 251).

Taille . . . . 960 l.
Imposition accessoire . . . . 574 l.
Capitation . . . . 616 l.

Corvée en 1783 (*Archives de Honfleur*, II) : 242 l.

Vingtièmes en 1790 (*Archives du Calvados* C. 7433), montant du rôle 186 l. 14 s. Propriétaires dont le revenu est au moins de 500 l. : Jacques Prévost, 605 l. ; Philippe Prévost, 750 l. ; Pierre Drieu, 600 l. ; François Vicaire, 600 l.

Privilégiés (*Archives du Calvados* C. 7433). Le curé : presbytère, jardin, 2 acres 1/2 de terre en herbe, le tout estimé 150 l. ; dîmes qu'il fait valoir, 1600 l. ; une acre et 1/2 vergée de pré, au revenu de 40 l. ; total (déduction faite de 50 l. pour le presbytère) 1740 l. — Le trésor d'Ablon : une pièce de terre louée 127 l. aux sieurs Fauvel. — De Brévedent d'Ablon, pour ce qu'il fait valoir, revenu de 120 l. — De Brévedent de Saint-Nicol pour ce qu'il fait valoir, revenu de 10 l. — Thierry, pour ce qu'il fait valoir, revenu de 10 l.

Citoyens éligibles en 1790 (*Archives du Calvados* L. formation des listes électorales). Jacques Delamare, Jacques Hervieu, Fçois Caplain, Guillaume Piquenot, Jacques Lejugeur, Jacques Delarue, Adrien Thomas, Jean Houley, Jean Quesney, Louis Fontaine, Louis Deville, Louis Lecerf, Nicolas Delamare, Philbert Gueslin, Philippe Morisse, Romain Manchon, Sébastien Morin, Auguste Louvet, Jean Lejugeur.

Citoyens actifs en 1790 (*Archives du Calvados* L. formation des listes électorales). — Alexandre Normand, Charles Bosquey, Fçois Morin, Fçois Lebigre, Guillaume Delamare, Jean Leprevost, Jⁿ-Bᵗᵉ Guillemard, Michel Coustey, Michel Julien, Nicolas Canu, Pierre Morisse.

Municipalité en 1790 (*Archives du Calvados* C. 8691).
Maire : Jean-Philbert Gueslin.
Officiers municipaux : Nicolas Lecerf ; Louis Manchon.
Procureur de la commune : Elie Lecointre.
Notables : Jacques Louvet, Jean Lejugeur, Joseph Viel, Pierre Rousselin, Jacques Thomas, plus un nom illisible.

TROISIÈME PARTIE

ASSEMBLÉE PRÉLIMINAIRE

ET

CAHIER GÉNÉRAL DU BAILLIAGE

ASSEMBLÉE PRÉLIMINAIRE DU TIERS ETAT DU BAILLIAGE

PROCÈS-VERBAL DE L'ASSEMBLÉE

A tous ceux qui ces présentes lettres verront : François Henri, duc de Harcourt, pair de France,... grand bailli de Rouen, *salut ;* savoir faisons que ce jourd'hui jeudi deux avril mil sept cent quatre-vingt-neuf, neuf heures du matin, en la grande salle de l'ancien gouvernement de cette ville de Honfleur, lieu choisi comme le seul convenable pour l'opération ci-après, devant *nous*, Henri Thomas Quillet de Fourneville, conseiller du Roi et de S. A. S. Monseigneur le duc d'Orléans, lieutenant civil, criminel et de police du bailliage d'Honfleur, présidant l'assemblée générale du tiers état dudit bailliage de Honfleur, présence du procureur du Roi et assisté de Me Jean Pierre Marin Le Cerf, greffier dudit siège.

En exécution des lettres du Roi données à Versailles, le vingt-quatre janvier dernier, du règlement y annexé concernant la convocation et tenue des Etats généraux du royaume de France, de l'ordonnance de M. le lieutenant général du bailliage de Rouen du onze de mars dernier et de l'ordonnance intervenue sur icelle le quatorze du même mois, le tout rendu notoire par les lecture, publication, affiche et significations faites précédemment en cette ville et paroisses de notre ressort, appel fait de tous les députés qui ont dû être élus tant pour le tiers état de cette ville que pour celui des paroisses et communautés de ce dit bailliage aux termes desdites lettres, règlement et ordonnances sus énoncés.

Sont comparus, savoir : pour cette ville, les sieurs Michel de la Croix Saint-Michel, maire ; Pierre-Guillaume-Jean-Baptiste Picquefeu de Bermon, échevin ; Nicolas-Louis-Guillaume Coudre La Coudrais, l'aîné ; Olivier Bruneaux ; Jacques Lecarpentier ; Nicolas Lion de Saint-Thibault ; Pierre-Jacob Letestu et Amand Prémord, composant les huit députés fixés pour cette ville par ledit règlement.

Pour la paroisse et bourg de Saint-Thomas de Touques, les sieurs Jean-Baptiste Dufour-Dulongprey ; Jean-Baptiste Lehéricher et Fçois Desseaux fils.

Pour la paroisse de Daubœuf, les sieurs Jacques-Michel Cavellier et Jean-Pierre-Marin Le Cerf.

Pour la paroisse de Trouville-sur-Mer, Me Jean-Baptiste-Louis Lemonnier ; Jean-Pierre Dubosq et Jean Couyère.

Pour la paroisse de Hennequeville, les sieurs Jacques Reculard et François Duval.

Pour celle de Villerville, les sieurs Pierre Toutain et Jean-Pierre Dufay.

Pour celle de Cricquebœuf, les sieurs Jean-Baptiste Quillet, seigneur d'icelle et Augustin Le Bouteiller.

Pour celle de Pennedepie, les sieurs Jacques Delauney et Julien-François Monsaint.

Pour celle de Vasouy, les sieurs Jean Deshayes et Jean-Pierre Deschamps.

Pour celle de Saint-François d'Herbigny, M. Jean-Martin-Auguste Demanget, avocat.

Pour celle de Barneville, les sieurs François Delauney et Jean Monsaint.

Pour celle de Saint-Gatien, les sieurs Thomas Brunet et Pierre Petit.

Pour celle d'Equemauville, les sieurs Jacques Lherondel et François Duval.

Pour celle du Theil, M. Louis Advisse, avocat et le sieur François Ozeraie.

Pour celle de Saint-Benoît d'Hébertot, les sieurs Jean-Pierre Eude et Louis Halley.

Pour celle de Quetteville, les sieurs Pierre Moulin et Jacques Falaize.

Pour celle de Tontuit, les sieurs Pierre Bottentuit et Romain Manchon.

Pour celle de Genneville, les sieurs Jacques Hérout et Louis Barrette.

Pour celle de Saint-Martin-le-Vieux, M. Pierre-Joseph Henry, président du grenier à sel et Charles-Jean-Baptiste Fallaize.

Pour celle d'Ableville, les sieurs Louis-Robert Morin et Jacques Langlois.

Pour celle d'Ablon, les sieurs François-André Thierry Dupuis et François Guerrier.

Pour celle de Fiquefleur, les sieurs Jean Lecarpentier et André Guilmard.

Pour celle de Gonneville, les sieurs Jacques Saffrey et Jean-Louis Gibon.

Pour celle de Fourneville, le sieur Louis Bréavoine et nous.

Et enfin les sieurs Jacques-Louis Tassel et Bernard Drieu, comme députés du hameau de la Rivière.

Tous porteurs des procès-verbaux de leur nomination qu'ils nous ont représentés et que nous avons tous vérifiés, sur quoi nous avons accordé acte auxdits sieurs comparants de leur comparution ainsi que de la remise faite par les mêmes députés sur le bureau de tous leurs différents cahiers de doléances.

Et, à ce moment, par le procureur du roi a été requis qu'il nous plaise lui accorder acte de ses réclamations, protestations et réserves sur l'inexécution des premières dispositions de l'article 26 et de celles en entier de l'article 28 du règlement de sa majesté du vingt-quatre janvier dernier, concernant les États généraux par rapport aux différents corps de justice de cette ville, lesquels, au moyen de ladite inexécution, ont été privés d'envoyer leurs députés, chaque corps en particulier, à l'assemblée générale de l'hôtel de ville de ce lieu pour y concourir à la rédaction du cahier des plaintes et doléances de ladite ville et nommer les huit députés pour porter ledit cahier à la présente assemblée, ce qui est un vice radical dans l'opération qui s'est faite en leur absence et dans tout ce qui s'en est ensuivi, ce qu'il a signé lecture faite (1).

Signé : Quesney.

Sur quoi nous avons accordé acte au procureur du Roi de sa réclamation pour valoir et servir quand et ainsi qu'il appartiendra et au surplus, ouï le procureur du Roi, la continuation de la présente renvoyée à ce jourd'hui, quatre heures d'après-midi, à laquelle heure tous lesdits sieurs députés ont été prévenus de se rendre.

Signé : Quillet de Fourneville.

———

Dudit jour deux avril mil sept cent quatre-vingt-neuf, quatre heures après-midi, devant nous Henri-Thomas Quillet de Fourneville. devant nommé, présence et assisté comme dessus ; avons continué le procès-verbal ci-dessus et dés autres parts ainsi qu'il suit.

Appel de nouveau fait de tous les députés devant nommés, iceux s'étant présentés, nous avons d'eux pris et retiré le serment de procéder fidèlement, en notre présence d'abord, soit par eux tous, soit par commissaires, à la réunion en un seul de tous les cahiers particuliers apportés par lesdits sieurs députés, ensuite à la nomination à haute voix

(1) Voir ci-dessus p. 25 *passim*

du quart d'entre eux pour assister à l'assemblée générale des trois états qui se tiendra à Rouen et d'y apporter le cahier de notre bailliage.

Après lequel nous a été demandé par l'assemblée de lui faire donner lecture du cahier particulier des doléances de la ville de Honfleur ainsi que de celui de la paroisse de Pennedepie, avec celui de la paroisse de Fourneville (1), ce qui fait a été; à nous a été ensuite demandé par l'assemblée qu'elle désirait qu'il fût nommé des commissaires pour procéder à la réunion de tous les cahiers en un seul, qu'elle désirait que cette opération se fasse par sept de messieurs dont cinq seraient choisis dans les députés des paroisses de campagne et deux dans les députés de la ville de Honfleur; en conséquence, ladite assemblée délibérant a procédé au choix de sept d'entre eux, ainsi qu'il suit: savoir, pour la ville, messieurs de la Croix Saint-Michel, maire, et Picquefeu de Bermon, et pour la campagne les sieurs Jacques Delauney; Pierre Moulin; Le Bouteiller; Toutain et Brunet (2); lesquels ont accepté lesdites fonctions de commissaires pour la réunion en un seul de tous les cahiers, à laquelle ils procéderont devant nous, en ce lieu, demain, à huit heures du matin, et la continuation du présent renvoyée à demain quatre heures de relevée, à laquelle heure les députés sont tenus de se présenter. Ce qui a été arrêté et signé par nous, lesdits sieurs commissaires et notre greffier après lecture.

(Suivent les 10 signatures des députés, lieutenant, procureur et greffier).

———————

Aujourd'hui trois avril mil sept cent quatre-vingt-neuf, quatre heures après midi, nous, Henri-Thomas Quillet de Fourneville... lieutenant du bailliage de Honfleur, devant nommé, nous sommes avec le procureur du Roi, toujours assisté de notre dit greffier, rendus en la salle désignée pour l'assemblée du tiers état du bailliage de Honfleur, pour, par tous les députés des paroisses et communautés du ressort dudit bailliage prendre connaissance du travail confié aux sieurs commissaires nommés en ladite séance du jour d'hier, aux fins de réunir en un seul tous les différents cahiers de plaintes et remontrances déposés sur notre bureau lors de ladite 1re séance du jour d'hier, arrêter définitivement le cahier général du tiers état de notre bailliage et ensuite nommer à haute voix le quart

---

(1) Le choix de ces trois cahiers s'explique : pour celui de la ville, il était nécessaire qu'il fût consulté. Celui de Pennedepie est un des plus importants, des plus étudiés du bailliage. Enfin, la rédaction du cahier de Fourneville avait été dirigée par Quillet de Fourneville.

(2) Ces Commissaires représentaient à l'assemblée du bailliage : Jacques Delauney, la paroisse de Pennedepie ; Pierre Moulin, Quetteville ; Le Bouteiller, Cricquebeuf ; Toutain, Villerville ; Brunet, Saint-Gatien.

On remarquera que ni le seigneur de Cricquebeuf, ni le président du grenier à sel, ni aucun des avocats qui font partie de l'assemblée, n'est choisi comme commissaire.

d'entre eux desdits sieurs députés pour le porter à l'assemblée générale
des trois ordres du bailliage de Rouen qui se tiendra le quinze de ce mois,
à l'effet de quoi, appel premièrement fait de tous lesdits sieurs députés,
ils se sont présentés devant nous en ce dit lieu et lecture a été faite par le
sieur de Bermon, un desdits sieurs commissaires, du cahier contenant leur
opération; par l'assemblée a été arrêté, à la pluralité des voix, que les
sieurs commissaires par eux nommés ont rempli l'intention desdits sieurs
députés et que ledit cahier sera porté au bailliage de Rouen, le quinze de
ce mois, par ceux de messieurs qui seront choisis à cet effet; en conséquence ledit cahier a été à ce moment, par nous, coté et paraphé par
première et dernière page et contremarqué ne varietur au bas d'icelles.
Ensuite de quoi a été procédé à la réduction au quart desdits sieurs
députés qui se sont trouvés au nombre de cinquante-sept, ce qui porte la
réduction à quinze députés. Et, après avoir procédé à haute voix à
l'élection de ces quinze députés, la pluralité de ses suffrages s'est réunie
en faveur de MM. Michel de la Croix-Saint-Michel, maire. Pierre-Guillaume
J.-B. Picquefeu de Bermon; Jacques Delauney; Pierre Toutain; Jacques
Saffrey; Louis-Robert Morin; Nicolas Coudre La Coudrais; Pierre Dubosq;
Augustin Le Bouteiller; Nicolas Lion; Jean Lecarpentier; Bernard Drieu
et Thomas Brunet qui ont accepté leur nomination (1); en conséquence il
a été à ce moment, en notre présence, remis audit de La Croix, l'un
d'eux, un double dudit cahier afin de le porter à l'assemblée générale qui
se tiendra des trois ordres à Rouen, le quinze avril prochain, huit heures
du matin, devant M. le bailli de Rouen ou son lieutenant; et leur a été
donné par l'assemblée tous pouvoirs requis et nécessaires à l'effet de
représenter le tiers état de notre bailliage pour les opérations prescrites
par les lettres de convocation et ordonnances devant énoncées, comme
aussi de donner pouvoirs généraux et suffisants de proposer, remontrer,
aviser et consentir ce qui concerne les besoins de l'État, la réforme des
abus, l'établissement d'un ordre fixe et durable dans toutes les parties de
l'administration, la prospérité générale du royaume et de tous et chacun
les sujets de sa majesté; et les députés ci-dessus élus ont de leur part
promis de présenter ledit cahier de doléances à ladite assemblée et de se

(1) Les mêmes individus, dont l'exclusion a été signalée page 162, ne se trouvent
pas davantage sur cette liste, qui ne porte que treize noms au lieu de quinze.
Sur la nomination de ces députés, Quillet de Fourneville écrivait au garde des
sceaux : «... leur but (celui du maire et des échevins de Honfleur) vient d'être rempli
par la cabale du maire qui a fait venir chez lui les laboureurs qui ont, presque seuls,
à sa proportion, composé l'assemblée de mon bailliage ; il leur a, la veillée, donné la
liste de ceux qu'il voulait choisir ; sur quinze députés, il en a fait nommer onze dans
les campagnes et a écarté les personnes honnêtes qui y pouvaient prétendre : les
magistrats surtout ont été exclus et, par suite de ces cabales, le sort du trône, de
l'État et des lois va être dans la main du laboureur ; j'ai eu l'honneur de vous marquer que je prenais le parti de différer l'assemblée de mon bailliage, fixée au deux,
jusqu'à ce que nous eussions votre décision; mais, Monsieur, j'ai préféré, pour écarter
tout sujet d'humeur, tenir cette assemblée le jour indiqué et ne pas surseoir... ».
Lettre du 12 avril, *Archives nationales*, B^a 76-177.
Voir ci-dessus, pp. 29-31.

conformer à tout ce qui est prescrit et ordonné par lesdites lettres du Roi, règlement y annexé et ordonnances.

Et à ce moment, par le procureur du Roi, a été demandé acte des protestations qu'il fait contre l'attribution ou connaissance de la police et des matières consulaires, demandées par le paragraphe cinq de l'article trois du cahier de doléances dont est parlé ci-dessus (1), attendu que cela ne peut avoir lieu dans l'étendue du domaine et vicomté d'Auge dont le ressort de ce siège fait une partie essentielle, contre et au préjudice des droits et prérogatives attachés à ce domaine qui appartient à S. A. S. Monseigneur le duc d'Orléans, en conformité du contrat d'échange de 1529 et contre et au préjudice des compétence et possessions anciennes et actuelles de ce siège, se référant au surplus aux protestations et réserves par lui employées dans la première séance du jour d'hier par rapport aux opérations de la municipalité de cette ville concernant les corps de justice, pour le tout valoir et servir ce que de raison.

Desquelles délibérations, nominations de députés, remise de cahiers, pouvoirs, déclarations, réserves et protestations du procureur du Roi nous avons accordé acte et avons signé, avec tous les délibérants, le procureur du Roi et notre greffier, notre présent procès-verbal dont une copie collationnée par notre greffier sera remise auxdits sieurs députés pour constater leurs pouvoirs, lecture faite.

Suivent les signatures des 57 députés et en outre celle du procureur du Roi, Quesney.

---

(1) Voir ci-dessous, p. 166, § 5.

CAHIER GÉNÉRAL DES POUVOIRS
ET DOLÉANCES (1)

Cahier de pouvoirs, instructions et doléances des citoyens formant le tiers état du bailliage de Honfleur, rédigé par messieurs les commissaires nommés le jour d'hier, à la pluralité des voix, dans l'assemblée générale des députés tant de la ville que des campagnes du ressort, pour la réunion en un seul de tous les cahiers présentés par tous messieurs lesdits députés de la ville et de chaque paroisse de campagne, aux termes de l'article 33 du règlement de Sa Majesté du vingt-quatre janvier dernier et de l'article 8 de l'ordonnance de M. le lieutenant de ce bailliage du 14 mars dernier.

ARTICLE 1er

L'assemblée donne par le présent acte aux personnes qui seront choisies par la voie du scrutin, ses pouvoirs généraux pour la représenter aux Etats, y proposer, remontrer, aviser et consentir tout ce qui peut concerner les besoins de l'Etat, la réforme des abus, l'établissement d'un ordre fixe dans toutes les parties du gouvernement, la prospérité générale du royaume et le bonheur tant commun que particulier de tous les citoyens (2).

ARTICLE 2

L'opinion et le désir de l'assemblée est que ses députés aux Etats généraux commencent par demander aux deux premiers ordres la renonciation précise à tous privilèges pécuniaires; parce qu'alors toutes difficultés devront cesser pour que les délibérations soient prises aux Etats par les trois ordres réunis et les suffrages comptés par tête comme c'est le vœu de l'assemblée (3).

ARTICLE 3

L'assemblée recommande à ses députés de demander que les Etats généraux s'occupent avant tout des moyens d'assurer les droits du

---

(1) Ce cahier se trouve en forme authentique aux *Archives communales de Honfleur*; un exemplaire imprimé y est joint. Le même cahier est reproduit dans Hippeau : *Le Gouvernement de la Normandie*, t. VII, Caen, Impr. Goussiaume de la Porte, 1866.

(2) Article identique à l'article 1er du Cahier de Honfleur, p. 34.

(3) Reproduction partielle de l'article 2 du Cahier de Honfleur, p. 34.

monarque, qui, comme chef de la nation, doit jouir de l'autorité souveraine : mais d'assurer en même temps les droits de la nation qui, étant libre et franche sous son Roi, ne peut être assujettie qu'aux impôts qu'elle aurait elle-même consentis et doit, en matière de législstion importante, être admise à éclairer la justice du monarque. A cet effet il devra être statué :

1° Que le retour périodique des Etats généraux et surtout l'époque de la seconde tenue qui suivra prochainement ceux de 1789 seront irrévocablement fixés.

2° Que dans chacune de ses assemblées il soit traité de toutes les matières relatives à la quotité, à la nature et à la perception des subsides, à la législation et à l'administration générale du royaume, parce qu'aucune loi essentielle, aucun emprunt et aucune levée de deniers ne pourront avoir lieu que par le concours de l'autorité du Roi et le consentement libre de la nation.

3° Qu'il sera pourvu efficacement à la réforme de tous les abus relatifs à l'administration de la justice tant civile que criminelle ; que la vénalité des charges sera supprimée et les juges élus par les peuples, que la suppression des tribunaux d'exception et de tous degrés inutiles de juridiction sera effectuée et qu'enfin, étant de la dignité du souverain de rendre la justice gratuitement à tous ses sujets, il soit demandé que toutes épices et impôts sur cette partie d'administration soient supprimés.

4° Que pour éviter toute confusion il sera établi une ligne de démarcation certaine entre les objets d'administration et ceux du ressort de la juridiction (1).

5° Que conformément à l'article 71 de l'ordonnance de Moulins de 1554, dans toutes les villes du royaume, la juridiction de la police sera attribuée aux officiers municipaux, lesquels en même temps auraient la connaissance des affaires consulaires dans les villes où il n'y a point de juridictions consulaires établies (2).

6° Pour diminuer le nombre des procès, on s'occupera essentiellement à diminuer ce fléau du peuple, en déterminant que tous les membres des municipalités, tant des villes que des campagnes, seront en même temps juges conservateurs de la paix, parce qu'aucun citoyen ne pourrait se pourvoir en justice réglée qu'après avoir épuisé tous les moyens de conciliation devant lesdits juges. L'assemblée désire aussi que dans tout prononcé d'arrêts ou de sentences les autorités, les motifs sur lesquels le jugement aura été fondé soient clairement énoncés (3).

7° Qu'il sera établi des états particuliers dans chaque province, qui,

(1) L'article 3, avec ces divers paragraphes, est identique à celui de Honfleur, p. 35.

(2) Ici le texte du Cahier de Honfleur a subi des modifications caractéristiques ; en particulier, suppression des mots « les vrais magistrats du peuple », s'appliquant aux officiers municipaux.

(3) Ce paragraphe reproduit en partie le 6° (article 3) de Honfleur et s'inspire de l'article 12 de Pennedepie, pp. 126 et 127.

participant à l'autorité de l'assemblée nationale, en étendront l'influence sur toute la surface du royaume, veilleront à l'exécution de ses arrêtés et seront chargés de tous les détails de l'administration intérieure en chaque territoire. Au surplus, lesdits députés insisteront particulièrement sur les droits de la province de Normandie, au rétablissement de ses états provinciaux qui n'ont été que suspendus et non anéantis (1).

ARTICLE 4

Après que le règlement de la constitution aura été préalablement sanctionné, les députés proposeront que tous les impôts actuels soient annulés pour être remplacés par des impôts nouveaux, ou du moins par une concession nouvelle de ceux qu'il sera trouvé bon de conserver; lesquels impôts ne seront octroyés qu'à temps et pour la durée seulement de l'intervalle à courir jusqu'au retour des états dont l'époque sera fixée, après laquelle ils cesseront tous de plein droit, si les Etats généraux n'étaient pas rassemblés pour les renouveler. Au moyen de quoi la nation ne reconnaîtra à l'avenir aucun impôt et ne sera garante d'aucuns emprunts s'ils ne sont consentis et sanctionnés par elle (2).

ARTICLE 5

Les députés chercheront à connaître exactement l'étendue des besoins réels de l'état, celle de la dette publique et régleront sur ces connaissances les sacrifices patriotiques que la dignité du trône, le maintien de la foi publique et la nécessité du service dans les divers départements pourront imposer au zèle de la nation.

L'assemblée ne prescrit à ses députés aucun plan fixe d'opérations et de délibérations sur cet objet de leur mission, leur conduite devant être subordonnée aux connaissances qu'ils pourront acquérir lors de l'Assemblée nationale. Elle désirerait cependant que la vérification des besoins et de la dette publique fût faite par l'examen détaillé de chaque espèce de besoin et de dette afin de connaître, sur chaque objet, la source des abus et d'y appliquer le remède en même temps que le secours. Elle désirerait que les impôts à octroyer fussent distingués en deux classes déterminées par leur dénomination; savoir: en *subsides ordinaires* affectés à l'acquit des dépenses fixes, annuelles et permanentes, dans lesquelles seraient comprises les rentes perpétuelles, et en *subventions extraordinaires et à temps* affectées à l'extinction des dettes remboursables à époques fixes et au paiement des rentes viagères (3).

(1) Modification importante du texte de Honfleur, p. 36 (7°).

(2) Modification importante du texte de Honfleur, (pp. 36 et 37, article 4), qui est plus précis plus complet et supprime l'arbitraire royal.

(3) Honfleur (pp. 37 et 38). La suite de l'article 5 (Honfleur) est omise dans le Cahier général. Il s'agit des moyens, proposés par la ville, pour établir dans les finances du royaume « un ordre simple et indestructible ».

ARTICLE 6

Lesdits députés demanderont que dans le cas d'une guerre qui surviendrait dans l'intervalle d'une tenue des États généraux à l'autre il fût établi un ou deux sols pour livre de la masse des impôts octroyés pour le service ordinaire, sous le nom de *crue de guerre* pour faire face tant aux intérêts d'un emprunt à époque fixe de remboursement, qu'à un excédent annuel applicable à l'extinction de l'emprunt (1).

ARTICLE 7

L'assemblée juge encore à propos d'autoriser ses députés à demander : 1° que la liberté personnelle des citoyens soit mise à l'abri de toutes atteintes abusives, surtout par les enrôlements forcés de la milice, soit pour le service de terre, soit pour celui de mer, en statuant qu'à l'avenir les provinces seront chargées d'y pourvoir par des engagements volontaires; 2° que pour rendre des bras à l'agriculture et faire tomber les impôts plus particulièrement sur les citoyens aisés, les laquais des villes et campagnes supportent un impôt et que les chevaux qui ne servent qu'au luxe dans les villes soient taxés parce que l'enlèvement considérable de fourrages qu'ils occasionnent prive les campagnes d'engrais nécessaire à l'agriculture (2).

3° Que toutes les douanes soient transférées à l'extrémité du royaume et qu'en général toutes les gènes qui arrêtent l'essor du commerce et la prospérité des manufactures soient abolies.

4° Que tout impôt présentant le danger de l'arbitraire dans sa répartition soit absolument rejeté et que, dans l'établissement des nouveaux impôts il n'y en ait aucun qui marque une différence d'ordre pour la contribution (3).

5° Qu'il soit pourvu à la meilleure administration possible des forêts, à l'encouragement des plantations, à la découverte et l'exploitation des mines de charbon de terre (3).

6° Que toutes loteries soient supprimées dans le royaume (4).

7° Que les impôts de la gabelle et des aides soient ceux dont la suppression soit le plus urgemment exigée et que le subside qui les remplacera s'éteigne à fur et à mesure de l'extinction de la portion de la dette publique auquel (*sic*) il aura été affecté (5).

8° Que les droits de contrôle, s'ils ne peuvent être entièrement supprimés soient fixés d'une manière assez claire et précise pour éviter l'arbitraire

---

(1) Reproduction partielle de l'article 6 de Honfleur, p. 38.

(2) Reproduction partielle du texte de Honfleur. Suppression de la partie la plus intéressante et la plus hardie (p. 38).

(3) Reproduction partielle du texte de Honfleur (pp. 38 et 39).

(4) Reproduction partielle du texte de Honfleur (p. 39).

(5) Analogie au même paragraphe de Honfleur (p. 39).

si variable des agents du fisc et les obstacles sans nombre que ces droits apportent à la facilité des contrats translatifs de propriété et à la clarté des actes (1).

9o Que les dîmes soient strictement restreintes aux seules grosses dîmes avec abolition absolue de toutes les dîmes novales, insolites, vertes ou menues et de toutes dîmes de substitution généralement quelconques et même des dîmes domestiques et de charnage, sauf à pourvoir au sort de messieurs les bénéficiers qui n'auraient pas de grosses dîmes suffisantes pour les faire subsister. Que les fourrages provenant des grosses dîmes soient vendus privilègièrement [sic] aux cultivateurs de la paroisse (2).

10o Que les impositions quelconques, portant sur les propriétaires et les fermiers, soient assises dans chaque paroisse de la situation des fonds sans pouvoir être transférées d'une paroisse sur l'autre au gré du particulier, parce que ces impôts seront toujours répartis par les municipalités d'après le régime établi par les assemblées provinciales (3).

11o Qu'il soit représenté qu'en respectant la propriété des possédants fiefs on diminue, autant que possible, le nombre des colombiers dans les campagnes en observant combien le nombre excessif de pigeons désolent le cultivateur et qu'il soit au moins statué que depuis la saint Jean, jusqu'à la fin de la semence les propriétaires des colombiers soient obligés de tenir leurs pigeons renfermés, faute de quoi le laboureur aurait le droit de tuer les pigeons qui viendraient sur son champ (4).

12o Que tous les notables et fermiers de chaque paroisse de la campagne jouissent librement d'avoir chez eux des fusils et armes nécessaires avec la liberté de s'en servir sur les terres qu'ils font valoir pour la conservation de leur personne, de leurs bestiaux, de leurs biens, contre la violence des voleurs, la fureur des chiens enragés et le dommage que font les lapins, sangliers et bêtes fauves dont on ne peut se défendre (5).

13o Que les rentes seigneuriales, consistant en volailles ou denrées quelconques, soient appréciées sur une valeur proportionnelle de dix années pour éviter les variétés [sic] continuelles si obscures et si embarrassantes pour les redevables.

14o Qu'il soit fait un règlement pour empêcher le nombre des banqueroutes en asservissant les négociants et marchands à des obligations qui les rendent plus discrets dans leurs entreprises et empêchent les coupables d'éviter les poursuites de leurs créanciers et la juste punition que mérite le désordre qu'ils apportent dans la société (6).

15o Que la plus grande surveillance soit apportée dans l'emploi

(1) La suppression des droits de contrôle a été demandée par Vasouy (article 5).

(2) Ce paragraphe résume bien les doléances de nombreuses paroisses sur ce sujet. Voir spécialement Fourneville, p. 47, art. 20).

(3) Cf. Pennedepie, article 3, p. 124.

(4) Cf. Pennedepie, article 19, pp. 128, 129.

(5) Cf. Pennedepie, article 20, p. 129.

(6) Cf. Pennedepie, article 18, p. 128. La Rivière, article 20, pp. 67 et 68, etc.

des deniers destinés aux travaux publics et que particulièrement les travaux des ports de mer soient économiquement et diligemment effectués comme essentiels à l'avantage du commerce et de l'agriculture (1).

16° Qu'enfin, par un juste égard pour cette précieuse classe d'hommes qui se livrent à l'agriculture, il soit statué qu'il sera interdit aux seigneurs de chasser sur les terres ensemencées depuis le 15 avril jusqu'après la récolte et d'avoir plus d'une personne à chasser avec eux ou plus d'un garde pour tirer dans chaque paroisse (2).

ARTICLE 8

Quant aux objets non prévus ci-dessus pouvant être proposés et discutés aux états généraux, l'assemblée s'en rapporte à ce que les députés estimeront devoir être décidé pour le plus grand bien commun.

Beaucoup d'objets tenant aux intérêts locaux de cette province pourraient avoir place dans le présent cahier; mais l'assemblée estime ne pas devoir les y insérer parce que les Etats généraux devront exclusivement s'occuper des grandes matières relatives à l'intérêt général du royaume et que les objets particuliers d'administration intérieure seront confiés aux états provinciaux dont le rétablissement fera partie de la constitution générale requise au présent cahier.

Au surplus, l'assemblée désire de s'adjoindre au régime commun d'administration qui sera sanctionné par les états pour lier les intérêts de la province à ceux du reste du royaume et faciliter la régénération générale par une conformité de principes et de gouvernement; mais elle fait réserve expresse de tous les droits particuliers de la province dans le cas où les Etats généraux ne pourraient remplir ce que la nation attend d'eux (3).

Le présent cahier, clos et arrêté par nous, commissaires nommés, à ce autorisés par délibération de l'assemblée du jour d'hier, en présence de M. le lieutenant général du bailliage et de M. le procureur du Roi et assisté de Me Le Cerf, greffier dudit bailliage, dont un double est resté aux mains dudit sieur greffier, ainsi que tous les autres cahiers particuliers.

A Honfleur, ce trois avril mil sept cent quatre-vingt-neuf en la salle ordinaire de l'assemblée.

Signé : La Croix Saint-Michel, Picquefeu de Bermon, Delauney, Brunet, Le Bouteiller, P. Moulin, Toutain, Quesney, Quillet de Fourneville Le Cerf.

———————————+———————————

(1) Cf. Pennedepie, article 7, p. 125 et Trouville article 2, p. 150, etc.
(2) Cf. Pennedepie, art. 21, p. 128.
(3) L'article 8 reproduit, jusqu'au même article du cahier de Honfleur, pp. 49 et 50.

INDEX ALPHABÉTIQUE

N.-B. — Les doléances sont en caractères gras, les noms de personnes en petites capitales, les matières en caractères romains et les noms géographiques en italique.

Abréviations

Honfleur,	*H.*	Touques,	*Tou.*	Vasouy,	*Vas.*
Fourneville,	*Fourn.*	Ablon,	*Ablon.*	Pennedepie,	*Penn.*
Equemauville,	*Eq.*	Genneville,	*Gen.*	Barneville,	*Barn.*
Ableville,	*Abl.*	Gonneville,	*Gon.*	Villerville,	*Vill.*
Cricquebœuf,	*Cricq.*	Quetteville,	*Quet.*	Hennequeville,	*Henn.*
Fiquefleur,	*Fiq.*	Saint-Benoit,	*S{t}-B.*	Trouville,	*Trouv.*
La Rivière,	*La Riv.*	Saint-Gatien,	*S{t}-G.*	Daubœuf,	*Dau.*
St-Martin-le-Vieux,	*S{t}-Mar.*	Le Theil,	*Le Th.*	Crémauville,	*Crém.*
Toutuit,	*Tou.*	Herbigny,	*Her.*	Cahier général,	*Cg.*

Abbayes et Communautés. — Suppression des abb. et comm., *La Riv.*, 67. — Que leurs biens leur soient enlevés, *Barn.*, 137. — Qu'un impôt soit levé sur elles, *Vill.*, 140.

Ableville. — III, IV, XLIV, XLVII. — Bénéfice du curé, 56.

Ablon. — III, IV, XLV, XLVIII. — Bénéfice du curé, 78. — Trésor : terre à *Abl.*, 56 ; à *Ablon*, 78, et à *Crém.*, 158.

ADAM, *H.*, syndic des cafetiers, 27.

Administration municipale (de Honfleur). — Proteste contre la milice, XI ; la munic. défend ses prérogatives, XXXV et suiv. ; adresse un placet au roi sur la représentation des trois ordres, XXXVI et XXXVII ; remercie le roi, XXXVIII et XXXIX ; fixe la représentation des corps de judicature, XLI et XLII ; personnel de l'adm{on} mun{le} et des services municipaux, 3 ; budget de H. ; décision du conseil du duc d'Orléans portant renouvellement du corps municipal, 8 ; protestation de celui-ci contre la décision, 8 et suiv. ; extrait de l'arrêt du Conseil du roi, du 18 juillet 1776, portant réunion au corps de la commté des offices municipaux, 9 et 10 ; le maire défend contre le lieutenant du bailliage et le procureur du roi les prérogatives municipales de Honfleur, 12 et suiv. ; élection des notables en vue du renouvellement du corps municipal, 17, 18 et 19 ; élection des candidats qui seront présentés au duc d'Orléans, 19 et 20 ; ordonnance royale confirmant le corps municipal dans son droit de présidence de l'assemblée des habitants, 20, 21 et 22 ; texte de cette ordonn{ce}, 22 ; le duc d'Orléans

attributions. *Eq.*, 52. — 4° Municipales, *Penn.*, 124.

AUBERT (Louis), *Fiq.*, 62.

AUDOUARD (Joseph-Louis), cap. de nre, *H.*, 28-29.

AUFREY (Jean), *Gon.*, 89.

AUFREY (Jean-Joseph), *Gon.*, 89.

AUZERAYE (Jean). *Quet.*, 95.

AUZOUT (Jacques), *Le Th.*, 109.

AUZOUT (Jacques fils), *Le Th.*, 109.

AVERS (Marie-Sophie-Henriette d'), *H.*, 6.

Avocats, liste des —, *H.*, 2.

BAILLET, l'aîné. *H.*, 24.

BAILLET (Charles), *Henn.*, 142.

BAILLET (Jean-Baptiste), *St-G.*, 143.

Bailliage d'Auge, III ; partage, V ; XXXV, XXXVIII.

Bailliage de Honfleur. — Limites et description administrative et économique, pp. III et suiv. ; Édit du 7 juin 1749, portant création de ce bge, V ; Officiers du bge, 1 ; pourrait être réuni a celui de Pont-l'Évêque, 8 ; le lieutenant désigné pour présider l'ass. génle des habitants de *H.*, 8 et suiv. ; les prétentions du lieutenant à la présidence de l'ass. du tiers état de la ville, condamnées par une ordonnance royale, 20 et suiv. ; le lieutt rend une ordonnance pour les ass. du tiers état, 25 ; le procureur proteste contre l'attribution des affaires de police et consulaires aux muntés proposée par le *Cg.*, 164.

Bailliage (de Honfleur). — Conversion en présidial, *St-Mar.*, 70.

BALAN (Simon-Raymond), syndic de *St-G.*, 104 et 107.

BALME (dame), *St-G.*, 103 ; *Dau.*, 154.

Banqueroutes, faillites. — Moyen de les prévenir, *La Riv.*, 67-68 ; *Ton.*, 73 ; *Penn.*, 128 ; *Barn.*, 136 ; *Gon.*, 91 ; *Quet.*, 97 ; *Cg.*, 169.

BAPEAUME (comte de), *Cricq.*, 59 ; *Penn.*, 121.

BARABÉ (Pierre-Jacques, l'aîné), cap. de nre, *H.*, 27.

BARBE, *H.*, 22.

BARBEL (Joseph), *H.*, 22.

BARBEL (Pierre), avocat à *H.*, 2 ; propre à *Eq.*, 49.

BARBEL (Jean-Baptiste), premier syndic des épiciers, confiseurs, ciriers, chandeliers, *H.*, 27, 31.

BARBEL (Françoise), garde de la corporation des toiliers-lingers, XXII.

BARBET (B.), *H.*, 22.

BARCELONE, commerce avec —, XXVIII.

BARENTIN (DE), garde des sceaux, *H.*, 30.

BARNEVILLE. III, IX, XI, XLV, XLVIII ; bénéfice du curé : *Barn.*, 131 et *Penn.*, 121.

BAROCHE (Pierre), *Eq.*, 50.

Barques (de l'Hôpital de *H.*), 4 et 5.

Barques (de pêche). — Impôt sur les b., *Henn.*, 146 et 147.

BARRETTE (Louis), *Gen.*, dépté de la psse, 84, 86, 160.

BASTON ou BASTARD, cap. de nre, *H.*, 28 et 29.

BAZIRE (Jacques), armurier, *H.*, L.

BEAUDEQUIN, lieutt du premier chirurg. du roi, *H.*, 2 et 28.

BEAUDOIN (Jean-Baptiste), cap. de nre, *H.*, 27.

BEAUDOUIN ou BODOIN (Jean-Jacques-Rémy), cap. de nre, *H.*, 27.

Boissons. — Aucune entrave à la circulation des boissons, *Vas.*, 119 ; liberté aux cultiv^rs de disposer à leur gré des liqueurs provenant de leurs terres, *Penn.*, 128 ; *Barn.*, 136.

CHAUFFER DE FLEURIGNY, *Dau.*, 154.

CHAUFFER DE TOULAVILLE, *Tou.*, 74 et 75.

CHEMIN, prêtre, *H.*, 1.

Chemins. — Surveillance des travaux par les municipalités ou les ass. des p^sses, *Fourn.*, 47 ; *Le Th.*, 111 ; *Her.*, 115 ; *Penn.*, 125 ; *Barn.*, 134 ; *Henn.*, 146. — Rétabl^t des chemins de bourg à ville, *Henn.*, 146. — Entretien de certains chemins par les seigneurs, *Henn.*, 146.

CHEUX (DE), *Gon.*, 82.

CHEVALIER DE SURLAVILLE, *Gon.*, 88.

CHEVALLIER (Emery-François-Claude), *H.*, XXVI.

Chevaux (de luxe). — Impôt sur les —, *H.*, 38 ; *Eq.*, 53 (reproduit par *Able.*, *Cricq.*, *Fiq.*, *La Riv.*, *Ton.* et *Tou*) ; *Henn.*, 145 ; *Trou.*, 151 ; *Cg.*, 168.

Chirurgiens, liste, *H.*, 2.

CHUQUET (Jean), *Gon.*, 89.

Claire (rivière de la), XXVII.

CLAMARE (Jacques), *H.*, 2.

Clameur. — Droit de — enlevé aux seigneurs sur les biens acquis par les particuliers, *St-B.*, 102.

Clergé et établiss^ts relig^x de *H.*, 1.

Clergé. — Suppression de l'ordre du c. dans les délibérations aux états génér^x, *La Riv.*, 68.

COEFFIN (Etienne ou Jean-François), *H.*, 29.

COLARD (Jean), *St-G.*, 105 et 107.

COLARD (Michel), *St-G.*, 105.

COLLARD (Hippolyte-François-Samson), cap^ne de n^re, *H.*, 27.

COLLARD, *Penn.*, 121.

COLLET (Jacques), *Tou.*, 76.

COLOMBEL (Gilles), *Fourn.*, 44.

Colombiers. — Moyens d'empêcher les ravages des pigeons, *St-Mar.*, 71 ; *Penn.*, 128 et 129 ; *Barn.*, 136. — Que les colombiers soient restreints, *Fourn.*, 47 ; *Ablon*, 81 ; *St-B.*, 102 ; *St-G.*, 106 et 107 ; *Le Th.*, 111. — Destruction des col., *La Riv.*, 67 ; *Ton.*, 73 ; *Tou.*, 77 ; *Gon.*, 92 ; *Vas.*, 119 ; *Henn.*, 147 ; *Vill.*, 140. — Diminution du nombre des col. ; temps où ils seront fermés, *Gg.*, 169.

Commerce du bailliage, XXVI et suiv.

Commerce de *H.*, XXVI et 5.

Commerce. — Anéantissement du c. avec les anglais, 141.

Communautés d'arts et métiers. — Suppression, *Eq.*, 54 (reproduit par *Able.*, *Cricq.*, *Fiq.*, *La Riv.*, *Ton.*, *Tou.*) ; *Vas.*, 119.

Communes (ou communs). — Partage entre les propres, sauf une partie affermée au profit des pauvres, *Gon.*, 92 ; *Henn.*, 145 ; *Trou.*, 151.

Conciliation. — Attribuée aux membres des municipalités, *H.*, 36 ; *Penn.*, 126 ; *Barn.*, 135 ; *Vill.*, 141 ; *Henn.*, 146 ; *Cg.*, 166. — Establiss^t de juges conciliateurs dans chaque par^sse, *Eq.*, 54 (reproduit par *Able.*, *Fiq.*, *La Riv.*, *St-Mar.*, *Ton.*, *Tou.*) ; *Ablon*, 80 (reproduit par *St-B.*) ; *Vas.*, 119 ; *Dau.*, 156. — « Questions de fait » conciliées par le curé et la mun^té, *Le Th.*, 111. — Juges conciliateurs choisis par les mun^tés, *Trou.*, 152.

Constitution. — Votée avant les subsides, *H.*, 35 ; *Eq.*, 51 (reproduit par *Able.*, *Cricq.*, *Fiq.*, *La Riv.*, *Ton.*, *Tou.*) ; *Henn.*, 144.

Consulaires (affaires). — Attribuées aux offic. mun^x, *H.*, 35 et 46 ; *Cg.*, 166.

CONTE ou LECONTE, St-B., 101.

Contestations. — (Voir conciliation) ; *Gon.*, 91 ; *Quet.*, 96.

Conteville. IX.

Contrôle (bureau du — des actes), VII ; *H.*, 2.

Contrôle des vingtièmes, 2.

Contrôle.— Que les droits soient fixés d'une manière claire et précise, *Cg.*, 168. — Réduction du taux, *La Riv.*, 68 ; supprimé ou facultatif. *Vas.*, 118 et 119 ; supp^on, *Dau.*, 156.

COQUEREL (Jean), *Barn.*, 132.

CORDIER (Michel), *Able.*, 57.

Cormeilles, communic^s avec —, XXXI.

CORNU ou LECORNU (Pierre). *Fourn.*, 44.

CORNU (Thomas), *Le Th.*, 108.

Corporations de *H.*, XVIII et suiv. ; drapiers, merciers, XXI ; cordonniers, XXI ; chaudronniers, XXI ; maréchaux et forgerons, XXI ; épiciers, graissiers, XXII ; toiliers, lingers, XXII ; perruquiers, XXIII ; charpentiers, XXIII ; tonneliers, XXIV ; tourneurs, XXIV ; vitriers, XXIV ; bouchers, XXIV ; plâtriers, XXIV ; maçons, XXIV ; menuisiers, XXV ; serruriers, XXV ; merciers, XXVI ; horlogers, XXVI. — Etat des corp. avec leurs syndics, 26 et 27 ; procès-verbaux de leurs ass. pour nommer leurs députés ; ass. des dra-

piers, quincailliers, merciers, marchands, ciriers, confiseurs, épiciers, chandeliers, fripiers, tailleurs, boulangers, ébénistes, tourneurs, tonneliers, menuisiers, aubergistes, traiteurs, cordonniers, cloutiers, ferblantiers, maréchaux-ferrants, taillandiers, serruriers, 31 ; des bouchers, charcutiers, tapissiers, plâtriers, perruquiers, maçons, limonadiers, fripiers, étuvistes, chaudronniers, charrons, chapeliers, baigneurs, cafetiers, 32.

Corvée. — Rachat, *Fourn.*, 47 ; St-B., 102 ; St-G., 107. Qu'il soit permis de s'en affranchir, *La Riv.*, 67 ; supp^on et conversion en une prestation en argent, *Penn.*, 125 ; *Barn.*, 135.

COTTIN (Vincent), député des maçons et plâtriers, *H.*, 22, 29 et 32.

COUDRE LA COUDRAIS (Nicolas-Louis-Eugène, l'aîné), négociant, consul du roi de Suède, *H.*, XXXIX, 15, 17, 20, 22, 29 ; dép. des nég^ts à l'ass. du tiers état de la ville, 29 ; dép. du tiers état de la ville à l'ass. du bailliage, 33, 160 ; dép. du baill^ge, 163.

COURSEULLE (DE), seigneur de *Gon.*, 87 et 88.

COURSY (DE), *Barn.*, 131.

Courtiers, liste des — *H.*, 3.

COURTIN (Adrien), *Vill.*, 140.

COURTIN (Guillaume), *Gon.*, 89.

COURTOIS (Louis), *Able.*, 57 et 58.

COUSIN (Louis-Joseph), *H.*, 32.

COUSTEY (Michel), *Crém.*, 158.

COUTÉ (Jean), *Able.*, 57.

Coutume, prévôté et travers de Seine, XXXI et XXXII.

COUYÈRE (François), *Vill.*, 140.

COUYÈRE (Jean), syndic en 1789,

Dette nationale. — Nécessité d'en connaître, l'étendue, *H.*, 37 ; *Henn.*, 144 ; *Cg.*, 167 ; moyen de l'éteindre, *Eq.*, 53 (reproduit par *Abl.*, *Fiq.*, *La Riv.*, *Tou.*).

Dignités. — Accordées au mérite, à titre viager, *Penn.*, 127 ; *Barn.*, 134 et 135.

Dîme. — Suppression générale contre indemnité aux possesseurs et pension aux curés, *St-Mar.*, 71. — Suppression générale au profit des propres, *La Riv.*, 67. — Suppression à condition qu'il soit pourvu honnêtement aux besoins des pasteurs, *Her.*, 114. — Convertie en prestation en argent au profit du seul curé, *St-B.*, 102 ; *Barn.*, 137 ; *St-G.*, 106 ; *Le Th.*. 111 ; *Dau.*, 156. — Remplacée par une contribution en argent pour curés et décimateurs, *Vas.*, 119. — Appartiendra seulement aux curés, *Fourn.*, 47. — Conservées, elles seraient restreintes aux grosses dîmes, *Her.*, 114 ; *Le Th.*. 111. — Suppression des dîmes insolites. *Fourn.*. 47. — Règlement des dîmes novales, *Trou.*. 151 ; *Gon.*. 92 ; *Ablon*, 81. — Suppression des vertes dîmes, *Vill.*, 141. — Conservation dans la parsse des fourrages qui en proviennent (voir fourrages). — Abolition des dîmes novales, insolites, etc. ; conservation des gros-

Liberté personnelle. — Qu'elle soit à l'abri de toute atteinte, *H.*, 38 ; *Eq.*, 54 (reproduit par *Able.*, *Cricq.*, *Fiq.*, *La Riv.*, *St-Mar.*, *Ton.*, *Tou.*) ; *Vas.*, 120 ; *Vill.*, 141 ; *Cq.*, 168.

Récoltes. — Endommagées à *Trou.*, 151.

RECULARD (Jacques), syndic et préposé au recouvrement des vingtièmes, *Henn.*, 142 ; dépté de la psse, 143, 147 et 160.

RECULARD (Jean, fils), *Henn.*, 143.

RÉGNÉE (Jean-Baptiste père), capne au cabse, *H.*, 28 et 29.

RÉGNÉE (Charles-Jean-Baptiste fils), capne au cabse, 28.

Religieuses de la congrégation de Notre-Dame, rue du Puits, *H.*, 2 ; leurs revenus, *H.*, 6 ; propre à *Gon.*, 88. — Religieuses hospitalières attachées à l'Hospice de *H.*, 2, 4 ; leurs revenus, 6. — Religieuses de la Providence, *H.*, rue St-Léonard, 2.

RENIÉ (Nicolas), St-G., 103.

Rentes seigneuriales. — Appréciées en argent, *Cg.*, 169. — Remboursement, *Vill.*, 141. — Qu'elles soient anéanties, St-B., 102.

Rentes viagères. — A la charge des provinces, *H.*, 38.

REQUIER (Pierre), *Eq.*, 50.

RESTOUT (Pierre), cordier, *H.*, 24 et 29.

RETOUT (Louis), *Penn.*, 123.

RIDEL (François), *Le Th.*, 109.

RIDEL (Philippe), capne de nre, *H.*, 27 et 29.

RIDEL (Pierre), *Ablon*, 79.

RIGOULT (Victorin), ancien échevin, XXXIX, 14, 15, 16, 17 ; dépté de la ville près le Conseil du duc d'Orléans, 22 ; dépté du tiers état de la ville, 33.

RIOULT (François), *Able.*, 57.

Risle, VI.

Rivière-Saint-Sauveur (la), III. — La Rivière, IV, XI, XLII, XLV, XLVII, 18.

ROBILLARD, directeur général des aides, 2.

ROCQUE (Jacques). *Fiq.*, 62.

Roi. — Hommages au roi, *Fourn.*, 45 ; *Ablon*, 80 (reproduit par *Gen.*, *Gon.*, *Quet.*, St-B., St-G.) ; *Le Th.*, 110 et 111 ; *Penn.*, 129 et 130. — Soumission au roi, *Trou.*, 153. — Remerciements pour la convocation des états généraux. *Penn.*, 123 et 124 ; *Barn.*, 133.

ROMAIN (Jean-Pierre), *H.*, 18.

Romaine de *H.*, VII et 2.

RONCEY (François), *Vill.*, 141.

Roncheville (baronnie de), 5.

RONCI (Pierre), St-G., 105.

ROSNEY ou RONEY (Adrien), *Vill.*, 139.

Rouen, Généralité de —, IV, VII, 1. Baillse de —, IV, XXXV, 1. Ville de —, VI, X, XXI, XXXVI. Approvisionnement de —, XXVI, XXVIII et aussi la plupart des psses du baillse de *H.* Port de —, XXVIII. Route de *H.*, à —, XXX. Religses de Saint-Amand de —, dîmes à *Gon.*, 88.

Roumois (le), IX.

ROUSÉE (Marie), *H.*, 6.

ROUSSELIN (Pierre). *Crém.*, 158.

Routes partant de *H.*, XXX et XXXI.

Routes. — Rétablissement des routes des bourgs à la ville, *Ton.*, 73 ; *Henn.*, 146.

ROUVAL (François), *Quet.*, 95.

ROUVAL (Jacques), *Quet.*, 94.

ROUVAL (Jacques), *Trou.*, 149.

ROUVAL (Pierre), *Quet.*, 94.

SAFARD (Jean), *Vill.*, 140.

SAFFREY (Jacques), dépté de *Gon.*, 89, 92, 161 ; dépté du baillse, 163.

TABLE DES MATIÈRES

—:o:—

ERRATA

Pages

X. — *Lire* : « Le subdélégué, Lechevallier... »

XXXV. — *Lire* : « ... ni l'empêcher, mieux conseillé... »

XXXIX. — *Lire* : « Taveau, aide-major. »

3. — *Lire* : « Gentien Guillebert. »

3 et 22. — *Lire* : « Liétout-Deslondes. »

11. — *Lire* : « Goubard. »

14. — *Lire* : « Quant à la demande qui lui a été faite... »

15, 17 et 22. — *Lire* : « L'abbé Dalbiac, titulaire du bénéfice de **Saint-Nicol** de Honfleur. »

24. — *Lire* : « Dubosc, prêtre. »

32. — *Lire* : « Hippolyte-Samson Louvet. »

49. — *Lire* : « Le curé Leperchey. »

94. — *Lire* : « Pierre Rouval. »

113. — *Lire* : « En 1790, le comte de Lion... »

10472. — Imp. Adeline, G. POISSON et Cⁱᵉ, Succ︤ⁱˢ, Caen

www.ingramcontent.com/pod-product-compliance
Lightning Source LLC
Chambersburg PA
CBHW070448030726
47503CB00004B/951